中國歷代書目題跋叢書

〔清〕錢大昕 撰
程遠芬 點校 杜澤遜 審定

潛研堂序跋

竹汀先生日記鈔

十駕齋養新錄摘鈔

圖書在版編目(CIP)數據

潛研堂序跋；竹汀先生日記鈔；十駕齋養新録摘鈔 / (清) 錢大昕撰；程遠芬點校. —上海：上海古籍出版社，2018.10

(中國歷代書目題跋叢書)

ISBN 978-7-5325-8978-4

Ⅰ.①潛… Ⅱ.①錢… ②程… Ⅲ.①序跋—作品集—中國—清代 Ⅳ.①I265.2

中國版本圖書館 CIP 數據核字(2018)第 219315 號

中國歷代書目題跋叢書

潛研堂序跋　竹汀先生日記鈔

十駕齋養新録摘鈔

［清］錢大昕　撰

程遠芬　點校

上海古籍出版社出版、發行

（上海瑞金二路 272 號　郵政編碼 200020）

（1）網址：www.guji.com.cn

（2）E-mail：guji1@guji.com.cn

（3）易文網網址：www.ewen.co

蘇州市越洋印刷公司印刷

開本 850×1168　1/32　印張 15.625　插頁 5　字數 329,000

2018 年 10 月第 1 版　2018 年 10 月第 1 次印刷

印數：1—1,500

ISBN 978-7-5325-8978-4

K·2548　定價：68.00 元

如有質量問題，請與承印公司聯繫

《中國歷代書目題跋叢書》出版説明

漢代劉向、劉歆父子編撰《别録》《七略》，目録之學自此濫觴，在傳統學術中發揮了重要作用。歷代典籍浩繁龐雜，官私藏書目録依類編次，繩貫珠聯，所謂「類例既分，學術自明」（《通志・校讎略》），學者自可「即類求書，因書究學」（《校讎通義・互著》），實爲讀書治學之門户。而我國典籍屢經流散之厄，許多圖書真容難睹，甚至天壤不存，書目題跋所録書名、撰者、卷數、版本、内容即爲訪書求古的重要綫索。至於藏書家於題跋中校訂版本異同、考述版本淵源、判定版本優劣、追述藏弆流傳，更是不乏真知灼見，足以津逮後學。

我社素重書目題跋著作的出版，早在二十世紀五十年代，我社就排印出版了歷代書目題跋著作二十二種，後彙編爲《中國歷代書目題跋叢書》第一輯。此後，我社又與學界通力合作，精選歷代有代表性和影響較大的書目題跋著作，約請專家學者點校整理。至二〇一五年，先後推出《中國歷代書目題跋叢書》

第二至四輯，共收書目題跋著作四十六種，加上第一輯的二十二種，計六十八種，極大地普及了版本目録之學。面對廣大讀者的需求，我社將該叢書陸續重版，並訂正所發現的錯誤，以饗讀者。

上海古籍出版社
二〇一八年八月

點校説明

《潛研堂序跋》十卷《補遺》二卷、《竹汀先生日記鈔》三卷、《十駕齋養新録摘鈔》六卷，清錢大昕撰，是錢氏關於書籍序跋評論的彙集。

錢大昕（一七二八—一八〇四），字曉徵，一字及之，號竹汀，又號辛楣，江蘇嘉定（今屬上海）人。乾隆十九年進士，官翰林院編修、翰林院侍講學士、詹事府少詹事、廣東學政。乾隆四十年丁父艱、母艱後不復出仕，主講鍾山、婁東、紫陽書院。

錢大昕「生而穎悟，讀書十行俱下。年十五爲諸生，有神童之目」[一]。中進士後，任職翰林院期間，參與纂修《音韻述微》、《大清一統志》、《續文獻通考》、《續通志》、《天球圖》，其淵博學識受到乾隆皇帝的賞識和同僚的敬重。宫廷豐富的藏書、工作的機緣，也使他的學問精進不已。終其一生，他嗜書如命，無論是爲官還是講學，都與古籍相伴，與藏書家往還。其《竹汀先生日記鈔》便詳細記載了他與黄丕烈、袁廷檮、盧文弨、周錫瓚、嚴元照、吳騫等人往來借鈔校讀古書之事。對一生的研讀生活，晚年的錢大昕頗爲滿意：「官登四品不爲不達，歲開七秩不爲不年，插架圖籍不爲不富，研思經史不爲不勤。因病得閑，

因拙得安，亦仕亦隱，天之幸民。」[二]

錢大昕始以辭章名，乾隆十六年皇帝南巡，他便因獻賦召試賜舉人。「爲沈德潛門下高足，名列吴中七子之一，并與同時紀昀齊名，稱北紀南錢」[三]。後來轉向研經治史，究心金石文字。其文廣涉經史、金石、文字、音韻、訓詁、天文、曆算、輿地、氏族、官制、典章諸方面，爲乾嘉時著名學者，以精博爲學者推崇。其著述主要有《潛研堂文集》五十卷、《十駕齋養新録》二十卷《餘録》三卷、《廿二史考異》一百卷、《元史藝文志》四卷、《潛研堂金石跋尾》二十五卷等。著述内容宏富，論證縝密，剖析源流，多發前人所未發。江藩評價爲「不專治一經而無經不通，不專治一藝而無藝不精」[四]，可謂允當。

在文獻方面，錢大昕有突出貢獻。遼釋行均《龍龕手鑑》，相傳爲遼刻本，錢大昕根據書名「鏡」已改爲「鑑」，是避趙匡胤祖父趙敬嫌名，因而斷定爲宋刻本。他在《漢書考異》中指出通行本十九條訛誤，後得景祐本《漢書》驗之盡合。他在《潛研堂答問》卷十中對於從《七略》到四部分類法的轉變做了最精闢最準確的概括。他的《元史藝文志》在補史志目録中占有重要位置。他在校勘方面成就顯著，被認爲是理校法的代表人物之一，陳垣《元典章校補釋例·校法四例》在講理校法時特别推舉錢大昕，對錢氏用理校法校正《後漢書·郭太傳》注文混入正文的做法尤爲欽佩，認爲難以企及。錢大昕在金石學方面的成果收入《潛研堂金石跋尾》、《天一閣碑目》，其碑史互證法被視爲典範。

錢大昕的學術成就，除見於其專門著作外，在其序跋中也有突出表現。因此，我們把文集中的書籍序跋、金石跋和《竹汀先生日記鈔》、《十駕齋養新録》中的有關古籍的條目收集成編，加以標點，并校正其中若干文字訛誤。排列順序一依《潛研堂文集》、《竹汀先生日記鈔》、《十駕齋養新録》之舊，原書標目總移於卷首。《潛研堂序跋》據《四部叢刊》影印嘉慶十一年刻本《潛研堂文集》，陳文和輯《潛研堂文集補編》内有序跋題記二十七條，今作爲《潛研堂序跋補遺》卷一。此次整理又輯得錢氏題跋九條，作爲《補遺》卷二，總附《潛研堂序跋》後。《竹汀先生日記鈔》據一九二九年商務印書館《叢書集成初編》據《式訓堂叢書》本排印斷句本，《十駕齋養新録摘鈔》據一九三七年商務印書館排印斷句本選録摘鈔。三書的點校參考了上海古籍出版社版吕友仁標校《潛研堂集》、江蘇古籍出版社版陳文和、孫顯軍等點校的《嘉定錢大昕全集》。錢氏序跋題記引用古籍極爲豐富，整理過程中着重核實了原書，發現若干訛誤，現將疑誤字、衍字加圓括號，正字、補字加方括號表示。爲便於檢索，書後加編了書名人名綜合索引。整理工作由程遠芬完成，杜澤遜審定。索引編製工作曾得到崔曉新、孫江平、戚昕三位同志的幫助，謹此致謝。由於水平所限，校點錯誤恐不能免，敬請讀者批評指正。

程遠芬

[一]《碑傳集》卷四十九江藩《錢詹事大昕記》，上海古籍出版社一九九七年十一月版。

［二］《文獻徵存録》卷八錢大昕《自題畫像贊》，轉引自中華書局一九九九年六月《文獻家通考·錢大昕》。

［三］《中國文學家大辭典·清代卷》，中華書局一九九六年十月版。

［四］《碑傳集》卷四十九江藩《錢詹事大昕記》。

總　目

點校説明……一
潛研堂序跋……一
竹汀先生日記鈔……二一一
十駕齋養新録摘鈔……二六五
書名人名綜合索引……一

潛研堂序跋

潛研堂序跋目録

潛研堂序跋卷一
山東鄉試録序……一五
湖南鄉試録序……一七
浙江鄉試録後序……一八
河南鄉試録序……二〇
潛研堂序跋卷二
易稽覽圖序……二二
周易讀翼揆方序……二二
古文尚書攷序……二三
虞東學詩序……二四
詩經韻譜序……二五
左氏傳古注輯存序……二六
春秋體例序……二七
儀禮管見序……二八
臧玉林經義雜識序……三〇
釋車序……三一
經籍籑詁序……三二
小學攷序……三三
説文新附攷序……三四
史記志疑序……三五
漢書正誤序……三六

後漢書年表後序……三七
三國志辨疑序……三八
東晉疆域志序……三九
東晉南北朝輿地表序……四〇
西魏書序……四二
二十四史同姓名録序……四二
廿二史攷異序……四三
泰山道里記序……四四
鳳陽縣志序……四五
中興學士院題名序……四六

潛研堂序跋卷三

寶刻類編序……四七
郭允伯金石史序……四七
天一閣碑目序……四八
關中金石記序……四九
山左金石志序……五〇
金陵石刻記序……五一
老子新解序……五二
淮南天文訓補注序……五三
盧氏羣書拾補序……五三
世緯序……五四
重刊太上感應篇箋注序……五五
嚴久能娱親雅言序……五六
醫譜序……五七
毛稼軒地理書序……五八
杜詩雙聲疊韻譜序……五九

潛研堂序跋卷四

重刻河東先生集序……六一

重刻孫明復小集序……六二
蘇詩合注序……六二
黄崑圃先生文集序……六三
味經窩類稾序……六四
紀曉嵐烏魯木齊雜詩序……六六
習菴先生詩集序……六六
李南澗詩集序……六七
甌北集序……六八
炙硯集序……七〇
春星草堂詩集序……七一
張鶴泉文集序……七一
半樹齋文稿序……七二
吳香巖十國宫詞序……七三
晼香樓詩序……七四
滌硯圖題詠序……七四
鄭康成年譜序……七五
歸震川先生年譜序……七五
鉅野姚氏族譜序……七六
吳興閔氏家乘序……七七
平江袁氏家譜序……七八
周氏族譜序……七八
棠樾鮑氏宣忠堂支譜序……七九
王鶴谿祖德述聞序……八〇

潛研堂序跋卷五

跋誠齋先生易傳……八二
跋程氏周易古占法……八二
跋周易本義咸淳本……八三
跋薛季宣書古文訓……八三
跋胡氏詩傳附録纂疏……八四

跋春秋左氏傳宋本……八四
跋春秋繁露……八五
又……八六
跋范氏穀梁集解……八六
跋儀禮集説……八七
跋禮記纂言……八七
跋大戴禮記……八八
跋逸周書……八九
跋爾雅疏單行本……八九
跋四書纂疏……八九
跋經典釋文……九〇
又……九一
跋羣經音辨……九一
跋説文解字……九二
跋徐氏説文繫傳……九四
跋汗簡……九五
跋龍龕手鑑……九五
跋古文四聲韻……九六
跋復古編……九七
跋吳棫韻補……九七
跋平水新刊韻略……九八
跋方日升韻會小補……九九
跋荀子……九九
跋吕氏春秋……一〇〇
又……一〇〇
跋淮南子……一〇一
跋論衡……一〇一
跋釋名……一〇二
跋抱朴子……一〇三
跋潛虛……一〇三

潛研堂序跋卷六

跋漢書……一〇五
跋漢書古今人表……一〇六
跋後漢書……一〇六
跋三國志……一〇七
跋北齊書……一〇七
跋南北史……一〇八
跋唐書直筆新例……一〇九
跋新唐書糾謬……一〇九
跋唐書釋音……一一一
跋唐書宰相世系表訂譌……一一一
跋資治通鑑……一一二
跋通鑑釋文……一一三
跋通鑑總類……一一三
跋續資治通鑑長編……一一四
跋宋史……一一四
又……一一六
跋柯維騏宋史新編……一一六
跋陳黄中宋史稿……一一七
跋隆平集……一一七
跋宋太宗實録……一一八
跋九朝編年備要……一一八
又……一一九
跋大金國志……一一九
跋元名臣事略……一二〇
跋元祕史……一二〇
跋元聖政典章……一二一
跋元氏略……一二二
跋通典……一二二
跋唐大詔令……一二三

跋皇祐新樂圖記……一二三
跋大金集禮……一二四
跋職官分紀……一二四
跋宰輔編年録……一二五
跋翰苑羣書……一二五
跋麟臺故事……一二五
跋中興學士院題名……一二六
跋兩房題名録……一二七
跋元統元年進士題名録……一二八

潛研堂序跋卷七

跋水經注新校本……一二九
跋方輿勝覽……一二九
跋元大一統志殘本……一三〇
跋元混一方輿勝覽……一三一
跋乾道四明圖經……一三一
跋新安志……一三二
跋三山志……一三二
跋吳郡志……一三三
跋雲閒志……一三三
跋會稽志……一三四
跋剡録……一三四
跋寶慶四明志……一三五
跋開慶四明續志……一三五
跋景定建康志……一三五
跋咸淳毗陵志……一三六
跋至元嘉禾志……一三六
跋齊乘……一三七
跋楊譓崑山郡志……一三七
跋玉峯志……一三八

跋成化四明郡志……一三八
題韓浚嘉定縣志後……一三九
跋朝鮮史略……一四〇
跋長春真人西游記……一四一
跋文淵閣書目……一四一
跋道藏闕經目録……一四二
跋王氏世譜……一四二

潛研堂序跋卷八

跋星經……一四四
跋秦九韶數學九章……一四四
跋太平御覽……一四五
跋武經總要……一四五
跋重修政和證類本草……一四五
跋太乙統宗寶鑑……一四六
跋薛尚功鐘鼎彝器欵識……一四六
跋隸續……一四七
跋石刻鋪敘……一四八
跋金石文字記……一四八
跋百川學海……一四九
跋藝圃搜奇……一四九
跋夢溪筆談……一四九
跋避暑録話……一五〇
跋能改齋漫録……一五〇
跋苕溪漁隱叢話……一五一
跋揮麈後録……一五一
跋金佗稡編……一五一
跋困學紀聞……一五二
跋山房隨筆……一五二
跋南村輟耕録……一五三

跋水東日記……一五四
跋宛委餘編……一五四
跋義門讀書記……一五五

潛研堂序跋卷九

跋陶淵明詩集……一五七
跋庾子山集……一五八
跋柳河東集……一五九
跋李衛公集……一五九
跋温飛卿詩……一五九
跋笠澤叢書……一六〇
跋徐夤釣磯文集……一六〇
跋東坡詩集……一六〇
跋北山小集……一六一
跋孫尚書大全集……一六一
跋渭南文集……一六二
跋史彌寧友林乙藁……一六三
跋滏水文集……一六三
跋遺山集……一六四
跋雪樓集……一六四
跋清容居士集……一六四
跋漢泉漫藁……一六五
跋道園類稿……一六五
跋金華黄先生集……一六六
跋倪雲林詩集……一六六
跋陶學士集……一六七
跋江雨軒集……一六七
跋匏翁家藏集……一六八
跋弇州四部稿……一六八
跋弇州山人續稿……一六八

又……一六九
跋徐氏海隅集……一六九
跋歸太僕集……一六九
跋方望溪文……一七〇
跋元詩前後集……一七〇
跋太倉文略……一七一

潛研堂序跋卷十

跋宋拓鐘鼎款識……一七二
跋石鼓文宋拓本……一七二
跋玄儒婁先生碑……一七三
跋西嶽華山碑……一七三
跋王稚子闕……一七三
跋太室石闕銘……一七四
跋高陽王湜墓志……一七四
跋阿彌陁像文……一七五
跋祠部員外郎裴道安墓誌……一七五
跋荆州法曹參軍趙思廉墓誌……一七六
跋玄靖先生李君碑……一七六
跋王顔追樹十八代祖晉司空王公神道碑……一七六
跋太常丞温佶碑……一七七
跋尊勝陀羅尼經……一七七
跋錢本艸……一七八
跋吳尋陽長公主墓誌……一七八
跋高陽許氏夫人墓誌……一七九
跋范忠宣公除右僕射告……一七九
跋黃山谷書范滂傳……一八〇
跋東坡書醉翁亭記……一八〇
跋鳳墅法帖……一八一

又……一八一
又……一八二
跋朱文公帖……一八二
跋薛氏義瑞堂帖……一八三
跋方正學溪喻草藁摹本……一八三
跋王濟之墨蹟……一八四
跋竹園壽集卷……一八四
跋吳匏庵贈衍聖孔公襲封還闕里詩序……一八五
跋楊忠愍公獄中與鄭端簡手簡……一八五
跋楊忠愍公壽徐少湖先生序稿……一八六
跋袁氏清芬世守册……一八六
跋袁胥臺父子家書……一八七
跋王雅宜書洛神賦杜陵内史補圖……一八七
跋袁氏先世石刻五種……一八七
跋文壽承休承書……一八八
跋錢功父書後赤壁賦……一八八
跋王荆石札……一八八
跋黄陶庵札……一八九
跋張晉江札……一八九
跋渤海藏真帖……一九〇
跋僧明浄書心經及法華經序……一九〇
跋陳文貞公詩卷……一九〇
跋汪退谷手書瘗鶴銘攷艸藁……一九一
跋汪退谷手書户部呈稿……一九一
跋袁氏貞節堂卷……一九一

潛研堂序跋補遺卷一

廿二史札記序……一九三
元史本證序……一九四
黄忠節公年譜序……一九六

續外岡志序……一九六
小知録序……一九七
谿南唱和集序……一九八
跋司馬温公集注太玄……一九八
跋五代會要……一九九
跋雲間志……一九九
跋輿地碑記目……二〇〇
跋衛生家寶産科備要……二〇〇
跋不得已……二〇〇
跋千家注批點杜工部詩集……二〇一
跋温國文正司馬公文集……二〇一
跋重校鶴山先生大全文集……二〇一
又……二〇二
又……二〇二
跋揭文安公文粹集……二〇二
跋道園學古録……二〇三
跋黄文獻公集……二〇三
跋韓仁銘……二〇三
跋高陽王康穆王志……二〇四
跋李玄靖碑一……二〇四
跋李玄靖碑二……二〇四
跋張嗣碑……二〇五
跋後梁昭義軍節度葛從周碑……二〇五
跋宋拓顔魯公書多寶塔感應碑……二〇五
跋張爾岐書……二〇六
跋重校容齋隨筆……二〇六

潛研堂序跋補遺卷二

明景泰刊本道園學古録題記……二〇七
毛氏汲古閣抄本句曲外史詩集題記……二〇七

錢枚手抄本吳都文粹題記……二〇七
舊鈔本秇林咀華題記……二〇七
宋館閣寫本宋太宗皇帝實録跋……二〇七
宋刊本新定續志跋……二〇八
龔氏玉玲瓏閣鈔本皇朝太平治迹統類跋……二〇八
舊鈔本博物要覽題記……二〇九
明張習鈔本東原集題記……二〇九

潛研堂序跋卷一

山東鄉試録序

皇上御宇二十有四年，歲在己卯，直省大比貢士，臣大昕奉命偕户部郎中臣葉宏往典山東試事。伏念臣江左寒儒，至庸極陋，乾隆十六年，恭遇大駕南巡，以諸生獻賦，召試行在，特賜舉人，授中書舍人之職。十九年，成進士，叨與館選。二十二年散館，御試一等一名，授職編修。二十三年，御試翰詹諸臣，臣名在二等，特擢右春坊右贊善，充武英殿纂修官。通籍以來，曾無涓埃自效。今兹又忝掄才重任，承命悚切，夙夜靡寧，爰星馳就道，如期入闈。監臨官則兵部右侍郎、巡撫山東兼提督銜臣阿爾泰，整飭紀綱，内外祇肅。提調官則分守濟東泰武道臣裴宗錫，監試官則山東鹽運使臣胡寶琳，内監試官則青州府海防同知臣嵩年，防範毖慎，旦夕精勤。乃進提督學政、刑部右侍郎臣謝溶生所録士四千八百有奇，鎖闈三試之。臣大昕、臣宏率同考官知州臣潘汝誠、知縣臣蔡應彪、文宗玠、翟翔、瑺泰、嚴文典、張若本、林觀海、胡華訓、駱大俊、朱昇鑰、韓光德等，矢公矢慎，昭告神明，披閲二十晝夜，得士六十九人，貢太學者十三人，謹録其文尤雅者，進呈御覽。臣例得序其端：臣唯三代以下，人才多出於科目，然士之束修砥行以應科目者，將以爲梯榮干進之階乎？抑將培其識、老其材以備朝廷公卿百執事之用也。國家養士百有餘年，菁莪、棫樸之化，無遠不屆。每三歲賓興，分遣臣工典試直省，取士一千二百有奇，貢之禮部。禮部又試，其合格者進之大廷，天子臨軒而親策之，公卿侍從，多出其中。其久試於禮部而不第者，亦得需次爲縣令、教諭等官。稽古之榮，可謂極矣。顧士有績學數十年，文字不中有司程式，終老於場屋者；而淺學薄植，偶因一日之長，徼倖弋獲者，亦閒有之。此其中亦似有天焉，而究未嘗不以咎衡鑒者之失也。唐臣韓愈有言：「唯古於文必己出，降而不能乃剽賊。」夫摹擬沿襲之文，古之能文者羞稱之，而今或以爲弋取科名之捷徑。宿儒之不遇，淺學之登科，其未必不以此也。夫皇上慎重科場，釐定成憲，除去表、判雷同勦襲之陋，首場試《四書》文及性理論，二場試經義，增五言排律。復諭禮臣，申嚴磨勘硃墨卷之例，將使士皆通經學古，淹長者無不收録，淺陋者不得倖售，遠近聞風，爭自奮厲。山左距京師千里而近，被化尤速。今之觀光而來者，率多銜華佩實之彥，彬彬乎質有其文，致足嘉也。夫人之才力各有所限，故工制義者或拙於聲律，研聲律者或短於策論，春華秋實，鮮克兼之。而要之學有根柢，則詞必己出。其詣力所至，雖不無淺深優絀之别，其爲讀書人之吐屬，可一望而決之也。臣等校閲之下，於《四書》、經義觀其學養，於詩律觀其才華，於論策觀其器識。所録之文，不皆一格；所得之卷，不皆兼長。要歸於有本有原，不使空疏蹈襲者得以濫廁科名。此則臣等區區甄别之意，所期仰副聖天子循名責實之治，以少報於萬一者矣。

湖南鄉試録序

上御極之二十有七年，歲在壬午，當賓興之期，閏五月，有旨命臣大昕偕修撰臣王杰典湖南試。臣於己卯歲承命典試山東，明年分校禮闈，兩與衡文之職。茲復膺簡命，自唯學識譾劣，敢不倍矢公慎。既宣旨午門外，諏日就道，兩閲月而抵長沙。維時監臨則兵部右侍郎、巡撫湖南臣馮鈐，提調則驛傳鹽法道臣張泓，監試則分守衡永郴桂道臣孔傳祖，内監試則寶慶府知府臣鄭之僑，整飭内外，防範精勤。乃進提督學(收)〔政〕、日講起居注官、翰林院侍讀臣吴鴻所録士四千餘人，鎖闈三試之。臣大昕、臣杰率同考官知縣金成華、李玉樹、王業銓、戴永植、魏桐蔭、王永芳、周升，試用知縣任其昌、柴楨悉心校閲，得士四十六人，貢太學者九人，録其文尤雅者，恭呈御覽。臣例得序其端：臣唯取士之途，莫重於科目。而科目進身之始，則先試以文詞。國家教養士子，納之庠序之中。學臣歲科兩試，第其甲乙。洎三年大比，特遣臣工，乘傳典試，拔其尤者而登進之。學臣校其優劣於平時，試臣司其去取於一日。學臣之試士也，正試之後又有覆試，可以覈其異同。試畢之日，公同參謁，可以察其器度。至如試臣，則鎖闈易書，暗中摸索，一經揭曉，得失已定。夫以言觀人，自古所難，矧以一日之文詞，欲覘其夙昔之學養，尤有難焉者。湖南應舉士子四千餘人，三場之卷凡萬二千有奇，合經書義論策詩計之，不下五萬六千篇。臣等自閲卷之始，至於撤棘，計十八晝夜。文卷浩繁，而時日有限，謂所去取者必皆允當而無一遺才，臣誠未敢自信也。然臣之心力，不敢不盡矣。寬其途以收之，平其心以衡之。詞無繁簡，範之以法；文無奇正，約之以理。不敢以小疵而棄大醇，不敢以細失而訾全美。每當去取之際，虛懷商搉，不憚再三。雖士子才分有限，未必盡得華實兼茂之才，要皆能自出機杼，非人云亦云者。昔明臣丘濬論科場程文之獘，以爲有登名前列而不知史册名目、朝代先後、字書偏旁者，以致士子倣傚成風，古學殆廢。臣等職司衡鑒，恥蹈斯獘。自今以始，三湘、七澤之濱，操觚而來者，咸知讀書好古之足貴，而勦説雷同之無益，相與研覃經史，有本有原，由是文體益進於渾醇，士習益臻於端謹，以仰承聖天子菁莪樂育之盛意，則臣於此邦之人士有厚期焉。

浙江鄉試録後序

歲乙酉之秋，天下大比貢士。先期禮部列名奏請典試官員，臣大昕承命貳祭酒臣曹秀先主浙江試事。伏念臣江左下士，遭遇聖明，自爲諸生，即蒙特達之知。及成進士，叨列詞館，初授編修，繼擢贊善，載遷侍讀，遂至學士，侍直講筵，校書祕殿，臣之榮寵，實爲逾分。而數年之閒，典鄉闈者二，分校禮闈者一，恩綸疊下，文柄屢司，尤爲至榮至幸者也。兹復有浙江副考官之命，唯浙東西素稱人文重地，以臣檮昧，懼弗克勝。拜命之後，諏日就道，如期而至其境。鎖闈三試，披閲二十餘晝夜，與臣秀先及同考諸臣，和衷將事，必公必慎。既撤棘，録其文凡二十篇，鏤版以呈。臣例得綴言簡末：臣唯文治之隆，關乎氣運，唯聖人建中和之極，金聲而玉振之，以臨照天下。凡庶民之秀者，皆得是訓是行，而成一代文明之治。在《易·賁》之《彖》曰：「觀乎人文，以化成天下。」人文者，聖王之所以化民而成俗也。其在《觀》之六四曰：「觀國之光，利用賓于王。」「有山之材，而照之以天光。」然後可以稱嘉賓，而爲王者之用。我國家樂育人才，百有餘年，每三載舉行鄉、會試，拔其尤者而登進之。皇上文思天縱，聖學日新，御極以來，釐定三場之式，申嚴磨勘之條，士習文體，駸駸日上。近復因浙江學臣之請，以御製詩文頒行天下。大哉皇言，焕乎有章。四方人士，伏而讀之，如日月麗天，星漢燭地，雖在遐陬僻壤，猶將仰末光而啟其愚瞢，況浙江山水清佳，人物秀穎。自大駕四度臨幸，諸生之肄於學者，詠歌盛德，以近天子之光，蒸然丕變，更有不知其然而然者矣。夫言者，心之聲也，故觀其文可以察其行。昔陸機之論文曰：「理扶質以立(翰)〔幹〕，文垂條而結繁。」韓愈有言：「唯古於詞必己出。」若夫支離穿鑿之言、雷同剽襲之語，於文無當，於行奚取！臣等奉命司衡，蘄革斯弊，於《四書》文，取其法之正而理之醇也；於論，取其有本有原、能闡明儒先之藴也；於經義，取其貫串注疏；於詩，取其研練聲律；於策，取其通曉古今。三場竝陳，去取斯定。所録之文，濃淡正奇，不名一格，要皆能以先民是程。而浮泛之陳言，則汰之務嚴焉。幸兩浙人士沐浴於聖人之光華，鼓舞鼚軒，争自淬厲。今之歌《鹿鳴》而來者，類多讀書自好、不爲徼逐標榜之習，而臣亦私幸文體之將進而日上也。雖然，臣之所取者，文也，因文可以知行，而文究不足以該行。古人稱德、功、言爲不朽之三，以德、功視言，則言爲細矣。況場屋之文，拘於程式，限於晷刻，文雖工，其能與於立言之選者僅矣。誠能毋狃於小成，毋誘於禄利，今日爲有典有則之文，異日爲立德立功之士，此則臣所望於多士。而多士亦各宜自勉，以仰副聖天子文明之治者爾。

河南鄉試録序

皇上御極之三十有九年，歲紀焉逢敦牂，各省舉行鄉試。臣大昕奉命偕翰林院侍講臣白麟典河南試事。既宣旨午門外，諏日就道，如期入闈。於時，監臨則兵部尚書、總督仍管巡撫河南兼提督銜、兼管河東河務臣何煟，整飭紀綱，内外嚴密。協同點名則署布政使事按察使臣榮柱，署按察使事、分巡開歸陳許河務道臣周於智，分守驛鹽糧儲道臣赫爾敬阿，提調則護理分巡開歸陳許河務道、開封府知府臣趙瑗，護理分巡南汝光道、懷慶府知府臣陳錫鉞，内監試則南陽府同知臣楊煒璜，恪謹厥職。乃進提督學政、翰林院侍講臣徐光文所録士四千六百五十有奇，扃闈三試之。臣大昕與臣白麟率同考官知縣臣湯顯相、蔡文甲、牛問仁、趙文重、吴家駒、胡相忠、沈一鳴、周鈉、積善、沈望、路釗、張永載等，悉心校閲，得士七十一人，貢成均者十三人，録其文之優者二十首，鏤板恭呈御覽。臣例得序其端：臣聞古之稱不朽者三，曰立德、立功、立言。宋時許昌靳裁之有言：「士之品大槩有三：志於道德者，功名不足以累其心；志於功名者，富貴不足以累其心；志於富貴而已者，則亦無所不至矣。」道德、功名，皆儒者分内之事，即聖門德行、政事兩科也。唐宋以來，設科目取士，士之有志功名者，以登科目爲榮。而流俗之稱，遂以登科目者謂之功名到手。古人以經濟爲功名，世俗以仕宦爲功名，毋乃顧名而未思其義乎！國家設科求賢，三歲一貢士。以河南省言之，每舉常七十餘人，皆一時庠序之秀。然其中仕宦顯達者，什不過一二人。求其品行純邃、經濟卓犖及文詞可傳於後者，百不得一也。士之志乎道德者，固不以科目之得不得爲輕重。其志乎功名者，既登科目，益當講求經濟，務爲有體有用之學，庶幾建功立名，不愧科目中人物。非然者，徒以文字一日之長，偶登科第，遽謂功名在是，其不謂之「志於富貴者」與！夫言爲心聲，文詞之淳漓，心術之誠僞形焉。必能爲不隨流俗之文，始可決爲克自砥厲之士。中州士風質朴，尠浮靡險怪之作，而陳言習調、勦襲雷同，時或不免。臣本諸生，困於場屋，蒙聖主特達之知，收之格外。洎成進士，屢忝司衡，兩校禮闈，四典鄉試。溯昔年應舉之艱辛，感此日承恩之優渥，倘校閱之下稍不盡心，夙夜何以自安！入闈以來，殫二十晝夜之力，不論已薦未薦之卷，臣與臣白麟二人，靡不搜閱。雖未敢謂所取之文悉合先民程式，而雷同勦襲之作，汰之務盡。既撤棘，士子有來謁者，臣復勉之以束修自好，從事於道德功名，毋蹈許昌靳氏之誚。他日文風士品，或進而日上，以仰副聖朝右文籲俊之意，則臣有厚望焉。

潛研堂序跋卷二

易稽覽圖序

《易緯》有六家，今行於世者，唯《乾鑿度》上下二卷，此外絶無傳本。乾隆癸巳春，天子詔儒臣校《永樂大典》，擇世所未見之書凡若干種，將刊布以嘉惠學者。《易稽覽圖》，其一也。謹案：此書首言甲子卦氣起《中孚》，卦氣之法，以《坎》、《離》、《震》、《兑》四正卦主春夏秋冬，爻主一氣，餘六十卦，卦主六日八十分日之七，始《中孚》，終《頤》，而周一歲之日，大指即《説卦傳》「帝出乎《震》」一章之文而推演之。其以風雨寒温驗政治得失，亦與《洪範》五行相爲表裏。漢人引此書者，或稱《中孚經》，或稱《中孚傳》，或稱《易内傳》，或稱《易傳》。蓋七十子之微言閒有存者，而術士怪迂之説，亦頗雜其中。要其精者足以傳經義，其駮者亦足以博異聞，窮經嗜古之士，宜有取焉。第中多脱簡譌字，難以盡通，安得博物如鄭康成、何邵公者出而正之。是歲七月廿五日，手鈔畢，識於卷端。

周易讀翼揆方序

海虞孫中伯氏，默而好深沈之思，於六經無不研覃，而尤邃於《易》。撰《讀翼揆方》若干卷，閲五寒暑，三四易稾而後定。予受而讀之，曰：悉乎哉，中伯氏之善言《易》也！《易》之道，肇於皇羲，演於文王、周公，而大備於孔子。孔子讀《易》，韋編三絶，序《彖》、《繫》、《象》、《説卦》、《文言》，以三聖人爲之經，宣尼爲之傳，此心此理，先後同揆，故舍《十翼》以言《易》，非《易》也。後之儒者，不以傳求經，而以意汩之，始疑經與傳不合，於是分爲伏羲之《易》、文王之《易》、孔子之《易》，甚且謂孔子之《易》不必合於羲、文之《易》。烏呼，何其支離而害理與！中伯氏有憂之，潛心《十翼》，融洽貫串，因其各指所之之辭，揆其變動不居之方。其詮解大義，直而有要，簡而不支。而互體、飛伏、世應、納甲之術，俱無取焉。其論世所傳《小象》者，乃《爻傳》，非《象傳》，當附《彖傳》之後。又論揲蓍，左扐得一得三爲奇，得四得二爲耦，皆獨有所得，不苟同乎先儒。竊謂先儒復生，未能易其言也。説《易》之書，莫盛於南宋紹興、乾道、淳熙之閒，以《易》義經進者，令祕書看詳，敕所司給筆札繕寫。上者除直館閣，次者伸一官，或差充文學教授。今其書多不傳，蓋其中未必無空疏雷同，希世以求知者，班孟堅所謂「禄利之路然也」。中伯氏之説《易》，自攄所學，不汲汲求當世之名，雖漢魏唐宋諸儒之言，不欲强爲傅會。以示株守局促之士，未必不怪之。然當世豈乏知子雲者。於以知必傳之久，可執左券也。予於《易》素非專家，竊嘗聞中伯氏之緒論而得其大略，庸敢述其意爲序，冀附以不朽云。

古文尚書攷序

《古文尚書》出於東晉，江左諸儒靡然從之，而河北猶守鄭氏古義。唐初修《正義》，始專用梅氏一家之學。自宋訖明，攻其僞者多矣，而終無以窒信古文者之口，其故有三。謂晚出書爲僞，則并壁中書而疑之，不知東晉之古文自僞，西漢之古文自真也。謂梅本不可信，則鄭本當可信，又疑其出於張霸，不知鄭所受於賈、馬者，即孔安國之古文，不特非張霸書，并非歐陽、夏侯本也。孔壁本有《太誓》，與今文同，太史公所載、許叔重所引、鄭康成所注，皆真《太誓》也。自梅書别有《太誓》，乃以舊《太誓》屬之今文。東晉之《太誓》固僞，西漢之《太誓》則非僞也。且安國爲武帝博士，所傳授即伏生二十九篇，其後得壁中書，以今文讀之，字句或異，因别爲説，以授都尉朝等，由是《尚書》有孔氏之學。其增多十六篇，雖定其文而無其説，故馬季長云「逸十六篇，絶無師説」也。誠知安國之真古文，則知增多者十六篇，别之爲二十四篇，而斷非二十五篇。安國所説者仍二十九篇，别之爲三十四篇，而斷無五十八篇之傳。此千四百餘年未決之疑，而惠松崖先生獨一一證成之，其有功於壁經甚大。先是，太原閻徵士百詩著書數十萬言，其義多與先生闇合，而於《太誓》猶沿唐人《正義》之誤，未若先生之精而約也。今士大夫多尊崇漢學，實出先生緒論。其所撰述都次第刊行，獨是編伏而未出。頃宋生子尚得之江處士艮庭，許亟梓而傳之，而屬序於予。予弱冠時謁先生於泮環巷宅，與論《易》義，更僕不勸，蓋謬以予爲可與道古者。忽忽卅餘載，楹書猶在，而典型日遠，綴名簡末，感慨係之。乾隆壬子三月既望序。

虞東學詩序

古今説《詩》者多矣，吾獨有味乎孟氏「以意逆志」之一言。是言也，凡説《詩》者皆知之而能言之，然或是古而非今，或襲新而遺故，一己之偏，未能悉化，雖自謂得古人之志於千載之後，而以辭害志者固已多矣。古人有引《詩》，有説《詩》。引《詩》者主於明事，不主於釋《詩》，所謂賦詩斷章不必盡合乎《詩》之本旨也。説《詩》者因其詞而論其世，而知其人，則非通儒不能。《孟子》七篇之中，引《詩》凡數十條，至以「憂心悄悄」言孔子，以「肆不殄厥愠，亦不隕厥問」言文王，引伸觸類，無所不可。及其説《小弁》，推本親親之仁；説「溥天之下」四語，推言勞于王事，不得養其父母。其言曲而中，於當日詩人情事，無不曲肖，夫是之謂善説《詩》。常熟顧古湫先生，通經名宿，尤長於《詩》。自《傳》、《箋》、《正義》、《集傳》而外，凡宋、元、明及近人言《毛詩》者，靡不博涉而精采之，撰爲《虞東學詩》若干卷。斟酌古今，不專主一家言，義有可取，雖邇言必察；若與經文違戾，雖儒先訓詁亦不曲爲附和。偶出新意，問者頤解，以爲得未曾有。又嘗病世人詁經，多勦襲成説以爲己有，故雖一字一句，必標其本書。蓋不以一己之意爲是，而必求諸古今之公論，以推詩人之志。設孟氏而在，其必謂之善説《詩》矣。往歲詔徵經術修明之士，先生方分教成均，首膺薦辟。又三年，成進士，有詔仍留教太學。越數年，遷宗人府主事以去，太學諸生至今頌之。先生之爲經師，朝野共推，固無待予言。獨憶予與先生同以治《毛詩》舉禮部試，乃予於《詩》實未有得。讀先生是書，益慨然增予荒經之愧也。

詩經韻譜序

金壇段君若膺撰次《詩經韻譜》成，予讀而善之，敘其端曰：自文字肇啟，即有音聲，比音成文，而詩教興焉。三代以前，無所爲聲韻之書。然《詩》三百五篇具在，參以經傳子騷，類而列之，引而伸之，古音可僂指而分也。許叔重云：「倉頡初作書，依類象形，故謂之文。其後形聲相益，即謂之字。」文字者終古不易，而音聲有時而變。五方之民，言語不通，近而一鄉一聚，猶各操土音，彼我相嗤，矧在數千年之久乎！謂古音必無異於今音，此夏蟲之不知冰也。然而去古浸遠，則於六書諧聲之旨漸離其宗，故唯三百五篇之音爲最善。而昧者乃執隋唐之韻以讀之，有所齟齬，屢變其音以相從，謂之叶韻，不唯無當於今音，而古音亦滋茫昧矣。明三山陳氏始知攷《毛詩》、屈宋賦以求古音，近世崑山顧氏、婺源江氏攷之益博以審。今段君復因顧、江兩家之説，證其違而補其未逮，定古音爲十七部。謂《唐韻》之支、齊、佳也，脂、微、皆、灰也，之、咍也，古皆各自爲部。魏晉以降，歌部之字半入於支，而脂、之兩部亦閒有出入。然支與脂、之猶不相假借，雖杜子美近體猶然。又謂四聲之分自古有之，《南史》稱永明中文章始用四聲者，謂行文以四聲相閒，諧協可誦，非始刱爲四聲。辨哉言乎！古人以音載義，後人區音與義而二之，聲音之不通而空談義理，吾未見其精於義也。此書出，將使海内説經之家奉爲圭臬，而因文字聲音以求訓詁，古義之興有日矣，詎獨以存古音而已哉！

左氏傳古注輯存序

漢儒傳《春秋》者，《公》、《穀》爲今文，《左氏》爲古文，班孟堅謂《左氏傳》多古字古言。而今所行杜元凱本，文多淺俗，轉不如《公》、《穀》二家。元凱名其書曰《集解》，蓋取何平叔《論語》之例。顧平叔於孔、包、馬、鄭諸解，各標其姓名，而元凱於前賢義訓隱而不言，則又近於伯尊之叡善矣。《左氏》解誼，莫精於服子慎。魏、齊、周、隋之世，與鄭康成所注諸經竝行，當時至有「寧道周孔誤，不言鄭服非」之諺。自唐初《正義》專用杜説，而服學遂亡，世遂不復知《左氏》之爲古文者，此嚴子豹人《古注輯存》所爲作也。夫窮經者必通訓詁，訓詁明而後知義理之趣。後儒不知訓詁，欲以鄉壁虛造之説求義理所在，夫是以支離而失其宗。漢之經師，其訓詁皆有家法，以其去聖人未遠。魏晉而降，儒生好異求新，注解日多，而經益晦。輔嗣之《易》、元凱之《春秋》，皆疏於訓詁，而後世盛行之。古學之不講久矣。豹人有憂之，乃刺取《經典釋文》、羣經《正義》，參以它書，采獲若干條。所師不專一家，要皆漢儒舊義。譬之鑿石得金，探水出珠，雖霾掩千百年，其爲希世之寶，有目者所當共賞也。抑予更有説焉，世儒尊杜氏者，謂其精於地理，今攷鄭伯克段於鄢，當爲陳留之傿，而杜以潁川之鄢陵當之；盟於亳城北，古本作「京城」，即叔段所封，而杜譌爲「亳」；防門、廣里皆齊地名，而杜以爲「塹廣一里」；楚靈王城陳、蔡、葉、不羹，故子革稱四國，杜本脱「葉」字，乃分不羹爲二以當之。竊意賈誼、應劭、京相璠、司馬彪之詮釋，皆出先民舊訓，試推而廣之，其足箴杜氏之膏肓者正自不少。予嘗有志裒輯而未逮也，博聞嗜古如豹人，幸留意焉。

春秋體例序

南昌陶君讓舟，博通今古，蘊經濟之才，小試一官，無以展其抱負。乃覃思《春秋》，究極其恉，著《春秋體例》十數萬言。鏗鏗觥觥，汪洋深博。大要以天道證人事，治亂興亡榮辱，皆由其人自取，善惡之報，如響斯應。驗諸《三傳》、《太史公書》，歷歷不誣矣。説者疑「報應」兩字出於釋氏書，且責報於天，似非聖賢勉人修德之旨。予案：《詩》云「報以介福」、《書》云「報虐以威」、《禮記》曰「大報天」、曰「大報本」，古聖之言「報」者多矣。「太上貴德，其次務施報」，報德報怨，雖施於儕輩之稱，然史公傳伯夷即有「天之報施善人」之語。後漢魯恭上疏言：「愛人者，必有天報。」其時佛法未入中國，儒家不諱言報也。古之聖王，事天如事親，故《洪範》以雨、暘、寒、燠、風驗五事之休咎，漢儒推演其説爲《五行論》，俾人主遇有災變，隨事修省，此古人畏天省身之遺法也。後儒以其不盡驗，欲舉而廢之，而「天變不足畏」之論興矣。夫天道遠，人道邇，休咎之不盡驗者，其驗在後，非終於不驗也。因一時之未驗，置人事而不講，《五行志》累牘連篇，悉視爲斷爛朝報，此與鯀之汨陳何異？讓舟之説《春秋》，明天人合一之原，與《洪範》言休咎若相印證，蓋於啖、趙、孫、劉之外，卓然自成一家，而不詭於正者也，予故樂得而序之。

儀禮管見序

三禮之有鄭《注》，所謂縣諸日月不刊之書也。宋儒説經，好爲新説，棄古注如土苴，獨《儀禮》爲樸學，空談義理者無從措辭。而朱晦庵、黄勉齋、楊信齋諸大儒又崇信之，故鄭氏專門之學未爲異義所汨。至元吴興敖君善出，乃詆爲疵多醇少，其所撰《集説》，雖云采先儒之言，其實自注疏而外，皆自逞私意，非有所依據也。然自敖氏之説興，綴學者猒注疏之緐而樂其易曉，往往舍古訓而從之。近儒方侍郎苞、沈徵士彤亦頗稱其善，予雖不敢以爲然，而所得膚淺，閒有駁正，厪百之一二耳。同年友褚君鶴侶於經學最深，持論最平，從事《禮經》者幾三十年，乃確然知鄭義之必可從，而敖說之無所據。嘗謂予曰：「君善意似不在解經而專與鄭立異，特其言含而不露，若無意於排擊者，是以入其玄中而不悟。至於說有不通，甚且改竄經文以曲就其義，不幾於無忌憚乎！」予益拊掌歎服，以爲篤論，然未得讀其全稾也。鶴侶没後，仲子鳴曦始出其《儀禮管見》稾本，將付諸梓，而屬予序之。披讀再四，乃知鶴侶用心之細密。即如《鄉飲酒記》「若有北面者東上」，敖改「東」爲「西」。鶴侶辯之曰：「注明言『統於門』，門在東，則不得以西爲上也。」《鄉射記》：「勝者之弟子，洗觶升酌，南面坐奠於豐上，降袒執弓，反位。」敖以「袒執弓」句爲衍。鶴侶辯之曰：「勝者之弟子，即射賓中年少者，以是勝黨，故『袒執弓』，非衍文也。」《燕禮》「媵觚於賓」，敖改「觚」爲「觶」。鶴侶辯之曰：「凡獻以爵者，酬以觶，《燕禮》辟正主獻既不以爵，則酬亦不以觶矣，安可破觚爲觶乎！」《大射儀》：「以耦左還，上射於左。」敖依《鄉射》改爲「於右」。鶴侶辯之曰：「上射位在北，下射位在南，《鄉射》、《大射》所同。但《鄉射》位在楅西，從楅向西，則北爲右；《大射》次在楅東，從楅向東，則北爲左。敖比而同之，昧於東西之别矣！」《喪服記》「公子爲其妻縓冠」，敖改「縓」爲「練」。鶴侶辯之曰：「練冠之紕，亦緣以縓，故《閒傳》云『練冠縓緣』。就其質言之曰練冠，就其紕言之曰縓冠。母重，故言其質；妻輕，故言其紕，非有二也。」《士虞禮》「明齊溲酒」，敖以「溲酒」爲衍文。鶴侶辯之曰：「《注》明言有酒無醴，據下文『普薦溲酒』，亦專言酒，不及醴，豈得妄解明齊爲醴輒删經文乎！」《特牲饋食禮》「三拜衆賓，衆賓荅再拜。」敖改「再」爲「一」。鶴侶辯之曰：「《鄉飲酒》衆賓荅一拜者，大夫爲主人也。

《有司徹》之荅一拜者，大夫爲祭主也。此士禮，安得以彼相例乎！」皆貫串全經，疏通證明，雖好辯者莫能置其喙。夫經與注相輔而行，破注者，荒經之漸也。敖書今雖未大行，然實事求是之儒少，而喜新趨便之士多，不亟辭而闢之，恐有視鄭學爲可取而代者。而成周制作之精意，益以茫昧，則是編洵中流之砥柱矣夫！

臧玉林經義雜識序

自宋元以經義取士，守一先生之説，敷衍傅會，并爲一談，而空疏不學者皆得自名經師，閒有讀漢唐注疏者，不以爲俗即以爲異，其獘至明季而極矣。國朝通儒若顧亭林、陳見桃、閻百詩、惠天牧諸先生，始篤志古學，研覃經訓，由文字、聲音、訓詁而得義理之真。同時毘陵有臧玉林先生，亦其流亞也。先生博極羣書，尤精《爾雅》、《説文》之學，謂「不識字何以讀書？不通訓詁何以明經？」孳孳講論，必求其是而後已。潦倒諸生卅年，未嘗一日不讀經，偶有所得，隨筆記之。先生既不自表襮，儕輩或非笑之。獨百詩先生極口歎賞，以爲學識出唐儒陸、孔之上，然聞者猶疑信參半。先生殁九十餘年，海内尊崇古學者日益衆，而文孫在東，擩染祖訓，好學深思，益有以昌先生之學。頃來吳門，出是書屬予校定。嘗謂六經者，聖人之言，因其言以求其義，則必自詁訓始。謂詁訓之外別有義理，如桑門以不立文字爲最上乘者，非吾儒之學也。詁訓必依漢儒，以其去古未遠，家法相承，七十子之大義猶有存者，異於後人之不知而作也。三代以前，文字、聲音與訓詁相通，漢儒猶能識之。以古爲師，師其是而已矣，夫豈陋今榮古、異趣以相高哉！先生之書，實事求是，別白精審，而未嘗馳騁其辭、輕詆先哲，斯真儒者之學，務實而不矜名者。予是以重其書，而益重其人也。

釋車序

車之由來遠矣！服牛乘馬，剏自古皇，虞鸞、夏鉤、殷大路，制皆無攷。周人尚輿，而輪輿輈蓋崇廣尺寸，《攷工記》詳言之。鄭氏去古未遠，又精算術，經所未言，徵於注可也。古者，天子、諸侯之車曰路，其通乎上下者爲乘車、兵車、田車，皆駕馬，中爲服，外爲驂。唯平地任載之車，乃駕牛，所謂大車也。牛車，庶人所乘，漢初將相或乘之，魏晉而後公卿以爲常乘，晉世畫輪車亦駕牛，則兼施於法駕矣。今之乘車駕馬不駕牛，而猶循古牛車之式，有兩轅，無曲輈，轅與牝服通爲一，而輿與輈失其舊矣。古者，輪牙屈一木爲之，今則析輞爲八，而裹以鐵；輻之三十者，半之，而輪亦失其舊矣。古者三人共乘，今唯容一人；古皆立乘，唯安車可坐，今皆坐乘無立乘。無惑乎日在輪蹄閒，而無一人能說車者也。《爾雅·釋器》止有輥、茀、禦、蔽、革、轙、钀之名，餘皆略之。婁東蕭君子山，精於攷古，撰《釋車》三篇，上篇言其制，中篇辨其等，下篇別其名，并及車馬旌旂之飾。以經文爲綱，參取諸儒訓詁而折衷之，其有功於禮家甚鉅。曩者，予友戴東原撰《攷工記圖》，附以《釋車》一篇，詞極簡古。予族子獻之亦有《車制攷》，大約因戴說而推廣之。子山於二家未相識，并未見其書，而攷證博洽則過之，豈諺所云「閉户造車，出門合轍」者邪？又以知此心此理之同，亦同於是而已矣。予束髮受經，於器服制度茫乎若迷，中年讀史至《輿服志》，往往昧於句度。頃與子山交，庶幾爲我指南，而老病不能進於是矣，序之以識吾愧云。

經籍籑詁序

有文字而後有詁訓，有詁訓而後有義理。訓詁者，義理之所由出，非別有義理出乎訓詁之外者也。《詩・烝民》之篇曰：「天生烝民，有物有則。民之秉彝，好是懿德。」宣尼贊爲「知道」之言。而其詩述仲山甫之德，本於「古訓是式」，古訓者，詁訓也。詁訓之不忘，乃能全乎民秉之懿。詁訓之於人大矣哉！昔唐虞典謨，首稱卟古；姬公《爾雅》，詁訓具備；孔子大聖，自謂「好古敏以求之」，又云「信而好古」，而深惡夫「不知而作」者，由是删定六經，歸於雅言。文也，而道即存焉。漢儒説經，遵守家法，詁訓傳箋，不失先民之旨。自晉代尚空虛，宋賢喜頓悟，笑問學爲支離，棄注疏爲糟粕，談經之家，師心自用，乃以俚俗之言詮説經典。若歐陽永叔解「吉士誘之」爲「挑誘」，後儒遂有詆《召南》爲淫奔而删之者。古訓之不講，其貽害於聖經甚矣！我國家崇尚實學，儒教振興，一洗明季空疎之陋。今少司農儀徵阮公以懿文碩學，受知九重，敭歷八座，累主文衡，首以經術爲多士倡。謂治經必通訓詁，而載籍極博，未有會最成一編者。往歲休寧戴東原在書局，實刱此議；大興朱竹君督學安徽，有志未果。公在館閣日，與陽湖孫季逑、大興朱少白、桐城馬魯陳相約分纂鈔撮羣經，未及半而中輟。乃於視學兩浙之暇，手定凡例，即字而審其義，依韻而類其字，有本訓，有轉訓，次敘列布，若網在綱。擇浙士之秀者若干人，分門編録。以教授歸安丁小雅董其事，又延武進臧在東專司校勘。書成，凡百有(十)六卷。公既任滿赴闕，將刊梨棗，嘉惠來學。

以予粗習雅故，貽書令序其緣起。夫六經定於至聖，舍經則無以爲學；學道要於好古，蔑古則無以見道。此書出，而窮經之彦焯然有所遵循，鄉壁虚造之輩，不得騰其説以衒世，學術正而士習端，其必由是矣，小學云乎哉！

小學攷序

六經皆載於文字者也，非聲音則經之文不正，非訓詁則經之義不明。《爾雅》一編，肇始於周公，故《詩》贊仲山甫之德，則曰「詁訓是式」；宣尼告魯哀公，亦云「《爾雅》以觀於古」。厥後七十子之徒，叔孫通、梁文諸人遞有增益，如「張仲孝友」、「瑟兮僩兮」、「謔浪笑傲」之類是也。後儒執此數言，疑爲漢人綴集，各出新意以説經，而經之旨去之彌遠矣。自倉頡刱作文字，而黄帝因之以正名百物。古之名，今之字也。古文籀篆體製雖變，而形聲事意之分，師傳具在，求古文者，求諸《説文》足矣。後人求勝於許氏，拾鐘鼎之墜文，既真贋參半，逞鄉壁之小慧，又誕妄難憑，此名爲尊古，而實戾於古者也。聲音固在文字之先，而即文字求聲音，則當以文字爲定。字之義取於孳，形聲相加，故六書唯諧聲爲多。後人不達古音，往往舍聲而求義，穿鑿傅會，即二徐尚不能免，至介甫益甚矣。古人之意不傳，而文則古今不異，因文字而得古音，因古音而得古訓，此一貫三之道，亦推一合十之道也。《漢志》以小學入《六藝略》，後之志藝文者，莫不因之。秀水朱氏《經義攷》，博稽傳注，作述源流，最爲晐洽，而小學獨闕，好古者有遺憾焉。方伯南康謝公藴山，枕葄經史，博綜羣言，早歲紬書東觀，得窺金匱石室之藏。既而典大郡，陟監司，公務之餘，鉛槧未嘗去手。每念通經必研小學，而古今流別，議論紛如。乃遵秀水之例，續爲《小學攷》。頃歲領藩兩浙，人和年豐，海壖綏靖，文瀾閣頒賜中祕書，職在典守，時得寓目。乃出舊稾，參以新得，分訓詁、文字、聲韻、音義爲四門，爲卷凡五十。既成，貽書見示，讀之兩閱月而畢。彬彬乎！馘馘乎！采摭極其博，而評論協於公，洵足贊聖世同文之治者乎！夫書契之作，其用至於百官治、萬民察。聖人論爲政必先正名，其效歸於禮樂興、刑罰中。張敞、杜林以識字而爲漢名臣，賈文元、司馬温公以辨音而爲宋良相。然則公之於斯學，固有獨見其大者。因文以載道，審音以知政，孰謂文學與經濟爲兩事哉！

説文新附攷序

六書之學，古人所謂小學也。唐時國子監有書學，《説文》、《字林》諸書，生徒分年誦習。自宋儒以灑埽應對進退爲小學，而書學遂廢。《説文》所以僅存者，實賴徐氏昆弟刊校之力，而大徐書流布尤廣。其尊信許氏，駮正流俗沿習不知所從之字，至今繆篆家猶奉爲科律。唯新附四百餘文，大半委巷淺俗，雖亦形聲相從，實乖《蒼》、《雅》之正。而張謙中《復古編》不能別白，直仞爲許君本文，是誣許君矣。鈕子非石，家莫釐峯下，篤志好古，不爲科舉之業，精研文字、聲音、訓詁，本本元元，獨有心得。謂《説文》縣諸日月而不刊者也，而後人以《新附》殽之。於是博稽載籍，咨訪時彥，如「琡」即「琨」、「緅」即「纔」、「劬」即「跔」、「塾」即「墇」，本後代增加；「剎」即「剎」、「拋」即「抱」、「賵」即「䁉」，乃傳寫譌溷；「打」即「朾」、「辦」即「辨」、「勘」即「戡」，乃吏牘妄造。一一疏通證明之，而其字之不必附、不當附，瞭然如視諸掌，豈非羽翼六書而爲騎省之諍友者乎！予初讀徐氏書，病其附益字多不典。及見其進表云：「復有經典相承及時俗要用而《説文》不載者，承詔皆附益之。」乃知所附實出太宗之意。大徐以羈旅之身，處猜忌之地，心知其非而不敢力争，往往於注中略見其旨。今得非石糾而正之，騎省如可作也，其必引爲知己，決不爲梁武之護前也夫。

史記志疑序

太史公修《史記》以繼《春秋》，成一家言。其述作依乎經，其議論兼乎子，班氏父子因其例而損益之，遂爲史家之宗。後人因踵事之密，而議草刱之疏，此固不足以爲史公病。或又以謗書短之，不知史公著述，意在尊漢，近黜暴秦，遠承三代，於諸表微見其指。秦雖并天下，無德以延其祚，不過與楚項等，表不稱「秦漢之際」而稱「秦楚之際」，不以漢承秦也。史家以不虚美、不隱惡爲良，美惡不揜，各從其實，何名爲謗？且使遷而誠謗，則光武賢主，賈、鄭名儒，何不聞議廢其書？故知王允褊心，元非通論。但去聖浸遠，百家雜出，博采兼收，未免雜而不醇；又一人之身，更涉仕宦，整齊畫一，力有未暇，此又不必曲爲之諱也。自少孫補綴，正文漸淆。厥後元后之詔，揚雄、班固之語，代有竄入；或又易「今上」爲「孝武」，彌失本真。今所傳裴、張、司馬三家，文字不無互異，轉寫鋟刻，譌踳滋多，校讎之家，訖無善本，私心病之久矣。仁和梁君曜(比)〔北〕，生於名門，擩染家學，下帷鍵户，默而湛思，尤於是書專精畢力。據經傳以糾乖違，參班、荀以究同異，凡文字之傳譌、注解之傅會，一一析而辨之。從事幾二十年，爲編三十六卷，名曰

《志疑》，謙也。河閒之實事求是，北海之釋廢箴肓，兼而有之，其在斯乎！至於斟酌羣言，不没人善，臣瓚注史，廣探李、應、如、蘇；范甯解經，兼取江、徐、泰、邵，分之未足爲珍，合之乃成其美，洵足爲龍門之功臣，襲《集解》、《索隱》、《正義》而四之者矣。

漢書正誤序

予年二十有二，來學紫陽書院，受業於虞山王艮齋先生。先生誨以讀書當自經史始，謂予尚可與道古，所以期望策厲之者甚厚。予之從事史學，由先生進之也。先生歸道山四十餘年，仲子愚谷郡丞，將以《漢書正誤》四卷付剞劂，屬予校勘。循環讀之，如見當日下帷抱槧、丹黄是正之勤焉。夫孟堅書義藴宏深，自漢訖隋，名其學者數十家，小顔集其成而諸家盡廢，學者因有「孟堅忠臣」之目。以予平心讀之，亦有未盡然者。班氏書援引經傳諸子，文字或與今本異，小顔既勒成一書，乃不取馬、鄭、服、何之訓詁校其異同，則采證有未備也。嘗讀《水經注》引應劭、如淳、臣瓚等説，有甚精覈者，而小顔未之引。又如「告」爲「嗥」、「姬」爲「怡」，皆秦漢古音，乃狃於近習，輒有駮難，則決擇有未精也。裴注《史記》所引《漢書音義》，蓋出於蔡謨本，而小顔多襲爲己説。且其叔父游秦撰《漢書決疑》，史稱師古多資取其義，而絶不齒及一字，則攘善之失更難掩也。宋儒好講史學，於是有三劉氏、吴氏《刊誤》之作，然劉書既無全本，吴雖博洽，往往馳騁而不要其歸。本朝則何義門、陳少章兩君，於是書攷證最有功。先生與少章子和叔交最善，故於二家之説多有采取。其云《正誤》者，正小顔之誤也。所徵引必識其名，不欲掩人之善也。此書出，當駕三劉與吳而上之。予故接聞先生緒論者，謹識梗槩如右。

後漢書年表後序

歙鮑君以文得熊氏《後漢書年表》，手自讎校，將刻以行世，以予粗涉史學，屬覆校焉。予弟晦之尤熟於范史，因與參攷商略，正其傳寫之訛脱者，兩閲月而畢事。乃識其後曰：史之有表，昉於司馬子長，至班氏而義例益密。東京則有伏無忌、黄景作《諸王》、《王子恩澤侯表》，邊韶諸人作《百官表》，東觀史臣猶仍舊貫。自范蔚宗書出，而東觀謝、薛諸家盡廢，《志》既未成，《表》乃全闕。熊氏生於千載之後，上追《史》《漢》，斐然有作，洵乎豪傑之士矣。而典籍散亡，范史而外，無所取材，宗親承襲，功臣事狀，列卿除罷，姓名湮没，什有六七。光武始封宗室百三十七人，功臣三百六十五人，外戚恩澤四十五人。今見於《表》唯同姓王侯五十有八，異姓百七十有四，文獻無徵，不無遺憾於蔚宗焉。予又以班氏之例求之，此表閒有未合者。如《王侯表》云某某隨父者，祇計始封及繼絶而言，此乃并父子相繼數之。關内侯，前表例不書，此則皆書。《公卿表》，前《書》祇表九卿，不及百官。執金吾、水衡都尉、京兆尹、左馮翊、右扶風，以其列於九卿，故得與焉。此并大長秋、將作大匠、城門校尉、司隸校尉等一槩表之。長樂衛尉、長信少府之類，前《表》例不書，此亦皆書之。蓋作者自出新意，不必悉仍乎舊。至若三公除免有月日，而列卿則否；將軍比公者則書，而雜號不書，則猶前《書》之例也。桃鄉侯福、當塗鄉侯亢皆任城王安母弟，而誤入之異姓；《孔僖傳》有賜褒成侯損及孔氏男女錢帛之語，而遂以僖爲褒成侯；伏完本承祖不其之封，而它卷又別見。此或千慮之失，弟元文未可輕改，聊效光伯規過之義，以詒來學云。

三國志辨疑序

陳承祚《三國志》，刱前人未有之例，縣諸日月而不刊者也。魏氏據中原日久而晉承其禪，當時中原人士知有魏不知有蜀、吳也。自承祚書出，始正三國之名，且先蜀而後吳，又於《楊戲傳》末載《季漢輔臣贊》，亹亹數百言，所以尊蜀殊於魏、吳也；存季漢之名者，明乎蜀之實漢也。習鑿齒作《漢晉春秋》，不過因其意而推闡之。而後之論史者，輒右習而左陳，毋乃好爲議論而未審乎時勢之難易與？夫晉之祖宗所北面而事者魏也，蜀之滅，晉實爲之。吳、蜀既亡，羣然一詞，指爲僞朝。乃承祚不唯不僞之，且引魏以匹二國，其秉筆之公，視南、董何多讓焉！而晉武不以爲忤，張茂先且欲以《晉書》付之，其君臣度量之宏，高出唐宋萬萬。豈非去古未遠，三代之直道猶存，故承祚得以行其志乎？厥後琅邪紹統，即仿漢中承制之局，鑿齒建議祧魏而承漢，直易易耳。考亭生於南宋，事勢與蜀漢相同，以蜀爲正統，固其宜矣。然吾所以重承祚者，又在乎叙事之可信。蓋史臣載筆，事久則議論易公，世近則見聞必確。三國介漢、晉之間，首尾相涉，垂及百年，兩史有違失者，往往賴此書正之。如郗慮、華歆均爲御史大夫，而慮爲漢臣，歆爲魏臣，《魏武紀》書歆不書慮，是也；《漢獻紀》書慮兼書歆，非也。《吳志》言劉熙作《釋名》，《後漢書》以爲劉珍作，亦陳是而范非也。蔚宗號稱良史，然去東京歲月遥遠，較之承祚，則傳聞之與親睹，固不可同年而語矣。若《晉書》修於唐初，時代益復邈隔，又雜出衆手，非專家之業，其罅漏百出，奚足怪哉！予性喜史學，馬、班而外即推此書，以爲過於范、歐陽，而裴氏注遮羅闕佚，尤爲陳氏功臣。所恨意存涉獵，不能專力。予弟晦之，孜孜好古，實事求是，所得殊多於予，其用力精勤，雖近儒何屺瞻、陳少章，未能或之先也。鈔撮甫畢，屬予點次，喜而序之。

東晉疆域志序

陽湖洪君稚存撰次《三國疆域志》成，予既歎其奇絶。比者復有《東晉疆域志》之編，汗青甫畢，出以相示。讀之益歎其才大而思精，誠史家不可少之書也。蓋自黄帝畫野分州，至秦更爲郡縣，而輿地一變，郡縣之名多因山川都邑。至南北朝，僑置州郡，而輿地又一變，由是名實混殽，觀聽眩瞀。建康也，而有高陽、廣川；襄陽也，而有扶風、京兆；廣陵也，而有雁門、遼西；既以客户而雜主。壽春也，而稱爲睢陽；合肥也，而稱爲汝陰；沙羡也，而稱爲汝南；更以假號而奪真。宋、齊、梁、陳沿襲於東南，元魏、齊、周效尤於西北，而其端實自典午啟之。此東晉疆域辨之宜早也。然而斯《志》之補，厥有四難：一則實土之廣狹無常。建武、太寧，規橅粗定，始削於咸和，而旋振於永和，再蹙於寧康，而復拓於太元，三挫於隆安，而大闢於義熙。試即全晉十有九州論之，始終梗化者，唯秦、并、冀、幽、平五州。雍則兵威所加而不能守，涼則職貢所通而不能有，皆可置之不論。若夫青、梁、益、寧之始陷卒復，司、兗、豫之時得時失，即揚之江西、徐之淮北、荆之沔中，亦閒或淪陷，疆埸一彼一此，前史莫之詳也。一則僑土之名目多複。幽、冀、青、并，共居江表，梁、秦、司、雍，雜處襄陽。豫户多寄淮南而或在夏口，雍民皆依漢沔而或在滁中，揚之義成、松滋，乃處荆部，徐之郯、朐、利城，曾託海虞，太原、上黨、魏郡、廣川，地異名同，總非故土。此沈休文所謂「千回百改，巧術不算」者也。一則紀傳之事迹不完。洛陽爲晉故都，得失宜謹書之，而紀或書或否。幽州燕國、并州義昌，不言僑立何方。姚興割歸十二郡，得其四而遺其八，唐人且有遺忘，於今焉能尋討？一則志之紕漏難信。濟陽、西陽，惠帝所分；宿預、始康，安帝所置；陳留嘗寄於堂邑，春穀曾屬於廬江，《志》竝闕而不書。改堂邑爲秦郡，乃安帝而非元帝；分南郡立武寧，乃桓玄而非桓温。且僑置州郡，本無「南」字，義熙收復故土，因立北徐、北青。永初受禪，始詔去「北」加「南」，而《志》已先有南兖、南徐、南青、南豫，且謂元帝置南東海、南琅邪、南東平諸郡，豈非誤仞《宋志》追稱以爲本號乎！梁州之巴渠、懷安、宋熙、懷漢、安康諸郡，皆劉宋所立，而《志》以爲安帝，豈晉末先有宋熙之名乎？夫唐初去晉未遠，何法盛、臧榮緒諸書具在，而全不檢照，涉筆便誤，則史臣之昧於地理，不得辭其咎矣。稚存生於千載之後，乃能補苴罅漏，抉摘異同，探酈、樂之逸文，參沈、魏之後史，闕疑而慎言，博學而明辯。俾讀者了然如聚米之在目前，詎非大快事哉！稚存少而好游，九州之廣，足迹幾徧。胷羅全史，加以目驗，故能博且精若此。而意猶未足也，將踵是而志十六國之畺域，與斯編相輔而行。予雖衰病，亦嘗留意方輿之學，願企踵以觀厥成焉。

東晉南北朝輿地表序

讀史而不諳輿地，譬猶瞽之無相也。然兩漢唐宋之世，區宇混一，經緯秩如。即三國之承漢，五代十國之承唐，封畛雖分，名實未改，稽古之彦，探索匪難。獨典午渡江以後，開皇平陳以前，瓜剖豆分，蓋三十國。南北僑置，千回百改，史之存者十家，而有志者財五。晉則但述太康而不詳江左偏安之局，魏則祇據武定而反遺洛陽全盛之規。休文上攷沿革，差有條理，而或失之繇；輔機兼籠五朝亦能貫串，而或失之略。子顯謏聞，更無譏矣。杜佑、李吉甫、樂史輩，於方輿之學最稱該洽，而南北僑立之迹，十闕其九。非涉獵之未周，良討論之未易也。同里徐仲圃，默而好深湛之思，足迹不出百里，而三條、四列、十道、九域，一一囊括於心胷。乃上溯太安，下訖大業，年經國緯，表而次之。先辨實土，附以僑治，其閒分裂并合，參互錯綜，《志》有滲漏，則采紀傳以證成之。以予亦嘗從事於斯也，每成一篇，輒就商榷，攷辯同異，必得其當然後已。旁觀匿笑，雖其用心無用之地，不知吾兩人之莫逆於心也。古人謂作史莫難於志，而時代久遠，則攷證尤難。《晉》、《隋》兩書，均出唐史臣之手，而《晉志》之紕繆甚於《隋志》。謂江左有南徐州、南兖州、南青州，不知僑州加「南」，昉於永初詔書，晉世方鎮，未有稱南兖、南徐者也。謂梁州立巴渠、懷安、宋熙、懷漢、安康諸郡，不知皆宋所立，且晉世不當先有宋熙之名也。桓玄立綏安郡，非桓溫也。襄陽僑立河南、義成郡，非秦、雍流人也。唐初去晉僅二百年，而傳聞舛譌若此。仲圃生於千載之後，乃能鉤稽載籍，究其離合，分刌毫釐，窮極幼眇，雖身歷其時、目睹其地者，亦無以過。自非有絶人之識，用心專而爲日久，安能爲古人之所難爲也哉！此書出，必有珍爲枕中之祕者，予固非阿所好而云然也。

西魏書序

昔元魏之季，孝武不忍賀六渾之偪，播遷關西，終不免黑獺之弑。自是東西對峙，各爲強臣所制，地醜德齊，無以相尚。然天平改元之始，孝武固無恙也，則東魏不如西之正。天保受禪而後，關西猶擁虛號者七八年，則西魏較愈於東之促。此温文正公、徽文公之書法所以抑東而揚西也。乃魏彦深之史無傳，而伯起書獨行，遂加孝武以出帝之稱，而直斥西主之名，偏陂不公，莫此爲甚。李延壽《本紀》頗采彦深，先西後東，差强人意。而列傳猶承《周史》舊文，讀史者不無遺憾焉。且志地形者，宜據太和全盛之規，而伯起轉取武(平)〔定〕偏安之局。於秦、雍諸州，雖云據永熙綰籍，而漏落良多。至西遷廿餘年閒，州郡增置紛緐，名目屢易，尤不可以無專書也。觀察謝藴山先生，曩在史局，編摹之暇，與閣學翁公議補是書。洎宛陵奉諱家居，乃斟酌義例，排次成編，爲《本紀》一、《表》三、《攷》二、《列傳》十三、《載記》一。既蕆事，介翁公屬序於予。讀其凡例，謹嚴有法，洵足奪伯起之席，而張涑水、考亭之幟矣。昔平繪撰《中興書》，其體例當類此，而《隋志》不著於録，則唐初已無傳。觀察之書，不獨爲前哲補亡，而《將相》、《大臣》、《征伐》諸表，精覈貫串，又補前史所未備。傳諸異日，視蕭常、郝經之《續後漢書》，殆有過之無不及也。

二十四史同姓名録序

予好讀乙部書，涉獵卌年，竊謂史家所當討論者有三端：曰輿地，曰官制，曰氏族。顧州郡、職官，史志尚有專篇，唯氏族略而不講。班之《古今人表》散而無紀，歐陽之《宰相世系》偏而不全，思欲貫串諸史，勒爲一書，而衰病遽臻，有志未逮。昔應仲遠、王節信之述氏族，皆推本受姓之始。予謂史學與譜學不同，邃古既遠，命氏之典久廢，漢世已無姓氏之分。史公於漢本紀稱「姓劉氏」，言漢之以氏爲姓也。後儒强作解事，謂漢出祁姓，因訾史公之謬。不知項伯、婁敬賜姓，不曰「祁」而曰「劉」，此漢制之異於三代者。遷爲漢臣，豈能私改國姓？以是持論，可謂迂而無當者也。予所謂氏族之當明者，但就一代有名之家，辨其支派昭穆，使不相混而已矣。自作史者不明此義，於是有一人而兩傳，若唐之楊朝晟，宋之程師孟，元之速不台、完者都、石抹也先、重喜者矣。有非其族而强合之，若《宋紀》以余晦爲玠子者矣。有仞昆弟爲祖孫，若《元史》以李伯温爲(瑴)〔瑴〕子者矣。至於耶律、移剌本一也，而或二之。回回、回鶻本二也，而或一之。氏族之不講，觸處皆成窒礙。此雖卑之無甚高論，實切近而適於用。至於遥遥華胄，姑置勿道可爾。《廿四史同姓名録》者，蕭山汪君焕曾所葺，蓋取諸史中同姓者，類其名而列之，或專傳，或附傳，悉附注其下，略述事實以備稽攷。凡著於録者四萬六千餘人，於是正史之人物，瞭然如指諸掌，其名同而族異者，俱可溯其原而不雜厠。既蒇事，以予稍涉史學，貽書屬序其端。汪君少承兩節母之訓，窮經敦品，恥爲流俗之學。得第後，作宰楚南，公務稍暇，披覽史籍，往往忘食。投劾歸田，益以撰述爲務。其於斯編，固將友其賢者於千載之上，豈徒識姓名已哉。予特以其義例有稗於史，而喜其實獲我心也，於是乎書。

廿二史攷異序

予弱冠時，好讀乙部書。通籍以後，尤專斯業。自《史》、《漢》訖《金》、《元》，作者廿有二家，反覆校勘，雖寒暑疾疢，未嘗少輟。偶有所得，寫於別紙。丁亥歲，乞假歸里，稍編次之。歲有增益，卷帙滋多。戊戌，設教鍾山，講肄之暇，復加討論。閒與前人闇合者，削而去之。或得於同學啟示，亦必標其姓名。郭象、何法盛之事，蓋深恥之也。夫史之難讀久矣，司馬溫公撰《資治通鑑》成，唯王勝之借一讀，它人讀未盡十紙，已欠伸思睡矣。況廿二家之書，文字煩多，義例紛糾，輿地則今昔異名、僑置殊所，職官則沿革迭代、冗要逐時，欲其條理貫串、瞭如指掌，良非易事。以予儜劣，敢云有得？但涉獵既久，啟悟遂多，著之鉛槧，賢於博弈云爾。且夫史非一家之書，實千載之書，祛其疑乃能堅其信，指其瑕益以見其美。拾遺規過，匪爲齮齕前人，實以開導後學。而世之攷古者，拾班、范之一言，擿沈、蕭之數簡，兼有竹素爛脱，豕虎傳譌，易「斗分」作「升分」，更「日及」爲「白芨」，乃出校書之陋，本非作者之愆，而皆文致小疵，目爲大創，馳騁筆墨，夸曜凡庸，予所不能效也。更有空疏措大，輒以褒貶自任，强作聰明，妄生疻痏，不卟年代，不揆時勢，强人以所難行，責人以所難受，陳義甚高，居心過刻，予尤不敢效也。桑榆景迫，學殖無成，唯有實事求是，護惜古人之苦心，可與海内共白。自知桑燭之光必多罅漏，所冀有道君子理而董之。庚子五月廿有二日。

泰山道里記序

往者李進士素伯在京師，數爲予言聶君劒光者，居岱宗之陽，多識岱故，貧而好著書，良士也。歲乙酉秋，予以使事道出泰安，留一日，爲岱宗游。欲訪劒光同行，顧人無識之者。是日，出城北門，歷十八盤，登玉皇頂，抵莫而回，粗識岱宗面目而已。其冬，復過泰安，劒光持刺介素伯書來見。予喜甚，然簡書有期，不復能入山矣。將别，劒光以所著《泰山道里記》屬予序其端。讀之，由近及遠，由正路以及四隅，較若列眉。其閒嵓谷幽阻，昔人游屐所未至，掌録所未詳者，劒光歷三十年，布衣芒屩，手捫目驗而知之。其文淳雅或遜古人，然攷稽精審，質而不俚，簡而不漏，洵志乘之佳者。素伯所稱，不予欺也。予夙有山水癖，與劒光同。它日再游岱宗，劒光能强爲我行乎？書之，以爲息壤之約。

鳳陽縣志序

志之爲言識也。《周禮》小史「掌邦國之志」，訓方氏「掌道四方之政事，與其上下之志」，誦訓「掌道方志，以詔觀事」，其志之權輿乎？古文「志」與「識」通。《論語》：「賢者識其大者，不賢者識其小者，莫不有文武之道焉。」漢石經「識」作「志」。志無論小大，皆道之所在，孔子所學而師焉者也。班孟堅作《漢史》，立十志之名，後人因之，不敢廢。至於一州一縣，亦各有志，此即誦訓「道方志」之遺意，而世儒多忽之。仕宦者視其官如傳舍，公事以吏爲師，詢以疆域沿革、先民言行，噤不能出聲，反訾爲迂疏不切事，其亦異於孔氏之學矣。宛平孫維龍勖堂，以名進士出知黟縣。上官察其才能治劇，調任鳳陽。鳳陽，古鍾離子國，春秋吴、楚交争之地，晉、宋、齊、梁、南唐及宋南渡後，常爲淮南重鎮。及明太祖以濠梁布衣剏造大業，遂建爲中都，比於漢之豐、沛。中葉以降，民疲於供應，元氣日以秏矣。皇朝因明之舊，設鳳陽、臨淮二縣。臨淮城，故濠州治，當淮水之衝，數被水患。乾隆八年，議徙治周梁橋，既而不果。十九年，以總督鄂剛烈公之請，省并入鳳陽。地大而事益緐，公私往來，酬應絡繹，號稱難治。勖堂涖縣五年，政通人和，以暇日撰《縣志》十有六卷。大計以卓異薦，旋罣吏議去官。在都候銓，出志稾屬予序之，予諾而未及爲也。今春勖堂將赴官四川，過予寓齋話舊，灑涕而別。別未十旬，遽有木果木之變，而勖堂以死事聞矣。生爲循吏，死爲忠臣，於勖堂亦復何憾！然臨別依依，言猶在耳，不可負吾友於地下，因和淚濡墨而爲之序。

中興學士院題名序

《宋中興百官題名》，今存於《永樂大典》者，曰《學士院》，曰《諫院》，曰《登聞檢院》，曰《登聞鼓院》，曰《進奏院》，曰《官告院》，曰《文思院》，曰《糧料院》，曰《樞密官屬》，皆始建炎、終嘉定，不知何人所編次。攷陳伯玉《書録解題》，稱「監察御史臨川何異同叔撰《中興百官題名》五十卷，首卷爲《宰輔拜罷録》，餘以次列之，刻浙漕司。其後以時增附。渡江之初，庶務草刱，諸司閒有不可攷者，多缺之」。乃知此書出於何同叔。今所存者，特千百之十一爾。大昕承乏學士十有餘年，頗有意訪求前世掌故，因手録《學士院題名》，藏之行篋。時乾隆三十有八年十月二十七日。

潛研堂序跋卷三

寶刻類編序

《寶刻類編》，不著撰人姓名，馬氏《經籍攷》亦未著録，獨《永樂大典》有之。攷其編次，始周、秦訖唐、五代，其爲宋人所撰無疑。宋寶慶初，避理宗嫌名，改江南西路之「筠州」爲「瑞州」。此編載碑刻所在有云「瑞州」者，又知其爲宋末人也。同時有臨安陳思者，撰《寶刻叢編》二十卷，頗爲蓺林所珍。陳氏以郡縣爲綱，此以書家姓名分類，體例雖不同，要皆攷金石文字者所宜津逮也。其分類凡八，曰帝王，曰太子諸王，曰國主，曰名臣，曰釋氏，曰道士，曰婦人，曰（名姓）〔姓名〕殘闕。每類之中，復以時代爲次。而於唐、五代碑碣蒐采最富，可以補歐陽永叔、趙德父之遺漏。唯名臣十三之三，一卷全闕，讀者或以爲憾，然世間更無它本矣。

郭允伯金石史序

古文多用竹簡，後世易以楮紙，二者適於用而不能久，故金石刻尚焉。周、秦、漢、唐之刻，傳於今者，皆工妙可愛。世人震於所見，因歎古人事事不可及。予謂字畫有好醜，鐫手有巧拙，古人詎必大異於今。

顧其醜且拙者，雖託之金石，終與草木同腐。神物所護持，必其精神自能壽世，故非古迹之皆工，殆非工者不能久而傳爾。自宋以來，談金石刻者有兩家：或攷稽史傳，證事迹之異同；或研討書法，辨源流之升降。嘗鼎一臠，各猒所欲，挹水鑽燧，取之無盡。今讀華州郭允伯《金石史》，鑒别精審，而援引經史亦亹亹可聽，庶乎兼兩家之長者。允伯長於分隸，與盩厔趙子函同有金石之癖，當時稱「關中二士」。乃趙所著《石墨鐫華》久行於世，而此書罕傳。吾友汪子少山得故家藏本，手録其副，韓城王侍郎惺園將刻之浙中，屬予題其端云。時乾隆丁酉正月望日。

天一閣碑目序

四明范侍郎天一閣藏書，名重海内久矣。其藏弆碑刻尤富，顧世無知之者。癸卯夏，予游天台，道出鄞，老友李匯川始爲予言之。亟叩主人，啟香廚而出之。浩如煙海，未遑竟讀。今年予復至鄞，適海鹽張芑堂以摹《石鼓文》寓范氏，而侍郎之六世孫葦舟亦耽嗜法書，三人者晨夕過從，嗜好略相似，因言天一石刻之富，不減歐、趙，而未有目録傳諸後世，豈非闕事。乃相約撰次之。拂塵祛蠹，手披目覽，幾及十日。去其重複者，自三代訖宋、元，凡五百八十餘通。以時代先後爲次，并記撰、書人姓名，俾後來有攷。明碑亦有字畫可喜者，以近不著録，仿歐、趙之例也。予嘗讀《弇州續稾》中《荅范司馬小簡》，有書籍互相借鈔之約。今檢《圉令趙君碑》背面，有侍郎手書「鳳洲送」三字，風流好事，令人歎慕不置。顧弇山園書畫不五十年盡歸它姓，而范氏所藏閲二百餘年，手澤無恙，此則後嗣之多賢，尤足深羡者矣。明代好金石者，唯都、楊、郭、趙四家。較其目録，皆不及范氏之富。若于司直輩，道聽涂説，徒供覆瓿耳。此書出，將與歐、趙、洪、陳竝傳，葦舟可謂有功於前人。而攷證精審，俾先賢探羅之苦心不終湮没，則予與芑堂不無助焉。

關中金石記序

金石之學，與經史相表裏。「側」「菑」異本，任城辨於《公羊》；「戛」「臭」殊文，新安述於《魯論》。歐、趙、洪諸家，涉獵正史，是正尤多。蓋以竹帛之文，久而易壞，手鈔板刻，展轉失真。獨金石銘勒，出於千百載以前，猶見古人真面目。其文其事，信而有徵，故可寶也。關中爲三代、秦、漢、隋、唐都會之地，碑刻之富，甲於海内。巡撫畢公秋帆，以文學侍從之臣，膺分陝之任，三輔、漢中、上郡皆按部所及。又嘗再領總督印，逾河、隴，度伊、涼，跋涉萬里。周爰咨詢，所得金石文字，起秦、漢，訖於金、元，凡七百九十七通，雍、涼之奇秀，萃於是矣。公又以政事之暇，鉤稽經史，決擿異同，條舉而件繫之，正六書偏旁，以糾冰、英之謬。按《禹貢》古義以探漢、瀁之源，表河伯之故祠，紬道經之善本，以及三藏五燈之祕，七音九弄之根，偶舉一隅，都超凡諦。自非多學而識，何以臻此！在宋元豐中，北平田槩嘗撰《京兆金石録》六卷。其書雖不傳，然陳氏《寶刻叢編》屢引之。揆其體例，僅志撰、書姓名年月，初無攷證之益，且所録不過京兆一路。豈若斯記，自關内、河西、山南、隴右悉著於録，而且徵引之博，辨析之精，沿波而討源，推十以合一，雖曰嘗鼎一臠，而經史之實學寓焉。大昕於兹事篤嗜有年，常恨見聞淺尠。讀公新製，如獲異珍，它日按籍而求，以補藏弆之闕，則是編爲西道主人矣。

山左金石志序

金石之學始於宋，録金石而分地，亦始於宋。有統天下而録之者，王象之之《碑目》、陳思之《叢編》是也。有即一道而録之者，崔君授之於京兆，劉涇之於成都是也。國朝右文協古，度越前代，而一時諸鉅公，博學而善著書。於是畢秋帆尚書鎮撫雍、豫，翁覃谿學士視學粤東，皆薈萃翠墨，次弟成編。獨山左聖人故里，秦、漢、魏、晉、六朝之刻，所在多有。曲阜之林廟，任城之學宫，岱宗、靈巖之磨厓，好事者偶津逮焉，猶挹水於河而取火於燧矣。近時黄小松、李南澗、聶劒光、段赤亭輩，雖各有編録，祇就一方，未眩全省，是誠蓺林一闕事也。乾隆癸丑秋，今閣學儀徵阮公芸臺，奉命視學山左，公務之暇，諮訪耆舊，廣爲探索。其明年冬，畢尚書來撫齊魯，兩賢同心贊成此舉，遂商榷條例，博稽載籍，萃十一府、兩州之碑碣，又各出所藏彝器、錢幣、官私印章，彙而編之。規模粗定，而秋帆移督三楚，討論、修飾、潤色，壹出於公。乙卯秋，公移節兩浙，攜其稾南來，手自删訂。嘉慶丙辰秋，書成，凡〔廿四〕卷，寓簡於大昕，俾序其顛末。

蓋嘗論書契以還，風移俗易，後人恒有不及見古人之歎。文籍傳寫，久而踳謁，唯吉金樂石，流轉人閒，雖千百年之後，猶能辨其點畫而審其異同。金石之壽，實大有助於經史焉。而且神物護持，往往晦於古而顯於今。如《武梁畫象》，元、明人目所未睹，而今乃盡出。更有出於洪文惠之外者，《任城夫人碑》又歐、趙之所失收。若此者，古人未必不讓今人也。金石之多，無如中原。然雍、豫無西漢以前石刻，而山左有秦碑三、西漢三；雍、豫二記，著録廑七八百種，此編多至千有七百。昔歐、趙兩家集海内奇文，歐目僅千，趙纔倍之。今以一省而若是其多，誰謂今人不如古哉！山左固文獻之藪，而公使車所至，好問好察，采獲尤勤。又有博聞之彦，各舉所知，故能收之極其博。公又仿洪丞相之例，録其全文，附以辨證，記其廣修尺寸、字徑大小、行數多少，俾讀之者瞭然如指諸掌。既博且精，非必傳之業而何！公研覃經史，撰述等身，此編不過嘗鼎一臠。而表微闡幽，實有合於輶軒采風之誼。剞劂既竣，又將輯兩浙金石爲一書，大昕雖病廢，尚及見而序之。

金陵石刻記序

金陵石刻，見於張敦頤《六朝事迹》、王象之《輿地碑目》、陳思《寶刻叢編》及無名氏《寶刻類編》者甚夥，然存於今者不及什之一。相傳明祖營治都城，盡輦碑石爲街道之用。竊意六朝、三唐，世次久遠，磨滅殘毀，理亦宜然。宋、元與明相去甚近，而城内自宣聖廟以外，絶無宋、元之刻，其爲洪武所毀無疑。夫古人姓名著之金石，將爲不朽之計。而金石之壽，亦似有數存乎其閒，此永叔、德甫諸公集古之勤大有造於古人也。予集録金石二十餘年，每見近代收藏家著録，往往至唐而止。予謂歐、趙之視唐、五代，猶今之視宋、元、明也。歐、趙之録，近取諸唐、五代，今去歐、趙七百餘年，尚守其例不變，是責唐之司刑以讀酇侯之律、宋之司天以用一行之算也，可乎哉？故予於宋、元時刻愛之特甚，而與予同志者，唯嚴侍讀道甫、朱學士竹君、李郡丞南澗三四人耳。子進爲侍讀之長子，擩染家學，深造自得，其於金石刻，殆廢寢忘食以求之。尤以金陵桑梓之地，舊刻之湮没者既不可攷，乃訪其見在者拓而藏之。始漢訖元，以時代爲次，録其全文，附以攷證，合一府七縣，凡若干種。窮鄉僻巷，古廟荒墳，無不策蹇裹糧，手自椎搨。不特可備一方之掌故，且使著我録者，可銷可毀，可蝕可泐，而文終不可亡，善之善者也。嘗怪漢、唐碑刻，西北多而東南少，以爲石質有堅脆之別，然而校官之碑，巖山之刻，始興、安成、吳平之墓碣，高正臣、顔真卿、張從申、竇臮之書，近在金陵百里閒，巋然無恙，使旁郡皆得子進其人者彙而録之，何渠不西北若哉！

老子新解序

《老子》五千言，救世之書也。周道先禮而後刑，其敝至於臣強君弱。老氏知後之撟其失者必以刑名進也，故曰「天將救之，以慈衛之」，又曰「民不畏死，柰何以死懼之」。一篇之中，三致意焉。太史公言申、韓「慘礉少恩，皆原於道德之意，而老子深遠矣」。此因韓非書有《解老》之篇而特辯之，言其託於老氏而實失老氏之旨。後人誤會《史記》，乃謂道德流爲申、韓，豈其然乎！周之敝在文勝，文勝者，當以質救之。不尚賢，不貴難得之貨，不見可欲，清浄自正，復歸於樸，所以救衰周之敝也。漢初，曹參爲相，文帝爲君，蓋有得乎「去甚去奢去泰」之遺意，而遂以培養四百年之祚。仁人之言，豈欺我哉！予覽《道藏》，説《老子》者亡慮數十家，大都求之玄虛杳渺，而於當日立言之苦心，鮮能表其微者。今讀未齋先生《新解》，何其先得我心也。未齋之學，純乎儒者，其解此書，亦非援老以入於儒，但即其憂時拯世之旨，疏通而證明之，取其同，不諱其異。夫酸鹹甘苦，當其對病則爲上藥，若烏喙野葛，無時而可用者也。讀者知老氏之有功於世，則知未齋之有功於老氏矣。

淮南天文訓補注序

漑亭主人嘿而湛思，有子雲之好；一物不知，有吉茂之恥。讀《淮南・天文訓》，謂其中多三代遺術，今人鮮究其旨。乃證之羣書，疏其大義，或意有不盡，則圖以顯之，洵足爲九師之功臣，而補許、高之未備者也。嘗攷天之言文，始於宣尼贊《易》。一陰一陽之謂道，道有變動曰物，物相雜曰文，天文即天道也。經傳言天道者，皆主七政、五行、吉凶、休咎而言。子貢「億則屢中」，而猶謂「性與天道不可得而聞」，則天道之微，非箕子、周公、孔子不足以與此，此子產譏裨竈「焉知天道」，而梓慎之見屈於叔孫昭子也。然古者祝宗、卜史亞於太宰，馮相、保章官以世氏，習其業者皆傳授有本，非矯誣疑衆。五紀六物，七衡九行，子卯之忌具存，昏旦之中可紀，天道不謟，文亦在兹。是以名卿學士，就而咨訪，以察時變。覩火流而知失閏，望烏帑而識棄次，八會之占，驗於吳、楚；玉門之策，習於種、蠡，雖小道有可觀，而夫子焉不學。詎如後之學者，未窺六甲，便演《先天》；不辨五行，乃汩《洪範》；握算昧正負之目，出門迷鉤繩之方也哉！秦火以降，典籍散亡，《淮南》一篇，略存古法。漑亭爲引而伸之，觸類而長之，讀之可上窺渾、蓋、宣夜之原，旁究堪輿、叢辰之應，但恐君山而外無好之者，不免覆醬瓿之嘲爾。

盧氏羣書拾補序

顔之推有言曰：「校定書籍，亦何容易！自揚雄、劉向方稱此職耳！觀天下書未徧，不得妄下雌黃。」予每誦其言，未嘗不心善之。海内文人學士衆矣，能藏書者十不得一，藏書之家能讀者十不得一，讀書之家能校者十不得一。金根、白芨之徒，日從事於丹鉛，而翻爲本書之累，此固不足道。其有得宋、元槧本，奉爲枕中祕，謂舊本必是、今本必非，專己守殘，不復别白，則亦信古而失之固者也。蘇明允讀《漢・王子侯表》，不知「元始」當爲「始元」；于思容讀《晉・地理志》，不知濟南非治平壽，宋、元之本果盡可據乎？更進而上之，東方割名，師古不能正；建武省郡，章懷滋其疑。鄴下名儒，猶執寶力，江南舊本，或誤田宵。以至《易》脱「悔亡」，《書》空《酒誥》，《玉藻》、《樂記》之錯簡，《南陔》、《華黍》之亡辭，在漢代已然。自非通人大儒，焉能箴其闕而補其遺乎？學士盧抱經先生精研經訓，博極羣書，自通籍以至歸田，鉛槧未嘗一日去手。奉廩脩脯之餘，悉以購書。遇有祕鈔精校之本，輒宛轉借録。家藏圖籍數萬卷，皆手自校勘，精審無誤。凡所校定，必參稽善本，證以它書。即友朋後進之片言，亦擇善而從之，洵有合於顔黄門所稱者。自宋次道、劉原父、貢父、樓大防諸公，皆莫能及也。客有復於先生者，謂：「古人校理圖籍，非徒自適，將以嘉惠來學。今弆藏則於世無益，盡刊則力有未暇，盍擇其最切要者，件别條繫，梓而行之，俾讀書之家得據以改正，或亦宣尼舉一反三之遺意與！」先生曰：「諾。」因檢四部羣書，各取數條譌脱尤甚者，次弟刊布。貽書吴門，屬大昕序之。自念四十年來，仕隱蹤迹，輒步先生後塵，而嗜古顓僻之性，謬爲先生所許。讀是書，竊願與同志紬繹，互相砥厲，俾知通儒之學，必自實事求是始，毋徒執郵書數篋自矜奥博也。

世緯序

袁胥臺先生以明嘉靖初登第入詞林，觸忤權貴，浮沉中外，不得大用。文待詔志其墓，謂「以高明踔越之才，精深宏博之學，輔以淩厲奮迅之氣」。迹先生生平，誠有不愧斯言者。又稱其所著《世緯》，「鑿鑿乎經世之論，惜不得少見於事而徒託之空言」，蓋有慨乎言之。然其書流傳甚少，《明史》志《藝文》，亦未著於録。今天子右文稽古，特命儒臣編次《四庫全書》，是書始復顯於世，而吴中藏書家尚以未得見爲憾。於是先生之族孫又愷，貽書京都預館局者，假鈔其副藏篋中，以爲家寶。雖然，是書非一家之書，而天下後世之書也。夫儒者之學，在乎明體以致用，《詩》、《書》執《禮》，皆經世之言也。《論語》二十篇，《孟子》七篇，論政者居其半。當時師弟子所講求者，無非持身處世、辭受取與之節，而性與天道，雖大賢猶不得而聞，儒者之務實用而不尚空談如此。今讀先生是書，指陳利病，洞達古今，其言要而不煩，其道簡而易行，蓋賈誼《新書》、崔寔《政論》、仲長《昌言》之亞也。若夫勦聖賢之格言，著語録以惑世，而經史不講，先生於《距僞》篇中，業大聲疾呼之矣。恭讀《欽定四庫全書目録》，列是書於儒家，且言先生真有體有用之儒，非貌儒以欺世者，身雖蹭蹬，而立言自堪不朽。蘇、松減額之議，不用於當日，而卒行於我朝。儒者之言，其利亦溥矣哉。

重刊太上感應篇箋注序

古聖賢之學，莫先於明善。宣尼贊《易》，於《坤》之初曰：「積善之家，必有餘慶；積不善之家，必有餘（殃）〔殃〕。」於《復》之初曰：「有不善未嘗不知，知之未嘗復行。」善與不善，其分别祇在幾希之間，而舜、跖判焉。聖人不忍斯人之陷於惡也，故以人性之本善者動之。不遽言惡，而但正其名曰不善，明乎不善之猶可以善也。成湯大聖，而言「改過不吝」；顏子大賢，而言「不貳過」。過者，一時之不善，知而改之，善斯在矣。古之人告以過則喜，後之人告以過則愠，由是自欺以欺人，惡積而不可揜。天道福善而禍淫，行道有福，違天不祥。謂感應之理不足信者，是不知天命而不畏者也，何怪乎獲罪於天而無所禱乎！《太上感應篇》一卷，始著録於《宋史·蓺文志》，惠松厓徵君以爲出漢、魏道戒，與《抱朴·内篇》所述略同，予讀之良然。蓋其時浮圖氏之書未行中國，所言禍福，合於宣尼餘慶餘殃之旨，不似後來輪迴地獄之誕而難信也。惠氏箋注古雅，自成一子，允爲是編功臣。吳門向有刊本，今日就曼患。吾鄉諸同學復率錢鋟諸梨板，以廣其傳，於吾儒明善寡過、敬身畏天之學，豈小補哉！

嚴久能娛親雅言序

今海内文人學士，窮年累月肆力於鉛槧，孰不欲託以不朽？而每若有不敢必者，予謂可以兩言決之，曰：「多讀書而已矣，善讀書而已矣。」胷無萬卷書，臆決唱聲，自夸心得，縱其筆鋒，亦足取快一時。而溝澮之盈，涸可立待。小夫驚而舌撟，識者笑且齒冷，此固難以入作者之林矣。亦有涉獵今古，聞見奧博，而性情偏僻，喜與前哲相齟齬。説經必詆鄭、服，論學先薄程、朱，雖一孔之明非無可取，而其强詞以求勝者，特出於門户之私，未可謂之善讀書也。唐以前説部，或託《齊諧》、《諾皋》之妄語，或扇高唐、洛浦之頹波，名目猥多，大方所不屑道。自宋沈存中、吳虎臣、洪景盧、程泰之、孫季昭、王伯厚諸公，穿穴經史，實事求是，雖議論不必盡同，要皆從讀書中出，異於游談無根之士，故能卓然成一家言，而不得以稗官小説目之焉。苕谿嚴久能氏，少負異才，擩染家學，所居芳茮堂，聚書數萬卷，多宋元槧本。久能寢食於其間，漱其液而嚌其胾，中有所得，質之尊人茂先翁，許諾而謹書之。積久成帙，名之曰《娛親雅言》，貽書乞予序其端。夫古之娛親者，牽車負米，奔走千百里，契闊跋涉，以謀菽水之歡。而嚴氏之娛，近在庭闈，以圖籍爲兼珍，以辯難爲舞綵，此其娛有出於文繡膏粱之外者矣！以讀書爲家法，而取之富，而擇之精，吾惡能測久能之所至哉！

醫譜序

沈子丹彩，吾邑世族，少時棄去舉業，獨究心醫方、五行、壬遁之術，皆有神解。又以爲占筮之失，止於不諭，唯方藥主於對病。病之名同也，而或感於外，或傷於内，或實而宜瀉，或虚而宜補，疑似之間，豪釐千里，學醫費人，爲禍尤烈。乃博涉古今方書，分類采輯，辨受病之源，而得製方之用，爲《醫譜》凡若干卷。既成，將付之剞劂，而屬予一言序之。予復於丹彩曰：子亦知相馬之説乎？昔者伯樂言九方皋於秦穆公，公使行求馬，三月而反，報曰：「得之矣，其馬牝而黄。」公使人往取之，牡而驪。召伯樂而讓之曰：「子所使求馬者，色物牝牡尚弗能知，又何馬之能知也？」伯樂喟然太息曰：「技一至於此乎！皋之所觀者，天機也。得其精而忘其粗，在其内而忘其外，見其所見而不見其所不見，是乃所以千萬臣而無數者也。」漢馬文淵，少師事楊子阿，受相馬骨法。及征交阯，得駱越銅鼓，鑄爲馬式，以爲傳聞不如親見，視景不如察形。乃依儀氏羇、中帛氏口齒、謝氏脣鬐、丁氏身中，備此數家骨相以爲法。夫伯樂之於馬，觀其天機而已，色物牝牡且不暇辨。而伏波乃斤斤於口齒脣鬐、支節分寸，一一取其相肖，此與皮相者何異！然伯樂世不常有，而相馬之法不可不傳。將欲使物盡其才，人藉其用，騹騄毋困於鹽車，駑蹇勿參乎上駟，舍伏波銅馬之式，將奚觀哉！古人本草石之寒温，量疾病之深淺，辨五苦六辛，致水火之齊，以通閉解結。於是乎有十一家之經方，此猶伏波相馬之有式也。而善醫者又云，上醫要在視脈，脈之妙處不可得傳，虚著方劑，無益於世。此伯樂所云「觀其天機」、「不見其所不見」者也。今子既精於察脈，洞見垣一方，而復集古今證治之法，爲譜以示後人，其有合於伏波之意乎？雖然，按寸不及尺，握手不及足，相對斯須，便處湯藥，昔賢所譏，於今爲甚。以是求識病之真而不謬於豪氂千里之介，抑又難矣。予將舉以告讀子之書者。

毛稼軒地理書序

《葬書》昉於郭景純，漢、魏以前，未之聞也。然景純書，亦平易而無奇。自楊、曾、廖、賴之書出，其言汪洋汙漫，詭異難解。習其術者，各尊所聞，互相抨擊。一地而彼曰大吉，此曰大凶；一穴而甲云宜北鄉，乙云宜南鄉。加以神煞禁忌日增月益，或格於方位，或妨於生命，閲數歲而無可葬之年，盡一年而無宜葬之日。由是有力者覬非分之福，以枯腊爲梯媒；無力者怵或然之禍，任朽木之暴露。《葬書》行，而世之不葬其親者多矣。夫鬼之爲言歸也，骨肉歸復於土，如人之歸室，故《禮經》謂之宅兆。今乃有數十年傳數代而不克葬者，縱使遲之又久，果得吉壤，而先人之體魄不安甚矣。死者而有知也，方且降譴於子孫，尚能予之福佑乎！婁東毛稼軒，出自宗伯文簡公之裔，以儒家子而精於堪輿之術，著書八卷，爲類一十有八。於龍、穴、沙、水、向背、衰旺之理，既已疏通而證明之，而其大指主乎欲人速葬，蓋術也而進於道矣。《易傳》曰「俯以察於地理」，《禮記》曰「毋絶地之理」。地理不可知，而人理終古不能易。然則順理而行，理得而地亦得矣。久而不葬，此理之大不然者，而可藉口於擇地之難得乎！古人云「暴得富貴不祥」，地雖吉，亦必人之吉者能有之。無德而妄希非理之富貴，天之所不佑也。若夫陰陽休咎之驗，自非聖賢，豈能卓然不惑。讀稼軒之書，又知趨吉避凶之例，人所易曉，則亦可以不爲術士所訹矣。予先大父行年九十，作文勸人速葬，甚爲鄉里傳誦。今讀稼軒是編，喜其實獲我心，援筆而序之。

杜詩雙聲疊韻譜序

自書契肇興，而聲音寓焉。同類相召，本於天籟，而人聲應之。軒轅、栗陸以紀號，皋陶、厖降以命名；股肱、叢脞，虞廷之賡歌也；昆侖、滄浪，《禹貢》之敷土也；童蒙、盤桓，文王之演《易》也。瞻天象則有蝃蝀、辟歷，辨土性則有甌婁、汙邪。宣尼删《詩》，存三百五篇，而斯理彌顯：伊威、蠨蛸，町疃、熠燿，則數句相聯；崔嵬、虺隤，高岡、玄黄，則隔章遥對。倘有好古知音者，類而列之，牙舌脣齒喉，犂然各當於心矣。天下之口相似，古今之口亦相似也，豈古昔聖賢猶昧於兹，直待梵夾西來，方啟千古之長夜哉！魏世儒者剏爲反切，六朝人士好言雙聲疊韻，故其詩文鏗鏘流美，異於傖楚之音。唐之杜子美，聖於詩者也，其自言曰：「老去漸於詩律細。」蓋詩家皆祖述《風》《騷》，唯子美性與天合，不徒得三百篇之性情，并三百篇之聲韻而畢肖之，組織纏綿，自然成章。良工之用心通於天籟，此之謂「律細」也。自宋以來，注杜者毋慮千百家，於訓詁事實，討索靡遺。至以雙聲疊韻求杜，則自吾友周君松靄始。或謂子美詩上薄《風》《騷》，下該沈、宋，貫穿今古，盡美盡善，詎必區區於聲韻之末求之？予曰：「否！否！黄鐘大吕之奏，可以降天神，出地示，要未有侈弇薄厚之不適而可載諸簨簴者。《詩》三百篇，聲韻之至善者也，唯子美善學之。後之詩家皆自言學杜，然自香山、東坡二公而外，精於聲韻者蓋寥寥矣。兒童學語，鄉曲常談，有時而闇合；學士大夫，日從事於謳吟，而終身昧昧，翻謂小技不足道，何顏之厚與！讀松靄之《譜》，將見操觚者曉然於聲韻之非細事，由是進求之三百篇、羣經諸子，而知牙舌脣齒喉之别，自昔已然，其於《周官》大行人「諭書名，聽聲音」之教，豈曰小補已哉！」

潛研堂序跋卷四

重刻河東先生集序

柳氏望出河東，仲塗先生，宰相之系，刻厲於學，欲追逐韓文公而上之，以造於聖賢之域。雖未即聖賢，亦聖賢之徒也。其集稱《河東先生》，與子厚先後同名。「河東」非兩公所專，而若有非兩公莫屬者。顧子厚宰相雖榮寵一時，而易世以後，齷齪無稱，甚或爲世詬病。故知富貴之有盡，不若文章之長留矣。顧子厚集自宋時注釋者已有五百家，訖今家有其書。而仲塗僅有傳鈔本，又多魚豕之譌。近推吴中何義門學士手校本，而見之者尠。蘭谿柳君渥川，得浦江戴氏鈔本，因令其子書旂精校，付諸剞劂。既成，屬予序其端。先生立言之旨，盧抱經前輩序言之詳矣。予讀集中述其父少監之訓，曰「載金連車，不如教子讀書」，又述叔父户曹之訓，曰「不耘不耨，良苗不秀；不鍜不鍊，良金不辨。欲謀其始，先謀其終。終若不凶，始乃有功」。乃知先生雖天才俊爽，迴軼儕輩，亦由得力於庭訓者深也。渥川，故元待制文肅公之裔孫，敦行植品，以亢其宗；而書旂窮經績學，克成厥志。古文，君家事也，當有抗志希古跐美前人者，吾於蘭谿之柳卜之矣。

重刻孫明復小集序

宋《孫明復先生小集》，雜文十八篇，詩三篇，泰安聶君鈫手鈔，藏於笥者有年，懼其久而湮没也，乃謀付梓以廣其傳。詒書京師，乞予誌其刻之歲月。案：歐公誌先生墓，稱公病時，天子選書吏、給紙筆，就其家得書十有五篇，藏於祕閣。《宋史》則云「得書十五萬言」。予謂先生立言，主乎明道，非若文人以繁富相矜，史家得於傳聞，不若歐志之可據。此本有十八篇，殆後人别有所據，附入之耳。當宋盛時，談經者墨守注疏，有記誦而無心得。有志之士，若歐陽氏、二蘇氏、王氏、二程氏，各出新意解經，蘄以矯學究專己守殘之陋，而先生實倡之。觀其《上范天章書》，欲召天下鴻儒碩老，識見出王、韓、左、穀、公、杜、何、毛、范、鄭、孔之右者，重爲注解，俾六經廓然瑩然，如揭日月，以復虞、夏、商、周之治。其意氣，可謂壯哉！元明以來，學者空談名理，不復從事訓詁、制度、象數，張口茫如，則又以能習注疏者爲通儒矣。夫訓詁、名理，二者不可得兼，然能爲於舉世不爲之日者，其人必豪傑之士也。予故因讀先生文而記之。

蘇詩合注序

注東坡詩者，無慮百數家，今行於世者，唯永嘉王氏、吳興施氏，及近時海寧查氏本。王注分類，經後人删并，然流傳最久。施注世無完本，宋牧仲尚書屬幕客補足，刊於吳中，頗訾王氏之謬，而於施注多所芟改，殊失古人面目。查氏依施本補其未備，後來校刊，悉去施注，學者又以兩讀爲病，此大鴻臚馮星實先生《合注》之所由作也。先生博極羣書，與古爲徒，沈酣於東坡詩者有年，精思所感，形於夢寐。又得宋槧五家注、元槧王狀元集百家注舊本，稽其同異而辨證之。於宋代掌故人物，則采李仁父《長編》及各家文集、諸道石刻，一一增益，斯又足裨前人之闕漏而爲論世之助者也。頃先生以侍親辭榮歸里，書成之日，予得受而讀之。循環三四，味之彌旨。竊謂王本長於徵引故實，施本長於臧否人倫，查本詳於攷證地理，先生則彙三家之長，而於古典之沿譌者正之，唱酬之失攷者補之，輿圖之名同實異者覈之，以及友朋商榷之言，亦必標舉姓氏，其虛懷集益又如此。若夫編年卷第，一遵查本。其編次失當者，隨條辨正而不易其舊，則先生之慎也。立言愈慎，攷古愈精，披沙而金始露，鑿石而泉益清。是書出，而讀蘇詩者可以得所折衷矣。昔范至能與陸務觀談及注蘇詩，陸舉「九重新埽舊巢痕，遥知叔孫子，已致魯諸生」句，極言注之不易，謂必皆能知作者之意，然後無憾。厥後，務觀序施氏書，雖稱其用功深，歷歲久，而終之曰「亦幾可以無憾」。「幾」之云者，意若猶有未滿焉。如先生之博聞强識，重之以知人論世之學，使務觀見之，其必快然無遺憾也夫！

黄崑圃先生文集序

詹事府詹事加侍郎銜黄公崑圃，以文學政事受知三朝，敭歷中外，當代推爲鉅儒，四方識與不識，皆曰北平黄先生，而不以官稱之。京師首善地，人士蔚起，列官朝省者，無慮數十百輩，然相與語稱北平，不問知其爲公。今距公没十五六年，承公之言論風采者漸少，而思慕歎美如出一口。蓋公之文行如元氣入人肝脾，久而不能忘也。初，新城王文簡公詩文爲海内宗師，公弱冠登進士，實出文簡之門，一脈相承，遠有代序。四方寒畯持行卷來謁者，雖一篇一句之工，必加獎賞，傳播公卿閒。雍正癸卯，典江南鄉試，得士百二十九人，儒林文苑，名臣多出其中。若潘敏惠思榘、胡恪靖寶瑔、陳司業祖范、任宗丞啟運、張詹事鵬翀、徐檢討文靖，其尤著者。論者以爲江左設科以來，罕有其匹。平生以造就人才、扶植善類爲己任，嘗曰：「善人，國之紀也。吾樂與善人交，此吾所以報國也。」竊嘗論本朝開國以來，以文章致位通顯者多矣。至於主持騷雅，宏長風流，爲海内所共推者，則前有新城，後有北平。新城年七十八，賦詩有「得第重逢辛卯歲」之句，欲與新郎君序老少同年，乃未及期而即世。公以康熙辛未登上第，更六十年，復遇臚傳，招新科進士敘同年，燕集里第。天子聞之，優詔獎異。此又新城所願望而不得者。烏呼！天之於公，可謂厚矣。公所撰述甚富，多板行於世，唯詩文未及手定，間有散佚。公之長子漕運總督、兵部尚書雲門先生裒輯而編次之，屬予讎校，且命序其端。自唯後生末學，何足以窺公之藩籬！猶憶壬申歲入都，曾拜公於里第，公所以獎而期之者甚厚。及備官詞林，得執後進之禮。尚書官太常時，予在記注右史，恒以公事追隨殿廷。公之孫符綵，又予分校禮闈所得士也。俯仰二十年，辱有三世之舊，承尚書命，得挂名公集以附不朽，有厚幸焉。

味經窩類稾序

太子太保、大司寇錫山秦公，以通經砥行爲東南多士倡。洎登巍科，陟上卿，以夙昔經術發爲經濟，移孝作忠，爲當代名臣。公退之暇，手訂《五禮通攷》數千萬言，剞劂告成。既乃取平日所爲文，分類編次，爲若干卷，名之曰《味經窩類稾》。味經窩者，公少時讀書之室名也。錫山自高、顧諸君子講學東林，遺風未墜，尊甫給諫公潛心性理，學養尤邃。公目擩耳染，聞道最早，顧不欲居講學之名，乃與同志三四人爲讀經之會，每旬有餘日，則一會於所謂味經窩者，會則出其所得而商搉之。嘗曰：「先聖之藴，具於六經，舍六經安有學哉！」及其出而爲文，光明洞達，浩乎沛乎，一如其意之所欲言而止，譬之堂堂之陳、正正之旗，所向無敵，而不爲佻巧詭遇之計。蓋嘗受而讀之，詩賦、章奏、序記、論説，無體不備，而説經之文居其大半。昔人稱昌黎以六經之文爲諸儒倡，今公之文，非六經之法言不陳，非六經之疑義不決，折衷百家，有功後學。所謂吐詞爲經，而蘄至於古之立言者，唯公有焉。嘗慨秦漢以下，經與道分，文又與經分，史家至區道學、儒林、文苑而三之。夫道之顯者謂之文，六經子史皆至文也。後世傳文苑，徒取工於詞翰者列之，而或不加察，輒嗤文章爲小技，以爲壯夫不爲，是恥鞶帨之繡而忘布帛之利天下，執糠秕之細而訾菽粟之活萬世也。公之學求道於經，以經爲文，當世推之曰通儒，曰實學，不敢僅以文士目公。而其文亦遂卓然必傳於後世，此之謂能立言者。昌黎不云乎：「言，浮物也。」物之浮者，罕能自立，而古人以立言爲不朽之一，蓋必有植乎根柢而爲言之先者矣。草木之華，朝榮而夕萎；蒲葦之質，春生而秋槁；惡識所謂立哉！予自官京師，以年家子從公游，公以其不爲世俗之學也而亟稱之。丁丑戊寅之間，館公邸第，因得稍窺公得力所自。兹承公命，論次其文集，謹取所聞於公者而書之卷末。若其筆力之馳驟、體格之簡嚴、波瀾之浩瀚，覽者當自識之，故不復贅云。

紀曉嵐烏魯木齊雜詩序

同年紀學士曉嵐自塞上還，予往候，握手敘契闊外，即出所作《烏魯木齊雜詩》見示。讀之聲調流美，出入三唐，而敘次風土人物，歷歷可見，無鬱轖愁苦之音，而有春容渾脱之趣。間又語予：「嘗見哈拉火卓石壁有『古火州』字，甚壯偉，不題年月。火州之名始於唐，此刻必在唐以後。宋、金及明，疆理不能到此，當是元人所刻。」予以《元史·亦都護傳》及虞文靖所撰《高昌王世勳碑》證之，則火州在元時，實畏吾兒部之分地，益證君攷古之精核。獨怪元之盛時，畏吾人仕於中朝者最多，若廉善甫父子、貫酸齋、偰玉立兄弟，竝以文學稱，而於本國風土未能見諸紀述，使後世有所攷稽，何與？將徙居內地而忘其故俗與？抑登高能賦，自古固難其人與？今天子神聖威武，自西域底平以來，築城置吏，引渠屯田，十餘年間，生聚豐衍。而烏魯木齊，又天山以北一都會也。讀是詩，仰見大朝威德所被，俾遐疏沙礫之場，盡爲耕鑿絃誦之地。而又得之目擊，異乎傳聞影響之談。它日采風謡、志輿地者，將於斯乎徵信，夫豈與尋常牽綴土風者同日而道哉！

習菴先生詩集序

昔孟子之言尚友也，由一鄉一國而進之，以至於天下之善士，猶以爲未足，而友古之人，其識見襟懷，卓然非尋常所及矣。雖然，嘗試論之，天下之善士，非能離一國一鄉而立於獨者也。幸而在吾鄉，則一鄉得而私之也。由今而視古，則尊之曰「古之人」，其在於古，則亦天下之善士也。古人亦必有所居之鄉，則其鄉亦得而私之也。嘉定，瀕海小邑，無名山大川之勝，其在赤縣神州中，厘如太倉之稊米。且建縣於南宋，宋、元以前，未有文人學士、故家流風之遺也，士大夫多循謹朴魯，仕宦無登要路者。然自明嘉、隆間，海隅徐氏及唐、婁、程、李、嚴諸君，敦尚古學。其後，黄忠節公文章氣節照映千古。國朝則菊隱、樸邨、松坪、南華諸老，或湛深經術，或樹幟詞壇，邑雖僻小，其名猶著於海内，則以鄉之多善士焉。予生晚，不及見諸先輩。西莊長予六歲，而學成最早，予得聞其緒論，稍知古學之門徑。習菴少於予三歲，而辯悟通達，勝予數倍。兩君者，天下之善士也，置之古人中，無不及焉。而在吾鄉，吾皆得而友之。既而先後通籍，偏交海内名流，閱歷四十餘年，而屈指素心，無如吾兩君者。不獨頌讀其詩書，并親炙其性情學問。古來稱齊名者，李杜、元白、韓孟、皮陸，俱非同在一鄉，而兩君乃近得之望衡對宇之際，此生平第一快事也。習菴於學無所不通，而於詩尤妙絶一世。每分韻聯句，同人皆争奇鬬巧，自詡絶出，及見習菴作，咸退避無間言。古風近體，流播人間，海外異域，多有傳其稾者，而全集未傳於世。歲丁未，習菴卒於粤東官廨，其子臣晟扶櫬自南還。寢門卒哭之後，詢其遺文，頗有散失，搜訪而次弟之，得若干卷。追念曩昔之樂，益增今日之悲。垂老索居，文章蕪陋，并書一通，以寄西莊，諒與我同一墮淚也。

李南澗詩集序

予不喜作詩，尤不喜序人之詩。以爲詩者，志也，非意所欲言而强而爲之，妄也；不知其人志趣所在，而强爲之辭，贅也。韓子之言曰：「物不得其平則鳴。」吾謂鳴者出於天性之自然，金石絲竹、匏土革木，鳴之善者，非有所不平也。鳥何不平於春，蟲何不平於秋，世之悻悻然怒、戚戚然憂者，未必其能鳴也。歐陽子之言曰：「詩非能窮人，殆窮者而後工。」吾謂詩之最工者，周文公、召康公、尹吉甫、衛武公，皆未嘗窮；晉之陶淵明窮矣，而詩不常自言其窮，乃其所以愈工也。若乃前導八騶而稱放廢，家累巨萬而歎窶貧，舍己之富貴不言，翻託於窮者之詞，無論不工，雖工奚益！予持此論久矣，其後交李子南澗，乃不相謀而相合焉。南澗之性情，與予略相似。予好聚書，而南澗鈔書之多過於予；予好金石文，而南澗訪碑之勤過於予；予好友朋，而南澗氣誼之篤過於予；予好著述，而南澗詩文之富過於予。世俗以鄉會試所得士與試官相稱爲師弟，特以名奉之，而吾兩人乃以臭味相合。方其在京華，每一日不相見，輒卹然若失，不知其何以然也。南澗既以磊落英偉之文登進士第，乃捧檄瘴癘之鄉，舟車奔走，日不暇給，而詩益奇而工。殁後，其仲弟以遺稿示予，官爲一集，蓋仿王筠之例。讀之似近而遠，似質而雅，似淺而深，中有所得，而不徇乎流俗之嗜好。此非有不平而鳴者也，此不言窮而工者也，此真合乎古詩人之性情而必傳之詩也。予不辭而序之者，蓋深知夫人之志趣，而非强爲之辭也。

甌北集序

昔嚴滄浪之論詩，謂「詩有別材，非關乎學；詩有別趣，匪關乎理」。而秀水朱氏譏之云：「詩篇雖小技，其原本經史。必也萬卷儲，始足供驅使。」二家之論，幾乎枘鑿不相入。予謂皆知其一而未知其二者也。滄浪比詩於禪，沾沾於流派，較其異同，詩家門户之别，實啟於此。究其所謂「别材」、「别趣」者，只是依牆傍壁，初非真性情所寓，而轉蹈於空疎不學之習。一篇一聯，時復斐然，及取其全集讀之，則索然盡矣。秀水謂詩必「原本經史」，固合於子美讀書萬卷、下筆有神之旨，然使無真材逸趣以驅使之，則藻采雖緐，臭味不屬，又何以解祭魚、點鬼、疥駱駝、掉書袋之誚乎？夫唯有絶人之才，有過人之趣，有兼人之學，乃能奄有古人之長，而不襲古人之貌，然後可以卓然自成爲一大家。今於耘菘先生見之矣。耘菘天才超特，於書無所不窺，而尤好吟詠。早年登薇垣，直樞禁，游翰苑，應制賡和，頃刻數千言，當宁已有才子之目。及乎出守邊郡，從軍滇（檄）〔徼〕，觀察黔西，簿書填委，日不暇給，而所作益奇而工。歸田十數年，模山範水、感舊懷人之詞，又日出而未有艾也。最耘菘所涉之境，凡三變，而每涉一境，即有一境之詩以副之，如化工之賦艸木，千名萬狀，雖寒暑異候、南北殊方，枝葉無一相肖，要無一枝一葉不栩栩然含生趣者，此所以非漢魏、非齊梁、非唐非宋，而獨成爲耘菘之詩也。或者以耘菘老於文學，在京朝循資平進，即可升秩槐棘，且在方面有循良聲，不久當膺開府之寄，乃退而以詩自名，疑若未展所抱者。予謂古人論三不朽，以立言居立功之次。然功之立，必馮藉乎外來之富貴。無所藉而自立者，德之外唯言耳。姚、宋、郭、李諸公，非身都將相，則一田舍翁耳，吾未見言之次於功也。「書有一卷傳，亦抵公卿貴」，耘菘嘗自道之矣。知難而退，從吾所好，耘菘蓋自知其材、其趣、其學之足傳，而不欲兼取，以託於《老子》之「知止」焉爾。試質之耘菘，其以吾言爲然乎否？

炙硯集序

五倫之中，朋友居其一。士方伏處鄉里，以朋友視兄弟，其親疏若大不侔矣。一旦辭家而仕於朝，與賢士大夫游，或接武於公廷，或相訪於寓邸，出或同車，居則促厀，收直諒之益，極談讌之歡，經年累月，無間寒暑，思尋家庭長枕大被之樂，翻不可得。故嘗謂朋友之樂，唯京朝官所得爲多。夫扶輿之秀，鬱積而生奇士，求友者或數十里百千里始得一人，然且出處異地，術業各方，聞名而未及見者，比比也。獨京都爲賢士大夫所會歸，幸際承平，野無《伐檀》之詠，同聲相應，無異挹水於河、取火於燧也。科目之設，士以登進士爲至榮。而所謂同年者，雁行而升，比於異姓骨肉。公務之暇，披衣相從，固所常有。而或以諧謔博弈雜之，樂佚游而忨歲月，則君子不取焉。《炙硯集》者，習菴先生與其同年友，爲銷寒會相與醻和之作也。其會旬日而一舉，會必有詩，或分題，或拈韻，始庚寅訖癸巳，得詩若干篇。予受而讀之，賦物之作，清新而瀏亮；詠古之作，磊落而激昂；疊韻之作，排奡而妥帖。譬之宫商合奏、絲竹齊鳴，渢渢乎有中和之音，而無嫥壹之調。《詩》不云乎「嚶其鳴矣，求其友聲。神之聽之，終和且平」。此燕朋友故舊之歌也。而太史編之，以爲雅音，倘所謂和其聲以鳴國家之盛者邪？唐時詩人，唱和篇什最富者，莫如元、白二公。二公同登貞元進士第，微之詩所云「昔歲俱充賦，同年遇有司」者也。今習菴之詩爲朝野推重，不減香山廣大教化之目，而一時唱酬諸公，異曲同工，視元和、長慶之彦有過之無不及。然則此集之刻，其傳誦人口而流播雞林無疑矣。

春星草堂詩集序

昔人言史有三長，愚謂詩亦有四長，曰才，曰學，曰識，曰情。放筆千言，揮灑自如，詩之才也。含經咀史，無一字無來歷，詩之學也。轉益多師，滌淫哇而遠鄙俗，詩之識也。境往神留，語近意深，詩之情也。方其人心有感，天籟自鳴，雖村謠里諺，非無一篇一句之可傳，而不登大雅之堂者，無學識以濟之也。亦有胷羅萬卷，采色富贍，而外强中乾，讀未終篇，索然意盡者，無情以宰之也。有才而無情，不可謂之真才；有才情而無學識，不可謂之大才。尚稽千古，兼斯四者，代難其人。竹初先生負絶異之姿，而生長名門，目濡耳染，自相師友。十齡能賦，弱冠成名，才子之稱，播在人口，固已凌鮑、謝而軼温、李矣。然而文章雖貴，遇合偏艱，孝廉之船往而輒返，中書之省過而不留，南北奔波，舟車轣轆，逆旅非無知己，當場難索解人。重以骨肉摧傷，心腸鬱結，意有所觸，宣之於聲，而詩格益奇。洎乎牽絲東浙，簿書訟牒，旁午紛糾，幾於日不暇給，而先生從容應之，非徒不廢嘯歌，而且益多而工，然後知文章無妨於政事。彼以「一行作吏，此事便廢」爲辭者，雖不作吏，亦未必工也。乙巳夏，大昕來鄞，先生出詩稿見示。讀之思深而力厚，格高而氣和，得古人之性情而不襲其面目，兼古人之門徑而不局於方隅，此真才人也，此大才人也！兼詩家之四長而無復遺憾，先生於此不凡矣。爰書數語於簡端。

張鶴泉文集序

予拙而嬾，不善譽人詩文。在京華日，嘗爲同歲生序其詩，其人得之，心弗喜也。湘潭張君鶴泉，以古文名，與予向未識面，不知何從見予文而喜之。前歲，屬唐陶山明府乞予序其集。予以未見集，不敢虛譽辭。去冬，鶴泉又介陶山寄示各體文二册，讀之，始信其工而欲序之。老嬾久未屬草，今春陶山書來，云鶴泉死矣，臨没猶以不見先生序爲憾。烏呼！鶴泉以垂莫之年，相距三千里外，猶拳拳於予，斯真文壇之知己也。而不得及其存而歸之，予負鶴泉多矣！夫文之聲價，本不待序而重。昌黎之文序於李漢，漢豈能重昌黎者？柳州之文序於劉夢得，夢得與子厚同患難，交最密，然夢得文格不如子厚。且二子之序皆在身後，未知果有當於昌黎、柳州之意與否？鶴泉以韓、柳爲師，視近代匙當意者，而乃有取於予之言。予方欲就鶴泉決其當否，而竟不及待。僅得比於劉夢得、李漢之例，予負鶴泉多矣。鶴泉起家進士，初宰順天之房山，繼宰甘肅之寧夏與華亭，皆鎮静和易，異於俗吏操切武健之爲。公暇輒手一編，輿馬小休，文已脱稿。歸田後所得益深。讀其文，品格峻潔，議論淵醇，直抒所見，而不戾於聖賢立教之旨。昌黎言「不苟爲炳炳烺烺」，柳州言「參之太史，以著其潔」，鶴泉蓋兼而有之。今鶴泉已矣，知鶴泉者莫如陶山。序成，質之陶山，其以予言爲有當否邪？

半樹齋文稿序

別於科舉之文而謂之古文，蓋昉於韓退之，而宋以來因之。夫文豈有古今之殊哉！科舉之文，志在利禄，徇世俗所好而爲之，而性情不屬焉。非不點竄《堯典》、塗改周詩，如翦綵之花，五色具備，索然無生意，詞雖古，猶今也。唯讀書談道之士，以經史爲菑畬，以義理爲溉灌，胷次灑然，天機浩然，有不能已於言者，而後假於筆以傳，多或千言，少或寸幅，其言不越日用之恒，其理不違聖賢之旨，詞雖今，猶古也。文之古，不古於襲古人之面目，而古於得古人之性情。性情之不古若，微獨貌爲秦漢者非古文，即貌爲歐、曾，亦非古文也。退之云「唯古於詞必己出」，即果由己出矣，而輕佻佚遏，自詭於名教之外，陽五古賢人，今豈有傳其片語者乎？余持此論久矣，試以語人，多有怒於言色者，獨戈子小蓮聞而悦之。小蓮負雋異之才，多愁善病，日以詩酒自娱，而尤好古文。所作皆直抒胷臆，卓然有得，而脱去俚俗浮豔之習。其爲人也，孝於親，篤於朋友，以古人爲師，而無慕乎榮利，故其下筆勁健，立論醇正，得古人之神韻，而不爲苟作。使爲之不已，其蘄至於古人無疑也。加其膏而希其光，古人豈遠乎哉！

吴香巖十國宫詞序

宫詞之體剏於唐，而宋以後承之。龍標、青蓮，懷恩寫怨，近於騷者也；王建紀述逸事，近於史者也。厥後，花蕊夫人、王珪、宋徽宗各有宫詞，以及楊允孚之《灤京雜詠》、張昱之《輦下曲》，皆仿王建之例，取材博贍，往往可補舊史之缺，非特供詞人談助而已也。五季之世，羣雄割據，列爲國者凡十，歐《史》紀載既略，其軼時見於野乘、詩話、諸家文集，而文人津逮者少，未有託諸吟咏者。予友吴君香巖，博聞强記，尤工於韻語。曩歲，偕王易圃、諸雪堂、汪少山、王鶴谿、王耿仲及予家溉亭等，分賦宫詞各十二首，業流布人口。而香巖又舉九國而盡賦之，共得一百二十首，并以所采書籍分注其下。其詩清新婉麗，絶去堆垛，既不悖於騷人之旨，而注中攷證異同，辨論精審，洵足爲薛、歐之功臣，劉、吴之益友者也。今少山、鶴谿、溉亭先後奄逝，遺稿頗多散失，而香巖詩格益高，鄉邦賴以提唱。此集雖嘗鼎一臠，然生平汲古之功，亦可窺其梗槩，因慫恿先刻，以公同好云。

晼香樓詩序

維揚汪孝廉劒潭，力學嗜古，而尤工於詩。比來京師不數月，而詩名隱然出諸老宿之右。詢其師承所自，則曰：「某不幸孤露，吾母授以經書，俾稍有成立。吾母性好吟詠，閒示以詩法，因得觕窺作者之旨。」一日，出其母夫人《晼香樓詩稿》相示，神韻淵瀓，無綺靡卑弱之調。劒潭天才固超逸，然非得諸內教，安能成之早而詣之深若此？竊觀古今巾幗之秀垂名竹帛者，未易僂指數，要其歸有兩端：或以才藝擅名，或以節義見重。春華秋實，兼之者蓋鮮。雖然，松柏介如其獨立，其黛色蒼皮，自秀於凡木也；圭璋皭然而不滓，其浮筠旁達，自異於它石也。三家邨叟目不識一丁，食味別聲而外，了無所長，雖無纓紱之累，豈得遽以隱逸許之哉！夫人幼習詩禮，及喪所天，撫孤全節，備歷人閒坎坷，終能教其子爲名下士，貞龢雅操，已足貽我管彤。而詩格之工，又能駕若蘭、令嫺而上之，豈非兼古人之所難者乎！

滌硯圖題詠序

昔人稱兩手不能持三硯，以諷士之不知足者。然東坡作《鳳咮硯銘》，嘲龍尾爲牛後。既從歙人求龍尾弗得，復作詩爲解嘲。文人好硯，例有奇癖，寓意所在，多而不猒。濟、嶠、元凱，其癖雖均，要之優劣終有辨矣。吳君岑渚，善行楷，嗜金石刻，家藏古硯最富，尤所愛者，趙凡夫半硯也。今畫師貌已爲《滌硯像》，一時名流，題詠殆徧。將彙而刻之，請予題其卷端。予嘗論硯之病在滑而燥，墨之病在枯而澀。滑而燥，由於質之不舊；枯而澀，由於出之不新。故藏硯如讀書，試墨如作文。巙邨之材，陳於市者盈百千，而好古者獨拳拳於寒山之片石。及乎意有所到，偶然欲書，則必手滌而試墨焉。濡隔宿之瀋者，必非佳書；拾前人之唾者，必無佳文。岑渚以滌硯寫圖，殆深有悟於作文之旨。如僅以硯癖目之，猶淺之乎視岑渚矣。

鄭康成年譜序

讀古人之書，必知其人而論其世，則年譜要矣。年譜之學，昉於宋世，唐賢杜、韓、柳、白諸譜，皆宋人追述之也。經術莫盛於漢，(比)〔北〕海鄭君兼通六藝，集諸家之大成，删裁蘇蕪，刊改漏失，俾百世窮經之士有所折衷，厥功偉矣，而後人未有譜其年者，庸非缺事乎？海寧陳君仲魚，始據本傳，參以羣書，排次事實，繫以年月，粲然有條，咸可徵信，洵有功於先哲者矣。予嘗讀《戒子書》云：「公車再召，比牒并名，早爲宰相。」殆指荀慈明而言。慈明委蛇台司，未有匡時之效，史家雖曲爲申釋，視北海之確乎不拔者相去遠矣。有濟世之略而審時藏器，合於「無道則隱」之正。此大儒出處所由異乎逸民者流與？予因敘此譜而推及之。

歸震川先生年譜序

年譜一家昉於宋，唐人集有年譜者，皆宋人爲之。留元剛之於顔魯公，洪興祖、方崧卿之於韓文公，李璜、何友諒之於白文公，耿秉之於李衛公是也。震川歸先生之文，近代之韓、歐陽也。韓、歐陽有年譜，而先生闕焉，是非後進之責與？國初汪堯峯編修嘗譜之，而後世不傳。安亭孫君守中，生於先生講學之鄉，擩染教澤，誦先生之文，因論次先生遺事，譜其年月，甲乙分明，皆可徵信。古人以立言爲不朽之一，先生没於隆慶辛未，距今二百一十有七載矣。讀斯譜而如睹先生之須眉言論，宛然登畏壘之亭，而雝容揖讓於其間。彼道家所謂長生鍊形者，世且莫能舉其姓名，吾惡知其軀殼果安在哉！然則立言如先生者，雖謂之長生可也。

鉅野姚氏族譜序

鉅野姚氏，其先世自金末由陝州東徙，越三世而有昆弟兩人，各生三子，支葉日以緐衍，稱「前三門」、「後三門」，猶李之東西南祖、裴之東西中眷也。宋、魯之間，人家多樹白楊於墓，率五六十歲而枯。獨姚氏祖墓白楊，根柯堅砢，若蛟虬，若鐵石，皆五六百年物，識者以爲世德之祥。自明迄今，科第簪纓相承不絶，聚族而居，丁口至數千計，遂爲州郡衣冠之望。半塘明府以名進士莅吾縣，閲三載，潔己而練於事，案無留牘，百務修舉，乃以暇日編次族譜。既成，屬予序之。予唯譜系之學，史學也。《周官·小史》「奠繫世，辨昭穆」。漢初有《世本》一書，班史入之春秋家，亦史之流别也。裴松之之注《三國史》，劉孝標之注《世説》，李善之注《文選》，往往采取譜牒。魏、晉、六朝之世，仕宦尚門閥，百家之譜悉上吏部，故譜學尤重。歐公修《唐書》，立《宰相世系表》，固史家之搠例，亦由其時製譜者，皆通達古今明習掌故之彦，直而不汙，信而有徵，故一家之書與國史相表裏焉。宋、元以後，私家之譜不登於朝，於是支離傅會，紛紜踳駮，私造官階，倒置年代，遥遥華胄，徒爲有識者噴飯之助矣。半塘，今之習於史者也。其所述譜，雖因前人之舊，而正其譌、補其闕，不虚美，不詞費，洵得古史之義法，而非苟焉以作者。夫譜牒雖史之緒餘，然非讀全史者不能作，猶之民社，唯讀書人優爲之。謂公輔器而屈于百里者，非真公輔器也。人浮於地而地益宜，才餘於事而事益辦，觀半塘之《譜》，如觀半塘之政已。

吴興閔氏家乘序

吴興多望門世族，而閔氏爲大。閔氏之譜，刱於明宫保、尚書莊懿公。厥後枝葉緐衍，門才鼎盛，自明成化迄今三百年來，增修者凡九次，而條例益詳。中丞峙庭先生，以文學起家，敭歷中外，爲國藎臣，而於敦本睦族，尤拳拳焉。乾隆乙未，莅江藩時，首任刊修，彭芝庭尚書既序而傳之矣。閲今又二十年，正當增修之期，而先生方解組退閒，復增而葺之，郵書令大昕爲之序。嘗謂古人譜牒之學與國史相表裏，《世本》一書，班《志》入之春秋家，後代志蓺文者，以譜牒入史，類猶此意也。魏、晉、六朝，取士專尚門第，由是百家之譜皆上吏部。唐貞觀、顯慶閒，再奉敕撰《氏族志》，歐《史》因之，有《宰相世系》之表，又美唐諸臣能修其家法，當時之重譜牒如此。自宋以後，私家之譜不登於朝，而詐冒譌舛，幾於不可究詰。獨歐陽、蘇氏二家之譜，義例謹嚴，爲後世矜式。蓋譜以義法重，尤以人重，後世重二家之譜，亦以其道德文章足爲譜增重耳。先生，今代之歐、蘇也，而《譜》尤得緐簡之中。嘗取而讀之，竊謂蘇氏出於味道，其子留眉者是爲始遷之祖，乃以親盡而不及，可乎？兹譜溯源於始遷將仕府君，是義例勝於蘇也。歐譜有存其世而亡其名者，茲則自始遷再傳而下，其名具在，是詳備勝於歐陽也。先生通顯四十餘年，以清白遺子孫，不言躬行，如漢萬石家，歐公所謂修其家法者，殆無愧焉。閔族指數千，先生以鉅人長德爲之倡，俾先賢孝友之風復見於今日，斯亦大臣施于有政之一端也夫。

平江袁氏家譜序

袁氏出於陳，其後别爲陳郡、汝南、彭城三望。最其名位之顯者，後漢三公六人，劉宋司徒一人，梁司空一人，陳僕射二人，唐宰相三人，宋執政二人，而淑、粲致命宋代，昂、憲著節梁、陳，風義卓然，不徒以蟬冕爲重。唐蘇州刺史誼嘗曰：「門户者，歷世名節，爲天下所高，老夫是也。山東人尚昏婣，求禄利，至見危授命則無人焉，何足尚邪！」蓋自漢以來，袁氏名德最著，而後裔亦多皦皦自立之彦，非厪矜膏粱華腴之名，故足尚也。平江之袁，相傳自宋南渡始遷，至元海道萬户寧一以下乃可譜。明代衣冠人物，棫棫彬彬，六俊競爽於前，籜庵揚譽於後，一門文獻，照曜志乘，至今稱爲甲族，而宗譜向未刊行。上舍又愷始與其族之長者商榷增葺，釐爲十卷。支分派别，秩然不紊。詠駿烈，誦清芬，藹然仁孝之思，流露於行墨閒。而義例謹嚴，不蹈傅會粉飾之失，則又深得著述之法者。剞劂既成，乞予序其卷端，因舉蘇州刺史語以告之。異時人才輩出，共敦名節，推袁之族望者，其必以平江爲稱首矣夫。

周氏族譜序

古之治天下者，風俗淳美，非假條教號令以强其所不能也，使人毋失其孝弟之心而已。人之一身，上之爲祖父，又上之則爲高曾，人之逮事高曾者，百不得一矣。思高曾而不見，見同出於高曾者而親之，猶親其高曾也，此先王制服之義也。洎乎五世而親盡，則又有宗法以聯之，大宗百世而不絶，則宗人之相親，亦久遠而無極。以四海之大，人人各親其親，而風俗猶有不淳者，吾未之聞也。自世禄不行而宗法廢，魏、晉至唐，朝廷以門第相尚，譜牒之類著録於國史，或同姓而異望，或同望而異房，支分派別，有原有委。五季以降，譜牒散亡，士大夫之家不能遠溯於古，則譜其近而可稽者。蓋譜之作，猶有古人收族之遺意，譜存，則長幼親疎之屬，皆將觀於譜而油然生孝弟之心。故非作譜之難，知所以作譜者之難也。周氏之先，自上海之周浦遷居嘉定，百餘年來，本支蕃衍，力於治生，以殖其家。而一門之内，孝友睦婣，能以古人爲師。既相與率錢建公祠，春秋薦祭，合族以食；復撰次家譜，自始遷之祖爲始，其遼遠無可攷者則闕之。夫譜之言布也，布列其世次行事，俾後人以時續之，毋忘其先焉爾。非其先人而强而附之，與非其後人而引而近之，皆得罪於祖宗者也。今觀周氏之譜，詳其所當詳，略其所當略，闕其所當闕，洵可以爲後嗣法。《易》曰：「積善之家，必有餘慶。」善之積者，莫大乎孝弟。後之續是譜者，竝求所以作譜之意而繼承之，雖傳之百世可也。予弟晦之壻於周氏，述其外舅之言，令予爲序，予不得辭。

棠樾鮑氏宣忠堂支譜序

譜牒之學，盛於六朝，而尤重於三唐。唐時《氏族志》皆奉敕修定，歐陽公采宰相家世系以入正史，後世莫有以爲非者，其信而可徵如此。五季譜牒散亡，而宗譜遂爲私家撰述。於是有合族之譜，有分支之譜。然而世遠則或嫌於傅會，人緐則或慮其混淆，唯支譜之體，猶不失唐人遺法。何也？唐之裴、李、崔、盧、韋、陸，其族亦大矣，而裴有東眷、中眷、西眷，又別爲洗馬、爲南來吳。李之出隴西者，有武陽房、姑臧房、燉煌房、丹陽房；出趙郡者，有南祖、東祖、西祖。崔之出清河者，有東祖、西祖、南祖、大房、小房、鄭州房、烏水房、青州房；出博陵者，有安平房、大房、弟二房、弟三房。盧有大房、弟二房、弟三房。陸有潁川枝、荆州枝、丹徒枝、樂安枝、諫議枝、魚圻枝、太尉枝、侍郎枝。韋有平齊公房、閬公房、彭城公房、逍遥公房、鄖公房、南皮公房、駙馬房、龍門公房、小逍遥公房。分別部居，不相雜廁，豈非後代支譜之權輿乎！鮑氏出自姒姓，因封爲氏。其後有上黨、東海、泰山、河南諸望。自宋、元以來，新安之望始著。而棠樾一支，孝友相承，瓜瓞緐衍。明嘉靖間，尚書思庵公由進士起家，宣力中外，勳垂史册，簪纓弗替，遂爲郡之甲族。向有三支合譜，久未增修。今誠一、學堅兩君，敦本好古，刱立支譜。斷自思庵公，以下枝分派別，犂然不紊。其云「宣忠堂」者，本誥敕中語，而思庵公以爲堂額，今因而名之，亦誦清芬而詠駿烈之意也。憶庚戌秋，以祝釐入都，與曹竹虚尚書相遇於寓館，竹虚言里居刱立紫陽書院，多得誠一相助之力。予既重其高義，而以未訂交爲憾。今春，誠一復介吳玉松太史，以斯譜屬予序。讀之義例謹嚴，無一溢美之詞，足以傳信後嗣，非獨鮑氏一門之文獻，亦可以爲海内作譜者法，爰不辭而序之。

王鶴谿祖德述聞序

《祖德述聞》者，予妻弟王子鶴谿之所作也。唯王氏遠有代序，自宋左朝請大夫文毅公，以篤學清德有聞於紹興之世。嘗識周益公於微時，以女妻之，勉其以詞科進，卒爲名相。明時則侍御兄弟之直諒，司業父子之文學，崑山士大夫至今稱之。予妻之大父卓人翁，授徒嘉定，樂其風土，卜居於此，已六十餘年。而外舅及鶴谿，猶以新陽籍應試，蓋禮不忘其本，有太公反葬於周之意焉。外舅博學能文，好談先世遺事，衮衮可聽。鶴谿誦清芬而詠駿烈，蒐討傳記、志乘、名人文集，撰成此書。先世一言一行，皆謹識之，辭非己出，信而有徵，其用心可謂勤矣。昔歸熙甫娶南戴王氏，謂吴中王氏多自以爲太原之後，獨先妻家譜系最明，遠有承傳。南戴，蓋魏國文正公之裔，而文毅五世祖旭，實魏國公之弟。今南戴之支日微，而文毅之後詩書不廢，鶴谿又能泝木水之本源而表章之，洵賢於人一等哉！往予學爲古文，予妻在旁，見予得意時輒喜。自先妻之亡，予忽忽不樂，古文久輟勿爲。伸紙序此，不自知涕之横集也。

潛研堂序跋卷五

跋誠齋先生易傳

宋寶謨閣學士廬陵楊文節公《易傳》二十卷，下筆于淳熙戊申八月，脱藁于嘉泰甲子四月，閲十有七年而成書。既没之後，有稱其書於朝者，敕降三省，劄下吉州，給筆札繕寫申進。其子承議郎長孺，具狀進之。其説長於以史證經，譚古今治亂、安危、賢姦、消長之故，反覆寓意，有槩乎言之。開首第一條論《乾卦》云：「君德惟剛，則明于見善，決于改過。主善必堅，去邪必決，聲色不能惑，小人不能移，陰柔不能姦。故亡漢不以成、哀而以孝元，亡唐不以穆、敬而以文宗，皆不剛健之過也。」嗚呼！南渡之君臣，優柔寡斷，有君子而不用，有小人而不去，朝綱不正，國恥不雪，日復一日，而淪胥以亡。識者謂惟剛健足以救之。誠齋此傳，其有所感而作與！至於《繫辭》「夫《易》何爲者也」以下，以意易其次第，又輒補「《易》曰高宗伐鬼方，三年克之。小人勿用，子曰非天下之至仁」凡二十三字於「其孰能與于此哉」之上，此則宋儒師心之失，不得曲爲之諱也。

跋程氏周易古占法

沙隨程氏與朱文公同時，其没也，文公稱其「著書滿家，足以傳世」。今所傳者，唯《周易古占法》二卷。其下卷題云《古周易章句外編》，即史所云《易傳外編》也。《宋史》本傳云：「嘗授經學於崑山王葆、嘉禾聞人茂德、嚴陵喻樗。」今讀此書，稱玉泉先生者，喻樗也。又稱聞人茂德先生，茂德蓋其字，而史失書名。又此三人皆迥所受業者，而史云授經學於某某，是誤仞爲迥之弟子矣。杜預注《左傳》云：「梁國寧陵縣北有沙隨亭。」沙隨即寧陵之古名，而傳云「應天府寧陵人，家於沙隨」，豈不大可笑乎！

跋周易本義咸淳本

曩有客讀朱文公《本義》畢，謂予曰：「《雜卦》傳：『咸，速也。恒，久也。』《注》但云『咸，速。恒，久。』而不加一字，得毋有脱句乎？」蒙無以應也。今見咸淳乙丑九江吳革刊本，乃是「感速，常久」，始歎《本義》之簡而明。蓋「感」故「速」、「常」故「久」，俗本譌兩字，而注文遂成附贅矣。又《雜卦》「遘，遇也」，不作「姤」，與唐石經、岳倦翁本正同，可證文公《本義》猶未誤，或據流俗本以訾考亭，豈其然乎！

跋薛季宣書古文訓

薛季宣《書古文》，自序以爲即隸古定本，然唐初諸儒未有言及此本者。陸元朗言：「《尚書》之字，本爲隸古，既是隸寫古文，則不全爲古字。今宋、齊舊本及徐、李等音所有古字，蓋亦無幾。穿鑿之徒，務欲立異，依傍字部，改變經文，疑惑後生，不可承用。」然則薛所傳者，得非陸氏所稱穿鑿改變之本乎？鼂公武嘗得《古文尚書》，刻石蜀中，今世亦無傳，大約與薛本無異。愚嘗謂孔壁古文增多二十四篇，與今篇目迥異，就令薛所傳果即隸古定書，亦是梅氏私定，非真安國本，何可援以爲信耶！

跋胡氏詩傳附録纂疏

雙湖胡氏，於《易》《詩》皆有譔述。此書專宗朱氏《集傳》，《集傳》之外又采《語録》諸説益之，謂之《附録》。次采集諸儒説，謂之《纂疏》。閒出己意，則加「愚按」以別之。明永樂中修《五經大全》，其體例皆昉於此。然雙湖於《鄭風》多兼取《序》説，《澤陂》取濮氏説，以「有美一人」指洩冶。其論《魯頌》四篇，皆史克所作，作於魯文公時。《閟宮》之新廟，即僖公廟也。作泮宮、克淮夷，皆僖公實事，非頌禱之詞。《春秋》，經也；《魯頌》，亦經也。史之闕文，幸有《魯頌》以補之。同出一聖人之手，何獨信《春秋》而疑《魯頌》。皆自具識解，非專阿徇紫陽者。至經文「爰其適歸」，「爰」下注：「《家語》作『奚』」，今本直改作「奚」。「婁豐年」，「婁」下注「力注反」。今本直改作「屢」。「祇自疧兮」下引「劉氏曰：當作疷，與痻同，眉貧反」。今本無之。然則今世所行《集傳》，爲後人改竄者已不少矣。又如注中「匡衡」之爲「康衡」，本避廟諱，今本亦改爲「匡」，惟此尚存廬山真面目。此書爲泰定丁卯建安劉君佐翠巖精舍刊本，有盱江揭祐民序。予從寶山羅店朱氏假閱之。

跋春秋左氏傳宋本

吳門黄氏購得宋槧《左傳》不全者兩本，一爲大字本，一爲小字巾箱本，而小字者尤精妙。其於昭廿年衛侯賜北宫喜、析朱鉏謚一節，注云「皆死而賜謚，傳終言之」，則兩本竝同，乃知何義門所言之不妄。然予終未敢以此本爲可從者何也？左氏文極精嚴，一字不可增減。常事不書，非常則特書，傳之恒例也。

即以謚言之，諸侯薨而臣子謚之，常也。傳於諸侯之謚，皆隨文互見，而未嘗特書。惟楚成之謚「曰『靈』，不瞑；曰『成』，乃瞑」，以其非常而書，惡商臣之悖逆也。楚共之請爲「靈」若「厲」，而子囊易之，以其非常而書，嘉子囊之達禮也。大夫死而謚，皆君所賜，亦常也。傳於大夫之謚，皆隨文互見，未嘗書其君賜某人謚曰某子者。而於此特書，是二百四十年未有之例也。若果死而賜謚及墓田，當云「衛侯賜北宫貞子、析朱成子以齊氏之墓田」，何須云「賜謚曰某子」耶！或謂生而賜謚，是豫凶事，傳何以不言非禮？是又不然。傳言非禮者，皆事之近於禮者也。若(夫)〔失〕禮之甚者，直書其事，而非禮自見，不待言也。或謂杜注「終言之」，死者，人之終，可爲死而賜謚之證。此亦不然。二臣雖生而賜謚，未必即在是年，因納公從公事而牽連及之，亦傳之常例耳。相臺岳氏及淳熙種德堂本，皆與王厚齋所見本同，吾從衆可也。

跋春秋繁露

鄭司農云，古者書「義」爲「誼」，「儀」爲「義」。今攷《中庸》述孔子之言曰：「仁者，人也。義者，宜也。」是孔氏古文爲「誼」之證也。董生云：「仁者，人也。義者，我也。」是漢初改「誼」爲「義」之證也。董生治《公羊春秋》，故許叔重《五經異義》以《公羊》、《穀梁》爲今文説，《左氏》爲古文説。而《説文解字》訓「誼」云「人所宜」，訓「義」云「己之威儀」，皆用古文説。又《説文》之例，稱《春秋》者，皆《左氏經傳》，若《公羊》則别而出之。許氏之尊古文如此。後之人乃舍《説文》而别求古文，且詆《説文》爲秦篆，甚矣其惑也。因讀董子書偶識之。

又

弟十六卷《祭義》篇：「春上豆實，夏上尊實，秋上机實，冬上敦實。豆實，韭也。尊實，醴也。机實，黍也。敦實，稻也。」予謂「尊」當爲「籩」，「机」當爲「杋」。《周禮》：籩人，四籩以醴爲首。醢人，四豆以韭爲首。尊，酒器，不可以盛籩實。隸書「籩」或省「辵」，因譌爲「尊」爾。古者盛黍稷以簠簋，古文「簋」作「杋」，今書爲「机」，亦字形相涉而譌。

跋范氏穀梁集解

范武子《穀梁集解》，於先儒董仲舒、京房、劉向、許慎、何休、杜預，皆舉其姓名，惟鄭康成稱「君」而不名，范氏世習鄭學故也。徐邈、江熙、徐乾、鄭嗣四人，與范同時。曰邵，曰泰，曰雍，曰凱，則其子弟。其稱先君者，甯之父汪也。序云「升平之末，歲次大梁，先君北蕃迴軫，頓駕於吳」者，謂升平五年，汪爲安北將軍、徐兗二州刺史。其十月，以罪免爲庶人。是年歲在辛酉，於十二次爲大梁也。汪屏居吳郡，從容講肄，其卒當在簡文之世。甯撰次《集解》，宜在豫章免郡之後。序云「從弟彫落，二子泯沒」，「從弟」謂邵，「二子」謂雍、凱也。攷《隋書·經籍志》，有徐邈《穀梁傳〔義〕》十卷、徐乾《穀梁傳注》十〔三〕卷。其餘諸家皆失傳，賴范氏書得存其一二耳。徐邈書，楊氏作疏屢引之。徐乾，官給事郎，亦見於《隋志》。《晉書·范甯傳》止載子泰一人，楊疏所引，長子泰，字伯倫；中子雍，字仲倫；少子凱，字季倫，當出於臧榮緒《晉書》也。

跋儀禮集説

君善此書不顯於元、明之世，自納蘭氏刊入《九經解》，而近儒多稱之。其説好與康成立異，而支離穿鑿，似是而非。吾友褚刑部寅亮，有《儀禮管見》三卷，攻之不遺餘力矣。《既夕篇》：「薦馬纓，三就入門，北面交轡，圉人夾牽之。御者執策立于馬後，哭成踊，右還出。」「哭成踊」者，主人也，敖氏以爲圉人與御者，引《雜記》「薦馬者哭踊」證之。按彼疏云「馬是牽車爲行之物，行期已至，孝子感之而哭踊」，是哭踊非薦馬者明矣。主人不哭踊而圉人、御者反哭踊，揆諸禮節，必非人情。敖之疏謬如此，乃譏鄭爲疵多醇少，豈其然乎！

跋禮記纂言

《禮記》本四十九篇，此書止三十六篇者，别《大學》、《中庸》、《投壺》、《奔喪》、《冠義》、《昏義》、《鄉飲酒義》、《射義》、《燕義》、《聘義》而出之，而《曲禮》、《檀弓》、《雜記》不分上下也。又别其類爲四，曰通禮九：《曲禮》、《内則》、《少儀》、《玉藻》、《深衣》、《月令》、《王制》、《文王世子》、《明堂位》也。曰喪禮十一：《喪大記》、《雜記》、《喪服小記》、《服問》、《檀弓》、《曾子問》、《大傳》、《閒傳》、《問喪》、《三年問》、《喪服四制》也。曰祭禮四：《祭法》、《郊特牲》、《祭義》、《祭統》也。曰通論十二：《禮運》、《禮器》、《經解》、《哀公問》、《仲尼燕居》、《孔子閒居》、《坊記》、《表記》、《緇衣》、《儒行》、《學記》、《樂記》也。此書詮解詳贍，勝於陳可大。而明以來取士舍此用彼者，以經文少十篇，而一篇之中前後移易，於初學誦習不便也。予家所藏，則明崇禎二年兩淮巡鹽御史晉陽張養所刊，有新城王象晉序。

跋大戴禮記

《大戴禮記》八十五篇，《史記索隱》云「四十七篇亡，見今存者有三十八篇」。自宋以來，相傳之本，篇弟始三十九終八十一，中閒闕者四篇，重者一篇，韓元吉云兩七十三，晁公武云兩七十四。實四十篇。視小司馬所稱多二篇者，唐以前無《明堂篇》，後人從《盛德篇》析而二之，而《遷廟》、《釁廟》兩篇，疑古本亦合爲一也。《小戴記》經北海鄭氏表章，得列十經之數。而大戴之書無師授者，以致亡佚過半。宋、元以後，《小戴記》與《易》、《書》、《詩》、《春秋》列而爲五，而《儀禮》、《周官》亦束之高閣，士夫之能讀《大戴》者，益以少矣。然兩家之記，要各有所長。如《夏小正》勝於呂氏《月令》，《武王踐阼》較之《文王世子》爲醇，而《孔子三朝記》七篇、《曾子》十篇，皆古書之僅存者，寔賴斯記以傳。必軒彼而輊此，非通論也。學者惑於《隋志》之文，謂大戴之書爲小戴所刪取。然《隋志》述經典傳授，多疎舛不可信。鄭康成《六蓺論》但云戴德傳記八十五篇，戴聖傳四十九篇，別無小戴刪大戴之說。今此書與小戴畧同者凡六篇，可證其非刪取之餘。《詩正義》引《大戴禮·辨名記》云「千人爲英」，又引《大戴禮·政穆篇》云「太學，明堂之東序也」，劉昭注《續漢書》引作《昭穆篇》；《漢書·儒林傳》服虔注《驪駒》：「逸《詩》篇名，見《大戴禮》。」今本皆無之，蓋在逸四十七篇中矣。

王式言：「聞之於師：客歌《驪駒》，主人歌《客毋庸歸》。」江翁曰：「經何以言之？」式曰：「在

《曲禮》。」服虔注以爲見《大戴禮》，是大戴亦有《曲禮》篇也。

跋逸周書

《説文》木部「槼」字下引《逸周書》「疑沮事闕」四字，讀者多不能解。今檢《文酌篇》有「聚疑沮事」句，乃悟許氏所見本云「槼疑沮事」，後人轉寫脱「槼」字，妄於句尾添一「闕」字，而二徐不能是正也。「槼」與「聚」義雖相近，然許氏所據當是古本，魏、晉人希識古字，故多誤改。

跋爾雅疏單行本

唐人《五經正義》本與注別行，後儒欲省兩讀，并而爲一。雖便於初學，而卷弟多失其舊，不復見古書真面，蒙竊病焉。兹見金昌袁氏又愷所藏宋槧《爾雅疏》單行本，不特紙墨精妙，且可想見古注疏之式，良可寶也。此書引陸氏《艸木疏》，其名皆從木旁，與今本異。攷古書「機」與「璣」通，馬、鄭《尚書》「璿璣」字皆作「機」。《隋書·經籍志》「烏程令吴郡陸機」，本從木旁。元恪與士衡同時，又同姓名，古人不以爲嫌也。自李濟翁强作解事，謂元恪名當從玉旁，晁氏《讀書志》承其説，以或題陸機者爲非。自後，經史刊本，遇元恪名輒改從玉旁。予謂攷古者但當定《艸木疏》爲元恪作，非士衡作，若其名則皆從木旁，而士衡名字尤與《尚書》相應。果欲示別，何不改士衡名耶？即此可徵邢叔明諸人，識字猶勝於李濟翁也。

跋四書纂疏

趙格庵以咸淳六年正月入西府，其冬除參知政事，十年二月罷。在政地四載，雖未有奇節，亦無瑕玷可指。其卒在德祐二年，初無仕元之迹。而倪燦《補蓺文志》，寘諸元人之列，殊不可解。其注稱「資政殿大學士」，則元代無此職名，仍是宋官耳。揆厥所由，特以《宋史》不爲立傳，而黄晉卿《格庵先生阡表》有「至元十三年四月二十有三日薨於里第」一語，疑其曾受元職耳。然其文云：「公自福州代還，知時事不可爲，憂懣成疾。醫以藥進，麾使去，曰：『吾可死矣！』」又云：「奉身而退，以全其歸。公之自處，可謂無憾矣！」其銘詞云：「允矣明哲，歸潔其身。」則格庵之未嘗仕元審矣。晉卿身爲元臣，而格庵之卒，恰在宋亡之歲，故不稱德祐而稱至元，非有不滿之辭也。王應麟、黄震皆卒於元代，不妨其爲宋臣，何獨於格庵而疑之！倪《志》舛誤極多，而此條關係格庵名節，且恐爲攻道學者藉口，故不可不辨，并以告後世之讀是書者。

跋經典釋文

自六書之義不明，經生轉寫，字體譌變，而音亦從而譌。陸元朗集録諸家音，往往不能定而兼存之。尋其條例，當以先者爲優，後者爲劣。今攷之，亦未盡當。如《周禮》「搏埴之工」，《釋文》兼收團、博二音。依前音宜從「專」，依後音宜從「尃」。據鄭氏《注》「搏之言拍也」，「拍」與「搏」聲相近，則經文當用「搏」字而讀如「博」矣。《爾疋・釋山》篇「小山岌大山，峘」。《釋文》胡官反，又兼存「袁」、「恒」二音。依前二音，字當爲「峘」；依後音字當爲「峘」。二字《説文》皆無之。尋小山及大山當取緜亙之義，則讀如「恒」者爲正矣。《釋艸》篇「蔆，蕨攈」。《釋文》兼收亡悲、居郡、居羣三音。依前音，宜从「麇」；依後二音，宜从

「麋」。《説文》有「擵」無「擵」，且「蔽擵」爲雙聲，則文當作「擵」而讀如「麋」矣。《釋艸》又云：「⿱艹耴小葉。」《釋文》豬葉反，又阻留反。依前音，宜从「耴」；依後音宜从「取」。《説文》有「菆」無「⿱艹耴」，亦當以後音爲正。《左氏》成四年「取汜祭」，《釋文》兼收「凡」、「祀」二音。依前音當从「㔾」，依後音當从「巳」。杜注：「成皋縣東有汜水。」今土人讀如「祀」音，則文當作「汜」而讀如「祀」矣。文十一年「錫穴」、哀十二年「戈、錫」《釋文》竝音「羊」，又星歷反。若用後音，字當爲「錫」，今無以辯之。

又

陸氏自序云：「粤以癸卯之歲，承乏上庠。」攷《唐書·儒學傳》，秦王平王世充，辟爲文學館(博)〔學〕士補太學博士。高祖釋奠，賜帛五十匹，遷國子博士，封吴縣男，卒。是元朗於高祖朝已任博士，史雖不言其卒年，大約在太宗貞觀之初。若癸卯歲，則貞觀十七年也，恐元朗已先卒，即或尚存，亦年近九十，不復能著書矣。且在國學久次，不當始云「承乏」。竊意癸卯乃是陳後主至德元年，元朗嘗受業於周弘正，弘正卒於太建中，則至德癸卯元朗年已非少。本傳但云解褐始興國左常侍，不言爲博士，恐是史家脱漏。細檢此書所述近代儒家，惟及梁、陳而止，若周、隋人撰音疏，絶不一及，又可證其撰述必在陳時也。

跋羣經音辨

《羣經音辨》七卷，宋賈文元公昌朝在經筵日所進。初刻於崇文院，南渡再刻於臨安府學，三刻於汀州寧化縣學。康熙中，吴門張士俊以汀本重刻，字畫端謹，可稱善本。宋初經生帖括，遵守漢、唐注疏，音義異同必準諸陸氏《釋文》，無敢少有出入。熙寧以後，儒者競以己意説經，視注疏如土苴，而音之戾於古者多矣。此書之存，亦中流之一壺也。其所引經文，如《書》「鳥夷皮服」、「祀無豐于尼」、「惟其斁塈茨」、「平來以圖」，《春秋傳》「釋感於敝邑」、「菀何忌」、「菀羊牧之」，《禮記》「葱渫處末」、「廣夾不中度」、「先飯辯嘗」，《儀禮》「綴足用燕几，較在南」，皆與今本不同。尋其義，大較勝於今本。蓋北宋去唐未遠，猶有師承故也。

跋説文解字

自古文不傳於後世，士大夫所賴以考見六書之源流者，獨有許叔重《説文解字》一書。而傳寫已久，多錯亂遺脱。今所存者，獨徐鉉等校定之本。鉉等雖工篆書，至于形聲相從之例，不能悉通，妄以意說。如《説文》「代」取「弋」聲，徐以「弋」爲非聲，疑兼有「忒」音，不知「忒」亦從「弋」聲也。「絰」取「至」聲，徐以爲當从「姪」省，不知「姪」亦從「至」聲也。「配」取「巳」聲，徐以巳爲非聲，當从「妃」省，不知「妃」亦從「巳」聲也。「卦」取「圭」聲，徐以「圭」聲不相近，當从「挂」省，不知「挂」亦从「圭」聲也。「嘆」取「堇」聲，徐以爲當从「漢」省，不知「漢」从「難」省聲，「難」仍从「堇」聲也。「簸」取「殿」聲，徐以爲當从「臀」省聲，不知「殿」本从「屍」聲，「臀」乃从「殿」聲也。屍、臀，古今字。「隸」取「枲」聲，徐以「枲」爲非聲，不知「枲」从「台」聲，《詩》「隸天之未陰雨」，今本作「迨」，亦从「台」聲也。「轘」取「睘」聲，徐以「睘」爲非聲，當从「環」省，不知「睘」从「袁」聲，「環」、「還」、「翾」、「嬛」、「儇」、「獧」之類，並从「睘」聲。古人讀「睘」如「環」，《詩》「獨行睘睘」，

《釋文》「本作『褮』」。「褮」與「睘」，聲相轉，故多假借通用，非「環」、「睘」有異聲也。「熇」取「高」聲，徐以「高」爲非聲，當从「嗃」省，不知「嗃」亦从「高」聲。且《説文》無「嗃」字，徐氏據《周易》王輔嗣本增入。攷劉表本作「熇」。「熇」，鄭康成訓苦熱之意，亦當从「火」旁。「熇」之與「嗃」，猶「妃」之與「配」，本是一字，不當展轉取聲也。「能」取「㠯」聲，徐以爲非聲。按「台」、「能」皆以「㠯」得聲，古人讀「能」爲奴來切，漢諺云：「欲得不能，光禄茂才。」不必鼈三足乃有此音也。「翬」取「軍」聲，徐以爲當从「揮」省，不知「揮」亦從「軍」聲。「軍」轉爲「威」，猶「斤」轉爲「幾」，「祈」、「圻」、「蘄」、「沂」之取「斤」聲。「揮」、「翬」之取「軍」聲，皆聲之轉，而徐未之知也。「贛」取「竷」省聲，徐云：「竷，非聲，未詳。」按《詩》「坎坎鼓我」，《説文》引作「竷」，「竷」、「坎」與「空」聲相轉，故空侯一名坎侯。「贛」爲「竷」之轉聲，猶「鳳」爲「凡」之轉聲，而徐亦未之知也。「兑」取「㕣」聲，徐以爲非聲。按「兑」、「説」同義，「説」即从「兑」得聲。「㕣」轉爲「説」，猶「殄」轉爲「飻」，此四聲之正轉，而徐亦未之知也。「弻」取「丙」聲，徐以爲非聲。按「丙」有三讀，其一讀如「誓」，「誓」从「折」得聲，「弻」从「丙」得聲，亦四聲之正轉，而徐未之知也。「移」取「多」聲，徐云：「多」與「移」聲不相近，蓋古有此音。按「移」、「眵」、「趍」、「⿱宀多」，皆取「多」聲，猶之「波」取「皮」聲、「奇」取「可」聲。東方朔《繆諫》：「清湛湛而瀸滅兮，溷淖淖而日多。梟鴞既已成羣兮，玄鶴弭翼而屏移。」張衡《思玄賦》：「處子懷春，精神回移。如何淑明，忘我實多。」此古人以「移」叶「多」之證。六朝以降，古音日亡，韻書出而支、歌判然爲二，而徐亦未之知也。「虔」取「文」聲，讀若「矜」，徐云：「文非聲，未詳。」按古人真、文、先、仙諸韻互相出入。高彪詩：「文武將墜，乃俾俊臣。整我皇綱，董此不虔。」此古人讀「虔」如「矜」之證，而徐亦未之知也。「駁」取「爻」聲，「窔」取「交」聲，徐皆以爲非聲。按「覺」、「學」本蕭、宵、肴、豪之入聲，「釣」从「勺」，「鞄」从「包」，「翯」从「高」，「駮」从「交」，徐皆不復致疑，而獨疑「駁」、「窔」之非聲，何也？「輅」、「賂」皆取「各」聲，徐以「各」爲非聲，當從「路」省。按「藥」、「鐸」本虞、模之入聲，「謨」从「莫」，「涸」从「固」，「縛」从「專」，「薄」从「溥」，並取諧聲。「路」之从「各」，亦諧聲也。《説文》不云「各」聲，蓋轉寫之脱。徐皆不復致疑，而獨疑「輅」、「賂」之非聲，何也？是古人四聲相轉之法，徐亦未之知也。「⿰⿱丵韋焦」取「⿰米焦」聲，讀若「酋」，徐云：「⿰米焦，側角切，聲不相近。」按「⿰米焦」本从「焦」聲，平入異而聲相通，鄭康成謂秦人「猶」、「搖」聲相近，「脩」有「條」音，「繇」有「宙」音。「秋」从「龜」聲，「茅」从「矛」聲，「朝」从「舟」聲，「彫」从「周」聲，皆聲之相轉，何獨疑「⿰⿱丵韋焦」之「⿰米焦」聲？是古音相通之例，徐亦未之知也。「訴」从「厈」省聲，徐以爲非聲。按「訴」本从「㡿」省，字或作「⿰言朔」。「朔」與「㡿」並从「屰」得聲，「屰」與「牾」聲相近，故許君訓「牾」爲「逆」。「㡿」、「朔」皆以「屰」得聲，則「訴」之从「㡿」聲，宜矣。今本「㡿」作「厈」，乃轉寫之譌，徐氏不能校正，轉疑其非聲，亦過矣。其它增入會意之訓，大半穿鑿附會。王荆公《字説》，蓋濫觴於此。夫徐氏於此書用心勤矣，然猶未能悉通叔重之義例；後人學益陋、心益粗，又好不知而妄作，毋惑乎小學之日廢也。

跋徐氏説文繫傳

大徐本用孫愐反切，此本則用朱翱反切，音與孫愐同而切字多異；孫用類隔者，皆易以音和。翶與小徐同爲祕書省校書郎，姓名之上皆繫以臣字，當亦南唐人也。弟一字下注云：「當許慎時，未有反切，故言讀若。此反切皆後人所加，甚爲疏朴，又多脱誤，今皆新易之。」此數語當出於翱，今繫於臣鍇注之下，似失之矣。

跋汗簡

三代古文奇字，其詳不可得聞，賴有許叔重之書猶存其略。《説文》所收九千餘字，古文居其大半。其引據經典，皆用古文説，閒有標出古文籀文者，乃古籀之別體，非古文祇此數字也。且如書中重文，往往云「篆文或作某」，而正文固已作篆體矣，豈篆文亦祇此數字邪。作字之始，先簡而後緐，必先有「一」、「二」、「三」，然後有从「弋」之「弌」、「弍」、「弎」，而叔重乃注「古文」於「弌」、「弍」、「弎」之下，吾以是知許所言古文者，古文之別字，非「弌」古於「一」也。古文中豐而首尾鋭，小篆則豐鋭停勻，叔重采録古文，而以小篆法書之。後人不學，妄指《説文》爲秦篆，別求所爲古文，而古文之亡滋甚矣。郭忠恕《汗簡》談古文者奉爲金科玉律。以予觀之，其灼然可信者，多出於《説文》，或取《説文》通用字，而郭氏不推其本，反引它書以實之，其它偏旁詭異不合《説文》者，愚固未敢深信也。予嘗謂學古文者，當先求許氏書，鐘鼎真贋雜出，可采者僅十之一。至如《峋嶁文》、《滕公石室文》、崔(彥)〔希〕裕《纂古》之類，似古實俗，當置不道。而好怪之夫依仿點畫，入之楷書，目爲古文，徒供有識者捧腹爾。

跋龍龕手鑑

六書之學，莫善於《説文》，始「一」終「亥」之部，自《字林》、《玉篇》以至《類篇》，莫之改也。自沙門行均《龍龕手鑑》出，以意分部，依四聲爲次，平聲九十七部，上聲六十部，去聲二十六部，入聲五十九部，始「金」終「不」，以雜部殿焉。每部又以四聲次之，計二萬六千四百三十餘字。其中「文」、「攴」不分，「曰」、「臼」莫辨，「耑」、「豈」入於「山」部，「鬬」、「鬧」入於「門」部，「糞」、「粦」入於「米」部，「瓢」、「瓟」入於「爪」部，以「八」爲部首而讀武平反，以「亠」爲部首而讀徒侯反，以「彑」爲部首而讀居凌反。「滳」音「商」而又音都歷反，則混「商」於「商」。「鎸」音子泉反而又音户圭反，則溷「嶲」於「雋」。「舜」則「多」、「辛」複出，「弓」則弓、雜兩收，「奓」、「歪」、「甭」、「孬」本里俗之妄談，「崗」、「恴」、「尘」、「卡」，悉魚豕之譌字，而皆緐徵博引，汙我簡編。指事形聲之法，埽地盡矣。行均字廣濟，序其書者，燕臺憫忠寺沙門智光，字法炬，題統和十五年丁酉七月，即宋至道三年也。

跋古文四聲韻

新安汪氏重刊夏英公《古文四聲韻》五卷，前有慶曆四年進呈序，蓋從汲古毛氏影宋鈔本。全紹衣《鮚埼亭外集》有跋，云是書即取《汗簡》分韻録之，絶無增減異同。今攷《汗簡》所引七十一家，而此書所引九十八家，雖不無重複，而增益已不少。全所鈔，得之天一閣范氏，有紹興乙丑晉陵許端夫後序，而無英公自序，蓋别是一本，恐非英公書也。英公博覽好古，而未通六書之原，不能别擇去取，故踳譌複沓，較之《汗簡》爲甚。如崔(彦)〔希〕裕《纂古》多繆妄不經之字，《籀韻》亦後人妄作，精於六書者自能辨之。

跋復古編

曩予與族子獻之論俗書之譌，謂「翛」當爲「脩」、「薩」當爲「薛」，自矜剏獲，讀是編，則謙中已先我言之，始信理之是者，古人復起不能易也。謙中雖篤信《説文》，然所據者乃徐氏校定本，如「拶」、「琛」、「禰」、「韻」、「墊」、「劇」、「坳」、「辦」、「毬」，皆徐新附字。「笑」爲李陽冰所加，而誤仞爲正文。「琵琶」乃「批把」之譌而以爲「枇杷」，「凹凸」乃「窅突」之俗而以爲「坳垤」。「突」，古作「𠫓」，後人譌爲「凸」字。「認」，古書作「仞」而以爲「訒」；「妙」，古書作「眇」而以爲「紗」；「罙」與「突」，「須」與「湏」、「畐」與「苔」，形聲俱別而併爲一文，此則誤之甚者。

跋吳棫韻補

世謂叶音出於吳才老，非也。才老博攷古音以補今韻之闕，雖未能盡得六書諧聲之原本，而後儒因是知援《詩》、《易》、《楚辭》以求古音之正，其功已不細。古人依聲寓義，唐宋久失其傳，而才老獨知之，可謂好學深思者矣。朱文公《詩集傳》間取才老之補音而加以「叶」字，才老書初不云「叶」也。楊用修譏才老叶音：「母氏劬勞」，「勞」叶音「僚」；「四牡有驕」，「驕」叶音「高」。攷才老書，初無此文，殆誤仞朱氏之叶音爲皆出于才老爾。《詩》「外禦其務」，吳讀謨逢切，朱不從吳氏而讀「戎」爲「汝」以叶「務」音；《騶虞》之「虞」，朱於第一章叶音「牙」，弟二章叶五紅反；「誰謂女無家」，朱於前章叶音「谷」，後章叶各空反，皆吳氏所無，未可歸咎于吳也。

跋平水新刊韻略

向讀崑山顧氏、秀水朱氏、蕭山毛氏、毘陵邵氏論韻，謂今韻之併始於平水劉淵，其書名曰《壬子新刊禮部韻略》。訪求藏書家，邈不可得，未審劉淵爲何許人、平水何地。頃吳門黄蕘圃孝廉得《平水新刊韻略》，元槧本，予假讀之。前載正大六年己丑季夏中旬河閒許古道真序，其略云：「平水書籍王文郁攜新韻見頤庵老人曰：『稔聞先《禮部韻略》，或譏其嚴且簡，今私韻歲久，又無善本，文郁累年留意，隨方見學士大夫，精加校讎，又少添注語，不遠數百里，敬求韻引。』」是此韻爲文郁所定也。卷末有墨圖記二行，其文云「大德丙午重刊新本，平水中和軒王宅印」，是此書初刻於金正大己丑，重刻於元大德丙午。其云「中和軒王宅」，或即文郁之後耶？其前列《聖朝頒降貢舉程式》，則延祐設科以後書坊逐漸添入。又《御名廟諱》一條，稱英宗爲今上皇帝，可驗此書爲至治閒印本也。又附《壬子新增分毫點畫正誤字》三葉、《壬子新雕禮部分毫字樣》三葉。此壬子者，未知其爲淳祐之壬子歟？當元憲宗時未有年號。抑皇慶之壬子歟？攷正大己丑在淳祐壬子前廿有四年，而其時已併上下平聲各爲十五、上聲廿九、去聲三十、入聲十七，則不得云併韻始於劉淵。豈淵竊見文郁書而翻刻之耶？又其時南北分裂，王與劉既非一姓，刊板又不同時，何以皆稱「平水」？論者又謂平水韻併四聲爲一百七韻，陰時夫併上聲拯韻入迥韻，據此本則迥與拯等之併，平水韻已然矣。劉書既不可得見，此書世亦尠有著録者，姑識所疑，以諗後之言韻者。

許序稱「平水書籍王文郁」，初不能解，後讀《金史·地理志》，平陽府「有書籍」，其倚郭平陽有平水，是平水即平陽也。史言「有書籍」者，蓋置局設官於此。元太宗八年，用耶律楚材言，立經籍所平陽，當是因金之舊。然則「平水書籍」者，文郁之官稱耳。劉淵亦題平水，而黄公紹《韻會》凡例又稱爲「江北劉氏」，平陽與江北相距甚遠，何以有平水之稱？是又可疑也。

跋方日升韻會小補

此書雖因黄公紹之本，而增注倍之，可稱博洽之士。王元美贈詩，但稱其能詩，奕品在弟二，似淺之乎視子謙。然子謙謁元美金陵時，元美已垂老，其得假館李本寧所，當由元美之力。而此書之成，則元美已不及見矣。

跋荀子

《荀子》三十二篇，世所共訾謷之者，惟《性惡》一篇，然多未達其旨趣。夫《孟子》言性善，欲人之盡性而樂於善；《荀子》言性惡，欲人之化性而勉於善。言性雖殊，其教人以善則一也。世人見篇首云「人之性惡，其善者僞也」，遂掩卷而大詬之，不及讀之終篇。今試平心而讀之，《荀子》所謂「僞」，只作爲善之「爲」，非誠僞之「僞」，故曰：「不可學，不可事而在人者謂之性；可學而能，可事而成之在人者，謂之僞。」古書「僞」與「爲」通，《堯典》「平秩南訛」，《史記》作「南爲」，《漢書·王莽傳》作「南僞」，此其證也。若讀「僞」如「爲」，則其說本無悖矣。後之言性者，分義理之性與氣質之性而二之，而戒學者以變化氣質爲先，蓋已兼取《孟》、《荀》二義。而所云變化氣質者，實暗用《荀子》化性之説，是又不可不知也。

跋呂氏春秋

《呂氏·季春紀》「具挾曲蒙筐」，即《月令》之「曲植籧筐」也，《淮南》作「撲曲筥筐」。高氏注呂書云：「『挾』讀如『朕』，本或作「眣」，譌。三輔謂之『挾』，關東謂之『得』。」其注《淮南》云：「撲，持也，三輔謂之撲。」以予攷之，「挾」、「撲」皆「栚」之譌文。何以明之？《方言》云：「槌，宋、魏、陳、楚、江、淮之閒謂之植，自關而(東)(西)謂之槌；其横，關西曰㭼，《說文》無「㭼」字，即「栚」也。齊部謂之持。」《說文解字》云：「栚，槌之横者也。關西謂之栚。今本譌作「㮴」。持，槌也。關東謂之槌，關西謂之持。」鄭康成注《月令》云：「植，槌也。」然則「植」、「栚」、「槌」、「持」，本一物，字形雖異，實一聲之轉耳。「持」，从「特」省聲，古書「直」與「特」通。《詩》「實維我特」，《韓詩》作「直」。《檀弓》「行并植于晉國」，注「植，或爲特」。故植曲之「植」亦爲「持」，注中或作「持」，或作「得」，亦皆爲「持」之譌文審矣。「蒙」當爲「篆」，《說文》：「篆，飲牛筐也，方曰筐，圓曰篆。」高氏亦云：「圓底曰蒙，方底曰筐。」故知「蒙」即「篆」之譌也。餘姚盧學士召弓方校刊是書，因書以詒之。

又

以越大夫種爲鄞人，其說出于王厚齋，而成化《四明郡志》遂收入人物門，後來皆因之。厚齋所據者，高誘注《呂氏春秋》也。今攷呂氏書弟二卷《當染篇》注云「楚之鄒人」，弟四卷《尊師篇》注云「楚鄞人」。鄒、鄞字形相涉，安見「鄞」之必是而「鄒」之必非耶？高氏注以范蠡爲楚三户人，蓋本于《吳越春秋》。今世所傳《吳越春秋》，亦非足本。然張守節注《史記》嘗引之云：「大夫種姓文字子禽，荆平王時爲宛令，之三户之里，范蠡從犬竇蹲而吠之，從吏恐文種慙，令人引衣而鄣之。文種曰：『無鄣也。』云云。是大夫種嘗爲宛令，而三户則宛里名也。種既宦于楚，因范蠡要之乃棄楚而適越，種爲楚人非越人明矣。且使種而誠鄞人也，則虞翻、朱育悉數會稽之先賢，何以皆不及種？而《乾道四明圖經》、《寶慶四(則)〔明〕志》敘人物又何以絶不一及乎？《太平寰宇記》敘荆州人物云：「文種，楚南郢人。」樂史生於宋初，其所見《吕氏春秋》注當是「郢」字，今本作「鄒」又作「鄞」，皆轉寫之譌。郢爲楚都，鄒、鄞皆非楚地也。厚齋學問該洽，獨此一條偶據誤本。予修鄞志已辯其失，并書以詒盧學士云。

跋淮南子

《淮南·天文訓》稱「淮南元年，太一在丙子，冬至甲午，立春丙子」。攷淮南王安始封之年，即漢文帝十六年也，下距太初元年六十歲。太初之元，太歲在丙子，後人命爲丁丑。則是年亦在丙子，《淮南》所稱「太一」，即太歲矣。其云「冬至甲午，立春丙子」，則必有譌。蓋冬至與立春相去四十五日有奇，古今不易，自甲午訖丙子僅四十三日，此理之所必無者。以術推之，是年冬至蓋己酉日，立春則甲午日耳。漢時諸侯王始封，皆自稱元年，雖列侯亦然，《史記》諸表可覆按。或謂淮南僭號者，非也。許、高舊注本無此語，後人竄入，不足信。

跋論衡

《論衡》八十五篇，作于漢永平閒。自蔡伯喈、王景興、葛稚川之徒，皆重其書。以予觀之，殆所謂小人而無忌憚者乎！觀其《問孔》之篇，掎摭至聖；《自紀》之作，訾毁先人；既已身蹈不韙，而《宣漢》、《恢國》諸作，諛而無實，亦爲公正所嗤。其尤紕繆者，謂國之存亡，在期之長短，不在政之得失；世治非賢聖之功，衰亂非無道之致；賢君之立偶在當治之世，無道之君偶生于當亂之時；善惡之證，不在禍福。嗚呼，何其悖也！後世誤國之臣，是今而非古，動謂天變不足畏，《詩》、《書》不足信，先王之政不足法，其端蓋自充啟之。小人哉！

跋釋名

劉熙《釋名》八卷，見於《隋志》，不言何代人。《直齋書録解題》題云「漢徵士北海劉熙成國」，當有所據。《册府元龜》則云「後漢安南太守」。然漢無安南郡，或是「南安」之譌。近時校書家以司州之名曹魏始有之，而《釋州國》篇有司州，疑其爲魏初人。以予攷之，殆非也。《吴志·程秉傳》：「避亂交州，與劉熙攷論大義，遂博通五經。」《薛綜傳》：「少依族人避地交州，從劉熙學。」《韋曜傳》：「曜因獄吏上書言：『見劉熙所作《釋名》，信多佳者。』」據此三文推之，則劉君漢末名士，建安中避地交州，故其書行于吴，而韋弘嗣因有《辨釋名》之作也。交州與魏隔遠，不當有入魏之事。史又不言其曾仕吴，殆遯跡以終者。清風亮節，亦管寧之流亞矣。漢雖無司州之名，而《百官志》稱，司隸校尉「建武中復置，并領一州」，又稱「刺史十二人，各主一州，其一州屬司隸校尉」。則司隸部亦可云州。《左雄傳》稱「司、冀復有大水」，司、冀對舉。蓋當時案牘之文，稱其官則曰司隸，稱其地則曰司部，亦曰司州，雖未著於甲令，不得謂漢無此名也。

若以司州刺史名官，則自晉南渡始。魏時尚沿漢制，以司隸校尉領州，如邢顒、徐宣、徐邈、崔林、孫禮諸人，皆除司隸校尉，不稱司州刺史也。《晉書·地理志》謂魏以河南、河内、河東、弘農、平陽五郡置司州者，乃是史家追稱之，在當時不過以平陽改屬司隸，以京兆、馮翊、扶風改屬雍州耳，非竟定爲司州也。此書《釋天》篇一云「豫司兖冀」，一云「兖豫司冀」，與《左雄傳》文正同。《釋州國》篇言：「司州，司隸校尉所主。」不言何義。明司州之名出於流俗相沿，未可執此單辭即以爲魏初人也。范蔚宗以《釋名》爲劉珍所撰，今據《吴志》則爲熙撰無疑。承祚去成國未遠，較之蔚宗爲可信矣。

跋抱朴子

《莊子》「朝菌不知晦朔」，司馬彪云：「大芝也。天陰生糞上，見日則死。一名日及。」潘尼云：「木槿也。」《爾疋》：「椵，木槿。」郭景純云：「或呼日及。」按朝菌有二解，而均有日及之名。菌、槿聲又相近，則潘説得之。《抱朴子·論僊》篇云：「蜉蝣校巨鼇，日及料大椿。」本用《莊子》語，當作「日及」。今云「白芨」，字之譌也。予後讀《宋史·田敏傳》，言《爾疋》注「日及」改爲「白及」，乃悟《抱朴》之文亦宋人妄改。蓋《道藏》三洞四部之書，皆祥符中王欽若等所定，此書本從《道藏》中抄出，因仍其譌爾。

跋潛虚

此汲古閣毛氏影鈔宋本，字畫精妙可喜。本書三十六葉，附張敦實《發微論》二十葉，後有淳熙壬寅孟冬朔泉州教授陳應行跋，稱建陽、邵武兩本皆有闕略，此所據者，文正曾孫待制侍郎家傳善本也。朱文公嘗見温公遺墨多闕文，而泉州刻無一字闕，疑爲贋本。予謂考亭不喜楊子雲，而温公是書全學《太玄》，故有意抑之，非定論也。南渡初，以温公無後，録其族曾孫伋季思後之。季思嘗爲吏部侍郎，是時以待制知泉州，出家藏本刻之郡庠。敦實，婺源人，紹興五年進士，官朝散郎樞密院檢詳諸房文字兼皇子慶王府贊讀，見羅氏《新安志》。刊於淳熙二年，此題左朝奉郎監察御史，當是淳熙九年所履官也。

潛研堂序跋卷六

跋漢書

《漢書》刊《史記》之文以從整齊，後代史家之例，皆由此出。《史記》一家之書，《漢書》一代之史，班氏父子雖采舊聞，别創新意，青出於藍，固有之矣，然猶有未盡者。如《石奮傳》不當以「萬石」爲題，《夏侯嬰傳》豈宜以「滕」標目？荆王賈、燕王澤之篇首不必稱劉，韓王信之傳端當去「王」字。萬石君、兩龔之號，已載諸篇中，而復繫之篇首，非例也。傳馮奉世而遠述馮亭，傳揚雄而追溯伯僑，若《司馬遷傳》首不舉姓名而敘譜系，全取《自序》之文，又非例也。《史記》以數人合爲一傳，一篇之中首尾相應，《漢書》則人各爲篇，略以時代事類相從，與史公合傳之例，固有别矣。然多承用舊文，不加刊改。史公作《陳平世家》，附見王陵事，今陳、王各爲一篇，而敘陳平事於王陵之後；史公作《張蒼列傳》，附見周昌、趙堯、任敖諸人，今張、周、趙、任各爲一篇，而敘張蒼事于任敖之後；在陳、張之傳則闕而不完，在王、任之傳則贅而無當。以及竇、田、衛、霍諸篇多沿斯失，於是史公錯綜變化之文，皆齟齬而不相入矣。大抵《史記》之文，其襲《左氏》者，必不如《左氏》；《漢書》之文，其襲《史記》者，必不如《史記》。古人所以詞必己出，未有勦説雷同而能成一家言者也。

跋漢書古今人表

此表爲後人詬病久矣，予獨愛其表章正學，有功名教，識見夐非尋常所能及。觀其列孔子於上聖，顏、閔、子思、孟、荀於大賢，孔氏弟子列上等者三十餘人，而老、墨、莊、列諸家降居中等，孔氏譜系具列表中，儼然以統緒屬之。其敘次九等，祖述仲尼之言，《論語》二十篇中人物悉著於表，而他書則有去取。後儒尊信《論語》，其端實啟於此，而千餘年來鮮有闡其微者。遺文具在，可覆按也。古賢具此特識，故能卓然爲史家之宗。徒以文章雄跨百代推之，猶淺之爲丈夫矣。

跋後漢書

《後漢書》淳化刊本止有蔚宗紀傳百卷，其志三十卷，則乾興元年准判國子監孫奭奏添入，但宣公誤以爲劉昭所補，故云「范作之於前，劉述之於後」，不知《志》出於司馬彪。彪，西晉人，在范前，不在范後。劉昭本爲范史作注，又兼取司馬《志》注之，以補范之闕。題云「注補」者，注司馬書以補范書也。自章懷改注范史，而昭注遂失其傳。獨此《志》以非蔚宗書，故章懷不注，而司馬、劉二家之學流傳到今，宣公實有力焉。此本雖多元大德九年補刊之葉，而《志》弟一至弟三，尚是舊刊，於胱、敬、恒、徵字皆闕末筆，而讓、勗却不回避，知實係嘉祐以前刊本。惜屢經修改，古意漸失，然較之明刊本，則有霄壤之隔矣。

跋三國志

陳承祚，蜀人也，其書雖帝魏，而未嘗不尊蜀。於蜀二君書先主、後主而不名，於吴諸君則曰權、曰亮、曰休、曰皓，皆直斥其名；蜀之甘皇后、穆皇后、敬哀皇后、張皇后，皆稱后，而吴之后妃但稱夫人，其書法區别如此。李令伯《陳情》之表，稱蜀爲「僞朝」，承祚不惟不僞之，又以蜀兩朝不立史官，故於蜀事特詳。如羣臣稱述讖緯及登壇告天之文，魏、吴皆不書，而特書於蜀；立后、立太子、諸王之策，魏、吴皆不書，而特書於蜀；太傅靖、丞相亮、車騎將軍飛、驃騎將軍超之策文，皆一一書於本傳，隱然寓帝蜀之旨焉。楊戲《季漢輔臣贊》，承祚既采之，又從而注之，注中引《益部耆舊雜記》王嗣、常播、衛繼傳。此裴氏注，今刊本亦升作大字，誤。其於蜀之人物甄録周詳如此。若魏之臣僚，則芟汰多矣。承祚於蜀所推重者惟諸葛武侯，故於傳末載其文集目録篇第，并書所進表於後，其稱頌葢不遺餘力矣。論者謂承祚有憾於諸葛，故短其將略。豈其然乎！豈其然乎！

跋北齊書

《北齊書》本紀八、列傳四十二，今惟本紀弟四、列傳弟五、弟八、弟九、弟十、弟十一、弟十二、弟十三、弟十四、弟十五、弟十六、弟十七、弟卅三、弟卅四、弟卅五、弟卅六、弟卅七、弟四十二，凡十八篇，乃百藥元文。其列傳弟十八、弟十九、弟廿一、弟廿二、弟卅二、弟卅八、弟卅九、弟四十、弟四十一，文與《北史》異而無論贊，似經後人删改，或百藥書亡而以《高氏小史》補之乎？其餘紀七篇、傳十六篇，大率取諸《北史》。《庫狄干傳》末附見其孫士文，士文仕于隋代，不應入《齊書》，蓋鈔撮《北史》之文而失於刊去。此漢人所譏「作奏雖工，宜去葛龔」者也。裴讓之、張晏之、陸卬、王松年、辛術皆失書本貫，此亦鈔《北史》而不知其宜增入者。當時校刊諸臣麤疎至此，真令人絶倒也。紀傳中有史臣論及贊及稱高祖、世宗、顯祖、肅宗、世祖廟號者，皆百藥之舊，其稱神武、文襄、文宣、武成者，則後人取《北史》之文以補之。晁公武謂百藥避唐朝名諱不書世祖、世宗之類，不知百藥修史在貞觀初，其時「世」字竝不回避。李勣之名，亦高宗朝所改也，《梁》、《陳》、《周書》皆不避世祖、世宗字，百藥與思廉、德棻同時，何獨異其例乎？蓋嘉祐校刊諸史之時，此書久已殘闕，而雜采它書以補之，卷首《神武紀》即是《北史》之文。晁氏不加詳審，遽以爲例有不一，其實非也。

跋南北史

《新唐書》之進表曰：「其事則增于前，其文則省于舊。」予謂事增非難，增其所當增，勿增其所不當增之爲難；文省非難，省其所可省，勿省其所不可省之爲難。班孟堅之於《史記》，事增而文亦增，增其所當增也。陳承祚之於《魏略》，文省而事亦省，省其所可省也。李延壽之《南》、《北史》，則事增、文省兩者兼有之矣。然其事之增者，如謂始興王濬爲潘淑妃之養子，謂宋後廢帝殺孝武十二子，謂臨川王宏私通武帝女，遂謀弒逆，謂陳後主通蕭摩訶之妻，謂周弘正與周石珍合族，謂蕭韶爲幼童，庾信愛之有斷袖之歡，謂祖珽飲酒藏銅疊二面，謂辛德源與裴讓之相愛，兼有龍陽之重，攷之率多不實，是謂增其所不當增。文之省者，如《宋武帝紀》先不書假黄鉞而後書奉送黄鉞，《徐孝嗣傳》先不書齊受禪例除封爵而後書以廢立功封枝江縣侯，《王琨傳》先不書左軍將軍而後書降號冠軍，《胡諧之傳》先不書賜爵關内侯而後書謚肅侯，是謂省其所不可省。至如衛操之碑，柳虯之書，盧辯之誥，蘇綽之《大誥》，顧歡、袁粲佛老之辨，劉峻之《廣絶交》，王劭之表符命，此又可省而不省也。

跋唐書直筆新例

《唐書直筆新例》，宋史臣吕夏卿撰，今以《新書》攷之，殊不合。如《書母》條云：「非嫡則不書母，子立然後書。」今攷諸帝紀無不書母者，惟生母追尊稱太后以别之。昭宣之母何氏，係昭宗之后，而紀書皇太后，則又自亂其例矣。它如《書即位》、《書内禪》、《書立皇太子》、《書立皇后》、《書宰相拜復》、《書命將征伐》諸條，以本紀攷之，無一同者。又謂僕固懷恩不宜立傳，當見于《鐵勒傳》；李適之當附《常山王傳》；李白、杜甫當别立傳，不入《文苑》；李寶臣當爲張寶臣，今皆不爾。杜甫之《三大禮賦》、李白之《明堂賦》、元結之《中興頌》、柳宗元之《方城》、《皇武》二雅，史亦不載。然則夏卿雖有此議，而歐、宋兩公未能盡用之也。紫陽《綱目》褒貶之例與此書多闇合，然其間一予一奪，易啟迂儒論辨之端，歐、宋絀而不取，其識高於夏卿一籌矣。

跋新唐書糾謬

吴廷珍初登第，上書歐陽公，求預史局，公以其輕佻不許。及新史成，作此書詆譏，不遺餘力。然廷珍讀書既少，用功亦淺，其所指摘多不中要害。謂唐初未有麟州，不知關内之麟游、河南之鉅野，武德初皆嘗建爲麟州也。謂獨孤懷恩爲隋文獻后之弟，不知隋文獻后與唐元貞后皆獨孤信之女，而懷恩則信之孫，於后爲姪，非弟也。謂程昌裔名不同，不知爲史臣避諱。謂覃王字可疑，不知「覃」即「郯」字，避武宗諱而易之。謂衡王憺字誤，攷《文苑英華》載封諸王制正作「衡」字，其作「衢」者誤也。謂崔彦昭逐李可及事不足信，引《曹確傳》爲證。按可及之承寵在懿宗朝，故曹確諫而不納，其失寵在僖宗朝，故彦昭奏而即逐，前後本不同時。可及貶竄之日，確罷相已久，又何疑於彦昭之奏乎？謂劉弘基等征薛舉戰没，其地當在高墌，不在淺水原。攷《薛舉傳》云：「秦王壁高墌，策賊可破，遣將軍龐玉擊宗羅睺于淺水原。戰酣，王以勁兵擣其背。」是淺水原與高墌地本相近，太宗壁高墌而敗賊于淺水原，劉文静等覯兵高墌而八總管敗于淺水原，事正相類，而吴妄糾之，是未達于地理也。謂崔瓘一人，而《紀》書「團練使」、《傳》書「觀察使」，不同。攷唐時節度、都團練、都防禦，例兼本道觀察使，節度、團、防主兵，觀察主民，各自有印。史家省文，於節度即不稱觀察，於團、防則但稱觀察，以節鎮爲重也。崔瓘爲兵馬使所殺，史惡其擅殺長官，故特書團練而不書觀察；若秦匡謀之或稱觀察，或稱經略，亦是以經略兼觀察，而吴皆譏之，是未達於官制也。謂本紀漏書馬元規死事，攷元規雖與吕子臧同死，而元規以遷延寡斷自取敗衂，故紀止書子臧一人。吴氏譏其闕漏，是未達於史例也。「猶」爲「由」，「嗤」爲「蚩」，古字也，而以爲誤用；「愍」作「慜」，唐人避太宗諱也，而以爲不經，是未達於小學也。新史舛謬固多，廷珍所糾，非無可采，但其沾沾自憙，祇欲快其胷臆，則非忠厚長者之道。歐公以輕佻屏之，宜矣。

跋唐書釋音

「芃」、「艽」、「芄」三文俱見《毛詩》，而形聲各别。「芃芃其麥」从「凡」，「至于艽野」从「九」，「芄蘭之支」从「丸」，陸德明之音具在，不相混也。唐時有河陽節度使李芃，董氏《釋音》「符中切」，而胡三省《通鑑注》音「居包翻」。如用胡音，當从「九」不从「凡」矣。今《新》、《舊書》、《通鑑》皆作「芃」字。古人名字恒相應，芃字茂初，則「符中」之音爲是。梅澗於小學未甚究心，如徐州之峒峿鎮，古書本作司吾，後人增加山旁，刊本譌「峒」爲「峒」，遂讀爲崆峒之「峒」，失其義矣。史炤《釋文》：「芃，蒲紅切。」與「符中切」同音。

跋唐書宰相世系表訂譌

右《唐書宰相世系表訂譌》十二卷，歸安沈徵士炳震撰。謂表所列官爵謚號，或書或否，或丞尉而不遺，或卿貳而翻闕，或誤書其兄弟之官，或備載其褒贈之職，厖雜淆亂，不足徵信，固中歐史之病。然唐人文集碑刻可資攷證者甚多，東甫亦未能津逮也。豆盧氏有後魏太保襄城公魯元一人，東甫據《魏書》謂魯元自姓盧氏，與豆盧絶不相蒙，其説似是。今攷《魯元傳》，曾祖副鳩仕慕容垂爲尚書令、臨澤公，而《表》亦以尚書令、臨澤敬侯制爲魯元曾祖。「制」與「副」字形相似，官與封號又同，唯「公」、「侯」字小異，則明是一人，《表》但脱去「鳩」字耳。《周書·豆盧寧傳》稱昌黎徒何人，《魯元傳》亦稱昌黎徒河人，而慕容氏實出徒何，則魯元爲慕容之裔審矣。魏初改慕容爲豆盧氏，猶之改禿髮爲源氏，其單稱盧者，必是孝文改代北複姓時去「豆」存「盧」，故魏收史因之。宇文泰據關中，悉復代北氏族之舊，故《周書》豆盧寧改從本氏，亦猶乙之爲乙弗、尉之爲尉遲也。東甫勤於攷史，而未悟及此，乃知好學而能深思者之難。

跋資治通鑑

胡身之於輿地之學深矣，然亦不能無誤，姑舉其尤甚者。如漢建安十九年，劉備「以軍師中郎將諸葛亮爲軍師將軍，益州太守南郡董和爲掌軍中郎將，竝署左將軍府事」。《注》以「益州太守」屬上讀，謂「此益州太守非漢武帝所置之益州郡，蓋劉璋置益州太守與蜀郡太守竝治成都郭下」也。攷《蜀志·諸葛亮傳》，不云爲益州太守，惟《董和傳》云：「遷益州太守，與蠻夷從事，務推誠心，南土信而愛之。」此益州即漢武所置之郡，非别治成都也。和自益州徵爲掌軍中郎將，與亮竝署左將軍府事，史文甚明，「益州太守」四字當屬下句，胡不得其句讀而臆造此説，失之甚矣。陳太建五年，「前鄱陽内史魯天念克黄城」，《注》引《地形志》：「譙州下蔡郡有黄城縣，東魏置譙州于渦陽，則黄城亦其屬縣。」予按《陳本紀》，黄城既降之後，詔以黄城爲司州，治下爲安昌郡，又立漢陽、義陽二郡，竝屬司州，則黄城當亦齊之重鎮。《隋志》黄陂縣，後齊置南司州，後周改曰黄州，又有安昌郡。則黄城即黄陂城，因後齊嘗置南司州，故仍其名耳。漢陽郡蓋即後齊所置産州，義陽郡則隋木蘭縣地，若下蔡之黄城，與漢陽、義陽又何與乎？當時北征元有兩路，吴明徹大軍由壽陽趨彭、沛，而周炅、魯天念輩别取江北蘄、黄之地，注家於此欠分曉矣。予嘗有《通鑑注辯正》二卷，於地理糾舉頗多，非敢排詆前賢，聊附争友之義爾。身之，一字景參，見陳著《本堂先生集》。

跋通鑑釋文

自胡景參之《注》行，而史氏《釋文》，學者久束之高閣，近代藏書家遂鮮有著録者。西沚光禄偶得之，詫爲枕中之祕。頃袁上舍又愷從齊女門蔣氏假得宋槧本，令小史鈔其副，予因得寓目焉。史《注》固不如胡氏之詳備，而創始之功，要不可没。胡氏有意抑之，未免蹈文人相輕之習。且如秦之范睢本「千餘切」，而胡改音「雖」，唐之李芃本「蒲紅切」，而胡改「居包翻」。遂使睢、雎莫别，芃、芃互淆，豈非以不狂爲狂乎！景參以地理名家而疏於小學，其音義大率承用史氏舊文，偶有更改，輒生罅漏。予故表而出之，俾後人知二書之不可偏廢云。

跋通鑑總類

宋詹事沈樞，謚憲敏，撰《通鑑總類》二十卷，分二百七十一門。嘉定元年，樞之季子守潮陽，鋟版以行，樓攻媿爲序之。元末江浙行中書省左丞海陵蔣德明分省于吴，命郡庠重刻，且令都事錢逵求序于周伯琦，則至正二十三年秋事也。方是時，吴中丁兵燹之餘，日不暇給，而行省猶知崇尚古學，懼故書之失傳而表章之，亦可謂賢矣。樞，字持要，安吉州人，其事迹不見於史。樓氏稱其敭歷中外，入從出藩，年登九秩，神明不衰。此書蓋其挂冠後所爲，故以「耄期稱道不勌」稱之。予所藏本，則明萬曆中蘇杭等處提督織造、乾清宫近侍、司禮監管監事太監三河孫隆所刊。隆在朝，嘗以是書進御神宗，欲鏤之尚方，不果。

及出督織造，乃刊之吳中云。沈樞，官華文閣學士，見《周益公集》。

跋續資治通鑑長編

李仁甫《續資治通鑑長編》，世所傳者，僅建隆至治平一百八卷。頃年四庫館臣於《永樂大典》中鈔得神、哲兩朝長編，自熙寧三年四月至元祐八年六月，自紹聖四年四月至元符三年正月，僅廿六年事，而卷帙轉加於舊。蓋年代彌近，則見聞彌廣故也。然搜羅既博，遂有一事而重出者。如大中祥符八年六月，詔「自今選人有罪犯者，銓司未得定入官資敘，並具考第及所犯取旨」云云，又見於九年六月。此類殊不少矣。其辨昭憲太后遺命傳位太宗，無遞傳光美事，又言光美非杜太后所生，則恐其有所諱避，不如《宋史》之直筆也。《文獻通考》、《宋藝文志》俱云百六十八卷，蓋以一年爲一卷也。而乾道四年四月進表稱先次寫到建隆元年至治平四年閏三月，五朝事迹，共一百八年，計一百八卷，寫成一百七十五册。卷少而册多，則有一卷而分數册者矣。自治平至靖康，六十年當爲六十卷，而淳熙元年進表稱二百八十卷，殆指一册爲一卷耳。吳門畢氏經訓堂、袁氏貞節堂皆有鈔本，予得假讀焉。

跋宋史

自史遷以經師相授受者爲《儒林傳》，而史家因之。洎宋洛閩諸大儒講明性道，自謂直接孔、孟之傳，嗣後儒分爲二，有説經之儒，有講學之儒。《宋史》乃創爲《道學傳》，列于《儒林》之前，以尊周、二程、張、邵、朱六子，而程、朱之門人附見焉。豫章、延平非程氏弟子，以其得程之傳而授之朱氏，亦附見焉。其它講學宗旨小異于朱氏者，則入之《儒林》，不得與于《道學》，其去取予奪之例可謂嚴矣。愚讀之而不能無疑焉。夫劉彦沖、胡原仲、劉致中，朱子之師也，而不與；吕東萊、陸子静，朱子之友也，而不與。其意以爲非親受業于程、朱者，皆旁支也，不得以干正統也，而獨進張南軒一人。南軒非受業于程氏者也，南軒與東萊俱爲朱子同志，進南軒而屏東萊，此愚之所未解也。程氏弟子首稱游、楊、吕、謝而與叔兄弟獨不與，以附出《大防傳》故也。列傳固有附見之例，然南軒不附于父，二吕獨附于兄，一篇之中，忽變其例，謂非有意抑吕乎？此又愚之所未解也。朱氏門人多矣，獨進黄榦等六人，而蔡元定父子、葉味道、廖德明祇列之《儒林》。夫蔡氏父子之學，自黄直卿外，殆鮮其匹，而屏之不與《道學》之例，此亦愚之所未解也。邵伯温不附于《康節傳》，而張戬附于《横渠傳》，此亦史例之未一，而愚之所未解也。嘗聞之鄭康成云：「儒者，(儒)〔濡〕也，以先王之道能(儒)〔濡〕其身。」故《儒行》之篇載于《禮記》。《莊子》云：「以魯國而儒者一人。」説者以爲指孔子也。周、程、張、朱之學，雖高出于後儒，方之孔子，則有閒矣。謂之曰儒，又何慊焉！《韓子》云「道與德爲虚位」，故道有君子小人，而德有凶有吉。自黄老之學興，其徒皆自號道家。馬樞有《道學傳》二十卷，乃《列仙》、《集仙傳》之類爾。謂「道學」之名必美于「儒林」者，非通論也。雖然，周、程、張、朱之學固高于宋諸儒矣，史家欲尊之，何如而可？曰：史家之例，凡道德文藝顯著者各有專傳，其列于《儒林》、《文苑》者，皆其次焉者也。孔子與七十二弟子，《史記》未嘗列于《儒林》也，漢之董仲舒、唐之韓愈，皆自有傳，元儒無出許衡、吴澄之右者，亦自爲傳。愚以爲周、程、張、朱五子，宜合爲一傳，而於論贊中著其直接聖賢之宗旨，不必別之曰「道學」也。自五子而外，則入之《儒林》可矣。若是，則五子之學尊，而五子之道乃愈尊，五子不必辭儒之名，而諸儒自不得並于五子。彼修《宋史》者，徒知尊道學，而未知其所以尊也。

又

宋之官制，前後不同。元豐以前所云尚書、侍郎、給事、諫議、諸卿監、郎中、員外郎之屬，皆有其名而不任其職，謂之寄禄官，以爲敘遷之階而已。元豐以後，尚書、侍郎等皆爲職事官，而以舊所置散官爲寄禄官。故元豐以後之金紫光禄大夫猶前之吏部尚書也，銀青光禄大夫猶前之五部尚書也，正議大夫猶前之六部侍郎也，太中大夫猶前之諫議大夫也，朝請、朝散、朝奉郎猶前之諸曹員外郎也。元人修史者，未審宋時更改之由，其撰諸臣列傳也，誤以尚書、侍郎等爲職事官而一槩存之，誤以大夫、郎爲散官而多删去之。不知元豐以前所云散官，不過如勳封功臣食邑之類，徒爲文具，無足重輕，史家固宜從略；其後改爲寄禄以校官資之(祟)〔崇〕庳，則亦不輕矣。若謂寄禄不必書，則如尚書、侍郎等在宋初亦是寄禄之階，又何須一一具載耶？愚意散官不必書，而寄禄官不可不書，當以元豐三年爲限斷。

跋柯維騏宋史新編

讀十七史不可不兼讀《通鑑》。《通鑑》之取材，多有出于正史之外者，又能攷諸史之異同而裁正之。昔人所言「事增于前，文省于舊」，惟《通鑑》可以當之。朱文公之《綱目》，雖因温公之書無所增益，而義例謹嚴，猶能成一家言。若薛方山之《續通鑑》，于《宋》、《遼》、《金》、《元》四史尚未能尋其要領，況在正史之外乎？柯氏《宋史新編》，較之方山，用功已深，義例亦有勝于舊史者，惜其見聞未廣，有史才而無史學耳。後之有志于史者，既無龍門、扶風之家學，又無李淑、宋敏求之藏書，又不得劉恕、范祖禹助其討論，而欲以一人之精力成一代之良史，豈不難哉！

跋陳黄中宋史稿

吴門陳徵士和叔《宋史稿》，本紀十二、志三十四、表三、列傳一百七十，共二百十九卷。其糾舊史之失，謂韓琦與陳升之、王珪同傳，薰蕕無别；陳東、歐陽澈與宋季一僧一道士同傳，儗不於倫；康保裔戰敗降契丹，官節度使，事見《遼史》，而以冠忠義；杜審琦卒於天成二年，而以冠外戚；凌唐佐本紀既書降金而又入之忠義；李穀、竇貞固皆五代遺臣，入宋未仕，不應立傳，皆確不可易。於《姦臣傳》進史彌遠、嵩之而出曾布，頗與鄙意合。若王安石之立新法，引僉人，雖兆宋禍而本無姦邪之心。鄭清之雖黨於彌遠，其在相位，亦無大惡。和叔俱以姦臣目之，未免太甚矣。此稿增删塗乙，皆出和叔手迹，然前後義例不能畫一，紀傳無論贊，志無總序，蓋猶未定之稿，較之柯氏《新編》，當在伯仲之閒耳。

跋隆平集

《隆平集》，坊本字畫俗劣，妄加圈點，尤爲可憎。予家所藏，乃董氏萬卷堂刊本，前有紹興十二年趙伯衛序。序稱曾大父淄王者，諱世雄，燕王德昭之曾孫也。句容之茅山有常寧鎮，宋天禧元年所置，見於

《景定建康志》，予游三茅，嘗至其地。《宋史・地理志》云：「句容，天禧四年改名常寧。」似改縣名爲常寧矣。句容名縣，自漢迄今，未之有改。此集《郡縣篇》亦無改常寧縣事，不審史家何以舛誤乃爾。

跋宋太宗實録

《宋太宗實録》八十卷，集賢院學士錢若水撰。今吴門黄孝廉蕘圃所藏僅十二卷，且有脱葉，每卷末有書寫人及初對、覆對姓名。書法精妙，紙墨亦古，於宋諱皆闕筆，即慎、敦、廓、筠諸字亦然，予決爲南宋館閣鈔本。以避諱驗之，當在理宗朝也。其中與《宋史》互異：如李從善僞封鄭王，「鄭」作「鄧」；年四十八作五十。蘇易簡妻弟崔範，作「妻兄」。劉遇，滄州清池人，作「浮陽」；漢州刺史「漢」作「溪」；蔚州防禦使「蔚」作「鬱」；洮州團練使「洮」作「應」。劉庭讓浩州團練使，「浩」作「涪」。陳從信年「七十三」作「七十二」。皆當以實録爲正。劉廷讓避太宗諱改名，《宋史》闕而不書，亦當依《實録》增入。

跋九朝編年備要

陳平甫《九朝編年備要》三十卷，不載於《宋史・藝文志》，唯直齋陳氏嘗著於録，而又譏其「去取無法」。近時秀水朱氏乃亟稱之。予讀其書，有大字，有分注，略仿紫陽《綱目》之例，而以宋人述宋事，不敢過爲褒貶之辭。且書成於南渡之世，故老舊聞未盡散失，間有可補正史之闕者。較之陳桱、商輅輩，誠遠勝之矣。至如唐主景、北漢主鈞，同爲敵國，而鈞書「卒」，景書「死」。同一高麗王也，而徽與運書「卒」，顒與俣書「死」，此則義例之乖刺者，又不能曲爲之諱也。卷首有建安真德秀、長樂鄭性之、直敷文閣林岊三序。岊，字仲山，福州長樂人，淳熙十四年王容榜進士。開禧三年三月除祕書郎，七月除著作佐郎，以祖諱改除祕書，丞十月出知衢州。見《中興館閣續録》。

又

予初於袁又愷齋假讀此書，病其末卷多闕字，又借張沖之手鈔本校勘，則所闕正同。攷《宋史·理宗紀》，端平二年三月乙未，詔「太學生陳均編《宋長編綱目》，補迪功郎」，即是此書，但經進時更其名耳。而《直齋書録》猶仍舊名，蓋未進御之前已刊行。伯玉所見與今本當不異，但今本標題稱「皇朝」，而伯玉改稱「九朝」，何也？據真、鄭、林三序，似平甫別有《舉要》一書，今刊本《編年》之下空兩格，豈所闕者即「舉要」兩字歟？當訪之知者。

跋大金國志

《大金國志》四十卷，卷首有表，題云「宋端平元年正月十五日淮西歸正人改授承事郎、工部架閣宇文懋昭上」。新城王尚書貽上謂是宋人僞造，予讀其詞，稱蒙古爲「大朝」、曰「大軍」、曰「天使」，而於宋事無所隱諱，蓋元初人所撰。其表文，則後之好事者爲之，而嫁名於懋昭者也。錢遵王舉其直書差康王出質，詳列北遷宗族，以爲無禮于其君，而譏端平君臣漫置不省。今攷志所載指斥之詞，尚有甚於此者，即其以大金爲稱，亦可知非當時經進之本矣。

跋元名臣事略

予始讀《元史》，至四傑事，喟然而歎曰：「甚矣，文辭之不可已也！」四傑之在元初，其功等爾，獨木華黎有家傳，有碑，故史載其事首尾完具。博而术、博爾忽二人，則以子孫有顯者托於閻復、元明善之碑，史猶能書其氏族世系。赤老温則泯然失其傳矣！史家以爲早死無後，以予攷之，非無後也。赤老温之後，仕宦固未嘗絶，而不能述先人之勛閥、托於文詞以不朽。雖有後，亦與無後等也。後讀《祕史》，述赤老温之父鎖兒罕失剌翼戴元祖於微時，泰赤烏之難，微夫人之力幾不免。繼又讀虞文靖、黄文獻兩公集，乃知遜都思氏之文獻非盡無徵，特明初修史諸臣，於《實録》之外，惟奉蘇氏《名臣事略》爲護身符，其餘更不采訪，遂使世家汗馬之勛多就湮没爾。厥後金華竄死，烏傷非命，毋亦作史之孽歟？

跋元祕史

元太祖，創業之主也，而史述其事迹最疏舛。惟《祕史》敘次頗得其實，而其文俚鄙，未經詞人譯潤，故知之者尟，良可惜也。元之先世譜系，史亦缺略。據《祕史》乃知太祖之大父葛不律始自稱「合罕」，史稱「葛不律寒」。「寒」當爲「罕」，方與它文一例。葛不律殁，遺言以叔父之子俺巴孩代領其衆，是爲泰赤烏氏，即史所稱「咸補海罕」也。俺巴孩爲金人所殺，諸部又立葛不律之子忽都剌爲合罕，此皆《元史》所未詳也。太祖少與泰赤烏有隙，爲泰赤烏所執，欲殺之。太祖伺守者隙逃去，鎖兒罕失剌匿之家，乃得免。鎖兒罕失剌者，赤老温之父。史既不爲赤老温立傳，而鎖兒罕失剌之事亦不著於本紀，亦闕漏之甚者也。蔑兒乞部故與烈祖有怨，聞太祖在不兒罕山，襲掠之，虜夫人弘吉剌氏。太祖求救于克烈王罕，王罕資太祖兵，與札木合合兵擊之，悉收其所掠，太祖遂與札木合合營。札木合者，太祖之疏屬，太祖幼時同嬉戲稱「安荅」者也。居歲餘，札木合復疑之，乃乘夜去。諸部多棄札木合從太祖者，遂議立太祖爲成吉思合罕。紀皆不書，而忽書麾下搠只與札木合部人構怨一事，繫于「帝方幼沖」云云之下，此大誤也。當太祖幼時，勢甚微弱，賴王罕、札木合二人假以徒衆，羽翼漸成，始立名號。紀但云丙寅歲，羣臣上尊號曰成吉思皇帝，不知成吉思罕之號蓋已久矣。其後遣使誚責按彈火察兒等，謂「昔者吾國無主，汝等推戴吾爲之主」者，正指此事也。先稱「合罕」者，一部之主。後稱皇帝，乃爲羣部之主。豈可略稱「罕」一節而不書乎？紀又云：「哈荅斤部、散只兀部、朶魯班部、塔塔兒部、弘吉剌部聞乃蠻、泰赤烏敗，皆不自安，會于阿雷泉，斬白馬爲誓，欲襲帝及汪罕。弘吉剌部長迭夷恐事不成，潛遣人告變。帝與汪罕逆戰于盃亦烈川，大敗之。」其下文又云：「弘吉剌部欲來附，哈撒兒不知其意，往掠之。於是弘吉剌歸札木合部，與朶魯班、亦乞剌思、哈荅斤、火魯剌思、塔塔兒、散只兀諸部，會於犍河，共立札木合爲局兒罕，盟于禿律別兒河岸。誓畢，驅士卒來侵。抄吾兒知其謀，以告帝。帝即起兵，逆戰破之。札木合脫走，弘吉剌部來降。」據《祕史》，則此兩條本是一事。當時從札木合者實有十一部，立札木合爲罕，將以拒王罕與太祖也。而乃蠻、泰赤烏之敗，則在札木合等散去之後。紀所書傎倒複沓，皆不足據。論次太祖、太宗兩朝事迹者，其必於此書折其衷與？

跋元聖政典章

此書題云《大元聖政國朝典章》，凡六十卷。首《詔令》，次《聖政》，次《朝綱》，次《臺綱》，次《六部》。書成於至治之初，故稱英宗爲今上皇帝也。其後又有至治二年新集《條例》三册，仍冠以《大元聖政典章》之名。前後體例，俱準舊式，而不分卷第。予初至都門，聞一故家有此書，往假讀之，祕不肯示。後十年，吾友長洲吴企晉以家藏鈔本見贈，紙墨精好，如獲百朋。追憶往事，不勝獨孤東屏之歎。

跋元氏略

攷氏族於遼、金難矣，而於元尤難。遼惟耶律、蕭兩族，金雖有白號、黑號之别，然皆繫姓於名，猶不至混淆。元之蒙古七十二種，色目三十一種，但以名行，不兼稱氏，讀史者病焉。秀水萬孝廉循初撰《元氏略》，汪吏部康古亟稱之。予假觀，殊不逮所聞。如罕禄魯即哈剌魯，北庭即畏吾，唐兀即西夏，循初皆析而爲二。泰定后八八罕氏本瓮吉剌氏，非别有八八罕氏；姚燧撰《阿里海牙碑》云「妣夫人獨堅呼突盧，夫人帖力」，閻復撰《廣平王碑》云「夫人抄真，夫人禿忽魯」，皆稱其名，而誤以爲氏。又阿剌瓦而思之曾孫阿合馬與《姦臣傳》之阿合馬，本二人，而誤以爲一。且其取材自正史而外，不過滋溪蘇氏、南村陶氏兩家，蓋艸創而未及成書者也。

跋通典

杜岐公撰此書於貞元中，故稱德宗爲今上。而《州郡篇》書恒州爲鎮州，且云「元和十五年改爲鎮州」，此後人附益，本書於「恒」字初不避也。《刑制篇》十惡，六曰大不恭，注云：犯廟諱，改爲「恭」。按唐諸帝無名敬者，前卷即有「大不敬」字。讀此一條，乃宋人傳寫添入，非本文也。《州郡篇》改豫州爲荆河州，或稱蔡州；改豫章郡爲章郡、括蒼縣曰蒼縣，皆避當時諱。今本或於荆河下添「豫」字，又有直書豫州、豫章者，皆校書之人妄改也。書中「虎牢」皆避諱作「武牢」，而《州郡篇》汜水縣下直書「虎牢」，且有「獲虎」字；又如韓擒虎或作「擒武」，或作「擒虎」；俱見《州郡篇》。「仕宦不止執虎子」，或作「獸子」，卷五十四。或作「虎子」，卷廿一。皆後人妄改，又改之不盡也。

跋唐大詔令

予讀《唐書·十一宗諸子傳》，「嘉王運，貞元十七年薨」。而《德宗紀》貞元十七年、《文宗紀》開成三年兩書嘉王運薨，疑其必有一誤。古稱三占從二，則以爲貞元者或可信。兹讀寶曆元年《南郊赦文》，有云「亞獻嘉王運，終獻循王遹，各賜物一百匹」。則敬宗時嘉王尚无恙，其薨年必在開成而斷非貞元，可深信而不疑矣。史傳中重複踳謬若此者甚多，顧安所得唐人文字而悉爲疏通證明之耶？此書凡百有卅卷，缺弟十四至廿四、弟八十七至九十八。《四庫書目》所缺正同，世閒葢無足本矣。

跋皇祐新樂圖記

《皇祐新樂圖記》三卷，朝奉郎、前尚書屯田員外郎、輕車都尉賜緋魚袋阮逸，承奉郎、守光禄寺丞、充國子監直講、同詳議修制大樂胡瑗，奉聖旨撰。《總敘》、《詔旨篇》弟一，《律吕圖》弟二，《黍尺圖》弟三，

《四量圖》弟四，《權衡圖》弟五，《鏄鍾圖》弟六，《特磬圖》弟七，《編鍾圖》弟八，《編磬圖》弟九，《晉鼓圖》弟十，《三牲鼎圖》弟十一，《鸞刀圖》弟十二。每圖系以説，皆標臣逸、臣瑗名。《宋史·藝文志》但題逸一人而已。《樂志》：「皇祐五年九月，御崇政殿，召近臣、宗室、臺諫、省府推判官觀新樂并新作晉鼓。乃以瑗爲大理寺丞，逸復尚書屯田員外郎。」蓋此書進御之後，瑗由光禄丞轉大理，而逸亦敘復前官也。《儒林傳》：「皇祐中，驛召瑗、逸與近臣、太常官議興作樂事。歲餘，授瑗光禄寺丞、國子監直講。樂成，遷太常寺丞。」與《樂志》異。「太常」，殆「大理」之譌與？

跋大金集禮

《大金集禮》四十卷，周漪塘、黄蕘圃兩家抄本，皆云卷十二至十七元有闕文，又卷廿六、卷卅三元闕。今撿弟十、弟十一兩卷，係《夏至祭方丘之儀》，篇中有云「如圜丘儀」，則此兩卷之前已闕《圜丘儀》矣。其目録次序，恐未足信。此書雖無序文，不知纂輯年月，要必成於大定之世，故於「雍」字稱御名而不及明昌以後事。獨補闕文一葉有明昌、承安、泰和及世宗廟号，蓋後人取它書攙入，非《集禮》元文也。

跋職官分紀

富春孫逢吉彦同《職官分紀》五十卷，蓋因楊侃《職林》一書而廣之。雖爲四六家隸事而作，然所載元祐《官品令》，亦攷官制者所宜采也。秀水朱氏潛采堂鈔本，今歸吴門周漪塘氏。辛亥秋，借讀一過，恨當時鈔手不精，烏焉亥豕之譌，難以究詰。第三十八卷内錯簡，予以意改正，幾於天衣無縫，不覺拊掌稱快。

邢子才云「日思誤書，更是一適」，非虛語也。

跋宰輔編年録

《宰輔編年録》二十卷，起建隆庚申，訖嘉定乙亥，首尾賅備，永嘉徐自明所撰。寶祐丁巳，子居誼知永福縣，鐫板縣學。序之者，寶章閣學士陸德輿、龍圖閣學士知西外宗正事趙□□、集英殿脩撰陳昉、福建轉運判官章鑄，凡四人。予家所藏，則明萬曆戊午河南督學副使呂邦燿刊本也。自明，字誠甫，號慥堂，官太常博士，終零陵郡守。予讀都氏《練川圖經》，載南宋知縣有金華徐自明，與誠甫同姓名而籍貫異。計其時代，亦稍後，蓋别是一人。猶之知嘉定縣者有錢塘楊萬里，非誠齋也；知平江府者有永嘉陳均，非平甫也；知南海縣者有晉江王應麟，非厚齋也。

跋翰苑羣書

洪文安公《翰苑羣書》，於唐宋學士題名搜訪幾備，所闕者：唐僖、昭以後三十餘年，宋熙寧以後六十年。若淳熙以後，則留以待後人之續入者也。予曾於《永樂大典》中鈔得《中興學士院題名》，則自淳熙至嘉定卅餘年閒詞臣拜罷姓名悉具，當取以補此書所未及。唯熙寧至靖康、寶慶至德祐紀載闕如，攷諸正史、稗官及名人文集，尚可得什之六七。假我數年，當補綴成之，以備玉堂故事。聊附數言，以當左券。

跋麟臺故事

宋時翰林與館職各有司存。錢文僖之《金坡遺事》、李昌武之《翰林雜記》、洪文安之《翰苑羣書》、何同叔之《中興學士院題名》，此翰林故事也。宋匪躬之《館閣録》、羅畸之《蓬山志》、程俱之《麟臺故事》、陳騤之《中興館閣録》，此館職故事也。館職亦呼學士，乃儕輩相尊之稱，如武臣例稱太尉耳，非真學士也。翰林掌制誥，館職典圖籍，班秩不同，職事亦異。然館職之名亦再變。宋初沿唐舊，以昭文、國史、集賢爲三館。昭文有學士，有直館。集賢有學士，有直院，有校理。史館有修撰，有直館，有校勘。學士不常置，自直館以下皆館職也。太宗時又建祕閣，設直閣、校理、校勘，與三館並列，故有館閣之稱。元豐改官制，罷三館職事，歸之於祕書省，其官曰監、曰少監、曰丞、曰祕書郎、曰著作郎、曰著作佐郎、曰校書郎、曰正字，自丞郎以下皆爲館職矣。若元豐以前，校書、正字、著作但爲虚銜，其秩甚卑，州郡幕僚與知縣皆得帶之，非若後來之清要也。前後官稱既改，後之言官制者漫不能辯，因讀此書爲略敘之。唐時嘗改祕書爲麟臺，故北山以名其書。

跋中興學士院題名

唐時翰林爲掌制之地，選工於文學者，以它官入直，無不除學士者。其久次則爲承旨學士，職要而無品秩，當時但以爲差遣，非正官也。宋初亦沿唐制，太祖、太宗朝，閒有以它官直學士院者，然不常設。元豐改官制以後，學士之名漸重。於是有直學士院、權直學士院、翰林院權直之稱。南渡以後，真除學士者益鮮矣。《新唐書》云學士無定員，然白居易詩已有「同時六學士」之句；《五代會要》載開運元年勅，翰林學士與中書舍人舊分爲兩制，各置六員，是唐、五代皆以六員爲額也。宋初學士亦六員。至和初，劉沆爲相，典領温成皇后喪事，以王洙同其越禮，建明員外用之，其時學士遂有七人。南渡，學士不輕授，多以它官直院，然在院不過二員或三員。其員額不審何時裁省，史家失於討論，亦疏漏也。後讀洪文安《翰苑遺事》，稱元祐元年七月，詔從承旨鄧温伯之請，學士如獨員，每兩日免一宿，候有雙員，即依故事。則其時學士之員已不多矣。

跋兩房題名録

《兩房題名録》者，真定梁維樞所撰。明時，部、院、寺、監諸司皆有題名碑。内閣在禁地，故題名闕焉，維樞始攷而録之。又以閣臣之屬有中書舍人，有翰林典籍，亦有以它官入辦事，如徐叔明、歸熙甫者，故以兩房該之云。中書舍人在唐、宋爲詞臣之榮選，與學士對掌内外制，謂之兩制。明太祖罷中書省而別設中書科，主書寫誥勅，秩正七品。其後又有文華殿中書舍人，主書寫扁聯；武英殿中書舍人，主繪畫；而内閣亦有中書舍人，若古之省掾。蓋其時稱中書者凡四，而中書科則三甲進士以選授，大臣子弟以廕授，舉人有軍功者亦閒授焉。四者之中，較爲清選。兩殿舍人則考授者少，納粟者多。而武英之選尤輕，内臣得而統屬之。兩房則有撰文、辦事之分，舉人、監生、譯字生皆得考授，而進士亦閒有授者。嘉、隆以後，閣權重，而中書亦或倚以作姦，由於出身之濫也。我朝康熙初，始專用進士、舉人，試而後授，由是資望出中書科之右，而躋九列、登方面者，彬彬然盛矣。大昕以召試登薇省，從前輩盧召弓假得此書，鈔而存之，因題其後。

跋元統元年進士題名録

此《元統元年進士録》，録前當有讀卷、監試、執事各官銜名，今惟存監膳、供給、□造公服數人，餘皆失之矣。是年歲在癸酉，以十月改元，故列傳或書至順四年，其實一爾。元自延祐設科，賜進士五十有六人，嗣後遞有增加，無及百人之額者。是科增至百人，史家以爲「科舉取士，莫盛於斯」者也。廷試進士，例以三月七日，是年順帝以六月即位，故廷試移在九月三日。此亦當書於《選舉志》者，得此可以補《元史》之闕。是榜蒙古、色目五十人，漢人、南人五十人。右榜弟三甲弟十名字彦輝而名殘缺，末筆似「歹」字曳脚，以《元史·忠義傳》證之，當爲塔不台。「台」與「歹」元人多通用，「輝」亦與「暉」同也。李齊，貫保定路祁州蒲陰縣匠户，而史云廣平人；丑閭，貫昔寶赤身役，唐兀氏，而史云蒙古氏，皆當以録爲正。榜中有兩丑閭、兩脱潁，敏安達爾與明安達耳音亦相同，葢元人不以同名爲嫌。故其時秦王伯顔方專政，而進士亦有伯顔也。此百人之中，《元史》有傳及附見者凡十人：余闕、月魯不花、李齊、聶炳、塔不台、明安達尔、丑閭，皆以忠義彪炳史策，而成遵之政績，張楨之讜直，宇文公諒之文學，亦卓卓可稱，此足以徵科舉得人之效矣。

潛研堂序跋卷七

跋水經注新校本

吾友戴東原校刊《水經》，於經、注混淆之處一一釐正，可謂大有功于酈氏矣。但此書屢經轉刻，失其本真。頃偶讀《涔水》注云：「東北流逕城固南城北。義熙九年，索遐爲果州刺史，自城固治此，故謂之南城。」因思六朝無果州之名，必是梁州之譌。再撿溫公《通鑑》，是年果有索邈爲梁州刺史。「邈」與「遐」字形相涉，要其爲梁州無疑也。又撿《宋書·州郡志》：「譙縱時，刺史治魏興。縱滅，刺史還治漢中之苞中縣，所謂南城也。」索邈爲刺史，正在譙縱初平之後。《宋志》有城固無苞中，然則酈注之城固南城其即苞中歟？

跋方輿勝覽

此書所載祇南渡偏安州郡，故元時書坊刊本特標「混一」之名。然元刻出於坊賈，每路僅寥寥數言，不若和父之詳贍也。其云某路領州若干者，統府、州、軍、監計之，與《宋史·地理志》亦不盡合。《志》稱利州路南渡後府三、州十二、軍二，而此云利州東路十州、利州西路八州，并之得十八，較《宋志》多一州，州矣。

蓋併劒門關數之也。《志》:「云熙寧五年,以劒門關劒門縣復隸劒州。」據此則南渡以後劒門仍别於劒

跋元大一統志殘本

戊子春,從南濠朱氏假《元大一統志》殘本,僅四百四十三翻,大字疎行,殊可愛。每册鈐以官印,驗其文,則處州路儒學教授官書也。元時幅員最廣,兹所存者,惟中書省之孟州,河南行者之鄭州、襄陽路、均州、房州、南陽、嵩州、裕州、江陵路、陝州路,陝西行省之延安路、洋州、金州、鄜州、葭州、成州、蘭州、會州、西和州,江浙行省之平江路,江西行省之瑞州路、撫州路。又皆散佚不完,以全書計之,特千百之什一爾。攷元時《大一統志》,凡有兩本。至元二十三年,集賢大學士、行祕書監事札馬剌丁言:「方今尺地一民盡入版籍,宜爲書以明一統。」世祖嘉納,即命札馬剌丁與祕書少監虞應龍等,蒐輯爲志。二十八年,書成,凡七百五十五卷,名《大一統志》,藏之祕府。此初修之本也。成宗大德初,復因集賢待制趙忭之請,作《大一統志》。《元史》載,大德七年三月戊申,卜蘭禧、岳鉉等岳鉉,字周臣,湯陰人,徙居燕。追封申國公,謚文懿。進《大一統志》,賜賚有差。此再修之本也。此本卷首題集賢大學士、資善大夫、同知宣徽院事孛蘭肹,昭文館大學士、中奉大夫、祕書監岳鉉等上進,正大德所修者。史以「孛蘭肹」爲「卜蘭禧」,譯音之轉也。又按至正六年,中書右丞相别兒怯不花等奏,《大一統志》於國用尤切,恐久湮失,請刻印以永於世。許有壬受詔製序,其文略不及大德重修事,似當時所刻者乃是至元本,非即此本。此本序文、目録皆闕佚,其刻

印年月、卷帙次第無可攷。傳聞康熙間刑部尚書崑山徐公乾學奉敕修《大清一統志》，開局於吳之洞庭山，借内府書有《元大一統志》殘本二十餘册。徐公志藁今在史局，所借之書，度已歸中祕，而未聞有見之者。兹讀朱氏所藏，因鈔其副而書之後云。

跋元混一方輿勝覽

《元混一方輿勝覽》三卷，無撰人姓名，蓋書肆所刊，其文簡陋，然今時流傳者已少矣。《元史·地理志》大都路領州十，此云州九者，龍慶州本縉山縣，屬上都路之奉聖州，延祐三年始升爲州故也。《成宗紀》至元三十一年，復立平陽之芮城、陵川等縣，蓋元初二縣曾廢，此書澤州無陵川縣，解州無芮城縣，可證其刊於世祖朝。而書中又有冀寧、晉寧之名，係大德中所改，則刊成之後别有竄易。要皆書肆射利者爲之，而不自知其牴牾也。大寧路有霍州、景州，史志無之，此書亦未詳其沿革，姑記之以俟攷。

跋乾道四明圖經

校書之難，如掃落葉。予初讀《三國志·虞翻傳》注有「賀殰候」三字，即疑「賀」當爲「鄮」，「殰候」當爲「莫候反」。後見内府本校正，果如予言。乃其下又有處士鄧盧敘一人，鄧非會稽屬縣，亦恐是「鄮」之譌，而未有它文證之。頃見《乾道四明圖經》，於鄞縣人物有云「虞敘，弟犯公憲，自殺乞代。見《會稽典録》」，乃知南宋本果是「鄮」字，深喜予言之不妄。然後來胡榘、袁桷修《四明志》，竝無敘名，又知「鄮」之譌「鄧」亦宋、元本已然矣。「虞」、「盧」字形相似，正史屢經翻刻，《圖經》亦係轉寫之本，未敢決其然否，俟再攷之。

跋新安志

汪廷俊，世所指爲姦人也，羅端良入之《先達傳》，初無微詞，後儒亦不以病羅氏。蓋郡縣之志與國史不同，國史美惡兼書，志則有褒無貶，所以存忠厚也。公論所在，固不可變黑爲白，而桑梓之敬，自不能已。袁伯長《四明志》，於史同叔但敘其歷官而云事具國史，與此同意。汪尚有善可稱，史則其惡益著，故文稍異爾。《志》成於淳熙二年，朱晦翁名位未顯，且見存不在立傳之例。而於《韋齋傳》末稱其讀書求志，有「四方學者推尊」之語，亦見其傾倒於朱也。今本《進士題名篇》，於朱名下注「太師徽國文公」六字，則後人所加。

跋三山志

梁克家《三山志》四十卷，《宋史·藝文志》謂之《長樂志》，其實一書也。今本作四十二卷，其弟卌一、弟卌二兩卷《進士題名》，乃淳祐中福州教授朱貔孫續入。攷目録，本附於弟卌之後，但云弟卌中、弟卌下，未嘗輒更舊志卷弟。後人析爲四十二者，又非貔孫之舊矣。《志》成於淳熙九年五月，而知府題名增至嘉定十五年，它卷閒有闌入淳祐中事者，皆後人隨時僎入也。《宋史》本傳，於乾道罷相，以觀文殿大學士知建康府之後，即云「淳熙八年，起知福州」。據《志》，克家於淳熙六年三月，以資政殿大學士、宣奉大夫知福州，則傳稱「八年」者誤。《志》又書八年五月復觀文殿學士，此即史所載「趙雄奏欲令再任，降旨仍知福州」事。是時克家莅任已滿二年，故有再任之旨，因復其職名。史誤以再任之年爲初任之年，則甫經到任不當云再任矣。且克家於罷相時已除觀文殿大學士，越數年起知福州，止帶資政殿大學士。又二年始復觀文殿學士，仍無「大」字。則知建康以後必有落職奉祠之事，而傳皆闕之。世人讀《宋史》者，多病其緐蕪，予獨病其缺略。缺略之患甚於緐蕪，即有范蔚宗、歐陽永叔其人，緐者可省、缺者不能補也。因讀此志，爲之喟然。

跋吴郡志

范文穆公爲《吴郡志》，敘述訖于紹熙三年。公殁後，郡守具木欲刻矣，或譁言是書非石湖筆，遂弗刻，而藏之學宫。紹定初，李壽朋守平江，從范氏求公遺書，得數種，而斯志與焉。以校學宫本，無少異，乃議刊行，并增入建置百萬倉、嘉定新縣、許浦水軍、顧逕移屯諸事，趙汝談爲之序。今世行本第十一卷牧守題名增至淳祐七年，第二卷亦增入淳祐己酉一條，又非紹定元刻矣。

跋雲閒志

《雲閒志》三卷，宋紹熙四年知秀州華亭縣楊潛所撰。預纂修者胡林卿、林至、朱端常，皆縣人也。華亭立縣，始於唐天寶閒，宋改隸秀州，實兼今松江一府之地。宋人縣志存於今者，惟《剡録》與此爾。吴松江入海之口曰黄浦，相傳以春申君得名。予嘗辨之，謂即古之滬瀆。「黄」與「滬」，聲相轉也。吾邑西南三十里有黄渡鎮，吴松江所經，土人亦指爲黄歇渡處。攷郟亶《水利書》，本名黄肚，世俗傳春申之跡，皆出後人傅會。此志南宋人所修，有滬瀆江，無黄浦，益信吾言之不妄。

跋會稽志

《會稽志》者，宋慶元閒直龍圖閣沈作賓守郡，因通判施宿之請，延郡士馮景中、陸子虛等編次。及華文閣待制趙不迹、寶文閣學士袁説友相繼爲守，始克成書。而放翁先生爲之序，子虛即放翁之長子。書成之歲，則嘉泰元年也。《宋史·藝文志》有沈作賓、趙不迹《會稽志》二十卷，又有陸游《會稽志》二十卷，前後重見，實即一書。攷放翁序但云「參訂其槩」，遽以爲陸所撰，未免失其實矣。陸氏家世貴顯，放翁父子預修此志，而傳人物祇及左丞佃一人。古人志乘皆寓史法，不私其親如此。近代士大夫，一入志局，必欲使其祖父族黨一一厠名卷中，於是儒林、文苑，車載斗量，徒爲後人覆瓿之用矣。

跋剡録

此録述《先賢傳》而不及宋代人物，其所録王、謝諸公，游跡雖嘗至剡，亦非剡産，金庭丹水閒人物，可傳者蓋寥寥矣。疎寮未通前代官制，援引史傳，偶有刊落，便成疻痏。如謝幼度初爲征西將軍桓豁司馬，以叔父安舉徵還，拜建武將軍、兖州刺史、領廣陵相、監江北諸軍事，此《晉書》所載也。幼度本爲征西府司馬，其時任征西將軍者爲桓豁，幼度特豁之幕僚爾。今删去「桓豁司馬」四字，則似幼度先已爲征西將軍矣，豈非大誤乎！幼度以太傅特薦始得專閫，所加建武軍號，班次尚在征西之下，豈容初年便承重任，此事之顯然者。若依史家省文，但可云「征西司馬」而已。書中屢稱先公翰林，蓋似孫爲文虎之子，其稱「袁虎」爲「袁彪」，亦是避其家諱也。

跋寶慶四明志

寶慶(五)〔三〕年,尚書廬陵胡榘仲方知慶元府,命贑州録事參軍羅濬修《四明志》。羅亦廬陵人也。其書首《郡志》十一卷,次《鄞志》二卷,《奉化志》二卷,《慈溪志》二卷,《定海志》二卷,《昌國志》一卷,《象山志》一卷,合之得廿一卷。書成於史彌遠枋國之日,故其父浩得佳傳。浩老成忠厚,不居寵利,在南渡諸相中本自表表,世徒訾其沮張浚用兵一事,不知符離之役,張以輕進而無功,則史之持重爲可取。朱文公作《張魏公行狀》,頗詆浩。浩不怒而轉薦之,其器量更非尋常可及,未可以子之權姦併其父而抑之也。志修于寶慶,而卷内敘事往往及紹定、端平、嘉熙、淳祐、寶祐,蓋後人次弟增入,非寶慶元刻本。

跋開慶四明續志

四明志乘見於《宋史》者,惟張津《四明圖經》十二卷,今略存於《四明文獻》中,已非足本。若胡榘之《四明志》廿一卷、吴潛之《四明續志》十二卷,史家俱失書。蓋《宋志》于地理一門,采摭多不備也。《續志》成於開慶元年,出慶元府學教授梅應發、沿海制置司主管機宜文字劉錫二人之手。前八卷皆述吴潛在任政績,而以《吟藁》二卷、《詩餘》二卷附焉。蓋吴氏一家之書,非志乘之體矣。予所見者,鄞縣盧氏抱經樓所藏宋槧本。

跋景定建康志

《景定建康志》五十卷,宋沿江制置使知建康府馬光祖在任日,令幕僚豫章周應合淳叟撰次。建康,思陵駐蹕之所，守臣例兼行宫留守，故首列《留都録》四卷。又六朝、南唐都會之地，興廢攸係，宋世列爲大藩，南渡尤稱重鎮，故特爲《年表》十卷，經緯其事。此義例之善者。《古今人表傳》，意在扶正學、奬忠勳，不專爲一郡而作，故與它志之例略殊。淳叟自江東帥幕入爲史館檢閲官，首言：「李璮以山東來歸，急而求我，倘借援無功，彼敗我辱，招釁之道。梁武在位四十餘年，卒墮此計，陛下不宜復蹈前轍。」又言：「所在買公田，皆擇民上腴，低直以酬。又欲令賣田之主抱佃輸租，歲或荒歉，田主當割它租以償。它租既竭，歸于耕夫。耕夫逃亡，歸于鄉役。可謂獲近效而忘遠慮。」忤賈相意，嗾言者劾去之。官至朝議大夫、知瑞州而卒，蓋宋季豪傑之士。而《宋史》不爲立傳，此書又不入《藝文志》，文獻無徵，史臣不得辭其責也。

跋咸淳毗陵志

史能之《毗陵志》，不載於《宋史·藝文志》。近世藏書家，如錢遵王、朱錫鬯皆未之見。曩予於吴門訪朱文游，見插架有此，亟假歸録其副，尚闕後十卷。戊申夏，始假西莊光禄本鈔足之，然第二十卷終不可得矣。能之，四明人，直華文閣彌鞏之子。其名附見《彌鞏傳》，而不著其歷官。據此志，蓋以咸淳二年由太府寺丞知常州也。

跋至元嘉禾志

《嘉禾志》修於前至元甲申，至戊子歲刊行。其時江南初入版圖，惟沿革、城社、户口、賦税、學校、廨舍、郵置數門稍有增改，其餘大率沿《宋志》之舊文耳。卷凡三十有二，碑誌、題詠居其大半，而守令題名闕焉。據唐天麟序，當有四十五門。今數之，止四十有三，疑非足本也。志載《吴越静海鎮遏使朱府君碑》云：「寶大元年秋七月，終於静海官舍。以其年歲次甲申，十一月六日厝于開元府海鹽縣德政鄉通福里澉墅村之原。」「甲申」，即後唐同光二年也。吴越雖自改元，而碑文但稱「天下都元帥、吴越國王」，未嘗私立名號，其紀元亦但行於國中。此所以異於吴、蜀、南漢而終得保其家邦歟？

跋齊乘

古今地名似同而異者多矣！蘇建封平陵侯，非扶風之平陵也；班超封定遠侯，非臨淮之定遠也；漢獻帝封山陽公，非淮安之山陽，亦非漢之山陽郡也。即以齊地言之，今之淄川非漢菑川國，今之昌邑非漢昌邑國，思容亦既知之矣。匡衡封樂安侯本在臨淮僮縣，而思容以千乘之樂安當之，此亦千慮之一失也。

跋楊譓崑山郡志

崑山，縣也，元成宗元貞二年升爲州，故履祥書有《郡志》之名。延祐中，移州治於太倉，故有舊治、新治之别。新治，今太倉州城。舊治，則今縣也。至正中，仍徙州舊治，則履祥已不及見矣。鐵厓序稱二十二卷，今按之止六卷，首尾完具，豈鐵厓所見乃别本耶？此書世罕傳本，嘉慶丁巳十月，假同邑陳孝廉妙士所藏舊鈔本讀之，歎其簡而有要，爰綴數言於末。

跋玉峯志

予先世自常熟雙鳳里徙家嘉定西鄉，逮予八傳矣。嘉定本崑山地，宋南渡始析爲縣。徵吾鄉掌故者，泝而上之，當求諸《崑山》。而宋元志乘，訪尋終不可得，意常恨之。今春，聞袁又愷購得凌萬頃、邊實《玉峯志》及實《續志》，亟假歸讀之。《志》成于淳祐壬子，《續志》成于咸淳壬申，皆在析縣以後，不敘嘉定事。然徧覽近代藏書家目録，均未之及，乃知天壤閒奇祕之物固自不乏，特未遇波斯，不免埋没于瓦礫耳。宋世士大夫宦成之後，往往不歸故鄉，而舉子亦多就寄居求解。此志所載人物，如王綯、劉過、吳仁傑、陳宗召、敖陶孫、張匯、趙監、樂備輩，皆寓公也。《王葆傳》稱崑山自孫載登第甲子一周，而葆繼登第，邑人美之。今檢進士題名，則孫後王前尚有龔程、龔況、唐輝、黄偉、衛闐、張德本六人，殆皆由寄居登第而不由本縣申送者乎？凌萬頃，字叔度，景定三年進士。本陽羡人，其父爲顔氏壻，因家焉。邊實本開封人，樞密直學士肅七世孫，自高祖以下始居於此。《志》既爲其曾祖惇德立傳，而《續志》復爲自序一篇，追本得姓之始。遥遥華胄，敷衍于言，難免「汰哉叔氏」之譏矣！

跋成化四明郡志

此志明天順閒寧波府知府孝感張瓚延郡人楊實重修，凡十卷，刻未半而瓚遷去。繼之者爲莆田方逵，寔督成之。竣事於成化四年，安成劉釪爲之序。本名《四明郡誌》，今刊本改爲《寧波》，乃後人所爲，其改換痕迹尚存也。王文恪公撰《姑蘇志》既成，楊禮部循吉譏其不通。或請其説，曰：「此蘇州府志也，而云《姑蘇》，名不正矣，文焉得通乎？」當時傳誦其言。予謂文恪撰述，夫有所受，未可非也。試即宋、元地志之傳于今者言之，梁克家之《三山志》、陳耆卿之《赤城志》、楊潛之《雲間志》，非宋之州郡名、縣名也。徐碩之《嘉禾志》、張鉉之《金陵新志》、秦輔之之《練川志》，非元之路名、縣名也。高似孫作《剡録》之時，剡已改名嵊矣。志蘇州而以姑蘇名，何渠不可！循吉之譏，所謂知其一未知其二也。史家敘事，地名官名當遵時王之制。行狀碑誌，亦史之類也。若蘇州知府而易爲吴郡守，施諸誌狀，則爲非法；至于詩賦記序，自可不拘斯例。東坡《海市》詩稱韓文公爲潮陽太守，近世何屺瞻深詆之，此亦祖循吉之説而失之固者也。四明有志舊矣，明初有《明州府志》，見於《文淵閣書目》，而世無傳者。此志意在踵武先民，故仍其舊名，後人因循吉之言易之，失作者之意矣。

題韓浚嘉定縣志後

此志明萬曆中知縣淄川韓浚遂之延邑人張應武、唐時升、婁堅、鄭閑孟、李流芳等所修。諸公皆私淑震川，以文章名一時，故詞筆雅馴，而攷證殊多疏舛。如《官師表》大德元年，列學正王子昭、直學潘剛中名，攷子昭嘗爲學道書院山長，未嘗爲州學正，其卒在世祖至元二十五年，亦不及大德時。剛中則宋紹定間人，與元之大德更不相涉，不知何以致誤也。縣治之東南，俗所稱管家橋者，予嘗泛舟過其下，讀元人題字，始知橋本名通濟普福，至治元年圓通寺住持明了所建。《志》誤作普濟橋，又不詳剏建年月，疎矣！縣治西清河橋，《志》稱泰定中知縣高衍孫建。衍孫以宋嘉定中宰吾邑，《志》作「泰定」者，乃傳寫之譌。

橋柱有「至元三年，歲在丁丑，圓通寺住持善學重建」等字，則《志》亦未之及也。又西有青龍橋，則元統二年西隱寺開山住持悦可所建，石柱上刻字尚完好可讀，而《志》以爲萬曆三十三年建，誤之甚矣。婁塘之永壽寺，《志》稱「宋時士民何氏建庵，元祐中吕師説改建爲寺」。予以師説所撰碑文證之，則寺實師説所刱建，非因何氏之庵爲之。師説，宋末大將吕文德之子，仕元爲江淮等處財賦副總管，其建寺在延祐間，而《志》誤以爲宋元祐，蓋作《志》者并吕碑亦未之見矣。永壽與何莊本非一地，併而爲一，當在明初。今土人稱永壽曰何莊寺，乃相沿之譌，《志》家不之考而妄爲之説，如此者殆未能更僕數也。

跋朝鮮史略

《元史·高麗傳》敘事最爲疎舛，至治以後，傳襲事迹皆闕而不書，何以成一代之信史！予讀《朝鮮史》，始得其世家以攷正《元史》之謬。史稱「王燾受其父遜位，以皇慶二年四月封高麗國王。是年，其弟暠立爲世子」。又云「燾傳其弟暠」。今以《朝鮮史》攷之，王璋以至大三年封瀋王入朝，皇慶二年遣歸就國，乃請辭位，以其長子燾爲征東行省左丞相、高麗王，而以姪延安君暠爲世子。然則暠爲瀋王世子，非高麗王世子也。延祐三年，璋請傳瀋王位于世子暠，許之。暠所受者瀋王，非高麗王，且受於璋非受於燾，而燾之爲高麗王自若也。燾以後至元五年薨，子禎嗣；至正三年薨，子昕嗣；八年薨，以禎庶子眡嗣。十一年，詔廢眡而立禎之母弟祺。其承襲之次，見於《朝鮮史》，班班可考。暠雖有奪嫡之志，迫于衆議，終不得逞。而史云「燾傳其弟暠」，何其謬乎！《元史·外國傳》爲史臣宋禧撰，而傎倒牽率如此，較之

《宋》、《金》二史，又遜數籌矣！

跋長春真人西游記

《長春真人西游記》二卷，其弟子李志常所述，於西域道里風俗，頗足資攷證，而世鮮傳本，予始於《道藏》鈔得之。邨俗小説有《唐三藏西游演義》，乃明人所作，蕭山毛大可據《輟耕録》以爲出邱處機之手，真郢書燕説矣。《記》云「辛巳歲十月至塞藍城，回紇王來迎入館。十一月四日，土人以爲年，旁午相賀」。攷《回回術》有太陽年，彼中謂之宫分。有太陰年，彼中謂之月分。而其齋期則以太陰年爲準，又不在弟一月而在弟九月，滿齋一月，至弟十月則相慶賀如正旦焉。其所謂月一日者，又不在朔，而以見新月爲準。其命日又起午正而不起子正，故此記有「十一月四日，土人以爲年，旁午相賀」之語。《回回術》有閏日而無閏月，與中國不同，故每年相賀之期無一定也。其云斡辰大王者，皇弟斡赤斤也；太師移剌國公者，阿海也；燕京行省石抹公者，明安之子咸得不也；吉息利荅剌罕者，哈剌哈孫之曾祖啟昔禮也。

跋文淵閣書目

《文淵閣書目》，編號凡二十，每號分數廚貯之，凡七千二百五十六部。首御製、實録，次六經、性理、經濟，次史家，次子家，次詩文集，次類書、韻書、姓氏、法帖、圖畫，次政刑、兵法、筭術、陰陽、醫方、農圃，次道書、佛書，而以古今地志終焉。其中或一書而數部，又不著卷數，於撰述人姓名、時代亦多缺略，故秀水朱氏譏其牽率已甚。予攷卷首載正統六年題本，稱「永樂十九年自南京取回書籍，向于左順門北廊收貯。近奉聖旨移貯于文淵閣東閣，臣等逐一打點清切，編置字號，寫完一本，名曰《文淵閣書目》。請用『廣運之寶』鈐識，永遠備照，庶無遺失」。則此目不過内閣之簿帳，初非勒爲一書，如《中經簿》、《崇文總目》之比，必以撰述之體責之，未免失之苛矣。

跋道藏闕經目録

昔惠松厓徵君嘗爲予言：「《道藏》多儒書古本。」予心識之。晚歲歸田，於金陵借閲朝天宫本，於吳門借閲玄妙觀本，粗能記其名目，未得鈔而入諸笥也。袁生又愷與予同好而聚書益勤，頃歲購得不全藏本六百餘卷，又於玄妙觀借鈔約二百卷，皆吾儒所當讀之書，而科儀、符籙不預焉，可謂搴其精華而遺其糟粕者矣。宋《藏經目録》失傳，此册乃元人所記，合之今所傳者，可以得宋藏之梗槩。

跋王氏世譜

予妻王氏，宋左朝請大夫文毅公葆之十九世孫。相傳文毅之高祖元，實魏國文正公旦之從子，始占籍崑山。子姓緐衍，閲今六百餘年，尚多讀書能文之士，蓋三槐之澤遠矣。予嘗見其宗人某所撰《世譜》第一圖，舛誤殊甚。按王氏望凡二十有一，其出琅邪、太原者，皆祖周太子晉。十六傳至秦大將軍翦，翦生賁，賁生離，離之長子元避秦亂遷琅邪，是爲琅邪王氏。離次子威，威九世孫霸，居太原晉陽，是爲太原王氏。《譜》云「周靈王次子晉封於太原」。徧檢傳記，或云子晉仙去，或云以直諫廢爲庶人，無封太原之事。其誤一也。琅邪之後，在晉有太保祥、宗正卿覽，覽(子)〔孫〕丞相導佐元帝中興，所謂「王與馬，共天下」者，琅邪之王氏也。唐侍中、永寧公珪，史稱烏丸王氏，蓋太原之別支，不特非覽之後，并非出自琅邪，而《譜》混而一之。推求其故，蓋以《唐書・宰相世系表》琅邪、太原二族俱有名珪者。琅邪王珪官漢州別駕，與永寧公珪之出太原者初非一人。作《譜》者不能深考，故自珪以上皆取琅邪世系，而以永寧之爵易別駕之名。名實之淆實始於此。其誤二也。別駕二子，曰海，曰添。永寧公二子，曰崇基，曰敬直。《譜》取海與敬直二人承珪之下。因父名偶同而引兩家之子姓以爲骨肉，有棄有取，於義安存！其誤三也。據《唐表》，邁爲添之子，而《譜》以爲海之子。其誤四也。予嘗語禮堂、鶚起，它日改修家乘，當斷自晉國公祐始，舊譜所述上世支派多不可信，別爲攷證附於末，庶幾傳信傳疑之義兩得之矣。

潛研堂序跋卷八

跋星經

甘、石書不見於班史，阮孝緒《七録》云：「甘公有《天文星占》八卷，石申有《天文》八卷。」今皆不可見矣。世所傳《星經》，乃後人僞托，采《晉》、《隋》二志之文成之，詞意淺近，非先秦書也。予嘗謂史公《天官書》古奥，自成一種文字，此必出於甘、石之傳，非龍門所能自造。後之言天象者，舍《史》、《漢》而别求甘、石之經，是棄周鼎而求康瓠矣。明人刻《漢魏叢書》，題云漢甘公、石申撰，尤爲謬妄。史公稱齊有甘公、魏有石申，皆在戰國時，非漢人也。

跋秦九韶數學九章

此書言淳祐丙午十一月丙辰朔，初五日庚申冬至，初九日甲子。此九韶據當時曆日確乎可信者也。而元郝經《緯亢行》載「丙午歲十一月十五日辛未星異」，則是月當爲丁巳朔，相差一日。蓋元初承用金趙知微術，置朔與宋朔不盡合，而前人未有攷及此者。予方葺《四史朔閏攷》，喜而録之。此書有立天元一法，與李冶《測圓海鏡》所衍立天元一法本不甚同。且九韶自序未題淳祐七年九月，而李氏書成於戊申歲，相去不過一年，其時南北隔絶，撰述無緣流通。李氏自言本於洞淵，則非得於九韶矣。或云敬齋用九韶法，豈其然乎？

跋太平御覽

《太平御覽》一千卷，目録十五卷，宋翰林學士李昉、扈蒙、知制誥李穆、太子詹事湯悦、太子率更令徐鉉、太子中允張洎、左補闕李克勤、左拾遺宋白、太子中舍陳鄂、光禄寺丞徐用賓、太府寺丞吴（潋）〔淑〕、國子監丞舒雅、少府監丞（李）〔吕〕文仲、阮思道等奉敕刊脩，太平興國八年，書成上之。自古類事之書，未有富贍如此者也。其《皇王》、《偏霸》二部，進曹魏而退蜀、吴，尊拓拔而黜江左，正宇文而閏高齊，未免偏私而不得其平。五代十國并不預《偏霸》之列，職官則翰林學士、節度、觀察諸使竝闕焉，詳於遠而略於近，皆體例之可議者也。

跋武經總要

《武經總要》，宋天章閣待制曾公亮等奉勅撰，仁宗御製文序其端，不著年月，陳直齋以爲慶曆四年。攷丁度除參知政事在慶曆六年八月，則序當在六年以後也。此書所列兵法，祇是書生常談。而《邊防》一門，於河北、河東、陝、蜀、荆湖、兩廣，沿邊州軍，城砦鎮鋪，四至道里，瞭若指掌。且於契丹、西夏所設州軍，皆訪求而詳録之。洵可爲攷地理之一助。

跋重修政和證類本草

宋成都唐慎微審元集《證類本草》三十卷，政和中上諸朝。詔中使楊戩總工刊寫，又命醫學提舉、入内醫官曹孝忠等校正潤色之，名曰《政和新修經史證類備用本草》。元初，平陽張存惠魏卿因龐氏刊本重加攷訂，以寇宗奭《衍義》附之。原本圖像失真者，據所見更寫焉，題爲《重修證類本草》。刊成之時，歲在己酉，距金亡已十有六年，而存惠自記稱泰和甲子下己酉冬，猶有不忘故國之思。序之者，麻革信之。跋其後者，劉祁京叔。皆金源遺老。然則存惠亦奇士而隱于醫者也。

跋太乙統宗寶鑑

王肯堂《筆塵》載此書云：「上元甲子距大德七年癸卯歲，積一千一十五萬五千二百一十九年。」予今所見，卷首有大德癸卯曉山老人序，蓋即其人所撰而不題姓名。其算積年至明正德丁丑止，則後人續增，非元本也。求積年術，用日法一萬五百，歲實三百八十三萬五千零四十八分二十五秒。元和李生尚之以爲暗用《授時》歲實分秒，益日法分，以掩蹈襲之迹，是固然矣。乃其氣、朔二策竟用《授時》數，則仍以萬分爲日法，不用一萬五百爲日法，此所謂欲蓋彌章者也。

跋薛尚功鐘鼎彝器欵識

薛尚功《鐘鼎彝器欵識法帖》二十卷，世間頗有刻本。其墨蹟，元時爲謝長源所得，有周公謹、趙子昂、柯敬仲、周伯温、斡克莊、達兼善、王止仲諸人題識。此本乃明人就墨蹟影鈔者，故行欵字體俱不失真。舊藏虞山錢氏，後歸吾邑周梁客，今爲王鶴溪得之。克莊之跋云：「至正元年後五月廿二日在武林驛，以潘雲谷墨試張掖劉伯温所遺黄羊尾毛筆。」伯温者，名沙剌班，由宿衛起家，歷監察御史、江浙行省左右司郎中、江西肅政廉訪使，嘗與克莊同預修《遼》、《金》、《宋》三史。兩公皆河西人，當時所稱唐兀氏也。西北之境有黄羊焉，相傳西夏有國時嘗取其尾豪爲筆。歲久亡其法，伯温以意命工製之，館閣諸公多爲賦詩，蓋色目之好事者。青田劉文成公，以元統癸酉登第，與克莊同時，恐不知者以爲即文成矣。鶴溪謂予：「盍書之以諗後來者？」予曰：「諾。」

跋隸續

《隸續》世無足本，婁氏《漢隸字原·碑目》一篇，次第悉依洪氏。今以婁《目》校曹通政刊本，其全闕者，《永元十六字》、《武君闕銘》、《韓勑别碑兩側題名》、《會稽東部都尉路君闕》、《頻陽令宋君殘碑》、《晉南鄉太守司馬整碑陰》、《青羊鏡銘》、《楊君殘碑》、《開通褒斜道碑》、《江州夷邑長盧豐碑》、《酒泉題名》也。有目而闕其文者，《司空殘碑陰》、《孝子董蒲闕》、《鄧君闕》、《馮君開道碑》、《廷尉仲定碑》、《文範先生陳仲弓殘碑》、《公乘校官掾王幽題名》、跋語存數行。《唐扶碑陰》、《孟郁堯廟碑陰》、《堯廟左側題字》也。文存而跋闕者，《堵陽劉子山碑》也。文不全而跋存者，《王元賓碑陰》、《宗俱碑陰》也。《公乘伯喬題名》，即《高联石室六題名》之一，故婁氏不列於目，非婁有遺也。陳氏《寶刻叢編》，今亦無足本，其所引洪氏跋語，可以補本書之闕者，《韓勑後碑兩側題名》、《文範先生陳仲弓碑》、《孝子董蒲闕》、《馮君開道碑》、《頻陽令宋君殘碑》、《雍丘令殘畫象》、《成王周公畫象》，凡七通。但陳所引多删節，於元文什厪存六七耳。洪氏載魏三體石經《左傳》遺字，蓋洛陽蘇望氏模刻本。頃金壇段若膺諦審之，知有《尚書·大誥》、《吕刑》、《文侯之命》三篇文錯雜其閒，向來攷石經者未之聞也。

跋石刻鋪敘

去春得宋廬陵曾氏《鳳墅殘帖》二册於錢塘，今來都門，聞益都李南澗抄得《石刻鋪敘》，亟假歸，手抄而藏之。秀水朱錫鬯跋，譏陳思《寶刻叢編》援據不及是編。按宏父刻《鳳墅帖》在嘉熙、淳祐閒，其《鋪敘》諸石刻斷手於戊申仲春，則淳祐八年也。若陳思之《叢編》成於紹定辛卯，計其年月乃在曾《帖》之前，何由得見而引之？南宋有兩曾宏父，朱所引紹興十三年知台州事者，乃空青之子避光廟諱以字稱者，與幼卿非一人。頃杭人刻《南宋雜事詩》，徑題此書爲曾惇撰，則又承朱之誤而甚焉者矣。朱氏攷稽，號稱精審，猶有此失，校書之難如此。

跋金石文字記

崑山顧氏論《開成石經》缺筆之例，自高宗至明皇，以祧廟而不諱，信矣。至文宗諱涵而不缺筆，則引古者「卒哭乃諱」以證生不當諱，此攷之未審而强爲之辭也。秦漢以後，御名未有不避者。故漢宣帝詔曰：「聞古天子之名，難知而易諱也。今百姓多上書觸諱以犯罪者，朕甚憐之。其更諱詢。諸觸諱在令前者，赦之。」許叔重《説文》於安帝名亦稱「上諱」。即以唐事言之，章懷太子注《後漢書》，於「治」字皆改易。明皇時，楊隆禮改名崇禮。憲宗時，陸淳改名質，曷嘗有生不諱之令乎！文宗本名涵，及即位，改名昂。既有改名，則舊名固在不諱之條。《九經》無「昂」字，設有之，亦必缺筆也。亭林偶未檢唐史本紀，以意揣度，遂有此失。

跋百川學海

薈稡古人書併爲一部而以己意名之，始于左禹錫《百川學海》。其序題昭陽作噩歲而不著年號。攷錢鶴灘序稱禹錫爲宋人。而此書所録有陳仁玉《菌譜》，成于淳祐乙巳，史繩祖《學齋佔畢》，成于淳祐庚戌，林希逸之《文房四友除授集》亦成於淳祐閒，胡錡之《耕録槀》成於寶祐丙辰，《法帖譜系雜説》有景定壬戌跋語，李之彦《東谷所見》則成於咸淳戊辰。以是推之，禹錫製序當是咸淳癸酉矣。

跋蓺圃搜奇

右《蓺圃搜奇》二十册，元末錢塘陳世隆彦高、天台徐一夔大章避兵檇李，相善，彦高篋中攜祕書數十種，檢有副本悉以贈大章，大章彙而編之。此書世無刊本，黄虞稷志《明史·蓺文》亦未著録，故知之者鮮。曹子清巡鹽揚州時，嘗抄以進御，好事者始得購其副録之。歲己丑，予如京師，道出吴門，從朱文游假得。舟中無事，取讀之。其中如《文昌雜録》、《韻語陽秋》、《默記》，皆非足本。《談藪》所紀多宋南渡事，而誤以爲龐元英著。元英撰《文昌雜録》，見《宋史·志》，而此編轉闕其名。皆不免千慮之失。書成于至正末，而所收鎦績《霏雪録》多言洪武閒事，蓋大章仕明之後别有增入矣。

跋夢溪筆談

北嶽廟之在曲陽久矣，獨此書弟廿四卷有一條云：「北嶽（長岑）〔恒山今〕謂之大茂山，半屬契丹，以大茂山分脊爲界。岳祠舊在山下，石晉之後稍遷近裏，今其地謂之神棚，今祠乃在曲陽。」後世徙嶽之議，蓋濫觴於此。然存中特誤認山下神棚爲古廟所在，初非以大茂爲非北嶽，而别指它山以代之也。

跋避暑録話

宜興善權洞有唐咸通八年中書門下牒敕，後列平章事十人。石林以史攷之，僅得其七。予以新舊史、《通鑑》證之，其云檢校司徒崔者，慎由也；其云檢校司徒兼太保而不出姓者，幽州節度使張允伸也；其云工部尚書韋者，嶺南東道節度使宙也。是時見任宰相惟路巖、曹確、徐商三人，若杜悰、令狐綯、夏侯孜、杜審權、崔慎由、張允伸、韋宙，皆使相也。此七人皆當旁書「使」字，而石林僅舉其二。又誤以徐商爲盧商，此非石刻之誤，石林偶誤記耳。盧商，宣宗時宰相，卒於大中十三年，不得到咸通也。此碑不審今尚存否，因讀石林所紀，特辯正之。

跋能改齋漫録

曩在都門，從程魚門舍人假觀此書，留寓齋數月，欲鈔其副，會有出都之役，不果。十數年來，寢食閒未嘗忘也。甲辰秋，於崑山書市見此本，喜劇，以善價買歸，寘之清賞齋。《宋史·藝文志》兩見此書，於小説家類云十三卷，於雜家類則云十二卷，又無「能改齋」字。今檢此書，實十八卷，史家攷之未審矣。吴君字虎臣，臨川人，紹興癸酉，自敕局改右承奉郎，授太常主簿，充玉牒所檢討官。

跋苕溪漁隱叢話

袁陟《題劉仁贍畫像詩》云：「陣前仙琕生無媿，鼓下蠻奴死合羞。」胡元任譏之，以爲「琕」實呼「瓊」，不應讀仄聲。予按《南史》，仙琕本名仙婢，以名不雅改之。袁讀「琕」如「婢」音，「仙婢」、「蠻奴」，對偶極爲精切，而元任譏之，是以不狂爲狂也。

跋揮麈後録

宋時后妃、諸王、文武臣僚得謚者，熙寧以前載于宋次道《春明退朝録》，慶元以前載於王明清《揮麈後録》，然亦不無遺漏。予嘗合宋、王兩家類次而增補之，寧宗以後則據正史，參以它書，補綴其闕，較之王圻《謚法考》，所得蓋已多矣。宋初李昉、王旦皆謚「文貞」，後來避仁宗嫌名，改爲「正」字。范希文、司馬君實之「文正」，即「文貞」也。謚法有「貞」無「正」，宋人避諱，有「正」無「貞」，二名不當竝用。元時謚耶律楚材、許衡「文正」，而馬祖常、曹伯啟別謚「文貞」，此當時太常不學之失，而後遂沿用之。或謂「正」優于「貞」，是不然矣。《唐會要·謚法篇》「貞」俱作「正」，此後人追改。王溥，宋初人，不當回避「貞」字。

跋金佗稡編

《鄂國金佗稡編》二十八卷，《續編》三十卷，皆岳忠武孫珂所編。初編之目五：曰《高宗宸翰》，曰《鄂王行實編年》，曰《家集》，曰《籲天辨誣》，曰《天定録》。《續編》之目四：曰《宸翰摭遺》，曰《絲綸傳信録》，曰《天定別録》，曰《百氏昭忠録》。初編刻於檇李，續編刻於南徐，端平甲午又合刻，藏於庿塾，皆有倦翁自序。元季重刻於杭州西湖書院，則有臨海陳基、會稽戴洙二序。明嘉靖壬寅，晉江洪富刊於兩浙運司。後十七年，莆田黄日敬復修補其漫漶者。然中多斷簡脱葉，惜無善本是正也。陳敬初序謂孝宗受禪，珂始以《籲天辨誣録》詣闕訴上，由是詔賜墳廟，復爵位，頒封謚，録遺孤。今攷孝宗受禪在紹興（三十二年壬午，忠武得昭雪復官，由於太學生程宏圖之上書。而倦翁之進《籲天辨誣》，乃在嘉泰四年（丙寅）〔甲子〕，相去四十（五）〔三〕載。又二十八年，至端平甲午，倦翁尚里居無恙。然則孝宗受禪時，倦翁恐猶未生，安得有詣闕上疏之事？本書所述年月，前後分明，易於尋檢，陳何不攷至此！

跋困學紀聞

校此書者有閻百詩、何屺瞻二家，皆盛行於世。閻之博學勝于何，於深寧補益尤多。惟孔戣奏罷明州進海味事，以新舊《唐書》、《通鑑》參互攷之，當在元和九年。而元微之奏狀以爲一縣令論罷，吾不知戣據縣令之論而轉奏朝廷乎？抑縣令先有論狀而戣繼之乎？要其爲一時一事無疑。而閻以爲在元和二年，此誤會昌黎墓誌之文而未嘗證之於史也。

跋山房隨筆

《山房隨筆》有一條云：辛稼軒帥浙東時，晦庵、南軒任倉憲使。劉改之欲見，辛不納，二公爲之地云：「某日公宴，至後筵便坐，君可來。門者不納，但喧争之，必可入。」既而改之如所教，門下果喧譁。辛問故，門者以告，辛怒甚。二公因言：「改之，豪傑也，善賦詩，可試納之。」改之至，長揖。公問：「能詩乎？」曰：「能。」時方進羊腰腎羹，辛命賦之。改之對：「甚寒，願乞巵酒。」酒罷，乞韻。時飲酒手顫，餘瀝流於懷，因以「流」字爲韻。即吟曰：「拔毫已付管城子，爛胃曾封關内侯。死後不知身外物，也隨樽俎伴風流。」辛大喜，命共嘗此羹，終席而去。席散，南軒邀至公廨，置酒，語之曰：「先君魏公，一生公忠爲國。功厄於命，來挽者竟無一章得此意。願君有意爲發幽潛。」改之即賦一絶云：「背水未成韓信陣，明星已隕武侯軍。平生一點不平氣，化作祝融峯上雲。」南軒爲之墮淚。今《龍洲集》中不見此二詩，豈遺珠耶？予攷《宋史・辛稼軒傳》，稼軒兩知紹興府，皆在慶元四年以後，與朱、張兩公皆不同時。晦庵提舉浙東乃在淳熙八九年閒，南軒未嘗官浙東也。傳聞之難信如此。

跋南村輟耕録

崑山顧氏謂今之回回即唐之回紇者，非也；其謂元之畏兀即回鶻之轉聲則是也。元時畏兀兒亦稱畏吾兒，趙子昂撰《趙國文定公碑》云：「回鶻，北庭人，今所謂畏吾兒也。」歐陽原功撰《高昌偰氏家傳》云：「偉兀者，回鶻之轉聲也。其地本在哈剌和林，今之和寧路也，後徙居北庭。北庭者，今之别失八里城也。會高昌國微，乃併取高昌而有之。高昌者，今哈剌和綽也，今偉兀稱高昌地，則高昌人則回鶻也。」偉兀亦畏兀之異文，而回鶻即回紇，趙、歐二公言之悉矣。回回與回鶻，聲雖相近，而實非一種。《元史・太祖紀》：「汪罕走河西、回鶻、回回三國。」《世祖紀》：「定擬《軍官格例》，以河西、回回、畏吾兒等依各官品充萬户府達魯花赤。」《文宗紀》：「各道廉訪司官，用蒙古二人，畏兀、河西、回回、漢人各一人。」《薛塔剌海傳》：「從征回回、河西、欽察、畏吾兒諸國。」《明史・哈密傳》云：「其地種落雜居，一曰回回，一曰畏兀兒，一曰哈剌灰，其頭目不相統屬。」又云：「哈密故有回回、畏兀兒、哈剌灰三種。」則回回與回鶻故區以别矣。惟阿合馬本回回人，而《元史・姦臣傳》以爲回紇，此或轉寫之譌。今據南村所載色目三十一種，有畏吾兀，又有回回，則顧氏謂回回即回紇，其不足據明矣。

跋水東日記

葉文莊公《水東日記》，初刻於湖廣，止三十八卷，吳匏庵嘗爲之跋。此本多後二卷，則公之玄孫恭煥取家藏本增入也。記成於巡撫宣府之日，意還朝以後當更有紀録，而今失傳矣。公殁于成化十年，匏庵爲祭文，稱爲「國之名臣，鄉之老師」。又云：「公之文章，宜在館閣。典雅渾成，不露圭角。南豐之純，臨川之約。而復劬書，矻矻窮年。手不停披，以攷以研。碑文鼎銘，竹簡韋編。鄴侯之富，歐公之全。」其傾倒至矣！公所撰有《涇東稾》及《奏議》，予所見者，惟《菉竹堂書目》與此爾。

跋宛委餘編

杜子美之謚文貞也，在元文宗至順元年。史不言何人陳奏，據張伯雨詩跋，知爲紐憐大監所請。紐憐，《元史》無傳。其見於史者有紐璘。「璘」、「憐」雖同聲，然紐璘武臣，且仕於元初，不當文宗之世。王元美謂《元史・紐(憐)〔璘〕傳》不載此事，則誤以爲一人矣。元有崇文大監、章佩大監，蓋監官之長，别於少監而名。或仞爲宦官，尤誤。

跋義門讀書記

劉原父嘗病歐九不讀書。讀《集古録跋尾》，乃知其信。予讀原父《漢書刊誤》，則亦未爲能讀書者。近世吳中言實學，必曰何先生義門。義門固好讀書，所見宋、元槧本皆一一記其異同。又工於楷法，蠅頭朱字，粲然盈帙。好事者得其手校本，不惜善價購之。至其援引史傳，掎摭古人，有絶可笑者。《宋書·陶潛傳》云：「所著文章，皆題其年月，義熙以前則書晉氏年號，自永初以來唯云甲子而已。」休文生于元嘉中，所見聞必不誤。義門乃援陶詩書甲子者八事，譏其紀事之失實。夫本傳固云「所著文章」，不云所著詩也。詩亦文章之一，而其體則殊。文章當題年月，詩不必題年月，夫人而知之矣。《隋志》載《淵明集》凡九卷，今文之存者不過數首。就此數首攷之，《桃花源詩序》稱太元中，《祭程氏妹文》稱義熙三年，此書晉氏年號之證也。《自祭文》則但稱丁卯，此永初以後書甲子之證也。與休文所云，如合符節。休文於淵明之文，固徧觀而盡識之。義門未嘗盡見淵明所著文，何由知其失寔？以是訾謷休文，恐兩公有知，當胡盧地下矣。

予作是辨在戊戌五月，後讀《七修類稿》，乃知義門亦有所本。今附其説於左云。「五臣注《文選》，以淵明詩晉所作者皆題年號，入宋但題甲子，意謂恥事二姓，故以異之。後世因仍其説。治平中，虎邱僧思悦編陶之詩，辨其不然，謂淵明之詩有題甲子者，始庚子終丙辰，凡十七年，詩一十二首，皆安帝時作也。至恭帝元熙二年庚申始禪宋，夫自庚子至庚申計二十年，豈有晉未禪宋之前二十年内，輒有恥事二姓而所作即題甲子以自異哉？矧詩中又無標晉年號者，所題甲子，偶紀一時事耳。」予謂五臣誤讀《宋書》，妄欲以詩證史，思悦辯之當矣。後人乃援以攻休文，不知本傳只言文章，未嘗及詩，休文初無誤也。

潛研堂序跋卷九

跋陶淵明詩集

靖節爲陶桓公曾孫，載於《晉》、《宋》二書及《南史》。千有餘年，從無異議。近世山陽閻詠，乃據《贈長沙公詩序》「昭穆既遠，已爲路人」二語，辨其非侃後，且謂淵明自有祖，何必藉侃而重。詠既名父之子，說又新奇可喜，恐後來通人惑於其說，故不可不辯。靖節自述世系莫備於《命子詩》。首溯得姓之始，次述遠祖愍侯舍、丞相青，然後頌揚長沙勳德，即以己之祖考承之，此士行爲淵明曾大父之實證也。六朝最重門第，百家之譜皆上於吏部。沈休文撰宋史在齊武帝之世，親見譜牒，故於本傳書之。梁昭明太子作《靖節傳》，不過承《宋書》舊文，而閻乃云始於昭明誤讀《命子詩》，則是《宋書》亦未寓目。其謬一也。昭明傳云：「自以曾祖晉世宰輔，恥復屈身後代。」此亦出《宋書》之文，而閻又以訾昭明。曾不知休文卒時昭明才十有三歲，即使傳有舛誤，亦當先訾休文，況傳本不誤乎！其謬二也。且使士行與淵明果屬疏遠如路人也者，則《命子》篇中何用述其勳德？攀援貴族，鄉黨自好者不爲，靖節千秋高士，豈宜有此？其謬三也。閻所據者，惟有《贈長沙公詩序》。而序固言同出大司馬矣，大司馬之稱非侃而誰？雖閻亦知其不可通也。詞遁而窮，因檢《史》、《漢》表，陶舍嘗以右司馬從漢王，遂謂序中「大司馬」當作「右司馬」，謂舍非謂侃也。不知漢初軍營有左右司馬，品秩最卑，不過中涓、舍人之比。舍既位爲列侯，不稱侯而稱右司馬，在稍通官制者且知其不可，豈可以誣靖節乎！夫擅改古書以成曲説，最爲後儒之陋，況此「大司馬」又萬無可改之理。其謬四也。惟是長沙公與靖節屬小功之親，而云「昭穆既遠，已爲路人」，似有罅隙可指。今以《晉書》攷之，士行雖以功名終，而諸子不協，自相魚肉，再傳之後「視如路人」，固其宜矣。「昭穆」猶言兩世，兩世未遠而情誼已疏，故詩有「慨然寤歎，念兹厥初」之句。其云「昭穆既遠」者，隱痛家難而不忍斥言之耳。若以爲同出於舍，則自漢初分支已閲六百餘年，人易世疏，又何足怪！其謬五也。閻又云：士行侃，廬江郡尋陽人。淵明，尋陽郡柴桑人，其址貫不同。攷尋陽郡，即廬江所分，南渡後移於江南。士行生於郡未分之前，淵明生於僑立郡之後。史各據實書之，似異而仍同也。顔延之作《靖節誄》，雖不敘先世，而其辭云「韜此洪族，蔑彼名級」。藉非宰輔之胄，焉得「洪族」之稱？此亦一證。戊申八月讀《靖節集》竟，因書於後。

跋庾子山集

錢唐倪魯玉注《庾開府集》，世稱詳贍，然頗昧於地理。子山爲洛州刺史，在周武平齊以前，其時洛州治上洛，故滕王序有「上洛童兒，商山故老」之語。注以河南洛陽當之，不知子山刺州之日，洛陽尚屬後齊，未入宇文版圖也。《哀江南賦》「鎮北之負譽矜前」，注家多以邵陵王綸當之。予攷《梁史》，當指鄱陽嗣王範而言。範嘗爲鎮北將軍，故有鎮北之稱。邵陵則終於司空，非鎮北也。注乃以綸嘗刺揚州，揚在江北，故云「鎮北」，益穿鑿可笑。梁之揚州，今金陵也，豈在江北乎？

跋柳河東集

注《柳集》者，南城童宗説、新安張敦頤、雲間潘緯，不知何人合而刻之。潘氏《音義》成於乾道三年，此本於「敦」字尚未缺筆，當刊行於乾道、淳熙之朝矣。《南府君廟碑》「汧城鑿穴之奇」句，蓋用潘安仁《馬汧督誄》，而注家不知出處，疑其用田單火牛事，殊可笑也。

跋李衛公集

右《李衛公文集》二十卷，即《會昌一品集》也。《别集》十卷，其前二卷，《雜賦》也；後二卷，《平泉山居艸木記》也。《外集》三卷，《窮愁志》也。衛公撰述，各自爲名。後人編集，併而一之。《宋史·藝文志》既有《别集》十卷，而又别出《雜賦》、《平泉艸木記》二種。蓋史家未見此書，但循名列之，而不悟其重複也。《宋志》别有《姑臧集》五卷，謂是翰苑所作。今《别集》卷弟三至弟八，詩文多外任遷謫所作，絶無翰林制誥之文，則《姑臧集》已失其傳矣。《唐書·方鎮表》：貞元元年，復置桂管經略招討使。七年，罷領招討使。此後未見改經略爲都防禦之文，而鄭亞序《會昌一品集》題銜云「桂管都防禦觀察處置等使」，不云經略，然則《表》有脱漏矣。

跋温飛卿詩

《温飛卿詩》，今盛行吴中顧俠君注。蓋因山陰曾益注而增正之，然尚多踳誤。如「醉後獨知殷甲子」，本用箕子事，而注云「紂以甲子日死」，豈非郢書燕説乎！「乘舟覓吏經輿縣」，用《晉書》桓彝事。此非僻書，而顧亦不能注。甚矣，注書之不易也！

跋笠澤叢書

魯望《松陵唱和詩》作於咸通己丑、庚寅閒，此書則乾符己亥所作也。《唐史》本傳云：「李蔚、盧攜素與善，及當國，召拜左拾遺。詔方下，龜蒙卒。」攷《宰相表》，攜以乾符元年十月拜相，次年六月蔚亦入相。五年五月，攜罷。九月，蔚亦罷。六年十二月，攜復相。廣明元年十二月又罷。魯望以拾遺召在二人當國之日，必是乾符二年以後、五年以前，其卒亦當在此時矣。今據《叢書》則乾符六年魯望尚無恙，計敏夫《唐詩紀事》云卒於中和初。中和改元又在己亥後二年，蔚與攜皆已先死，然則史所云殆未可信也。

跋徐夤鈞磯文集

正字撰述見於《崇文總目》者，《賦》五卷，《探龍集》一卷，今皆不傳。此《鈞磯文集》十卷，乃其後人可珍所編。可珍，未詳何時人，其序稱延祐丁酉。然延祐實無丁酉歲，疑傳寫誤爾。正字名，它書多作寅，此獨作夤，未知其審。唐人集傳於今者尟矣，此雖闕其弟五卷，較之它本作二卷爲善。壬子十月，從黄孝廉假讀，因記於卷尾。

跋東坡詩集

東坡詩「出門便旋風吹面」，「便旋」與「聯翩」皆疊韻字。注家引《左傳注》，以「旋」爲小便，固可笑。

或引《詩毛傳》便捷之貌，「便捷」一作「便旋」爲證，亦非也。按《廣疋・釋訓篇》：「便旋，徘徊也。」張平子《西京賦》「便旋閭閻」，薛綜注云「盤桓便旋也」。「盤」與「徘」，「桓」與「徊」，皆聲之轉，文異而義不殊。王逸注《楚辭》云：「便旋，中野立踟躕也。」與《廣疋》義亦同。東坡之意，葢出于此。

跋北山小集

黄孝廉丕烈買得宋槧本《北山小集》，四十卷，皆用故紙印刷。驗其紙背，則乾道六年官司簿帳也。其印記文可辨者，曰「湖州司理院新朱記」，曰「湖州户部贍軍酒庫記」，曰「湖州監在城酒務朱記」，曰「湖州司獄朱記」，曰「烏程縣印」，曰「歸安縣印」，曰「監湖州都商税務朱記」。意此集板刻於吴興官廨也。古人公移案牘所用紙皆精妙，仍可它用。蘇子美監進奏院，以鬻故紙公錢祀神得罪，可見宋世故紙未嘗輕棄。今官文書紙率輭薄不耐久，數年之後，黴爛蠹蝕，不復可用矣。北山詩文有風骨，在南宋可稱錚錚佼佼者。此本紙墨古雅，的是淳熙以前物，讀之不忍釋手。嘉慶丁巳冬日。

跋孫尚書大全集

孫仲益以文章名世，而《宋史》薄其人，不爲立傳。唯《藝文志》載其所撰《鴻慶集》四十二卷。予所見本，題云《南蘭陵孫尚書大全集》，凡七十卷，係王文恪公所藏本，後歸葉石君氏，今爲周漪塘明經所有。仲益專主和議，又汙張楚僞命，讀其文，於吕惠卿、莫儔、万俟卨譽之不容口，而毁李綱、陳東、李光尤力，幾於無是非之心者。然其駢偶之工，自汪彦章而外，未能或之先也。仲益歷官本末不見於史，今以文集參攷，知以大觀四年登進士，又七年，再中詞學科。歷校書郎、宗正少卿、監察御史，出知廬、密二州。靖康元年，自國子司業除侍御史，尋出知和州。召還，試中書舍人，兼侍講，權直學士院。建炎改元，以徽猷閣待制知秀州。言者劾其受僞官，責授歸州團練副使，本州安置。二年，起爲徽猷閣待制，知平江府。未幾召還，除給事中，遷吏部侍郎、直學士院，轉户部尚書。三年，除龍圖閣直學士、知温州，未行，改知平江府，尋落職。紹興元年，復除龍圖閣待制、知臨安府。二年，坐盜用官錢貸死除名，編管象州。閱三年放還，經郊赦，復奉議郎。二十六年，上書自訟，復左朝奉郎、右文殿脩撰，提舉江州太平興國宫，改提舉南京鴻慶宫。二十九年，以敷文閣待制致仕。乾道五年卒，年八十有九。

跋渭南文集

今法有凌遲之刑，葢始於元、明而不知其名之所自。攷《宋史·刑法志》載：真宗時，内官楊守珍使陝西，督捕盜賊，請「擒獲强盜至死者，付臣凌遲，用戒凶惡」。詔「捕賊送所屬，依法論決，毋用凌遲」。然則宋初已有凌遲之名，而當時未嘗用也。後讀放翁奏狀，有云：「伏覩律文，罪雖甚重，不過處斬。五季多故，以常法爲不足，於是始於法外特置凌遲一條。肌肉已盡而氣息未絶，肝心聯絡而視聽猶存。感傷至和，虧損仁政，實非聖世所宜遵也。議者謂如支解人者，非凌遲無以報之，臣謂不然。若支解人者必報以凌遲，則盜賊有滅人之族、掘人之冢墓者，亦將滅其族、掘其冢墓以報之乎？若謂斬首不足禁姦，則臣亦有以折之。昔三代用肉刑，而隋唐之法杖背，當時必謂非肉刑、杖背不足禁姦矣。及漢文帝、唐太宗一日除之，而犯法者乃益稀少，仁之爲效，如此其昭昭也。欲望聖慈特命有司除凌遲之刑，以增國家太平之福。」乃知此刑昉于五代，而南渡時固已用之矣。

跋史彌寧友林乙藁

甲戌秋，予在都門，過金匱吳學士尊彝齋，有宋槧《友林乙藁》，假歸，手録其副藏之。攷趙希弁《讀書附志》云《友林詩藁》二卷，此編祇一卷，疑尚有《甲藁》，而今失其傳。厲樊榭所見，亦祇有《乙藁》也。彌寧字安卿，越忠惠王浩弟源之子，由國子生歷知邵陽軍。予嘗見《史氏譜》，以爲知秦州。《史氏譜》：源，字文翁。彌寧，字清叔，以宗女澤仕至武功大夫、太子右春坊、閤門宣贊舍人，除忠州團練使，知秦州兼淮安提舉。妻趙氏，封令人。南渡時，秦州不入版圖，殆終於知泰州。「泰」、「秦」字形相涉而譌耳。詩雖不多，頗有佳句，如「雲巒著色四時畫，石瀨有聲千古詩。」「一毛不拔管城子，冷眼相看石丈人。」置之涪翁集中，莫能辨也。集中有《寄慥齋弟詩》。慥齋，名彌林，亦能詩。

跋滏水文集

元遺山撰《閑閑老人墓志》，稱公詩文號《滏水集》，前後三十卷。予所得本祇二十卷，元光二年翰林學士楊雲翼序之。閑閑卒於壬辰歲，而序成於癸未，疑即遺山所稱《前集》。其《後集》十卷，則世失其傳矣。予家收藏石刻，有《乞伏邨唐帝廟記》、《鄧州宣聖廟碑》、《葢公和尚狀銘》，皆不見於此集。據遺山云，公晚年録生平詩文，凡涉于二氏者不在也。則葢公之銘例當刊落，其餘二篇或在《後集》十卷之内乎？

跋遺山集

《廣韻》二十一震部「信」字下云：「信，姓，魏信陵君無忌之後。又複姓有信都、信平二氏。」信都氏與信氏源流各别。元裕之撰《五翼都總領信公碑》云：「魏公子無忌號信陵君，子孫因以爲氏。《北史》有名都芳字玉琳者，以藝術著稱。」誤合二氏爲一矣。《北史》本傳稱芳者十有一，未嘗連「都」字。

跋雪樓集

程文憲公集，予訪之二十年未獲。歸田後始得之西吴書估舟中，乃明洪武乙亥與耕書堂刊行本，亟購而藏之。歐陽原功、李好文序俱云四十五卷，而此本乃卅卷，蓋刊刻時併省其元第，非有殘闕也。文憲於至大、皇慶閒再掌制誥，高文大册多出其手。集中碑志諸文，可裨益正史者甚夥。如孟速思，史稱其子九人，多至大官。據公所撰碑，實十一子，而阿失帖木兒嘗以畏吾書授成宗、武宗、仁宗，卒贈武都王，謚忠簡，尤宜補書於本傳也。丞相忽魯不花、丞相别不花、平章烏伯都剌，史皆無傳。據公所撰制，知忽魯不花嘗追封歸德王，謚忠獻；而别不花、烏伯都剌之三代俱有封謚。予嘗病《元史》於宰輔多不立傳，欲博攷它書，次弟補之，而衰疾健忘，聊記一二以便檢尋。

跋清容居士集

伯長以史學自負，其《上修三史事狀》，勤勤以搜訪遺書爲先，可謂知本務矣。顧其所覼列者，皆東都九朝之遺事，至於南渡七朝之紀載，略不齒及，豈有所忌諱而不欲盡言與？厥後三史刊修，伯長已不及見，而其孫曮以家藏書數千卷上之史局，裒集之功，爲不虚矣。伯長於史、鄭諸族皆密戚，故所作詩文，從未一寓刺譏之意。使居總裁之任，恐亦未能直筆也。

跋漢泉漫藁

曹文貞公《漢泉漫藁》十卷，據《元史》本傳，似合詩文言之。此本爲其子復亨所編，僅詩九卷、樂府一卷，有張夢臣、歐陽原功、蘇伯修、吕仲實序，及吴閒閒後序，附以曹克明撰《神道碑》、王繼學撰《畫像贊》，并祭文、挽章甚備，其爲完書無疑。傳云「有詩文十卷」者，葢未足信。傳又云「子六人，孫十人，皆顯仕」。攷《神道碑》，子震亨、謙亨、泰亨皆已前卒，初未登顯仕，而謙亨并未得官。史之難信如此。碑稱孫男八人而傳云十人，或有生於撰碑之後者。

跋道園類稿

碑志之文，近於史者也。而其家持行狀乞文者，未必通知舊章，秉筆者承其譌而書之，遂爲文章之玷。虞伯生撰《鮑君實墓志》云：「從其家得宋藝祖賜其先世忠壯公君福鐵券文，則因錢元瓘之所請而賜也。」又云：「君福從元瓘歸宋，自以其國貢賦無藝，盡焚其籍，令有司別具中法以進。」按吴越納土者，忠懿王俶，非文穆王元瓘也。文穆薨於後晉天福中，與宋邈不相及，鐵券之説亦不可信矣。又撰《張宣敏公神道碑》云：「歲戊戌，因大帥河南忠武王阿术以歸國朝。」攷阿术卒于至元二十四年，年五十四，則太宗戊戌之歲阿朮僅五歲耳，何不攷至此！後讀《元史・察罕傳》云：「歲戊戌，授馬步軍都元帥，率諸翼軍攻拔滁、壽、泗等州。」乃悟張子良本因察罕以降。察罕亦封河南王，謚(忠)〔武〕宣，後人誤以爲阿朮，伯生不察而書之。《元史・子良傳》又因伯生文而書之，殊憒憒矣。道園能古文而未究心史學，故有此失。

跋金華黃先生集

曩在都門，從友人借讀《黃文獻公集》，僅十卷，係仙居張儉存禮所刻。病其去取失當，而附筆記、誌狀於第七卷末，尤乖剌不倫。茲於吳門黃孝廉齋見元槧《金華黃先生集》不全本，紙墨精善，始快然莫逆於心也。攷宋景濂撰公行狀，述所著書有《日損齋初藁》三卷、《續藁》三十卷，《義烏志》七卷，《筆記》一卷。此編排次，自卷一至卷三十一，《初稿》三，《續稿》一至廿八，雖無「日損齋」之名，其爲一書無疑。但闕《續稿》十一至十八、廿九至卅耳。貢師泰序稱，《初藁》，臨川危素所編次；《續藁》，門人王生、宋生所編次。所云王、宋二生，即子充、景濂也。而每卷首但列臨川危素名，蓋太樸在元季負重名，王、宋皆後進，不敢與抗行故也。行狀云《續藁》三十卷，今貢序作廿八卷，蓋作僞者洗改，痕迹宛然。「廿八」必「三十」之譌，并初、續藁爲三十三卷爾。

跋倪雲林詩集

元鎮詩久散佚，今所傳者，荆溪蹇曦朝陽編集。蹇序自言得之王梅西舊藏，然亦出於後人摭拾，多有贋作。元鎮卒於洪武甲寅十一月，年七十有四，見於周南老所撰墓志。然則至正乙未元鎮已五十有五矣。而集中乃有「乙未歲，余年適五十，感昔人知非之言，漫賦長句」。此豈可信耶？董文敏家藏元鎮絹本《山水》，後題「庚戌歲，予年六十五」，蓋作僞者因此詩而傅會成之。

跋陶學士集

明太祖初興，奉龍鳳正朔。《枝山野記》載太祖伐張士誠，榜文云「龍鳳十二年，皇帝聖旨，吳王令旨」。王元美《詔令攷》載：太祖與魏國公徐達書，龍鳳十年至十二年，凡十有七道。前二道稱「皇帝聖旨，吳王令旨」，其餘但稱「吳王令旨」，實録與正史俱隱而不書。茲讀《陶主敬集》，首載龍鳳四年十月江南行中書省劄付一通，至正之十八年也。又載龍鳳十年二月及十二月吳王令旨各一通，其文皆云「皇帝聖旨，吳王令旨」，此則至正之二十四年也。太祖之稱吳王，蓋林兒命之，故書「皇帝」頂格，書「吳王」空一格。史稱諸將推奉爲王，亦非其實也。及林兒既亡，始有吳元年之稱，亦可見太祖之不忍顯背僞宋矣。

跋江雨軒集

崑山葉文莊公藏書之富，甲於海內。服官數十年，未嘗一日輟書。雖持節邊徼，必攜鈔胥自隨，每鈔一書成，輒用官印識於卷端，其風流好事如此。今惟《菉竹堂書目》尚有鈔本流傳，而堂中圖籍散爲雲煙久矣。予所藏《江雨軒集》，卷首有巡撫宣府關防，卷末有公裔孫奕苞小印，知爲菉竹堂鈔本。雖字畫潦草，却是三百年前舊物，可寶也。偶氏不載於姓譜，武孟自署義昜，蓋其郡望，亦未詳其得姓之始。武孟生于元季，明洪武中舉秀才，累官荆門州吏目，卒於永樂庚子，壽至八十有二。官雖不達，而足跡幾徧天下。晚年以目微眇，自號「瞎牛翁」。陸象孫選《太倉文略》，以武孟詩爲首焉。

跋匏翁家藏集

匏翁年六十九時，讀東坡「行年三十九，勞生已强半」之句，賦詩寄懷。其序云：「蘇公年止六十五，而白公七十六，予今適介其間。」以予攷之，白公生於大曆七年壬子，卒於會昌六年丙寅，實七十五歲。蘇公生於景祐三年丙子，卒於建中靖國元年辛巳，實六十六歲。吴葢一時記憶之誤。

跋弇州四部稿

第四十卷《庚午元日日食詩》云：「甲寅元日(兩)〔雨〕不食，庚午正元食稍微。」甲寅者，嘉靖三十三年也。庚午者，隆慶四年也。攷之史志，嘉靖三十二年正月戊寅朔，日食，雨，不見。而次年元正無日食事。初疑元美述其所見，似不應誤。試以《大統術》推算，嘉靖癸丑正月戊寅朔，入交二十六日七千六百七十七分有奇，正入食限。而甲寅正月壬寅朔入交二日四千八百二十一分有奇，則已逾食限矣。元美以一代文獻自命，不應差誤乃爾。葢文人自矜彊記，失於檢照，往往有此病。

跋弇州山人續稿

元美以萬曆癸酉任湖廣按察使，其歲七月望，與守巡諸公同游赤壁，見於本集，歲月分明。而《跋東坡定惠院海棠詩》乃云「余以壬戌七月望登赤壁」，何其誤邪！且嘉靖壬戌，公方以家難銜恤里門，安有遠游三楚之事？此必校書人妄改，恐有執此訾議公者，聊復辨之。

又

予讀《明史·職官志》，稱自弘治六年，内宴，大學士丘濬以禮部尚書居吏部尚書王恕之上。其後，由侍郎、詹事入閣者，班皆在六部上矣。而少詹事以下入閣，其班位無明文。據元美所撰《吕文安公傳》：「公以少詹事兼翰林學士入閣，廷試賜宴禮部，分宜擬公坐三品上，特命次尚書，蓋異數也。」學士向列四品京卿上，今班次尚書，則視二品矣，故以爲異數。此談典故者所當知也。

跋徐氏海隅集

明三百年，吾鄉先達官至二品者，惟龔、徐兩尚書。龔以侍郎致仕加銜，初未履任。名列《七卿表》者，獨徐公一人爾。自成化周洪謨後，宗伯一席，非翰林不得預。公獨起家郎署，不由詞林，尤爲希曠之遇。王元美與公書，謂「破格登賢，爲國家弟一盛典、鄉邦弟一盛事」者也。世俗訾公更名、結婚兩事。更名本末，公集中自記甚詳。若申文定公與公同郡，閣部相去一間，門户相當，豈有繫援之嫌。文定既登首揆，公即致仕里居，終文定秉樞之日，公未嘗再起。揆之形迹，亦無可議。明季愛憎之口，大率如斯，不足信也。因讀公集，輒爲辯之。

跋歸太僕集

震川爲唐虔伯志墓，其銘詞有云「日月光曜，天暒星同」，蓋用《漢書》「天暒而見景星」之文。孟康以爲「赤方氣與青方氣相連，赤方中有二黄星，青方中有一黄星，凡三星合爲景星也」。校《震川集》者謂「星同」二字不可解，斷以爲誤文。「星同」者，三星同色也，何不可解之有？殆未曾讀《漢書》矣。元功之不學如此，宜其見嗤于鈍翁也。

跋方望溪文

望溪以古文自命，意不可一世，惟臨川李巨來輕之。望溪嘗攜所作《曾祖墓銘》示李，纔閱一行，即還之。望溪恚曰：「某文竟不足一寓目乎？」曰：「然。」望溪益恚，請其說。李曰：「今縣以桐名者有五：桐鄉、桐廬、桐栢、桐梓，不獨桐城也。省桐城而曰桐，後世誰知爲桐城者？此之不講，何以言文！」望溪默然者久之，然卒不肯改。其護前如此。金壇王若霖嘗言：「靈皋以古文爲時文，以時文爲古文。」論者以爲深中望溪之病。偶讀望溪文，因記所聞于前輩者。

跋元詩前後集

《元詩前集》六卷，盱江傅習説卿采集，儒學學正廬陵孫存吾如山編類。《後集》六卷，亦存吾編類。前集有虞伯生序，後集有謝升卿序，卷首皆題「奎章學士虞集伯生校選」，蓋江西書肆人所爲，假道園名以傳。序文淺陋，亦未必出道園手也。刻成于後至元二年。總目之後又有「本堂今求名公詩篇，隨得即刊。四方吟壇多友，倘有佳章，毋惜附示。李氏建安書堂謹咨」云云。小人嗜利，欲其擇之精，難矣。然近世博雅收藏之家，皆未見此書，予於京師琉璃廠書市以二百錢得之，戲謂家人曰：「此宋人之洴澼絖，惡知其不直千金也。」

跋太倉文略

乙巳春，予主婁東講席，訪求鄉先生遺文，從顧秀才懷祖假得《太倉文略》四卷。始偶桓，訖龔存憲，凡廿一人，爲詩百七十一篇，雜文四十一篇。蓋明嘉靖中州人陸之裘象孫所撰，而王夢祥奇徵所刊。其凡例云：「世俗校選，不論語意工拙，惟取事關風化及剽竊理學緒餘，承譌踵陋，爲文章之蠹。今但擇其詞理兼至、藻實相副者。」此可見其甄録之不苟矣。此書流傳頗少，故史家志藝文未之及。象孫，浙江參政容之孫。奇徵，則文肅公錫爵之父也。

潛研堂序跋卷十

跋宋拓鐘鼎款識

乾隆乙卯嘉平月，吳門蔣春皋攜此册相示，古色古香，允爲希世之寶，竹垞前輩攷之悉矣。李心傳《繫年要録》紹興十五年七月：「右宣義郎、幹辦行在糧料院畢良史知盱眙軍。良史入辭，詔加直祕閣。」其時秦會之當國，良史納古器於伯陽，必其時矣。此册當是王厚之順伯所彙次。順伯好金石，精於賞鑒，與番陽三洪善，所著《復齋碑録》，最爲容齋所稱。册内有洪遂字景裴者，當是容齋昆弟行也。自《方城范氏鐘》以下兩葉無順伯私印，且《雷鐘》已見前幅，不應複出，疑松雪翁增入，非順伯之舊矣。予嘗見松雪篆書《大道歌》石刻，筆法與册首四篆字相似。倦圃定爲文敏手迹，可謂先得吾心也。

跋石鼓文宋拓本

《石鼓文》，今國學搨本僅二百五十四字，即元潘迪作《音訓》時亦止三百八十六字。獨四明范氏藏本得字四百有三，又有向傳師跋，其爲北宋搨本無疑。此希世之寶，較之天球、赤刀尚勝一籌，勿以尋常紙墨視之。

跋玄儒婁先生碑

《婁先生碑》，曩見趙靈均臨本於錢唐黄小松郡丞許，今見此本，真優孟之與孫叔敖矣。周公《謚法》未有玄儒之目，漢人私謚各出新意，不必求合於古。如陳太丘之文範，範亦非古謚也。自婁君有此謚，繼之者，法真、郭荷之玄德，索襲之玄居，宋纖之玄虚，悉數之不能盡矣。字書無「糌」字，當與「荅」同。《説文》：「荅，小尗也。」

跋西嶽華山碑

吾友黄君星槎示予《西嶽華山碑》拓本，文字精好。以洪丞相《隸釋》校之，亡者廑九十七字，殘闕者又數字。初爲關中東肇商所藏，後歸之郭允伯，又歸之王山史。趙子函、顧亭林所見，皆即此本也。不知何時轉入新安故家，星槎官于歙，得而有之。公車北上，往來三千里，常置行篋中。客請以重價易之，笑而不應也。華嶽漢碑著于歐陽氏、趙氏、洪氏之録者凡四，惟此碑後亡。然自明嘉靖地震以後，拓本之存于世者，已與赤刀、天球共珍。册尾有山史手書，屬其子「非承我命，不得令人輕爲題跋」。今距山史又百年，其寶愛更當何如！碑云「周鑒于二代」，今本《論語》作「監」。云「礿祭之福」，今本《周易》作「禴」。文殊而音義同。漢人傳經，授受各別，不皆同文也。

跋王稚子闕

《王稚子闕》二，在今成都之新都縣，即漢鄎縣也。今失其下半，較洪文惠所録少十餘字。稚子嘗爲温令，温屬河内郡。此刻稱「河内縣令」，不云温令，趙氏以爲史誤，文惠駁之，謂「河内是郡名，無令。碑云『河内縣令』者，以郡爲尊，謂河内之縣令爾，即温也」。然予嘗疑之。漢時令長結銜皆無「縣」字，猶太守不繫郡也。《廣漢綿竹令王君闕》，趙氏亦讀爲廣漢縣令，文惠始證其誤。此「河内」下一字漫漶難辨，其釋爲「縣」者，亦沿趙之讀，謂「系」反居左爾。攷《禮·玉藻》「一命缊韍幽衡」，「缊」讀如「温」；而「緼藉」字亦有作「温」者，是温、緼二文古人固通用矣。竊疑「河内」下一字本是「緼」字，「緼令」即「温令」，猶曲紅長即曲江長也。曲紅，見《周府君碑》。「緼」字隸作「縕」，而趙誤讀爲「緑」，亦如讀緜竹之「緜」爲「縣」也。若稱温令爲河内縣令，恐無此例。惜乎，石刻漫漶，未得其真，又不得起文惠於九京而質所疑耳。酉泉主人嗜古博洽，其必有以教我。

跋太室石闕銘

此銘始著録於顧氏《金石文字記》。顧所見僅十三行，較之此本，未及其半。雖後幅曼患難讀，然以亭林未盡見者而吾輩得縱觀焉，謂非翰墨有緣耶！丁巳七月七日，觀於楓橋袁氏之五硯樓。

跋高陽王湜墓志

北齊《高陽康穆王湜墓志》，向來金石家皆未著録。震澤任文田以榻本見示，證之史傳事迹多合。其薨之月日，據《齊書》本紀在正月癸亥，而石刻乃是二月六日戊子，當以石刻爲正。王字須達，贈都督冀定瀛汾晉雲顯青齊兖十州諸軍事、冀州刺史，皆史傳所不載。百藥史殘闕，《神武諸子傳》已亡，後人取《北史》補之，故事多不備。此刻出於當時，可裨史家之遺。至如「湜」作「渥」、「謚」作「諡」、「翰」作「韓」、「貳」作「貮」，皆魏齊間俗字。而「渤海」字作「郣」，却合《説文》。古書「脩」、「循」二字多通用，故此刻稱楊脩爲楊循。

跋阿彌陁像文

此唐宣義郎周遠志等造阿彌陁石像記也。唐高宗、肅宗俱嘗以上元紀年，此記有「奉爲天皇、天后」之文，則在高宗朝無疑。其書「后」爲「石」，《左氏傳》「后庸」即「舌庸」之譌，葢二字易相混爾。

跋祠部員外郎裴道安墓誌

《唐朝議郎行尚書祠部員外郎裴君墓誌銘》，族叔禮部員外郎胐撰兼書。裴君諱積，禮部尚書行儉之孫，贈太師光庭之子，《新唐書》附見其父傳。其字道安，則史所不載也。行儉祖定高，見於《舊唐書》本傳及《新書·宰相世系表》，而《隋書·裴仁基傳》作「定」，此碑正與《隋書》同。或疑當有一誤。予攷《北史》，周宣帝不聽人有高大之稱，諸姓高者改爲姜，九族稱高祖者爲長祖。因悟定高本二名，及仕周天元時乃單稱定，碑與史俱非有誤也。行儉本仁基之子，新、舊傳與此碑竝同，而《世系表》乃繫於思諒之下，誤矣。史稱光庭之卒也，太常博士孫琬以其用循資格，非獎勸之誼，謚曰克平，《舊書》謚曰克。時以爲希蕭嵩意。帝聞，特賜謚曰忠獻。據此碑知由道安泣訴于朝，故得改謚也。碑爲族叔胐所撰，而亦稱爲君，葢碑誌之例宜爾，不論親屬之輩行也。

跋荆州法曹參軍趙思廉墓誌

此《趙府君墓誌》石本，「趙」字雖漫漶，猶隱隱可辨。且其文云：「其先，秦之祖，同源分流，實掌天駟。」而銘詞有「宣孟之忠」一語，其爲趙姓無疑。或題爲姚思廉者，非也。其稱「毫州總管」者，亳州之譌。而陸安郡亦未見於《隋書》，是可疑爾。

跋玄靖先生李君碑

魯公書《玄靖先生碑》，與《殷君夫人》及《家廟碑》同一筆意，皆晚年書之最善者。世人愛《千福寺碑》，不惜多金購之，此季咸所見善者機爾。碑石已糜碎，此本爲江都汪容甫所藏，獨完好。蓋南宋後搨本經紹興丁巳風折之後，厘損三十許字耳。碑中「門人」「人」字誤寫「中」字，「遺名子」「子」字誤寫「韋」字，「韋渠牟」「韋」字誤寫「渠」字，「接」字誤寫「采」字，皆即其誤改之。舍光父孝威，私謚貞隱先生，見《張從申碑》。此作「正隱」者，魯公避其家諱也。《説文》：「疋，足也。古文以爲《詩·大疋》字，即《大雅》也。亦以爲足字，或曰胥字。」唐宋以來誤作絹匹之「匹」。此碑「賜絹二百匹」亦用「疋」字，蓋俗札相沿久矣。其書遊藝字作「蓺」，亦它碑所未有。

跋王顔追樹十八代祖晉司空王公神道碑

虢州刺史王顔《追樹十八代祖晉司空太原王公神道碑》，予所見者，裝翦之本，文理斷續，難以尋曉。其敘王之自出，則云周平王孫赤，其父泄，未立，崩。赤當嗣，爲桓廢而立，用赤爲大夫。其後奔晉，代爲并州牧。凡王氏無非赤之後，而譏太原、琅邪譜祖子晉之妄，似矣。然春秋秦漢之際，安有「并州牧」之稱？而所謂晉司空者，名卓，封猗氏侯，史竝未見其人，則亦無稽之談，轉不若琅邪譜之遠有代序矣。書法類顔平原，或題爲魯公書，未審所據。

跋太常丞温佶碑

温府君名佶，黎國公大雅之玄孫也。唐制，位三品者，父祖得刻石神道。文宗朝，佶之子造以檢校户部尚書充河陽三城節度使，故牛僧孺爲製此碑，而裴潾書之。碑失其下截，不得建立年月。攷僧孺自平章事出鎮淮南，在大和六年十二月，是碑之立當在七年以後矣。《唐書・宰相世系表》：「温氏出自姬姓，唐叔虞之後，以公族封河内温，因以命氏。」碑云「温裔顓頊爲己姓」。按《春秋》僖公十年：「狄滅温，温子奔衛。」「温子」即「蘇子」也。有蘇氏爲己姓，則温出己姓爲可據。碑敘述先世處，殘缺不可讀。其云范陽令晉沖者，當是佶之王父，此亦可以補《世系表》之闕也。歐陽公謂温彦博兄弟三人，名大者字彦，名彦者字大，爲不可曉。洪景伯據《創業起居注》，謂昆弟皆以彦爲名，大雅名犯孝敬皇帝諱，故改稱字。今讀此銘云「先生之先，在世多才，曰博、宏、將，三英彦聯」，亦足徵昆弟三人同名彦也。

跋尊勝陀羅尼經

此義成軍節度押衙田伾等爲節度使、尚書、西平公所立。以史攷之，西平公者，段嶷也。嶷以大和四年之鎮，至建幢之歲，已及五稔，故有「五載」之語。幢當在今滑縣。黄玉圃撰《中州金石攷》獨遺之，何也？

跋錢本艸

此好事者所爲，託之燕公。即樊厚茘菲彬，亦恐子虛亡是之流。然其言足以醒世，書法亦非宋以後人所能辦也。偶憶宋人小説，稱盧懷慎暴死復蘇，歎云：「冥司有三十爐，日夜爲張説鑄横財，我無一焉。」然則燕公亦未免采之非理矣。抑有慕乎入不妨已之智而試爲之歟？聊述之，以供好事者一哂。

跋吴尋陽長公主墓誌

李子書田示予《吴尋陽長公主墓誌》，閩縣丞危德興撰，文字完好。蓋楊行密之長女適彭城劉氏。《誌》不言劉之名字，其歷任可見者，由洪州副車即别駕。遷撫州刺史，又移舒州刺史。其官則太僕卿、檢校尚書左僕射也。行密父名怤，與「夫」同音，《誌》中「夫」字皆缺末筆。其稱銀青光禄大卿，亦避諱改「夫」爲「卿」也。《容齋三筆》載《(鄖)〔鄂〕州興唐寺鐘題識》云「大唐天祐二年三月十五日新鑄」，勒官階姓名者兩人：一曰「金紫光禄大檢校尚書左僕射兼御史大陳知新」，一曰「銀青光禄大檢校尚書右僕射兼御史大楊琮」。又鄱陽浮洲寺有武義二年銅鐘，安國寺有順義三年鐘，皆刺史吕師造，題官稱曰「光禄大卿檢校太保兼御史大卿」，正與此同。劉爲主壻而不稱駙馬都尉，當亦以避諱故爾。《誌》於唐諸帝諱皆不回避，獨「民」字缺末筆，未知其審。攷行密本名行愍，或以偏旁从「民」，故爲減筆。若云爲唐文皇諱，則文中「世」字初不避也。

跋高陽許氏夫人墓誌

錢塘何君夢華過吳門，出此誌銘見示。首題「吳越國中吳府」，「吳」字稍曼患。其誌文云「遷厝于府城西長洲縣武邱鄉大來里」。攷吳越以蘇州爲中吳軍節度，史未見中吳府之名。予嘗讀《嘉禾志》，載《朱府君碑》，亦吳越時物，文之「續致桑梓在開元府海鹽縣」，是秀州嘗稱開元府，而史亦未之及。蓋吳越有國時，於所屬州私立府名，未嘗請命中朝。及納土以後，諱而不言，史家無從采録也。

跋范忠宣公除右僕射告

右《范忠宣公除右僕射告》，乾隆甲寅六月敬觀於公裔孫芝巖編修齋。前爲學士院制詞，次門下録黃，次尚書奉行。前後鈐用尚書吏部之印數十處，蓋告出於吏部也。其云左僕射兼門下侍郎大防者，呂微仲也；給事中臨者，顧子敦也；尚書左丞摯者，劉莘老也；尚書右丞存者，王正仲也；吏部尚書頌者，蘇子容也；吏部侍郎覺者，孫莘老也。次雲不見於《宋史》，以李仁甫《長編》攷之，蓋吏部郎中彭次雲也。是時忠宣公由西府進登右相，寄禄官自中大夫轉太中，封自高平縣伯轉郡侯，食邑、食實封遞有增加。惟勳至上柱國，更無可加，故制詞有「餘如故」之語。凡章服，三品以上紫，五品以上緋，未及品而任要職者則有賜。中大夫正五品，太中大夫從四品，皆非三品，而此制前銜稱賜紫金魚袋，及拜相告身即無賜紫之文者，元豐新制，太中大夫以上即得服紫故也。告中食邑、食實封户數與制詞異者，併初封之户計之。唐時食實封者，皆依户數給縑帛，故結銜用壹貳叁肆字，以防詐僞。宋則實封亦無別給，但沿唐故事，聊示區別耳。自元祐戊辰迄今七百(六十)有七年,而絹素完善,朱印如新,豈非忠孝淳厚之報、神物所護持哉!此制見於《東坡内制集》。同時除吕申公、汲公,皆東坡行詞,而任希夷跋以爲文定。攷子由入翰林在元祐四年六月,而忠宣大拜乃在前一年,其非文定詞明甚。細驗任跋,「定」字亦有洗改之迹,當是紙墨刓敝,後人以意補足。希夷,南宋人,不應有誤也。

跋東坡書醉翁亭記

東坡《醉翁亭記》,豪縱不類平日所作,或疑是涪翁,不知涪翁書正從老坡出也。公嘗云:「論畫以形似,見與兒童鄰。」即論書,奚獨不然。善相馬者,妙在牝牡驪黄之外,否則圉人廄吏優爲之矣。據王宇泰跋,則明時已有真贋二本。新鄭所藏係贋本,却有松雪諸人跋,而此無之。以真跋輔贋本,亦骨董家作僞之長技。然珠在而櫝去,庸何傷!此卷葢鬱岡齋之物,後歸于潤甫。于以贈古琅范氏,范又贈華山王玉質,而毘陵謝氏得之。今爲竹初丈所有。丁未六月,觀於鄞署之餐柏齋。

跋黄山谷書范滂傳

山谷老人謫居宜州,爲余氏二子書《范孟博傳》,真迹後歸趙忠定公。忠定之子崇憲,以嘉定壬申知江州,模刻於郡齋。石久無存。乾隆乙巳六月,偶於四明范氏稻香樓見此搨本,紙墨工妙,而文多闕落。蔚宗傳凡一千一百卅字,今失去二百六十二字。樓宣獻詩跋亦殘闕不完。攷《攻媿集》,有此詩而無此跋。葢樓公初見余氏摹本,賦此長句,在奉祠里居時。及嘉定改元臘月,崇憲出示真跡,宣獻已登樞府,公事少暇，但書舊作，不復賦詩也。忠定居饒之餘干，而崇憲自題開封者，南渡後宗子雖散處江南，仍領於宗正司。予所見題名石刻，或稱祥符，或稱浚儀，或稱開封，以寓不忘故都之思，非與史有牴牾也。我亭秀才精於攷據，并書以質之。

跋鳳墅法帖

《鳳墅法帖》者，南宋曾宏父所刻，《正帖》二十卷，《續帖》二十卷，皆宋人書。云「鳳墅」者，鐫于廬陵郡之鳳山別墅故也。予所得僅兩卷，一爲《南渡名相帖》，一爲《南渡執政帖》。宏父之父三復，起家進士，光、寧之間嘗官臺諫，轉太常少卿，攝禮部尚書充賀金國正旦使，以刑部侍郎致仕。《宋史》雖爲立傳，而不載奉使事。宏父每稱「先少師」，其爲贈官與否，史亦未之詳也。卷中所載皆諸公書翰，而與其父少師往還之帖居其太半。古人書問，不輕假手門客，行草大小疎密不拘，要皆秀逸可愛。宏父未冠失所怙，然藏弆手澤，久而不忘，亦徵名臣之有後矣。

又

鄭忠穆《與六十七兄提幹博士帖》有云：「㲄當此艱危，身任言責，不敢愛死，竭力向前，頗亦有濟。其事非一，自謂無愧古人，不負父兄之訓。以此太后褒譽不已，親除在樞府供職兩日矣。荷祖宗之靈，積慶流光，假此以彰耳。然時方艱危，負責益重，身既許國，亦不能他顧。遣二子歸，乃畱種也。行一不義以偷生，㲄必不爲。若得兵戈稍息，獲保首領以歸，盡于牖下，葢出望外也。」宏父跋云：「公嘗作《杜鵑》

詩，遣謝嚮閒道往約吕忠穆、張忠獻二公，云『杜鵑飛飛無定棲，寄巢生子百鳥依。園林花老晝夜啼，安得百鳥挾以歸』。此帖葢公遺詩時託子家問也。」忠穆當苗、劉之變，正色立朝。《遺子》一帖，千載有生氣。予友程舍人晉芳方撰次《南宋事略》，予故表而出之，俾舍人補書于㲄傳云。其易名忠穆，亦史所未及也。

又

《鳳墅帖》廿卷，予所藏《南渡名相》、《執政》二帖，於弟爲十三、十四，益都李南澗嘗釋其文，刻之粤東矣。初意世閒流傳當不止此，乃三十年來徧訪故家藏帖者，皆莫能舉其名。癸丑仲冬，澤州胥燕亭訪予吴門，篋中出米帖《甘露寺》、《多景樓》二詩，附以小米二札，則《鳳墅帖》之弟十二也。與寒家所藏，紙墨行欵，無一不同。葢即一部分散者，幸而爲燕亭所得，而予獲見之，真翰墨之奇緣矣。留予齋旬日，摩挲老眼，狂喜不寐。爰鈔其文，補入南澗所刻釋文之首。此外十有七卷，及《續帖》、《畫帖》，未識天壤之大，尚有留傳否。人苦不知足，即雲煙過眼，輒增得隴望蜀之想，知爲達觀者所竊哂耳。

跋朱文公帖

右朱文公《游晝寒亭詩》廿六韻，後題乾道七年三月朔後二日。以本傳攷之，葢丁太夫人憂，甫免喪時也。公時年四十有二，已有「所恨老無奇」之句，歐陽公四十稱「醉翁」，作記云「蒼顔白髮，頹乎其中」，與公語正相類。古君子恐修名之不立，與俗士之嘆老嗟卑者，迹同而心異也。公初以監嶽廟家居，孝宗初政，應詔上封事，至是恰十年矣，故云「十年落塵土」也。世傳公書學曹孟德，此帖筆意在東坡、山谷之閒，骨力險勁，精采奕奕，良可愛玩。

跋薛氏義瑞堂帖

薛晨刻《義瑞堂帖》，其石後歸天一閣范氏，今亦殘闕不完。丁未四月，予在四明訪張芑堂寓齋，因見此帖。其卷首載史丞相浩與薛朋龜一劄，予一見決爲贋作。芑堂問：「何以知之？」予曰：「此劄後題『少保、右丞相、衛國公史浩』，攷直翁於孝宗朝再入政府，其初入相在隆興元年，其時官名不稱丞相，此稱右丞相，必在淳熙五年矣。而朋龜以政和八年登進士，相距六十載，豈得尚無恙乎？其後又有吳艸廬一跋，云史專權固位，而薛欲劾之，故報以歸田之期。此尤可笑。史初入相五閱月而去位，再入相未踰年而去位，當時未聞有議其固位者。文正生於宋季，豈不知本朝掌故！其爲僞托無疑也。」歸檢樓大防《攻媿集》，稱吾鄉舊有「五老會」：王公珩、蔣公璿、顧公文、薛公朋龜、汪公思温，俱年七十餘，宦游略相上下。王、薛二公下世，參政王公次翁寓居，始議爲「八老會」。然則朋龜之歿在次翁之前也。次翁卒於紹興十九年，其時朋龜已先卒，豈能及見直翁之入相？此必薛氏後人妄作。讀樓氏文，益徵予言之不虛。喜而識之，并以告芑堂云。

跋方正學溪喻草藁摹本

正學先生風節似常山、平原昆弟，此帖縱逸如意，不減《争坐位藁》。覃溪所摹，固已得其神似矣。予獨愛其論人之患：莫過於自高，莫甚於自狹，莫難於不得其源，三語真有得乎聖賢教人自爲之心法也。夫儒之爲世詬病者，自貴而賤人，自盈而拒物；一旦臨難，茫然失其所守，向所講求性命，如小兒學舌、盲人説書耳，惡覩所爲本原哉！讀《溪喻》而知先生之學之源，正以未嘗自高而所得益深也。世徒見其舍生取義，浩然與日星河嶽争光，而不知至大至剛之氣，直養無害，如水之有源，自在流出，非有所矯强憤激而爲之。斯爲聖賢素位之學，與俠士武夫慷慨於一時者，氣象大不侔矣。

跋王濟之墨蹟

右王文恪公爲陸隱翁仲良作壽序。仲良故奇士，此序筆力奇縱，不可方物，足以傳其人。真迹舊藏陸氏，題識甚衆，百年後子姓不能守，轉入它氏。今爲文恪裔孫秉直上舍所得，先世手澤，一朝入手，誠爲快事。爰裝而新之，伏梁闇檻，藏弆惟謹，勿以缸面酒飲人，致有豪奪之患也。

跋竹園壽集卷

《竹園壽集圖》，予向讀匏翁《家藏集》，心識之。比來甬東，屠君法田出以見示。前後序詩俱完好，圖則失其十之三矣。卷中主賓唱酬凡十人，皆當時名公卿，文采風流，照暎千古。其時各家俱藏一本，獨襄惠之後閱三百年猶能世守，足徵其子孫之多賢也。秀水朱氏《詩綜》，于有明一代詩家搜採最博，乃自吳文定、閔莊懿二公外，俱未搜羅隻字。竹坨足跡未到四明，無由覩兹真跡，但匏翁集具載此事，亦未採入詩話，則難免挂漏之譏矣。

跋吴匏庵贈衍聖孔公襲封還闕里詩序

明弘治癸亥，宣聖六十二代孫知德承詔襲公爵，入覲東還。館閣之士洛陽劉健希賢、餘姚謝遷于喬、南昌張元楨廷祥、廣陽劉機世□、仁和江瀾文瀾、沂水武衛廷修、河東張芮□□、新都楊廷和介夫、陳留劉忠司直、東川劉春仁仲、關西楊時暢知休、南宫白鉞秉憲、清平張天瑞天祥、京口靳貴充道、三江毛澄憲清、清潯張潔仲湜、睢陽朱希周懋忠、清苑傅珪邦瑞、湘源蔣冕敬之、南海倫文敘伯疇、淮陽陳瀾□□、南城羅玘景鳴、吉水徐穆舜和、長洲沈燾良德、永嘉王瓚思獻、句吴陳霽子雨、括蒼葉德宗本、四明豐熙原學、襄垣劉龍舜卿、餘姚孫清直卿、濮陽李廷相夢弼、古鄠王九思敬夫、西蜀劉瑞德符、括蒼潘辰時用、富春夏賚□□、汾陽劉訒邦問，凡三十六人，各賦詩贈行，而掌詹事府事、禮部尚書兼翰林院學士吴文定公寔爲之序。墨迹藏曲阜孔氏，迄今二百有餘年矣。菘谷户部出以見示，想見一時館閣文物之盛。科目得人，其效如此。匏庵書法，具體大蘇。此序楷書，瓣香乃在歐、柳之閒，要非退筆如山，未易到也。

跋楊忠愍公獄中與鄭端簡手簡

忠愍手書，距今二百四十年，生氣奕奕紙上，所謂日星河嶽之光，在在處處，皆有神物護持者。札中有兩十八日，抱經先生謂一在正月，一在二月。以予攷之，前十八日當在壬子十二月，後十八日則在癸丑正月也。攷《明史·世宗紀》，嘉靖三十二年正月戊寅朔，日食。是歲歲在癸丑，凡日月食禮部先期行知各官救護，故公於途次預爲奏稿，擬於日食之次日投進。届期知題目不合，乃別作疏，直攻分宜十大罪，於正月十八日投進。距到任才匝月耳，與本傳「抵任甫一月」之文，正相合也。彭君山跋謂端簡時已卿光禄，攷端簡本傳，但云稍遷太僕丞，歷南京太常卿。據此跋，知由南光禄卿轉太常矣。太僕丞廑六品，不得徑遷三品卿，其閒必尚有更歷之職。史文從省，皆略而不言耳。

跋楊忠愍公壽徐少湖先生序稿

楊忠愍公舉鄉試後，詣國子監。卒業時徐文貞公爲祭酒，亟賞之，故有師弟子之稱。此序云「黄閣元老，黑頭相公」，當在文貞枚卜以後。攷文貞以嘉靖三十一年入閣，年已五十有九。此序或因六十生辰而作，則是年正月公已廷杖下獄，禍且不測，乃能置生死於度外，纚纚千言，理直氣壯，古所稱真鐵漢者，唯公足以當之。其云「人知壽於目前者爲壽，而不知壽於身後者斯壽之永」，旨哉，言乎！公畢命西市，年止四十，而正氣常留，與天地無極，視八秩肩輿入直而爲人唾罵者，其壽之修短何如也！身後之壽，公固有以自信，而讀其文者，猶凜然廉頑而立懦，公真百世之師哉！

跋袁氏清芬世守册

吴門袁氏向有《汝南世澤》册，汪堯峯先生所題。予與又愷交，屢得寓目，詫爲至寶。而又愷意猶未足，今春復萃其近年所得先世墨迹，并昔賢投贈詩札，裝潢成册，而屬予題之。展讀再四，歎其家世文采風流之盛，而又愷誦芬詠烈之意，尤不可及也。昔王方慶以所藏十世從祖羲之等二十八人書進御，所稱《萬歲通天帖》也。古人家風雍穆，於上世遺跡，慎重而保護之，此即孝友之見端。今簪纓華胄，祖父閒有譔述，任其覆瓿糊壁而不之惜，欲其後勿棄基，難矣。讀此册可以追古賢而媿薄俗，因爲識其簡末。

跋袁胥臺父子家書

胥臺先生七歲能詩，早登詞館。忤永嘉相，改官比部。及提學粤西，長揖督府，大著風采。年甫四十，遂疾致仕。子魯望，亦以文章趾美。兩世提學，鄉黨傳爲盛事。今讀其家書二通，覼縷家事，細碎曲折，無一不可對人言者。而廉介忠厚、遂初知止之意，溢於言表。非徒袁之後人當奉爲世守，亦徵吾吳先達風尚之美，令人歎慕不置云。

跋王雅宜書洛神賦杜陵内史補圖

王大令《洛神賦》，今僅存十三行，書家奉爲圭臬。趙魏公書此賦，雖有石本而真迹不傳。雅宜山人書有晉法。兹卷用退筆，蒼勁朴老，無懈可擊，尤爲稱意之作。杜陵内史擩染家學，寫洛神飄忽若神，一埽脂粉之態，真女中伯時也。胥臺袁氏世弆此卷，漂轉數姓，爲小松郡丞所得。今輟贈壽階，楚弓復還，當爲吳中嘉話。而小松之通懷敦交，亦可傳已。

跋袁氏先世石刻五種

汝南六俊，惟胥臺先生名在《明史·文苑傳》。而謝湖先生撰述載入《藝文志》者尤多，風流儒雅，百世下聞風，猶欣慕焉。此石刻五種，皆謝湖先生摹勒。石已無存，而吳文定、祝京兆、沈石田三公墨蹟，尚在其裔孫又愷所，可謂希世之寶矣。表誌二通，墨蹟久經散失，獨有此拓本，又愷手裝成册，屬予題識。

攷衡山待詔生於成化庚寅，至嘉靖辛亥，年八十有二矣，而小楷精審乃爾。謝湖書此表時，年亦七十有四，而圓勁藏鋒，視中年書益收斂，精神更完固，斯所稱老斲輪手耶！黄佐，字才伯，廣東香山人，泰泉，其自號，名亦列《文苑傳》。王廷，字子正，嘗知蘇州府，時人比之趙清獻。皆一時偉人也。謝湖雖栖遲不仕，而文章氣誼，爲世推重，四方鉅人長德，樂與定交，屣履造門，恒無虚日。讀此册可略見其槩矣。

跋文壽承休承書

衡山父子三人俱工書畫，當時比之鷗波趙氏。衡山禄位遠不逮承旨，而翰墨之妙，幾相頡頏。三橋昆弟，則勝於仲穆、仲光多矣。承旨有嘉耦，而文家亦有才女端容，可與仲姬媲美。文之後有湛持昌大其門，而趙無聞焉。天於文氏何厚也！丙午春，偶過聽松山人齋，出示此本及端容水墨花鳥册，喜而題此。

跋錢功父書後赤壁賦

叔寶書畫，得法于文待詔。功父承其家學，亦入能品。此所書《後赤壁賦》，奇逸生動，殊有玉局仙人風。今人作書，日趨圓熟，有間架而無氣韻，宜乎好之者鮮也。昨爲王鶴谿題叔寶《紀行圖》，今題功父此卷，懸磬室中，虹氣貫月，當移于吾疁矣，輒思豪奪，呼爲吾家物，何如？

跋王荆石札

右王文肅公十札，瞿堉鏡濤所藏，皆公致政里居日與當事者。以公年譜及張受先《太倉志》題名參攷，當是與州牧南昌丁建白者。建白居官有循聲，而公手札詞意謙抑，未嘗以私相干，足爲大臣居鄉之法。元爵、崇爵，皆公叔父少荆之子。元爵後以齎公謝恩疏入都，授中書舍人，公之厚於羣從如此。筆法嚴整，乃其餘事爾。

跋黄陶庵札

黄忠節公，文章節義，彪炳兩閒，字畫亦得顔魯公三昧。此四十幅，皆與子翼往還小牘，雖信手揮灑，全不經意，而交誼之真摯，居家之儉約，取予之不苟，皆可得諸語言文字之外。公生平不妄交，侯銀臺集中亦屢見子翼名，知其人必端士也。予壻瞿生安槎，好藏前賢手跡，購得此本，重裝而新之，屬予識其歲月。

跋張晉江札

晉江張閣老瑞圖，早年書法與董思白、邢子愿、米友石齊名。其後，以書魏璫生祠碑，致位公輔，名列逆案，筆墨遂不爲世所珍。此帖不題姓名，或標爲倪忠節鴻寶。予壻瞿鏡濤得之，定爲晉江書，予審眎良然。蓋罷政家居獲譴之後，與山東巡按者所述當時閣事，不無文飾。然史家於書碑之外，未聞別有指摘，雖比匪之傷，百喙難解，遽加以逆名，不已甚乎！《淳化帖》有王處仲、桓元子書，曾氏《鳳墅帖》亦收蔡元長、秦會之。蓋一藝之工，不可以人廢。況晉江齷齪守位，非有蔡、秦專權誤國之跡。後之評書者，當賞其神駿，勿以其素行而訾及翰墨也。

跋渤海藏真帖

趙松雪《千字文》後有元復初一跋，予一見決爲贋作。復初卒于至治二年，此題云至正八年，距復初之卒已廿有八年矣。

跋僧明浄書心經及法華經序

鶴谿主人於搏換家得廢絹一束，睎之，則明人書《心經》及《法華經序》也。世俗造佛像成，虚其中以雜寶或寫經呪實之，以當五藏六府。不爾，則像不靈。浮屠以是誑人金錢云爾。像在雲閒之蘭若庵，不審今尚存否。此卷吾邑人所施，書之者又吾邑人也。閲百有六十年，復流轉至吾邑而爲鶴谿所得，似有前定之緣，非偶然者。邑有伏虎神祠舊矣，王常宗《神絃曲》四章，《伏虎》居其一。其祠故在邑廨西不數十步，今移于孩兒橋之東北，實知縣王、李二侯祠也。祠之左舊爲公館，元時平江十字路萬户郝天麟嘗建分府于此。天麟治軍撫民，頗著惠政，黄文獻公爲作碑記者也。公館久爲居民所占，而二侯祠邑人亦鮮知者。予嘗過祠旁賣燈者之舍，則黄碑嵌壁閒，宛然無恙。旁倚竈突，掩其太半。愳久而滅其跡，欲募十夫移碑置祠中而未果也。因牽連書于後。歲戊戌正月六日丁卯。

後二歲邑令姚君學甲以予言移黄碑置伏虎祠，碑下半已斷。

跋陳文貞公詩卷

澤州相國，以文章經濟潤色鴻業，我朝之周益公也。其翰墨世不多見，丁酉秋，於申浦黄氏齋得見此卷。詞翰雙美，倘仿《鳳墅》之例，列入《名相帖》中，奚謝古人哉！

跋汪退谷手書瘞鶴銘攷艸藁

退谷先生《瘞鶴銘攷》板行已久，此乃其手書初藁，信筆數千言，絶不求工，而楮墨閒極生動變化之趣。自黄伯思定此銘爲陶貞白書，後世罕有異論。張力臣獨證以爲顧逋翁書，朱錫鬯復舉逋翁集中《謝王郎中見贈琴鶴詩》以實之。然它日《題王副使焦山㵊銘圖》有云：「審視要非唐後勒，昔年曾與張弨論。」則朱亦未嘗堅持其説也。卷中采力臣説最備，獨不取其證爲逋翁者，既博而精，吾無閒然矣。

跋汪退谷手書户部呈稿

康熙五十三年九月具呈户部，爲其尊人鞏昌府岷州同知元絅任内抵補虧欠事，時退谷以左中允在京候補。

蔗畦主人得汪退谷先生手書户部呈藁于其家敗簏中，命工裝而弆之。讀者想見先朝體恤臣下，俾得自言其情，雖事涉錢穀，數累萬千，未嘗一以操切行之，而官物亦不至有失陷之患。寬仁之政，度越千古，後之人勿以尋常案牘視之哉！

跋袁氏貞節堂卷

袁子廷檮，承節母之誨，讀書敦品，克自樹立，陟屺之慕，久而不忘。既繪《竹柏樓居圖》，乞名公題詠，裝成兩卷，兹復以誌、銘、傳、贊諸文次於遺像之後，而以翁閣學所書「貞節堂」三字顔於幀首。太孺人之貞心，廷檮之孝行，不獨汝南一門流芳，亦三吳盛事也。予嘗見宋槧《列女傳》，以顧愷之圖像與向書相附而行，而武梁祠石室亦刻梁節姑姊、京師節女諸象。漢史載金日磾母圖像甘泉宫，則圖像自漢有之，與禮家愛存慤著之義固相脗合。明初錫山華氏《春草》、《貞節》兩卷，皆名流翰墨，朱性甫《鐵網珊瑚》具録其文。廷檮之行誼，視華氏有過之；而卷中詞翰，亦不減前哲。後有續性甫之書者，亦將有取於斯矣夫。

潛研堂序跋補遺卷一

廿二史札記序

甌北先生早登館閣，出入承明，碩學淹貫，通達古今，當時咸以公輔期之。既而出守粤徼，分臯黔南，從軍瘴癘之鄉，布化苗、瑶之域，盤根錯節，游刃有餘。中年以後，循陔歸養，引疾辭榮，優游山水間，以著書自樂。所撰《甌北詩集》、《陔餘叢考》，久已傳播士林，紙貴都市矣。今春訪予吳門，復出近刻《廿二史札記》三十有六卷見示。讀之竊嘆其記誦之博、義例之精、論議之和平、識見之宏遠，洵儒者有體有用之學，可坐而言、可起而行者也。乃讀其自序，有質鈍不能研經，唯諸史事顯而義淺，爰取爲日課之語，其撝謙自下如此。雖然，經與史豈有二學哉。昔宣尼贊修六經，而《尚書》、《春秋》實爲史家之權輿。漢世劉向父子校理祕文爲六略，而《世本》、《楚漢春秋》、《太史公書》、《漢著紀》列於春秋家，《高祖傳》、《孝文傳》列於儒家，初無經史之別。厥後蘭臺、東觀，作者益繁，李充、荀勖等創立四部，而經史始分，然不聞陋史而榮經也。自王安石以猖狂詭誕之學要君竊位，自造《三經新義》，驅海内而誦習之，甚至詆《春秋》爲斷爛朝報。章、蔡用事，祖述荆舒，屏棄《通鑒》爲元祐學術，而十七史皆束之高閣矣。嗣是道學諸儒，講求心性，懼門弟子之泛濫無所歸也，則有訶讀史爲玩物喪志者，又有謂讀史令人心粗者。此特有爲言之，而空疏淺薄者托以藉口，由是説經者日多，治史者日少。彼之言曰，經精而史粗也，經正而史雜也。予謂經以明倫，虛靈玄妙之論，似精實非精也；經以致用，迂闊刻深之談，似正實非正也。太史公尊孔子爲《世家》，謂「載籍極博，必考信於六藝」。班氏《古今人表》尊孔、孟而降老、莊。皆卓然有功於聖學，故其文與六經并傳而不愧。若元、明言經者，非勦襲稗販，則師心妄作，即幸而廁名甲部，亦徒供後人覆瓿而已，奚足尚哉！先生上下數千年，安危治忽之幾，燭照數計，而持論斟酌時勢，不蹈襲前人，亦不有心立異，於諸史審訂曲直，不掩其失，而亦樂道其長，視鄭漁仲、胡明仲專以詬駡炫世者，心地且遠過之。又謂稗乘脞説間與正史歧互者，本史官棄而不采，今或據以駁正史，恐爲有識所譏。此論古特識，顔師古以後未有能見及此者矣。予生平嗜好與先生同，又少於先生二歲，而衰病久輟鉛槧，索然意盡，讀先生書，或冀涊然汗出而霍然病已也乎！

嘉慶五年歲次庚申六月十日嘉定錢大昕序。

録自王樹民《廿二史札記校證》附録二

元史本證序

讀經易，讀史難。讀史而談褒貶易，讀史而證同異難。證同異於漢、魏之史易，證同異於後代之史難。昔温公《資治通鑑》成，惟王勝之借讀一過，他人閲兩三紙輒欠伸思卧。況宋、元之史文字繁多，雖頒在學官，大率束之高閣。文多則檢閲難周，又鮮同志相與商榷者，則鑽研無自。即有譔述，世復不好，甚或笑其徒費日力。史學之不講久矣。僕少時有志於此，晨夕擕一編，隨手紀録，於《元史》得考異十五卷，自愧搜索未備，今老病健忘，舊學都廢。頃汪君龍莊以所著《元史本證》若干卷寄示，竊喜天壤間尚有同好。而龍莊好學深思，沿波討源，用力之勤，勝於予數倍也。本證之名，昉於陳季立《詩古音》，然吴廷珍《新唐書糾謬》已開其例矣。歐、宋負一代勝名，自謂事增文簡，既精且博。廷珍特取紀志表傳之文，彼此互勘，而罅漏已不能掩。若明初史臣，既無歐、宋之才，而迫於時日，潦草塞責，兼以國語繙譯，尤非南士所解。或一人而分兩傳，或兩人而合一篇，前後倒置，黑白混淆，謬妄相沿，更僕難數。而四百年來，未有著書以窺其過者，詎非藝林之闕事歟！廷珍求入史局弗得，年少負氣，有意吹求，其所指摘，往往不中要害。龍莊則平心静氣，無適無莫，所立證誤、證遺、證名三類，皆自攄心得，實事求是，不欲馳騁筆墨，蹈前人輕薄褊躁之弊，此所以有大醇而無小疵也。考史之家，每好收録傳記、小説，矜衒奥博，然群言殺亂，可信者十不二三。就令采擇允當，而文士護前，或轉謂正史有據。兹專以本史參證，不更旁引，則以子之矛刺子之盾，雖好爲議論者，亦無所置其喙。懸諸國門，以待後學。不特讀《元史》者奉爲指南，即二十三史，皆可推類以求之。視區區評論書法，任意褒貶，自詭於《春秋》之意者，所得果孰多哉！

嘉慶七月歲次壬戌四月辛丑，嘉定錢大昕書。

録自光緒十七年會稽徐氏重刊《元史本證》

黃忠節公年譜序

古人稱三不朽，始于立德，終于立言，吾鄉黃忠節公則兼而有之。公自束髮受書，即以聖賢爲必可學，一言一行，晨夕點檢，務求不愧衾影，以與聖賢相印證。當時主持文社號稱宗匠者，競招致之，公夷然不屑也。鼎革後貽書友人，欲遯迹以前進士終老。未幾有守城之役，乃引「謀人軍師，敗則死之」之義，從容畢命。蓋斟酌于平日，非感激于一時，此道義之勇所由，異於豪俠之勇也。公之德與言，海内師之，非一鄉得而私之。而生平行事，則惟鄉人見聞最真。顧百五十年來，未有譜其事狀者，豈非吾輩之責乎！今春安亭陳君以誦，以所撰次公年譜出示，考核精審，繁簡得中。公家方泰里，與安亭最近，而以誦孜孜搜訪，博收而約取之，故信而有徵如此。又倡義欲復公墓田之侵於他姓者，事雖未果，然公之精爽未沫，當必默相其成，是可操左券以待耳。因牽連書之，冀當事者留意焉。

録自王昶編《湖海文傳》卷二七

續外岡志序

古者入里必式，維桑與梓，必恭敬止，詩人所以廣孝也。十室之邑，必有忠信，先聖所以勸學也。《周禮》五比爲閭，止二十五家耳，而閭胥書其敬敏任恤；五族爲黨，止五百家耳，而黨正書其德行道藝。此所以野處而不匿其秀也。至于川原物産，亦惟居其鄉者目驗而知之，故志無大小之分，要于可信而已，信于今未有不傳于後者。予嘗讀常棠《澉川志》，竊嘆澉川，海鹽之一鎮耳，而未嘗不與樂史之《寰宇記》、王存之《九域志》、歐陽忞之《輿地廣記》并傳。然則著書之君子當務爲其可信、可傳，固無事馳騁域外，轉致窮大，而失其居矣。吾弟敬亭，力學砥行，矯矯不徇乎俗，獨喜訪求鄉黨舊聞與前輩嘉言懿行，手自編録，既詳且備。又以殷莘叟《外岡志》撰于明季，閱今百三十年，未有繼者，乃依其門類次第增補，於是一偏之文獻，粲然大備，與瀓川書幾於異曲同工也已。予家望仙橋，距外岡僅五六里，總角之歲，讀書春及堂東偏，與敬亭晨夕聚首。回憶其時衣冠樸素，風俗淳厚，猶見老成典刑。今老矣，生齒日繁，蓋藏日少，俗尚亦日趨于華僞。讀敬亭勸戒之言，實獲我心。更望吾鄉人士，家置一編，以當木鐸之徇，庶幾德行、道藝、敬敏、任恤之不絶書乎！

録自王昶編《湖海文傳》卷二七

小知録序

予少好記誦之學，友朋恒以入海算沙相誚。予應之曰：宣尼言博弈猶賢乎已。我所好猶博弈耳，未必有益于己，亦尚無損于人，以當博弈可矣。或又謂多記損神，不若博弈可以遣悶。則又應之曰：博弈必較勝負，喜勝而惡負，情也；負多而勝少，終日在不如意中，適足以益悶耳。且吾未見王抗、袁彦道之徒之善養生也。方是時，意氣壯盛，日讀百篇，猶以爲未足；談義雖多，未暇編録。荏苒數十年，老將至而耄及，欲疏所得以質通人，而惛眩健忘，什不記一。日薄西山，悔其晚矣。先聖之教曰：多見而識之，知之次也。知有大小之殊，而非古不道，終與不知而作者殊科。古人一物不知，以爲深耻。絳老甲子，則史趙能言之，毘騫長頸，則劉杳能記之，皆著諸經史，傳爲美談。否則撐犂之靡識，杕杖之不分，雖聲望赫然，徒增人齒冷而已。吴門陸子丹扆，嗜古勤學，於《三倉》、二酉、九流、百氏之書，莫不游其堂奥而咀其菁華，晨夕鈔撮，標新領異，積有歲年，彙成一編，出以示予。嘉其汲古之癖，與予臭味相似，而著述在盛年，排纂有法，證據該洽，此書出，將見有奉爲枕中秘者。惜予衰病廢學，不能相於商権，益我所不逮也。

嘉慶甲子七月朔，竹汀居士錢大昕書。

録自陸鳳藻《小知録》

谿南唱和集序

元、白《長慶》，皮、陸《松陵》，更唱迭和，與古爲用。不以綺靡自憙，不以奔放相矜，斯大雅之正宗，將與弇山、梅村而代興者也。己未相月，竹汀居士書。時年七十有二。

録自南京圖書館藏本

跋司馬温公集注太玄

温公《集注太玄》六卷，見於《宋·藝文志》，而世罕傳本。至許菘老之《玄解》，則《宋志》無之，唯《直齋》所録與此本正同。菘老本續温公而作，而卷第相承，蓋用韓康伯注《易》之例。《太玄曆》不著撰人，許氏云出温公手録，則温公以前已有之。其以六十卦配節氣，不及坎、離、震、兑者，京氏六日七分法，四正爲方伯，不在直日之例也。此本字畫古樸，又多避宋諱缺筆，相傳爲南宋人所鈔。明中葉唐子畏及吾家孔周先後藏弆，一時名士多有題識，好事者詫爲枕中之秘。去冬雲濤舍人始購得之，招余審定，嘆其絶佳。越明春，借讀畢因題。時癸丑二月廿七日，錢大昕。

録自瞿良士輯《鐵琴銅劍樓藏書題跋集録》卷三

跋五代會要

梁末帝、後唐莊宗使相内俱有朱文課一人，「文課」乃「友謙」之訛。莊宗使相内又有韓林，「林」乃「洙」之訛。錢大昕校。

明宗使相三十八人，今缺一人，蓋脱王晏球一人。

此處有脱簡，錯入第十一葉内，今考正如下：第十一葉「其年十二月敕」云云，至第十二葉第一行「如非嫡」止，當在此葉第一行「及正室」句之上。第十一葉第一行「即是父殁母存即」，此下「即」接第十二葉第一行「叙封進封」云云。借人書籍，不但不損污，并能爲人訂正訛舛，弟近日頗能行之，此亦足代一瓻乎！大昕戲題。

録自黄丕烈《士禮居藏書題跋記》卷二

跋雲間志

此書成于紹熙四年，而知縣、進士題名續自淳祐、寶祐而止。卷末數頁載樓大防、魏華父諸公記，亦後人續入也。宋時華亭縣兼有今松江全郡之地。此志體例亦繁簡得中，而近代藏書家罕有著録者。予始從王鶴谿借鈔得之，并寫一本以遺王蘭泉云。丙申春，竹汀居士錢大昕記。

録自清刻本《紹熙雲間志》

跋輿地碑記目

王象之《輿地碑記目》四卷，乾隆戊子借鈔於南濠朱文游氏。鈔畢粗讀一過，中多訛字，由轉寫失真所致。惜無宋槧本校正，僅以意更定百十處而已。錢大昕書。

録自傅增湘《藏園群書經眼録》卷六

跋衛生家寶産科備要

嘉定錢大昕觀。時年七十有四。

録自瞿良士輯《鐵琴銅劍樓藏書題跋集録》卷三

跋不得已

向聞吾友戴東原説，歐邏巴人以重價購此書，即焚毁之，欲滅其迹也。今始于吴門黄氏學耕堂見之。楊君于步算非專家，又無有力助之者，故終爲彼所詘。然其詆耶蘇教，禁人傳習，不可謂無功于名教者矣。己未十月十九日，竹汀居士錢大昕題。時年七十二。

録自黄丕烈《士禮居藏書題跋記》卷二

跋千家注批點杜工部詩集

瞿婿鏡濤好讀書，所聚復多善本。乾隆乙卯五月十八日，予過其書齋，出《集千家注杜工部詩》及《分類補注李青蓮詩》見示。予審視之，皆元時刊本。李詩雖不及杜集楮墨之精，然李、杜齊名，而書皆舊槧，版式相似，延平劍合，洵非偶然，因喜而識之。竹汀居士錢大昕。

録自傅增湘《藏園群書經眼録》卷一二

跋温國文正司馬公文集

宋王深寧撰《困學紀聞》，載《温公集》多與此合。嘉慶己未十月五日庚寅竹汀居士錢大昕假觀。時年七十有二。

録自黃丕烈《士禮居藏書題跋記》卷五

跋重校鶴山先生大全文集

庚申春季，昭文同年張子和來郡，談及有舊本殘零之《魏鶴山集》，余屬其攜來。越日書至，則錫山安國重刊本也。自九十八以至一百九，與宋刻存卷并同，則可知明時所存已不全矣。而短一百二卷，内未有缺，今觀安刻，亦復如是，當非殘缺。一百九卷，安刻有首葉及後葉，四字俱存，因影摹存覽。後跋「提點刑獄公」已下無文，安刻正同。惟吳潛後序完善，宋刻失。然尾葉餘紙爲後人補綴於前半葉下者，尚留「端平」云云字迹，可知宋刻本有，向失之矣。今悉影摹，附諸卷末云。庚申四月十九日，錢大昕假讀，閏月廿日讀畢。時年七十有三。

錄自北京圖書館藏本

又

「自成都僉判往眉州主文，鶴山年二十四」。案：文靖生于淳熙戊戌，嘉定元年登第，年卅一。次年除僉判，其主文當是三十四歲，非廿四也。大昕校。

錄自潘宗周編《寶禮堂宋本書録》集部

又

據此跋，知舊有姑蘇、温溪兩本，皆止百卷，至是，始以《周禮折衷》、《師友雅言》并它文增入，爲百有十卷，故有「重校大全文集」之稱。其中有合兩卷連爲一卷者，亦不無魯魚亥豕之訛。然世間止此一本，可寶也。大昕記。

錄自同右書集部

跋揭文安公文粹集

嘉慶壬戌九月，竹汀居士錢大昕向士禮居主人借讀傳鈔一部，十一月竣事，還瓻并識。

錄自繆荃孫《藝風藏書記》卷七

跋道園學古録

劉伯温者名沙剌班，由宿衛起家，歷監察御史、江浙行省左右司郎中、江西肅政廉訪使。嘗與克莊同修《遼》、《金》、《宋》三史，兩公皆河西人，當時所稱唐兀氏也。青田劉文成公以元統元年癸酉登第，與克莊同時，恐不知者以爲即文成矣。

録自傅增湘《藏園群書經眼録》卷一五

跋黄文獻公集

黄文獻公《日損齋稿》三十三卷，今傳於世者，仙居張儉存禮所删僅十卷。文獻久在翰林，領大製作，其文春容和雅，危太樸比之澄湖不波、一碧萬頃。而所叙事間可裨史家之闕，足與虞文靖公方駕。惜其集經後人妄删，未得見真面目爾。《筆記》本别爲一卷，今附于第七卷，亦經存禮所删，非全本矣。公之神道碑、請謚文移、謚議當在全集之後，今亦附于第七卷末，尤可笑也。

録自《宫詹公題跋》

跋韓仁銘

仁自聞憙遷槐里令，除書未到而卒，司隸校尉愍其拉命，下河南尹遣吏祠以少牢，豎石以旌其美，于此見善政之效。而校尉風動，良吏之意，亦可尚矣。

録自王敏輯注《北京圖書館藏善拓題跋輯録》善拓二三三號

跋高陽王康穆王志

北齊《高陽康穆王墓志》，金石家皆未著録，以正史證之，大略多合。王薨之月日，據《齊書・廢帝紀》在正月癸亥，而石刻乃是二月六日，當從石刻爲正。王字須達，贈都督冀、定等十州諸軍事、冀州刺史，皆史所不載。「湜」作「湜」，乃魏齊間俗字。「勃海」字作「郣」，合於《説文》。《漢書》、《三國志》「脩」「循」二字往往通用，此刻亦稱「楊脩」爲「楊循」。己酉四月，嘉定錢大昕書。

録自王敏輯注《北京圖書館藏善拓題跋輯録》善拓四七號

跋李玄靖碑一

魯公書《玄靖先生碑》，與《殷君夫人》及《家廟碑》同一筆意，皆晚年書之最善者。世人愛《千福寺碑》，不惜多金購之，此季咸所見善者機爾。碑石已糜碎，此拓較完本僅少二百許字，江左收藏家如此者，吾見亦罕矣。竹汀居士錢大昕書。

跋李玄靖碑二

前歲見汪稼門方伯所藏南宋拓本，文字完好，惜中間損失數十字。此本雖已斷，而汪本所損失之字卻無恙。取以校補，可以完璧，亦佳話也。此册向藏白門龔氏，今歸吴郡袁氏。丁巳閏下，大昕再題。

録自王敏輯注《北京圖書館藏善拓題跋輯録》善拓一〇七號

跋張嗣碑

金紫光禄大夫張嗣，以儒學顯隋、唐間。太宗微時，嘗從受《左氏傳》。其卒也，陪葬昭陵，贈官予謚，可謂極儒臣之殊遇矣。新舊《史》俱稱張後嗣，碑惟云張嗣。殆字後嗣，而以字行乎？碑云「豐王府文學」，而史不書，蓋史家之漏。《舊史》云「贈禮部侍郎」，《新史》作「禮部尚書」，碑額亦云「故禮部尚書」，與《新史》合。

録自《宫詹公題跋》

跋後梁昭義軍節度葛從周碑

梁昭義軍節度、澤潞等州觀察處置等使、開府儀同三司、檢校太師兼侍中、守潞州大都督府長史葛從周神道碑，貞明二年十月建。從周，歐《史》有傳。其檢校太師兼侍中，則史未之載。昭義者，潞州軍號也。唐季潞州爲河東所有，不在朱梁管内。從周以疾致仕，遥授節度，令食其俸於家，非真節度也。宋世節鎮在家支俸之例，實昉于此。周德威小字陽五，此碑作「揚五」。文云歸葬于偃師縣亳邑鄉。黄叔璥《中州金石考》所載偃師碑甚夥，而獨遺此，何耶？

録自《宫詹公題跋》

跋宋拓顔魯公書多寶塔感應碑

己酉三月十日，觀察稼門先生招觀此本，神氣完足，精彩飛動，信爲宋拓善本。前輩周漁璜、王虚舟精於賞鑒，圖識宛然。流轉燕、晋，更閱數主，而復遇知音，洵非偶也。錢大昕題。

録自中國展望出版社《中國歷代書法家名人墨迹》

跋張爾岐書

歷城張蒿庵先生精於禮學，亭林《廣師篇》所謂「獨精三禮，卓然經師，吾不如張稷若」者也。此札亭林客泲南時所寄。錢大昕。

録自吴修編《昭代名人尺牘》第二

跋重校容齋隨筆

宋洪氏《容齋隨筆》、《續筆》、《三筆》、《四筆》各十六卷，皆有自序。《五筆》十卷，無序。嘉定壬申，從孫伋刻於章貢，有何異及邱𣚴前後兩序。又十年，刻於建寧，伋自爲跋。三刻於紹定元年，有臨川周謹跋。此本惟存何異一序。别有明弘治八年會通館活字印本，序跋俱完，而正文皆作夾注，不如馬本之精。

《光緒嘉定縣志》附《補遺》

潛研堂序跋補遺卷二

明景泰刊本道園學古録題記

嘉慶戊午七月廿日嘉定錢大昕借讀畢，時年七十有一。

毛氏汲古閣抄本句曲外史詩集題記

嘉慶壬戌八月中秋後十日，竹汀居士錢大昕向士禮居借讀。此元人集之僅存者，宜珍護之。

錢枚手抄本吴都文粹題記

乾隆辛亥年七月，錢大昕借讀一過。

舊鈔本秇林咀華題記

嘉慶九年□月，錢大昕讀竟。

宋館閣寫本宋太宗皇帝實録跋

《宋太宗實録》本八十卷，今僅存十二卷。每卷後有書寫人及初對、覆對姓名。字畫精妙，紙墨亦古。遇宋諱皆缺筆，即慎、惇、廓、筠諸字亦然，決爲南宋館閣鈔本。以避諱證之，當在理宗朝也。前朝實録，唯唐順宗一代附昌黎集以傳，宋元絶無存者。蓋正史修於易姓之後，汗青甫畢，實録遂成廢紙，尠有過而問焉者矣。頃蕘圃孝廉出此見示，雖寸縑斷璧，猶是五百年前舊物，銘心絶品正不在多許耳。丙辰臘月十二日，竹汀居士錢大昕書於吴門寓館。

宋刊本新定續志跋

此志刱于董棻，本題《嚴州圖經》，陳公亮重修亦仍其舊。而《直齋書録》、馬氏《文獻通考》皆作《新定志》，即《志》所載書籍，亦但有《新定志》，初無「圖經」之目。蓋宋人州志多以郡名標題，不妨一書兼有二名。此所續者，即董、陳兩家之志耳。《志》成于錢可則涖郡之日，當在景定間。而卷首載咸淳元年升建德府省劄，其知州題名，可則後續列郭自中等八人，此後來次第增入，宋時志乘大率如此。庚申中伏，大昕書於紫陽寓館。

此書當刻於咸淳七八間，蕘圃定爲宋槧自無可疑。咸淳終於十年，又二載而畺域全入於元矣。轉瞬之間便隔兩朝，何怪乎版式之相類耶！大昕又記。

龔氏玉玲瓏閣鈔本皇朝太平治迹統類跋

《宋史·藝文志》彭百川《治迹統類》四十卷，《中興治迹統類》三十卷，與陳、趙二氏所言卷數小異。今《中興》書久不傳，無從談其然否，即此編亦未□卷第，文義多不相屬。秀水朱氏於此□病其難讀，蓋世所傳本大略相似耳。壬子長夏，假吴門袁又愷所，讀畢漫記。竹汀居士錢大昕。

以上七則録自臺北「央圖」《善本題跋真迹》

舊鈔本博物要覽題記

壬戌仲秋十日，竹汀居士假讀一過。此書傳本頗稀，足資考證。

録自臺北「央圖」《善本書志初稿》

明張習鈔本東原集題記

嘉慶壬戌十月，竹汀居士從士禮居借讀。

録自《四庫存目標注》卷五十二

竹汀先生日記鈔

竹汀先生日記鈔卷一

清　錢大昕著　弟子何元錫編次

所見古書

題《釋名》後。據陳壽《吴志》，知其避地交州，不當目爲魏初人。

宋生仁果，以元板《玉海》出示。卷首有筠溪老人手題，後有「范青之印」圖章，當是松江人。中有正德元年、二年補刊之葉，蓋明正德間印本，然亦難得矣。

或問：「古學以何爲難？」曰：「不誤。」又問，曰：「不漏。」此語見《潛邱劄記》。然不誤亦談何容易！即以地理言之，枚乘觀濤曲江，百詩不從《南齊書·州郡志》、山謙之《南徐州記》，而主浙江，猶可也，乃謂其時會稽郡併入江都國，本欲云江都之曲江，以二「江」字相犯，易爲廣陵。豈非武斷之甚乎！且攷其時，會稽初不屬江都，非誤而何？謂湖廣之名起於元，本宋荆湖北路、荆湖南路。止當沿其故稱，以「廣」字涉虚也。攷元立湖廣行省，實兼宋之荆湖南北、廣南東西四路，「廣」字本非無著。明時廣東、西別爲省，則不必更沿「廣」字，而百詩亦不能别白言之，非漏而何？惜不能起百詩質之。

讀《東都事略·宋祁傳》，攷其年月，知《唐書》於慶曆中當是四年。開局，至嘉祐五年書成，恰十七年。

歐公在局不及七年，故不欲專其名。西莊謂歐、宋修史不同時者，誤也。

盧熊《蘇州府志》五十卷，洪武十二年刊本，前有宋濂序。熊，字公武，作志時方爲吳縣教諭，以薦由工部照磨爲中書舍人。前有圖一卷。其書詳贍有法。因悟《續漢郡國志》，吳郡「安縣」即「婁縣」之譌，後人失於校改，又增「婁」字於諸縣之末，其誤自宋本已然。

沈炳震，歸安人，乾隆丙辰薦舉鴻博不第，未幾卒。錢文端公督學順天，嘗以其所著《新舊唐書合鈔》二百六十卷進御。其後武英殿校刊二史，頗采其說入攷證，亦有隱其名者。沈書以舊史爲主，而新史之互異者分注其下。新史所增之傳，則以類添入。間有攷證，亦在注中。

文翔鳳《西極篇》十六卷，詞意艱晦。蓋拾《太玄》、《潛虚》之糟粕，而揚《皇極經世》之波瀾者也。自題《太微經》，亦可笑。

盧抱經以校定熊方《後漢書年表》樣本見示。聞鮑以文已刊入叢書矣。其中如光禄勳鄧淵、廷尉宣璠、少府田邠見殺事，在興平二年，而誤列于元年。又脱去光禄勳士孫瑞、大長秋苗祀，皆不可不補正。

讀《鉅鹿東觀集》十卷鈔本，魏野撰。前有天聖元年樞密直學士知益州薛田序。本名《草堂集》，薛易其名，以身後贈祕書省著作郎故也。

借讀陳季立第。《毛詩古音攷》四卷、《屈宋古音義》三卷，顧亭林言古音，實本於此。其讀「化」爲「嬉」、「爲」爲「怡」，則不如顧之得其正也。《招魂》「砥室翠翹，挂曲瓊些」，本與上「寒」、「湲」、「蘭」、「筵」

韻，古文瓊、璚本是一字也。今改作「強」，與下文「光」、「張」韻，則非其類矣。此沿吳才老之誤而不攷《說文》故也。

答談階平札，言《攷異》中解秦三十六郡，據《漢志》正文，非以解《史記》，即《始皇紀》「廿六年，分天下爲三十六郡」。分郡既不於是年始，豈必於是年止？史家省文，總敘於混一之年，亦無足怪。姚姬傳疑孟堅《志》有未備，恐未必然。《晉志》始有四十郡之説。其述三十六郡用裴駰説。與孟堅不合。

黄蕘圃以江少虞《事實類苑》送閲。據《宋志》，是書兩見于故事、類事門，俱云廿六卷。此本有小序，云「始于祖宗聖訓，終于風土雜志，總六十三卷」，與《宋志》不合。而書亦殘闕，其存者：卷一至卷五，祖宗聖訓。卷十五，顧問奏對。卷十六，忠言讜論。卷十八至二十五，典禮音律三，官政治績三，衣冠盛事一，官職儀制一。卷三十、卷三十一，詞翰書籍。卷三十九至四十一，詩歌賦詠二，文章四六一。卷四十五至四十七，仙釋僧道二，休祥夢兆一。卷五十五至六十三。忠孝節義二，將帥才略二，知人薦舉一，廣知廣識二，風俗雜誌一。少虞自序云「二十四門」，今數之止十有七。即此十七門，亦未必全也。又柳開《河東先生集》十五卷附録一卷，門人張景編。咸平三年景序，鈔本。序後有小字一行，云「胥山蠶妾沈彩書」。又李存《俟庵先生集》三十卷，亦鈔本，與予所見大興朱氏家鈔本同。又李士瞻《經濟文集》四卷，予向所未見。據天順三年永新劉儁序，似與其子繼本《一山文集》合刻。繼本，至正丁酉進士，翰林檢討，今其集不可得見矣。

嘉興沙溪以《靈臺祕苑》十五卷求售，似是贋本。《靈臺祕苑》，後周庚季才撰。此卷首有編修官于大吉等、看詳官王安禮、歐陽發名，而不言季才撰。第一卷即用丹元子《步天歌》。丹元子，係唐人，其非季才書明矣。

讀晦之《廣疋疏義·釋詁篇》，未詳「亦咲反」三字。因悟此三字當是曹憲音，後人羼入正文。「咲」當作「妖」，「亦妖」正切「摇」字。《方言》：「愮、療，治也。」去此三字，則摇、療連文矣。張稚讓元本亦必有「愮」字。若「摇」，乃常用字，不須下音。《釋訓》「汎汎」下有「踦踦」字，亦是以音羼入正文，與此正同。

晤黄蕘圃，見其所得《三曆撮要》一卷，不著撰人，亦有年月。卷中引沈存中《筆談》，當是南宋人作也。其所引有《萬通》、《百忌》諸曆，名目甚多，皆選擇所用，未審三者何所指也。又《新校地理新書》十五卷，金明昌壬子古戴張謙校刊，有序。前有大定閼逢執徐歲平陽畢履道序。考《宋志》，王洙《地理新書》本三十卷，經畢、張二家重校，必多芟落。每條之後，間附謙說，大約非皇祐之舊矣。

黄蕘圃過談，言《史記》有宋乾道蔡夢弼本及耿氏本。

黄蕘圃出示《政和五禮新儀》、《大金集禮》、段昌武《毛詩集解》、前有淳祐八年國子監公據本三十卷，缺後三卷及《衛風》。《孔叢子》宋咸注七卷、有咸自序及《進表》，時官廣西路轉運使。《大唐西域記》、辯機撰，玄奘譯。鄭世子《瑟譜》，皆商丘宋蘭揮家所藏也。

《通鑑綱目大全》五十九卷，序文後有小榜云「楊氏清江書堂新刊」。合尹起莘《發明》、自題「遂昌柘溪布衣序」，無年月。劉友益《書法》、字益友，廬陵人，有《凡例》。天曆二年揭傒斯序。王幼學《集覽》、字行卿，望江人。泰定元年。汪克寬

《考異》、至正三年自序，有《凡例》。徐昭文《考證》上虞人，至正己亥自序。五書刻之。前有朱文公自序、《凡例》，與趙師淵《論綱目》手書。凡八則。嘉定己卯十月李方子後序，咸淳乙丑金華王栢後序。李果齋刻此書，未有《凡例》。王魯齋始訪於趙氏，趙與戀録以校之，乃刻於金華。文天祐復刻之宣城。元至正初，汪克寬得倪士毅本，復刻於新安，并摭刊本《綱目》與《凡例》相戾者二十二事。黃蕘圃來，以唐秘書省正字徐夤《釣磯文集》見借。夤，字昭夢，莆田人，乾寧初進士，釋褐秘書省正字。據其族孫師仁序云，家故有賦五卷、《探龍集》五卷。又於蔡君謨家得《雅道機要》，又訪得詩二百五十餘首，以類相從，爲八卷，并藏焉。今本僅十卷，則裔孫玩所編次。賦、詩各五卷，而賦又缺其一，云是錢氏也是園鈔本。

海寧吳槎客，以元中統二年刻《史記》索隱本見示。首有校理董浦序，云「平陽道僉幕段君子成募工刊行」者也。又不全宋板《漢書》大字本，釐十四卷，前題「漢護軍班固撰，唐正議大夫行祕書少監琅邪縣開國子顏師古集注」，與今本異。每卷之後記正文若干、注文若干，真宋本之最佳者。黃蕘圃有南宋蔡夢弼本，亦與中統本同，有《集解》、《索隱》而無《正義》。〇《漢書》大名在下，卷首書《文三王傳》，而篇中又別題《梁孝王傳》、《梁懷王傳》，與今本異式。

晤黃蕘圃，見宋淳熙三年撫州公使庫本《禮記音義》，又惠松崖《山海經補注》一本。

與翁覃溪札，有辨胡方平《周易啓蒙通釋》。竹垞誤以朱文公序爲方平自序。

讀段若膺《說文解字讀》第一本。其用心極勤，然亦有自信太過者。如：艸部刪去芊字，併「莛」與「芊」爲一。𦺇字；「𦺇」訓毒艸，「蓩」訓卷耳。今卻以毒艸屬「蓩」而刪「𦺇」。又疑示部之「禫」、艸部之「藷」爲後人增入；又謂上諱不當有篆文，皆未可信。

陳雲濤舍人招同汪竹香、張秋濤，觀宋鈔司馬温公集注楊子《太玄》，凡六卷。後四卷則襄陵許翰解。擬韓康伯注《繫詞》之例，合爲十卷。明時爲唐子畏所藏，後歸錢同愛。温公所集宋衷、陸績、范望、宋惟澣、陳漸、吳祕諸家。《宋志》有温公集注《太玄經》六卷，而許翰《玄解》四卷不載。惟《直齋》所載與此本同。

鏡濤以明萬曆八年《大統曆》殘本出示。其與今本異者，每月交中氣後，又數日而日躔某次。少或六日，多則十一日。稱一日、二日、三日，而無「初」字。建除十二辰在二十八宿之上。書上下弦望，而不書合朔，亦不注時刻。節氣有時刻而無分。又，月内有盈虚日。

晤袁又愷。借得李仁甫《續通鑑長編》第一函，即《永樂大典》内鈔出之本也。起建隆至元符三年正月。其中尚缺治平四年四月至熙寧三年三月，又自元祐八年七月至紹聖四年三月。若徽、欽兩朝，則《永樂大典》亦無之也。其分卷五百二十，則館臣以意分析，非李氏之舊矣。

《葉文莊公集》三十卷，《水東稿》八，《開封紀行稿》五，《菉竹堂稿》八，《涇東小稿》八，《和山東名勝詩》一。六世孫九淵所刊。《明藝文志》惟載《文稿》二卷、《詩》一卷。府志亦載《水東文稿》二卷、《詩稿》二卷、《菉竹堂小稿》一卷。俱不如此本之備。文莊又有《奏草》三十卷，見於《明志》，府志作《奏議》。則予未之見也。

得抱經札。言魏未禪而書晉一條，殊有別解。

借嚴豹人鈔本《龍龕手鑑》四卷。以平、上、去、入爲次，每部又以四聲爲次，遼沙門行均字廣濟集。有統和十五年燕京憫忠寺沙門智光序，即宋至道三年也。

張沖之來談。借得《咸淳臨安志》十六本，乃從盧學士校本借鈔者。元目百卷。缺六十四、九十、九十八、九十九、一百。其六十五、六十六兩卷，盧氏得宋本補入。〇竹垞云：「予從海鹽胡氏、常熟毛氏，先後得宋槧本八十卷，又借鈔一十三卷。其七卷終缺焉。」

晤袁又愷、臧在東，見宋板《爾雅疏》。有正文而無注疏，皆大字。引《韓詩》「箌彼圃田」。每葉三十行，行三十字。《公羊傳》「靈公有善狗」，作「害狗」。又翻刻朱文公《周易本義》十二卷，前有《易圖》，卷末附《筮儀》、《五贊》，咸淳乙丑九江吳革刊本。其《雜卦傳》「遘遇也」，不作「垢」，與唐石經、岳倦翁本同，可證文公本猶未誤也。向讀「咸，速也；恆，久也」，注惟「咸速恆久」四字，甚疑之。讀此本，乃是「感速常久」，乃悟俗本之誤。

讀元板《遼史》不全本，卷首有至正三年三月十四日、三月廿八日聖旨兩道，爲監本所無。其一云「篤憐帖木兒怯薛第三日」，其一云「別兒怯不花怯薛第二日」。

讀《分類補注李太白詩》廿五卷，春陵楊齊賢子見集注，章貢蕭士贇粹可補注。《集千家注批點杜工部詩》廿卷，須溪先生劉會孟評點。俱無刊刻年月。

顧安道過談，送龔璛《存悔齋詩》一本。又借得淳熙耿氏刊《史記》本，有集解與索隱，而無正義。每葉廿四行，行廿五字。前有淳熙辛丑耿秉序，後有廣漢張杅跋。即介仲。板心稱前跋，當有後跋，而今失之矣。

至圓妙觀閱《道藏》，晤袁月渚、沈肇新兩道士。此藏乃萬曆戊戌年刷印頒行本也。《山海經》郭氏《圖讚》係於每篇之後，此它本所無。

觀宋刻《玉臺新詠》小字本，嘉定乙亥永嘉陳玉父刻，甚工。每頁三十行，每行三十字。唯《焦仲卿詩》「新婦初來時，小姑如我長」中脱二句。又，「曙」字不缺筆。

讀婁機《班馬字類》。宋刻有兩本，肅「昚」字，一本但大書御名，一本缺末筆。

黄蕘圃示宋刻《後漢書》。第一本目録後題「建安劉元起刊於家塾之敬室」。每葉二十行，行十八字。注中附劉攽攷證，與監本同，但有紀傳而無志耳。

答黄蕘圃。又見其所藏宋刻《周益公集》不全本，《李梁溪集》亦不全。借《唐大詔令》八本。凡百三十卷，缺十四至二十四、八十七至九十八，計缺二十三卷。

與江叔澐札，論《易漢學》中譌舛數事。《南史》虞履占遇坤一節，援引不全，且有衍文。木利在亥，水利在亥，當作「刑」。引《晉書》「加大餘」誤作「如」、「求次卦」誤作「坎」、「中備」誤作「辨終備」、「六五」譌作「立五」。

讀《韓子》明趙用賢刊本。云「舊亡《和氏》、《姦劫》、《説林》，凡三篇，今悉補次」。趙嘗見元何犿本，序云「舊有李瓚注，鄙陋無取，盡爲削去」。因宋本具列，仍存之。

黄蕘圃齋中見宋刻《舊唐書》不全本，每卷後有「右文林郎充兩浙東路提舉常平司幹辦公事某校勘」字。卷首朱印「紹興府鎮越堂官書」八字。每葉二十八行，與聞人本同，蓋即從此本翻刻也。又《豫章先生集》卷一至十九，即山房李彤、洛陽朱敦儒編校之前集也。

閲談階平《讀論語》一篇，云：《釋文》「屢空，力從反」，似「空」有「龍」音。予檢《詩釋文》「屢盟」、「削屢」、「婁豐」三條，皆音「力住反」。乃知「力從」爲「力住」之譌。陸氏爲「屢」音，非爲「空」音也。此條當寫以報盧學士。

借黄蕘圃所藏元刻《金華黄先生溍文集》不全本，自卷一至卷十三、卷二十二至卷三十一、初稿三、續稿二十八。臨川危素編次，番陽劉耳校正。有至正十五年貢師泰序，云「初稿三卷，則未第時作，臨川危素所編次。續稿二十八兩字書估挖改。卷，則皆登第後作，門人王生、宋生所編次也」。作序時，晉卿年七十九，尚無恙。

借王氏宋板《説文》小字本。每葉二十行，行廿字。分注字疏密不甚勻，大約每行三十字。

晤黄蕘圃，觀《揭文安公文粹》。明天順中平湖沈琮有刊本，云是楊東里選。

北監《十三經》，有崇禎六年祭酒吳士元題疏，稱板一萬二千有奇，始刻於萬曆十四年，成於二十一年。至崇禎五年冬，奉旨重修。每葉十八行，每行二十一字。汲古閣本行數、字數略同，惟板略小。

黄蕘圃出示宋小字《説文》，與述庵家藏本無異，唯卷末多一行，有「十一月江浙等處儒學」字，殆元翻刻也。

宋刻朱文公校《昌黎先生文集》，以文公《攷異》及王伯大《音釋》分注於下。

晤顧安道。見宋槧《經典釋文》一本，《左氏》末三卷。又《春秋左氏釋文》、《禮記釋文》兩種，亦宋刻。卷首不題《經典釋文》，但題《春秋左氏釋文》、《禮記釋文》，蓋與各經注疏相輔而行者。今監本《周易注疏》後別刻《釋文》，亦宋時舊式也。并見《史記》一部，目録後有一行，云「三峯樵隱蔡夢弼傅卿校正」。又《三皇本紀》末有二行，云「建溪蔡夢弼傅卿親校，刻於東塾，時乾道七月當是「年」字之譌。春王正上日書」。又《五帝本紀》末有墨長印文二行，云「建溪三峯蔡夢弼傅卿親校，謹刻梓於望道亭」。

張朝樂竹軒以鈔本《兩漢策要》見示。此書宋陶叔獻所纂，有景祐二年阮逸序，又金大定乙巳王大鈞序，行楷甚工，或云趙松雪所書也。

黄蕘圃過談，云新得北宋本《儀禮疏》五十卷。每葉三十行，行二十七字。經注不載全文，但標起止，唯中闕六卷耳。又見北宋本《漢書》，傳是宋景文手校本，有倪元鎮跋。每葉二十行，行十七字。每卷首小題在上，大題在下，中標班固姓名。次行題「唐祕書少監上護軍琅邪縣開國子顔師古」。

周漪塘過談。借《後村居士集》五十卷，有淳祐九年林希逸序。

讀《漢書》嘉靖本。卷首題「福建按察司按察使周采、提學副使周琓、巡海副使柯喬校刊」，卷末題「嘉靖己酉年孟夏月吉旦，侯官縣儒學署教諭事舉人廖言監修」。每葉二十四行，行二十二字。注中附三劉説，以白文「原父、貢父、仲馮曰」字別之。《趙廣漢傳》：「長老傳以爲自漢興以來，治京兆者莫能及。」北宋乾興本無「以來」二字，此本雖有之，其增添痕迹分明，故知此本原出於北宋本也。

讀《夢溪筆談》，校正「劉句右」即「劉昫」之誤。第一卷《故事編》又誤分一條爲二。

讀《歐陽文忠公集》五十卷。每卷首題「臨江後學曾魯得之考異」，卷末題「熙寧五年秋七月男發等編定，紹興二年三月郡人孫謙益校正」。最後卷末題「柔兆攝提格縣人陳斐允章重校訛謬」。此書於宋諸帝不跳行，知爲元刻矣。

晤顧抱沖，觀所藏《五經文字》、《九經字樣》，前有開運丙午國子祭酒田敏序，係常熟毛氏鈔本。又司馬温公《切韻指掌圖》，後有嘉泰癸亥番陽董南一跋，紹定中刊本也。

讀陳淵《默堂先生集》廿二卷。淵，字幾叟，一字知默，延平人，楊龜山弟子。此集門人沈度編，有楊萬里序。

讀汪克寬《春秋胡氏傳纂疏》。前有至正元年虞集序、至元再元之四年汪澤民序、至正八年門人吳國英序，凡三篇；次《凡例》。後題「至正六年新安汪克寬謹書於富川任氏書塾」。次《先儒格言》，次《引用諸儒姓氏書目》，次《胡氏春秋傳序》及《論名諱札子》及進表，次《胡氏春秋總論》。每葉二十二行，每行二十一字。

見《北史》舊本，板心有「信州路儒學刊」，或但云「信州儒學」。每葉二十行，行二十二字。刻手不工，然自是元刻。

明味經堂刻《周易注》，附陸氏《釋文》，頗似宋板。每頁左線外標某卦某傳。

晤袁又愷，見宋刻朱文公《詩集傳》。「彼徂矣岐」句下引沈氏説，辨「徂」、「岨」二文異同甚詳，今坊本無之。蓋明人妄删，失其舊矣。此大字本，每葉十四行，行十五字。又《地理指掌圖》三册，序首題「西蜀蘇軾」，係後人託名，然必北宋人所爲。其中又雜入紹興所改府名，則南宋坊賈爲之耳。《宋志》有《地理圖》一卷、《指掌圖》一卷，不著姓名。

讀《唐書》舊南監本。每葉二十行，行二十二字。本是元翻宋板，而間有明人補刊之葉。板心有監生某某名，但不書何年刊修。最後卷末有嘉祐五年進書諸臣銜名。又有是月二十六日凖中書劄子，奉旨下杭州鏤板頒行，及校對校勘諸臣，并宰相富弼、韓琦、曾公亮等銜名。後來刊本皆無之。

李尚之以《回回曆》三册見示。後有貝琳跋，當即琳所編。七政推步立成甚備。舊鈔本也。

讀舊本《晉書》。黑口板，每葉二十行，行十九字，卷首行大名在下。

讀《平宋録》二卷，上卷《丞相賀平宋表》、《太師淮安忠武王贈謚制》、《淮安忠武王廟碑》，劉敏中撰并書。《淮安忠武王碑》，元明善撰。《丞相淮王畫像贊》，蘇天爵撰。下卷。起世祖至元元年入覲，至英宗勅立碑。至正三年正月跋，失末頁。《丞相伯顔公勳德碑》，史周卿撰。至元十三年建，三十一年重立。寇元德跋。至正四年《追封淮王制》、《淮忠武王廟碑》，王沂撰，揭奚斯書。至正四年渡江官員。

黄蕘圃過談，借得《祕書監志》鈔本四册。凡十一卷。分門曰職制、曰禄秩、曰印章、曰廨宇、曰公移、曰分監、曰十物、曰紙劄、曰食本、曰公使、曰守兵、曰工匠、曰雜録、曰纂修、曰祕書庫、曰司天監、曰興文署、曰進賀、曰題名。承務郎秘書監著作郎王士點、承事郎祕書監著作佐郎商企翁編次。前有至正二年五月公文一道。計二百六十五頁。

晤江叔澐，見柯本《史記》。明嘉靖四年金臺汪諒刻，莆田柯維熊校正。費懋中序，稱先有陝西翻宋本，無正義。江西白鹿本有正義，而闕《天官》、《封禪》三篇。

借袁又愷所得《玉峯志》上中下三卷。陽羨凌萬頃叔度、開封邊實宜學撰，淳祐辛亥五月修，刊於壬子二月。有凌萬頃、項公澤二跋。又《續志》一卷，則咸淳壬申出邊實一人之手，有謝公應及實跋。萬頃，景定三年方山京榜進士。

晤黄蕘圃，見元板《困學紀聞》。每葉二十二行，行二十四字。

晤周漪堂，見其所藏南宋大字板兩《漢書》不全本。每葉十八行，每行十七字。與去歲所見《張騫傳》行款相同。間有元人重修之板。其紙背多洪武中廢册，知爲明初印本也。今本《郭林宗傳》，以注溷入正文一條，此本獨不誤。傳末茅容諸人，亦不跳行，皆與汪文盛本同。

晤黄蕘圃，見《史記》南宋大字板不全本。每葉十八行，行十七字。有集解而無索隱、正義。僅《司馬相如》至《汲鄭列傳》數卷耳。「相如乃與馳歸成都，家居徒四壁立」，今本無「成都」二字。《子虛賦》「赤玉玫瑰」注，郭璞曰：「赤玉，赤瑾也。」今本注無「赤玉」二字。又有《後漢書》南宋板，亦不全。每葉十六行，行十六字。每卷首有「宋宣城太守范曄撰，唐章懷太子李賢注」兩行。并志三十卷亦列此二行，斯爲誤矣。而標題下仍有「劉昭注補」四字。字畫工整，殊便于老眼也。

孫鑒文攜毛晃《增韻》不全本及《太乙統宗寶鑑》二十卷。前有大德七年曉山老人序，而算積年至明正德丁丑。丁丑止，則後人增入，非元本矣。又余仲林《文選紀聞》鈔本。止見前六卷，到《三都賦》止。

借李心傳《建炎以來繫年要録》二百卷。起建炎元年丁未，終紹興三十二年壬午。其體例與李仁父《長編》同。

黃蕘圃示宋板不全《左傳》二部。一爲小字本，每葉廿四行，每行二十二三四字不等。一爲大字本，每葉十六行，行十七字，皆有杜解而無正義。昭二十年，衛侯賜北宮喜、析朱鉏謚一節，註：「皆死而賜謚及墓田，傳終言之。」兩本皆同。即何屺瞻所見，而閻百詩所歎賞者也。

讀《楊龜山先生文集》二十八卷、《語録》二卷，附黃去疾《年譜》。係明刻本。《靈臺祕苑》十五卷，卷首列：看詳官翰林學士承議郎兼判尚書吏部集賢院提舉司天監公事上騎都尉劇縣開國男食邑三百户賜紫金魚袋王安禮、同看詳官奉議郎監粳米中第七界輕車都尉賜紫金魚袋歐陽發、編修官司天監中官正權判司天監兼提點曆書賜紫金魚袋丁洵、編修官司天監丞管勾測驗渾儀刻漏賜緋魚袋于大吉。《宋志》載王安禮《天文書》十六卷，疑即此書，惟卷數稍異。或謂删庾季才之事，恐未然。

《文選六臣注》，南宋本，每葉十八行，每行十五字，分注每行二十字。每卷第二行「梁昭明太子撰」，次行「唐李善注」，次二行「唐五臣呂延濟、劉良、張銑、呂向、李周翰注」。每卷末列校對、校勘、覆校姓名。予所見六卷，校對者州學司書蕭鵬、州學齋長吳極，校勘者鄉貢進士劉才邵、鄉貢進士劉格非、州學學諭管獻民、州學直學陳烈、鄉貢進士揚揖，覆校者左從政郎充贛州州學教授張之綱、左迪功郎新永州零陵縣主簿李汝明、左迪功郎贛州石城縣尉主管學事權左司理蕭倬。

借袁氏《三朝北盟會編》鈔本。每卷首題「朝散大夫充荊湖北路安撫司參議官賜緋魚袋臣徐夢莘編」。有紹熙五年十二月嘉平日自序。凡二百五十卷。政、宣上帙二十五卷，靖康中帙七十五卷，炎、興下帙百五十卷。

晤黃蕘圃、周漪塘，觀宋板《儀禮注》小字本。每葉二十八行，行二十四字。每卷末記經、注字數，末卷又總記經、注字數。《士冠禮》「建柶」字，經、注俱不誤。又見宋本《儀禮疏》單行本，每葉三十行，每行廿七字，凡五十卷。內闕卷三十二至卷三十七。末卷有大宋景德元年校對、同校、都校諸臣姓名，及宰相呂蒙正、李、不著名。參政王旦、王欽若銜名。又見《爾雅疏》單行本，與袁氏所藏本行款悉同。又宋刻《列女傳》八卷，上層有顧愷之畫像，鐫刻極工。目録後有嘉定七年武夷蔡驥孔良跋。七卷之目，曰母儀、賢明、仁智、貞順、節義、辨通、嬖孽，末一卷則後人所續也。又《蘇平仲文集》十六卷，明初刊本，有宋濂、劉基序。又有南宋《春秋左傳注》，附《釋文》本。「北宮貞子云，未死而賜謚」，與岳本同。「鱗矐」作「鱹」，恐誤。

借戈氏所藏《永樂實録》百三十卷。南雲閣所鈔本，甚工整。前有宣德五年正月廿一日序。監修官三人：太師英國公張輔、少師兼吏部尚書蹇義、少保兼太子少傅户部尚書夏原吉。總裁官六人：少傅兵部尚書兼華蓋殿大學士楊士奇，太子少傅工部尚書兼謹身殿大學士楊榮，太子少保禮部尚書兼武英殿大學士金幼孜，户部尚書兼謹身殿大學士陳山，禮部尚書兼華蓋殿大學士張瑛，太常寺卿兼翰林院學士楊溥。纂修官二十七人：左春坊大學士兼翰林院侍讀學士曾棨，右春坊大學士兼翰林院侍講學士王英，右春坊右庶子兼翰林院侍讀學士王直，左春坊左諭德兼翰林院侍讀周述，翰林院侍讀李時勉，翰林院侍讀錢習禮，翰林院侍講余學夔、陳循、藺從善、蔣驥，翰林院修撰苗衷、曾鶴齡、張洪、劉永清，翰林院編修周敍、孫曰恭、楊敬，翰林院檢討周翰、王雅、楊翥，翰林院五經博士陳繼，户部主事陳中，四川道監察御史陳叔剛，福建布政司右參議潘奎，知縣萬節，教授邱錫，教諭梁葶。

黄蕘圃過談，言所見《漢書》宋板湖北庾司本，有紹熙二年張孝曾跋，及梅世昌諸人題銜。每葉廿八行，行廿四字。

借明《宣德實録》，凡百廿卷。起洪熙元年六月，終宣德十年正月。監修唯太師英國公張輔一人。總裁五人：少傅兵部尚書兼華蓋殿大學士楊士奇，少傅工部尚書兼謹身殿大學士楊榮，禮部尚書兼翰林院學士楊溥，詹事府少詹事翰林院侍讀學士王直，詹事府少詹事兼翰林院侍讀學士王英。纂修三十人：行在翰林院侍讀學士李時勉，行在翰林院侍讀學士錢習禮，司經局洗馬藺從善，行在翰林院侍讀苗衷、曾鶴齡、馬愉，行在翰林院侍講高穀、胡穜、祁寬，行在翰林院修撰周敍、尹鳳岐、習嘉言、孫曰恭、陳叔剛、陳詢、曹鼒、儀銘、王一寧、杜寧、儲懋，行在翰林院編修楊翥、董璘、楊壽夫、林文、鍾復，行在廣西道監察御史邵宏譽，行在禮部主事劉球，行在兵部主事劉鉉，行在工部主事洪璵，行在大理寺左評事張益。前有正統三年四月御製序及進表。

讀黃蕘圃所藏《元統元年進士録》。第一甲三人，第二甲十五人，第三甲三十二人，左右榜皆同：蒙古、色目各二十五名爲右榜，漢人、南人各二十五名爲左榜。

讀明景泰元年正月至六年十二月《實録》，即附于《英宗實録》中，曰《廢帝郕戾王附録》。自第五至第七十九，乃英宗録，第二百八十七至第二百六十一也。

晤周漪塘，見《論語注疏》本，於宋諱旁加圈識之。首葉板心有「正德某年刊」，每卷標題「注疏」下多「解經」二字。每葉二十行，每行十八字，小字每行二十餘字。當是元人翻宋刻、正德修板也。

借黃蕘圃《平水新刊韻略》五卷。前載正大六年己丑季夏中旬河間許古道真序，云：「平水書籍王文郁攜《新韻》見頤庵老人，曰：『稔聞先《禮部韻》，或譏其嚴且簡。今私韻歲久，又無善本。文郁累年留意，隨方見學士大夫，精加校讎，又少添註語，既詳且當。不遠數百里，敬求韻引』」云云。是此韻爲王文郁所定也。次列《聖朝頒降貢舉三試程式》，其御名廟諱一條，稱英宗爲「今上皇帝」。次列《壬子新增分毫點畫正誤字》三頁，《壬子新雕禮部分毫字様》三頁。每卷題「新刊韻略某聲第幾」。并上下平各爲十五，上聲二十九，去聲三十，入聲十七。以一東、二冬、三江、四支、五微爲序。而目録仍注「獨用」、「同用」，如「東第一獨用」、「冬第二與鍾同用」、「支第四脂之同用」之類，猶用禮部韻舊名也。卷末有墨圖記二行，云「大德丙午重刊新本平水，中和軒王宅印」。世人謂平水韻并二百六部爲一百七，陰時夫又并上聲拯韻。讀此本知平水韻已并拯等于迥矣。又見宋本程俱《北山集》四十卷，有葉夢得序，中吳鄭作肅後序。末卷附程瑀所撰行狀。紙背皆乾道中文册。此南宋板之佳者。

讀司馬温公《潛虚》及張敦實《發微論》，後有淳熙壬寅泉州教授陳應行跋，係毛氏影宋鈔本，袁又愷所藏。

見周宏祖《古今書刻》，上編記書籍，下編記石刻，皆分省排列。

晤袁又愷，見徐鍇《篆韻》不全本。前有長方印文，云「欽差處置邊務關防」。云是葉氏藏本。又有明刻萬玉堂本《太玄經》，范望注，甚精。

晤周漪塘，見舊槧本《廣韻》，與亭林所刻本同。

晤周漪塘，見《大金集禮》四十卷，中數卷有脱文。

蕘圃過談，云有宋人所刊《國朝二百家名賢文粹》。又見宋刻《龍龕手鑑》三本，中一本係鈔本，序中「鏡」字缺筆。

讀黄蕘圃所藏宋刻《列子》小字本。每葉二十四行，行二十五字，張注之外不附《釋文》。顧千里云：

「殷注似宋人僞託，當即出碧虚子陳景元之手。」《釋文》：「燋然」字音「焦」。宋本「焦」不從火旁。

嚴久能以宋刻《陸宣公翰苑集》見示。

讀元刻《歷舉三場文選》，《易》、《書》、《禮記》、《春秋》各八卷。《易》，安成劉仁初編。《書》，劉霽天章編。《禮》，亦劉仁初編。《春秋》，劉霖雲章編。又《大科三場文選》，不分卷，安成周專輯。

讀宋刻《名公書判清明集》，止户婚一門。

晤顧千里，見元賦《青雲梯鈔》三册。

嚴久能以宋板《夷堅志》四册見示。元人重修本也，有沈天佑序。

李尚之來談。借得《測圓海鏡》十二卷，有戊申歲自序，及至元二十四年王德淵後序。

顧抱沖過談，云有李燾《長編》、《宋二百家文粹》，及宋槧《李壁注王介甫詩》、《施元之注蘇詩》不全本。

觀黄蕘圃所藏元板《石田先生文集》十五卷。又宋板《荀子》，每葉八行，行十六字。

趙汝愚《皇朝名臣奏議》一百五十卷，進表稱「名臣」，而卷首作「諸臣」，小異。前有淳熙十三年汝愚進呈劄子，不書官。又有進呈自序。汝愚時以龍圖閣直學士朝散大夫四川安撫制置使兼知成都府，不署年月。其書分門十二，君道、帝繫、天道、百官、儒學、禮樂、刑賞、財賦、兵制、方域、邊防、總議。每門又各有子目。

讀孫奕《履齋示兒編》，共二十三卷。總説一，經説五，文説一，詩説一，正誤三，雜記四，字説六。開禧元祀九月上浣盧陵孫奕自序，明滎陽潘膺祉校刊。

得吳查客札，寄《列女傳跋》一篇。據《藝文類聚》、《御覽》諸書，謂當有《嫫母傳》。

讀李衡《周易義海撮要》十二卷。其自序云：「《易義海》，熙寧間蜀人房審權所編。房謂自漢至今，專門學不啻千百家。今斥去雜學異説，摘取專明人事、羽翼吾道者僅百家，編爲一集，仍以正文冠之端首，釐爲百卷。或諸家説有同異，復援父師之訓、朋友之論，輒加評議，附之篇末。衡得是書而讀之，其間尚有意氣重疊、文詞冗瑣者，載加删削，而益之以伊川、東坡、漢上之説，庶學者便于觀覽云。紹興庚辰十一年辛巳，江都李衡彦平遂安雙清堂書。」按房書不載於《宋志》，其所取百家之目，已無可攷。姑就李書所采宋人姓名，其見於《宋志》者，僅王昭素、胡旦、代淵、石介、胡瑗、宋咸、阮逸、劉牧、陸秉、陳高、鮮于侁、王安石十餘人。若王逢、陳皋、陳文佐、楊繪、金君卿、孫坦、薛温其、王錡、李畋、盧穆、劉緯、吕陶、袁建、薄珠、龍昌期、張簡、勾微，其撰述世無傳者。又有單舉姓，若龔、若鄭，非康成。單舉名若遵者，蓋莫可攷矣。

讀珞碌子《三命指迷賦》，岳珂注。

晤周漪塘，見毛氏影金刻鈔本成無已《傷寒論》十卷。小字密行，前有皇統甲子洛陽嚴器之、大定壬辰澠池令魏公衡、武安王緯三人序，後有冥飛退翁王鼎後序。凡四册。又《傷寒明理論》二册，大字，亦影金鈔本。皆黄蕘圃所藏。

讀路振《九國志》。此書久不傳，邵二雲於《永樂大典》中鈔得。傳百三十六篇，周有香夢棠。排次爲卷十二。其書稱「荆南」曰「北楚」。王伯厚云：「《九國志》凡四十九卷，其孫綸增入荆南高氏，治平元年六月上之，實十國也。」陳振孫則云：「末二卷，張唐英補撰，合五十一卷。」

晤黄蕘圃，見鈔本《翰林珠玉》六卷。

讀鍾廣漢《歷代建元攷》五卷。

讀宋槧本《北山小集》四十卷。皆用故紙刷印，驗其紙背，有烏程縣印、歸安縣印、湖州户部贍軍酒庫記、湖州監在城酒務朱記、監湖州都商稅務朱記、湖州司理院新朱記、湖州司獄朱記，皆乾道六年簿籍也。程致道詩文皆有法。前有葉夢得、鄭作肅二序，後有程瑀撰行狀。

讀李冶《益古衍段》三卷。前有己未六月自序及至元壬午郾城硯堅序，蓋從《四庫書》鈔出者。

馮補亭過談。讀盧鎮《重修琴川志》十五卷，蓋即孫應時、鮑廉次第所修之本而重刻之耳。自跋云：「其《續志》則始于有元。」今《續志》不可得見矣。

李尚之來，示秦九韶《數學九章》第一本，係四庫館本。自序末題「淳祐七年九月魯郡秦九韶序」。其目曰大衍、曰天時、曰田域、曰測望、曰賦役、曰錢穀、曰營處、曰軍旅、曰市易。其《大衍》篇中有「立天元一」之名，卻與《測圓海鏡》所述不同。《直齋書録解題》有「《數術大略》九卷，魯郡秦九韶道古撰」，蓋即是書。直齋所録《崇天》、《紀元》二曆云「近得之蜀人秦九韶道古」。然則九韶先世蓋魯人而家於蜀者也。

借戈小蓮《江湖小集》、劉過《龍州道人詩集》、趙崇鉘《鷗渚微吟》、斯植《采芝續稿》、高似孫《疎寮小集》、姜夔《白石道人詩集》、葛天民《無懷小集》、俞桂《漁溪詩稾》二。《漁溪乙稾》、劉翰《小山集》、張良臣《雪牕小集》、張蘊《斗野稾支卷》、黄大受《露香拾稾》、葉紹翁《靖逸小集》、張弋《秋江煙草》、余觀復《北牕詩稾》、羅與之《雪坡小稾》二。斯植《采芝集》、朱南杰《學吟》、王琮《雅林小稾》、洪邁《野處類稾》上。林同《孝詩》李龏《梅花衲》、《翦綃集》二。皆集唐句。宋伯仁《雪巖吟草》、戴復古《石屏續集》四。姚鏞《雪篷稾》、林尚仁《端隱吟稾》、劉翼《心游摘稾》、許棐《梅屋詩稾》、吴汝弌《雲臥詩集》、陳鑒〔之〕《東齋小集》、元名璟。武衍《適安藏拙餘稾》、趙汝鐩《野谷詩稾》六。徐集孫《竹所吟稾》、樂雷發《雪磯叢稾》五。寶祐癸丑特科狀元。何應龍《橘潭詩稾》、毛珝《吾竹小稾》、鄧林《皇荂曲》、劉仙倫《招山小集》、嚴粲《華谷集》、張玉龍《雪林删餘》、杜旃《癖齋小集》、施樞《芸隱勌游稾》、《芸隱横舟稾》。

讀孟元老《夢華録》十卷。係元板明初印，紙背爲國子監生功課簿。有紹興丁卯元老自序，及淳熙丁未浚儀趙師俠後序。

黄蕘圃云，新得宋板《歷代紀年》，晁伯咎撰。攷《宋志》晁公邁《歷代紀年》十卷，即此書也。

讀胡宏《皇王大紀》八十卷。有紹興辛酉四月自序，咸淳甲戌重九日天台董楷跋。其第一卷《三皇紀》，盤古氏，天皇氏，地皇氏，人皇氏，有巢氏，燧人氏。《五帝紀》。太昊伏犧氏，驪連氏，栗陸氏，中央氏，柏皇氏，大庭氏，赫胥氏，尊盧氏，啓統氏一作混沌氏，昊英氏，朱襄氏，葛天氏，陰康氏，無懷氏，凡十三氏，皆祖包犧氏、炎天神農氏。第二至第四《五帝紀》。

黄帝至堯、舜。第五至八十《三王紀》。自夏禹至周赧王。明萬曆辛亥高安陳邦瞻刻於閩中。其《三皇紀》多敷衍《皇極經世》浮悠之説，殊無足取。唯《乾西北坤西南方位圖》，系於伏犧不系於文王，猶勝先天、後天之強生分别耳。

讀張師顔《南遷録》一卷，即《直齋書録》所稱《金人南遷録》也。其書世宗年號曰興慶，興慶四年，世宗晏駕。章宗號曰天統，天統四年，誅鄭王允蹈。而泰和至十四年，泰和之後有天定，皆與《金史》不同。又稱章宗與磁王允明皆被弑，濰王允文嗣立，五年而殂。淄王允德繼之，乃南遷汴。與正史全不相應。直齋亦稱其歲月牴牾，想是宋人僞造也。師顔署銜稱「通直郎祕書省著作郎騎都尉賜緋」。有大德丙午浦元玠序，至正戊戌浦梅隱跋。梅隱，蓋元玠别號。

讀丁特起《靖康孤臣泣血録》，僅一卷。據《直齋解題》，是書本三卷，《拾遺》一卷。此從明長洲張豫誠刊本影鈔，有王在公序，疑非足本。又《南燼紀聞》題云辛棄疾著，《竊憤録》、《竊憤續録》不題撰人，其實即一書，強析爲三，要亦好事者僞造耳。

讀葉石君《金石文隨録》手稾，六大册，何夢華家藏。

鏡濤處觀日本國人所刊《合類節用集大全》乙本，蓋其國訓蒙書。後題貞享二年乙丑，即明嘉靖四十四年也。

讀《宋文鑑》一百五十卷，明嘉靖五年晉府志道堂刊本。前有周必大奉勅撰序，及呂祖謙進書劄子、

《謝賜銀絹除直祕閣表》。

讀宋刻《三曆撮要》五十七葉。其所引有《萬通曆》、《百忌曆》、《萬年具注曆》、《萬年集聖曆》、《會要曆》、《會同曆》、《廣聖曆》，大率皆選擇家言。其書不題撰人姓名，又無著書歲月。以所引沈存中《夢溪筆談》推之，當是南宋所刻也。每月注天德、月德、月合、月空所在，次列嫁娶、求婚、送禮、出行、行船、上官、起造、架屋、動土、入宅、安葬、挂服、除服、詞訟、開店、庫造、酒麯、醬醋、市賈、安牀、裁衣、入學、祈禱、耕種吉日。凡廿二條。蓋司天監用以注朔日者。又嘗引劉德成、方操仲、汪德昭、倪和甫説，蓋皆術數之士，今無有能舉其姓名者矣。又引《彈冠必用》。

讀楊光先《不得已》。光先，新安人，康熙四年上疏劾湯若望，授欽天監監正。雖于推步非專門，其駮耶穌異教、禁人傳習，又稱《時憲書》面葉不宜列「依西洋新法」五字，則爲讜論。

借黄蕘圃所藏宋刻《魏鶴山集》。前有吳淵序，後有吳潛後序，又有開慶改元五月成都府路提點刑獄跋，失其姓名云。據跋所言，是舊有姑蘇、温溪兩本，皆止百卷。至是，始以《周禮折衷》、《師友雅言》并它文增入爲一百十卷，題云「《重校鶴山先生大全文集》」。其中有合兩卷連爲一者，亦不無魯魚亥豕之譌。然世刻止有此本，可寶也。鮑以文所藏，係明嘉靖辛丑四川兵備副使高翀等刊本，今已入内府矣。又有錫山安國刊本，皆未得見。

讀《通志》元槧大字本，前有至治二禩五月福州路總管吳繹序，又有募印造疏。

黄蕘圃以《新定續志》見示。前有景定壬戌方逢辰序，編纂者鄭瑶、方仁榮二人，郡守則天台錢可則也。先是紹興己未，郡守董弅始修《嚴州圖經》，有序。其後，淳熙丙午，陳公亮守郡，以舊經板本不存，命教授劉文富訂正重刻，題曰《重修圖經》，有文富序，今尚有不全本。而此志書籍門，但有《新定志》，不及《圖經》，豈一書而兩名乎？抑淳熙以後，尚有重修之志乎？疑未敢决也。據方應辰序，稱淳熙至今七十餘年，則《新定志》與《嚴州圖經》即一書。

借讀顧氏所藏《切韻指掌圖》。影南宋槧本，前有司馬温公自序，無年月。後有嘉泰癸亥六月鄱陽董南一及紹定庚寅三月四世從孫名殘闕。兩跋。其廿圖以高、公、孤、鉤、甘、金、干、官、根、昆、歌、戈、剛、光、觥、揯、該、基、傀、乖爲次，三十六字母次第與今所傳同。高、剛同，以各爲入；公、孤同，以谷爲入；歌、干同，以葛爲入；戈、官同，以括爲入；非、分同，以弗爲入。

黄蕘圃以《運使復齋郭公言行録》及《編類運使復齋郭公敏行録》共二册見示。《言行録者》，福州路教授徐東所編。郭公名郁，字文卿，汴之封丘人，金末避兵遷大名，由江淮樞密院令史歷官福建都轉運鹽使。《敏行録》，則一時投贈詩文碑記也。兩録皆有黄文仲、林興祖序，黄序題「至順二年辛未」。

李尚之得甌邏巴《西鏡録》鈔本，中有「鼎按」數條，蓋梅勿菴手迹也。

讀孔氏《祖庭廣記》十二卷，先聖五十一代孫襲封衍聖公元措所編。初刻于金正大四年，此則大蒙古國壬寅年重刻本。是時蒙古未有年號，當宋之淳祐二年也。錢唐何夢華所藏。

晤何夢華，借讀王象之《輿地紀勝》二百卷。首兩浙西路臨安府至利州路利州止。卷百八十五以下俱闕。又闕百六十八至百七十三，十三至十六，百三十五至百四十四。五十不全。闕五十一至五十四。前有嘉定辛巳孟夏自序，及寶慶丁亥季秋眉山李埴序。象之，字儀父，東陽人。其自序云：「少侍先君，宦游四方，江、淮、荆、閩，靡國不到。」又云：「仲兄行父，西至錦城；叔兄中甫，北趨武興，南渡渝瀘。」

讀宋槧本《衛生家寶産科備要》八卷，凡六册。末卷有題記三行，云「長樂朱端章以所藏諸家産科經驗方編成八卷，刻板南康郡齋，淳熙甲辰歲十二月初十日」。其目録末一頁，有「翰林醫學差充南康軍駐泊張永校勘」字。所載有孫真人《養胎論》、徐之才《逐月養胎方》、李聖師《産論》廿一篇、大觀三年序，郭稽中附方。虞氏《備産濟用方》。紹興庚申重陽日，餘姚虞流序。

讀張淏《會稽續志》八卷。有寶慶元年三月自序，稱「梁國張淏」，蓋中原人，僑寓於越者也。書成於寶慶初，而安撫、提刑、提舉、進士題名，皆訖於景定，則後人續增入者。此志有正德重刻本，今所見者傳鈔之本耳。又讀陳耆卿《赤城志》，明萬曆中與謝鐸《赤城新志》同刊，有嘉定癸未十一月耆卿自序，蓋因太守齊碩之請成之。惜板已漫漶，未得善本細校也。

讀《七經孟子攷文》，云日本足利學所藏宋板《五經注疏》，《毛詩》、《春秋》二經稍劣，皆附陸氏《釋文》。卷首題「附釋音毛詩注疏」，與明正德本相似。《左傳》賜北宫喜、析朱鉏謚一條，杜注「皆死而賜謚，傳終言之」，與何義門所見同。

讀元儒雙湖胡氏《詩傳附録纂疏》二十卷。泰定丁卯建安劉君佐翠巖精舍刊本，有盱江揭祐民從年序。其書前有《綱領》，後有《詩序辨説》，一遵朱文公元文。如《定之方中》「終然允臧」、《竹竿》「遠兄弟父母」、《君子于役》「羊牛下括」、「以篤于周祜」，皆與唐石經同。「家伯爲宰」，「爲」必「維」之譌，可證今世通行本已失文公之舊。「爰其適歸」，「爰」下注「《家語》作『奚』」，正文仍是「爰」字。今本直易爲「奚」，删去《家語》云云，非考亭意矣。其音叶爲後人妄去者尤多。

讀元槧本《革象新書》，不分卷。首題「趙緣督先生革象新書，門人三衢章濬纂輯」。每葉二十六行，行二十四字。明初王禕有删本，其篇目前後與此互異。禕序謂「其書有《推步》、《立成》諸篇，皆載占驗之例」。此本初無之，豈禕所見别有一本耶？邵康節元會運世之説，後儒無敢異議，獨緣督言其不可準。謂以諸家術求皇極之元，不特七政無總會之事，抑且散亂無倫。真通人之言也。

讀宋伯仁《梅花喜神譜》，景定辛酉金華雙桂堂重鐫本。前有伯仁自序，自稱「雪巖耕田夫」。後有向士壁後序及嘉熙二年葉紹翁跋。蓋初刻于嘉熙戊戌，重鐫于景定辛酉也。其譜蓓蕾四枝、小蘂十六枝、大蘂八枝、欲開八枝、大開十四枝、爛熳二十八枝、欲謝十六枝、就實六枝，凡百圖。圖後各綴五言絶一首。題曰「喜神」，蓋宋時俗語，以寫像爲喜神也。

讀孔傳《東家雜記》二卷。前有紹興甲寅三月自序，後附四十六代孫宗翰、四十八代孫端朝、五十代孫擬三序，皆家譜也。擬序題淳熙五年六月，已在傳著書後四十餘年。又四十九代孫玠襲封衍聖公時，傳已爲本家尊長。而卷中所述世系，訖于五十三代孫洙，計其時代，當在南宋之季，蓋後來續有增入耳。卷首《杏壇圖説》，與錢遵王所記正同。又有《北山移文》、《擊蛇笏銘》、《元祐黨籍》三篇，殆以有關于孔氏而附入之歟？此係宋槧舊本，鄆國夫人「并官氏」，俱作「并」字，不誤。世間鈔寫本，皆譌「并」爲「亓」矣。

讀《顔氏家訓》淳熙槧本，凡七卷。前有序一篇，不題姓名，當是唐人手筆。後有淳熙七年二月沈揆跋云：「去年春，來守天台郡。」及攷證一卷。後列朝奉郎權知台州軍州事沈揆、朝請郎通判軍州事管鋭、承議郎添差通判軍州事樓鑰、迪功郎州學教授史昌祖同校。又有監刊同校諸人銜，皆以左爲上，蓋台州公庫本也。而前序後又有長記，云「廉臺田家印」，則是宋槧元印，故于宋諱間有不缺筆者耳。

盧振雄以楊世求《象緯訂》壹册見示。字爾京，常州人。有陸桴亭序。

讀《詩》鄭箋，因悟《廣疋》「管管浴也」，「浴」當爲「恣」之譌。箋云：「王無聖人之法度，管管然以心自恣。」

馮鷺庭過談，以《宋牧仲詩》手稿五册見示。阮亭、竹垞、青門三人評閲。

觀宋刻《揮麈録》二卷、第三録三卷。前有慶元元年實録院牒二道，皆牒泰州者。明清時通判泰州。

讀《楊鐵崖文集》五卷，明孝宗朝馮允中刻本。

讀《容齋五筆》活字本，明弘治八年錫山華(煜)〔燧〕序。板心有「會通館活字銅板印」兩行八字。洪公《隨筆》初刻于婺州，至嘉定壬申，從孫伋由贛守擢江西提刑，并五筆刻于章貢，則有何異、邱橚前後二序。

又十年，伋守建寧後刻此書於郡，自爲跋，題銜稱「嘉定十六年八月從孫朝議大夫直華文閣知建寧軍府事新除直(華)〔敷〕文閣知隆興府江西安撫使」。最後有跋數行，紹定改元之明年臨川周謹書。蓋其時贛本漫不可辨，以建本參攷鐫梓。

讀《洗寃集録》五卷。朝散大夫新除直祕閣湖南提刑充大使行府參議官宋慈惠父編，有淳祐丁未自序，又有《聖朝頒降新例》數條，皆至元、大德、延祐中行下，蓋元槧本也。又《文場備用排字禮部韻注》五卷，前附《科場格式》，無撰人姓名。後有「至正壬辰臘月一山書堂新刊」方記。其人蓋徐姓也。

秀水朱梓廬與海鹽吴思亭來訪，談良久。以《張右史集》鈔本六十五卷贈。周紫芝《跋譙郡先生集後》云「嘗得《張右史集》七十卷」，與此本卷數不合。中間有闕卷，然亦難得之本也。《宋志》「《張耒集》七十卷」，蓋即《右史集》。監本「耒」誤作「來」。

讀元永貞《東平王世家》三卷，延祐四年進。前有元明善序，後有王頤跋。舊鈔本。

過南潯鎮，晤劉疎雨，觀所藏書。有宋槧本張九成《孟子解》廿九卷，後缺《盡心》一篇。其《滕文公篇》「許子必織布然後衣乎」、「有小民之事」，與光堯御書本正同。《金陵新志》，前有至正三年南臺御史索元岱序。張鉉，字用鼎，關中學古書院山長。前載文移稱「浮光張鉉」，則光州人也。劉一止《苕溪集》五十五卷，無序跋，係鈔本。又《聖宋名賢五百家播芳大全文粹》一百卷，衢山精舍葉棻子實編，富學堂魏齊賢仲賢校正。每卷或析爲上、下，或上、中、下。據前所列目，不止五百人，舉其成數耳。

觀劉疎雨所藏徐天麟《兩漢會要》、岳珂《媿郯録》，皆宋槧，甚精。胡安國《春秋傳》亦宋槧，傳文比經低一格，卷末有「至正三年後丁丑秋八月七日，陳留邊子昂手整于姑蘇鄧明仲家塾」。墨跡如新。又元槧《周禮義疏》十二卷，每卷首題「吴興後學前〔溪〕陳友仁君復編」。其第十二卷，則俞庭椿《周禮復古編》也。據友仁序，本不知姓名者所作，乃以己名置卷端。蓋俗儒好名之弊也。又《中興禦侮録》，無撰人。《襄陽守城録》，趙萬年撰。皆鈔本。

觀日本槧皇侃《論語義疏》一部，日本根遜志校正。字伯修。平安服元喬序，題云「寬延庚午」。其書蓋刻于《七經孟子攷文》之後也。潛研堂藏。

觀黄蕘圃所藏宋槧碁譜，李逸民撰，名曰《忘憂清樂集》，共三卷。前題「棊待詔李逸民重編」，首載徽宗御詩，有「忘憂清樂在枰棊」之句，則是南宋刻也。所載孫策賜吕範、晉武帝賜王武子、唐明皇賜鄭觀音三局，與錢遵王所説合。

讀《宋寶祐四年會天曆》，每日補注，頗有闕陋，蓋宋槧本破損之故。其八月三日注「大夫登」一句，則「禾乃登」之譌也。「姤」爲「遇」，「恆」爲「常」，「元鳥」爲「鳦鳥」，「雉始鳴」，皆避宋諱。

歸安陳鎮衡文學鑾過談，以日本人所刻《羣書治要》前三册見示。共五十卷。題云「祕書監鉅鹿縣男魏徵撰」，僞託不足信。

吴槎客言陸氏《論語釋文》「安見方六七十」句，似陸本「安」作「焉」。

晤黄蕘圃，觀宋本《史記》。每葉十八行，行十六或十七字。有集解而無索隱。卷末有「無爲軍軍學教授潘旦校正，淮南路轉運司幹辦公事石蒙正監雕」字。官銜分左右，蓋南渡初官本也。又《吴志》二十卷，前載裴松之注表，即連目録，分上下二帙。有咸平三年中書門下牒，并載校勘、詳校諸臣銜名。卷末又有校正姓名，其署銜「辟廱正」，於「桓」字缺筆，則是靖康以後刻也。又《新唐書》一部，卷末有墨記一方，云「麻沙鎮水南劉仲吉宅紹興庚辰□月誌」。三書皆大題在下。

讀黄蕘圃新刻宋剡川姚氏《戰國策》本。有紹興丙寅中秋剡川姚宏伯聲父題。孫元忠蓋即朴之字。

讀《練川圖記》，明南京兵部主事都穆撰。有正德己巳十月序。其時知□乃陳淵序，稱邑人沈湘家有秦輔之《練川志》，今秦氏書不可得見矣。

辨孟嘗君封薛，不當在漢魯國之薛，當在漢菑川。《史》、《漢》平津侯傳，皆云「菑川薛人」，是齊别有薛邑也。《皇覽》、《水經注》諸書，未可信。

得汪龍莊札，還《元祕史》四册，云曾借鮑氏知不足齋刻本，首尾殘闕，而分卷與此本互異。

段若膺云：魏三體石經遺字，見於洛陽蘇望氏所刻洪景伯《隸續》者，名曰《左傳》，實有《尚書》。五刑、惟法、罰、非死、其、差、人、兩、并、寶、在命天，皆《吕刑》之文。文侯、王若、在下、事厥辟、粤、小、女克昭、前文、歸視、乃、一旅、荒寧，皆《文侯之命》文。大�龜、粤兹、裁翼、以于、我友邦君、庶邦于、艱大、可征、鰥哀寡、卬自、于卹、不敢替、克綏，皆《大誥》文。

《陸狀元增節音注精議資治通鑑》，首題「會稽陸唐老集注」。卷一《論看通鑑法》、《釋例》、《修書帖》、《通鑑聞疑》。卷二《歷代帝王傳授世系》、《地理國都圖》。卷三至卷四《舉要曆》。卷五至十一《紀傳始終要括》。卷十二至十八《君臣事要總記》。卷十九至二十《通鑑外紀》，始庖犧，終商周。卷廿一至百廿《通鑑》。《四庫總目》云：「會稽人，淳熙中進士第一。」按淳熙紀元十六年五舉進士科，未有陸姓作狀元者。

《太平御覽》活字板，萬曆元年刻成。有黄正色序，前有宋慶元五年成都路轉運判官蒲叔獻序。

借周漪塘宋板《漢書》殘本三種。其一與黄蕘圃所得北宋本同。其一與吳槎客藏本同；其一中字密行，似《史記》蔡夢弼本，每頁廿六行，每行二十五字，卷首無班固、顔師古銜名。又有不全《後漢書》，亦似北宋本，而多大德九年、元統二年補刊者。列傳第八十卷末有五行云：「范曄《後漢書》，凡九十篇，總一百卷。十帝后紀一十二卷，八十列傳八十八卷。右奉淳化五年七月二十五日勅，重校定刊正。」

借周漪塘牟巘《陵陽先生集》廿四卷。鈔本。又宋板大字《漢書》殘本，唯《杜周傳》、《張騫》、《李廣傳》（傳）〔諸〕篇，每頁十八行，行十六字，書法極嚴整，乃宋刻之致佳者。於「雊」、「愼」字皆缺筆，則是南宋初刻也。每卷首大題在下，而不注班氏姓名。唯第二行云「正議大夫行祕書少監琅邪縣開國子顔師古注」。

讀《經史證類大觀本草》三十一卷、目録一卷。前有大觀二年十月朔通仕郎行杭州仁和縣尉管句學事艾晟序，云：「謹微姓唐，不知何許人。」傳其書者失其邑里族氏，故不及載。而予家所藏《政和新修經史證類備用本草》，則稱爲「成都唐愼微審元」，此其互異者。大約政和本乃奉勅校刊，大觀本則杭州漕司所刻也。其書本名《經史證類備急本草》，《宋藝文志》作「《大觀經史證類備急本草》三十二卷」，殆并目録計之歟？此本題「春穀王秋捐資命男大獻、大成同校録」，而艾晟序後有一方記，云「大德壬寅孟春宗文書院刊行」。殆明人翻元刻也。

李尚之借去《王寅旭先生遺書》一本，及西洋人蔣友仁《地球圖説》草稿，予官翰林時所譯潤也。

晤周漪塘，見宋本《白氏六帖》。每頁廿四行，題云「新雕白氏六帖事類添註出經」，凡三十卷。

黄蕘圃過談，云見《司馬温公集》南宋刻本八十卷，題云「《温國文正公文集》」，每頁廿四行，行廿字。内缺九卷。有松雲居士徐良夫私印。此刻在孝宗時，于太上御名及今上御名皆不書，而小注四字。

讀趙與時《賓退録》十卷。前後俱有小序，後序云：「嘉定屠維單閼十二年己卯。之夏，得病瀕死，既小瘉，以平日聞見所及稍筆之，日積月累，成此編。閼逢涒灘之秋，束儋赴戍，因命小史書而藏之。攷《宗室世系表》，滎國公令瑶之五世孫，沂州防禦使令款之五世孫，皆有名「與時」者。贈房陵郡公令甄之五世孫，有名「與時」者。與時父希垚，祖師炳，曾祖伯檟，高祖子沂。書載先鑑堂朝野遺事。鑑堂，未詳其名。又云「昔年侍先人官贛之石城」。

嚴豹人示宋刻《嚴州圖經》不全本，有紹興己未正月知州軍事董弅序。攷《宋志》「董弅《嚴州圖經》八卷」，今止存三卷。

晤段懋堂，云曾見《春秋正義》淳化本于朱文游家。今《哀公》疏，南北監本俱載《釋文》而缺《正義》，但于疏下注「同上」，唯淳化本有之。與予所校說略同。

觀吳門陶文學松如所藏竹垞手書《明詩綜》殘稾卷子，約六十餘人。

校《唐摭言》，知唐有兩王定保。撰《摭言》者，系出琅邪，與《唐表》所載系出太原者，非一人也。

竹汀先生日記鈔卷二

所見金石

定州學右壁，嵌雪庵書六言四絶。雪庵者，元僧溥光也。《定州志》以爲明學士李光溥作，誤矣。溥光本李姓，元朝授爲集賢院大學士，領頭陀教。

顧寧人謂填諱非古法，予嘗引《周益公集》已有填諱，以證出於宋世。今按趙州永安院《度僧記》，馬珞撰，馬瑊書。元豐八年九月。此碑馬珞記其父正甫奏請度僧事，而末行題「平昌孟永填諱」，則北宋已有之，又在平園之前矣。

讀虎丘《觀音經》石刻，凡九十二行，每行下列書人銜名，亦有一行而列兩人書者。然經文字畫，實係一手所爲，蓋假諸公姓名爲重耳。不如杭州六如塔《四十二章經》出自各人親筆也。

見顏魯公書《玄靖先生碑》未碎本。

張芑堂來談，并言及宮巷口《小塔記》。其甎悉爲人取去，有賣磁盌者得其一，有「隆興二年」字。驗之，乃虞氏婦傅氏妙喜爲亡夫資冥福而作。其地名「條坊巷」，今譌爲「調豐」矣。吳中古刻殊少，搨而記之。

讀吳槎客《國山碑攷》，知此碑四面，東面十四行，南面九行，西面十四行，北面六行，循環讀之，可辨者千有餘言。予向所收及吳山夫所釋者，尚非全本也。

讀《貞元無垢浄光塔銘》。貞元十五年，福州觀察柳公、監軍使魚公，以皇帝誕日建此塔，觀察推官前祕書省校書郎庾承宣撰并正書。無姓名，以梁克家《三山志》攷之，蓋觀察使柳冕、監軍使魚獻也。

嚴子進送雲巖山盈豐莊廟宋碑一通，乃景定四年三月封劉錡爲楊威侯天曹猛將之神勅也。石刻「太平興國宮」，「宮」譌作「定」，驗爲後人翻刻。

讀翁覃溪《兩漢金石記》，有「睢陵家丞」一印，疑漢無此侯國。予攷《晉書》，王祥封睢陵侯，後進爵爲公。此「家丞」必晉印也。

黄小松言，鄒縣小鐵山有北周摩厓碑，方畝許，後有寧朔將軍字。

胥燕亭以萍鄉縣二唐碑見贈。一爲《楊岐山禪師乘廣塔銘》，劉禹錫纂并正書，元和二年五月。一爲《甄叔大師塔銘》，沙門至閑撰，元幽書，大和六年四月。又天祐十一年鐘款一，今在澤州燕亭。又以《鳳墅帖》第十二卷見示。首題《米帖》，蓋米元章《多景樓》、《甘露寺》二詩，皆大字。又附以元暉二帖，元暉帖甚佳。一與庭實宣教，一與壽聖介公。此帖惟予家有《南渡名相》、《南渡執政》二卷，今復見此，未識天壤間更有他卷流傳否？

得黄小松札，云於鄒縣之尖山、剛山、鐵山得磨崖佛經，皆北齊、北周刻。有韋子深、唐邕等銜，及武平、大象等年號。字大者二三尺，小字亦七八寸。

游雙塔寺，得宋碑二。其一《提舉常平司公據》，寶慶元年□月，正書。一爲《再簡華老》絶句，行書，後題「壬辰中春」而不署名。下方有住持僧普華跋，知爲提舉詩。其人似趙姓也。紹定五年十二月，正書。又入東禪寺，僧近學，俗姓金，云是吾邑黄渡人，與同訪林酒仙祠。祠有石刻《酒仙詩》，本淳祐八年張即之書，今存者，明祝允明重書本耳。

得宣城張惺齋書，寄宋理宗《賜杜範勅》。有嘉熙三年七月杜範跋。又《元江東建康道廉訪司題名記》，王士熙撰，卜顔帖睦兒書。不著建立年月，當在元統間。題名使、副使、僉事各二列。後有至正間續題者，故字畫體例不甚整齊耳。

讀後魏《懷令李超墓誌》文，有「正光五年卒」，「越六年正月丙午朔」。以術推之，知爲正光六年，即孝昌元年也。蔣春皐攜宋搨《保母甎》。卷後有姜堯章跋，極詳，及元趙松雪、鮮于伯機、龔聖予諸人跋。

鏡濤以所得牙印一方出示。文云「清浄吉祥」。左右旁鐫「宣德二年月日，賜剌麻札思巴鎖南」。其鈕圓輪，周刻花瓣，承以蓮花，當即波羅密也。

晤蔣春皐，觀《定武蘭亭》肥本。後有趙子昂《與萬户親家帖》，云是受雲溪所藏。雲溪，未詳何人，予疑是僧名，若噩夢堂、訴笑隱之類耳。又見漢《婁壽碑》不全本，末有貞明二年題字，有豐道生跋，云是無錫華中父真賞齋所藏。又有《夏承碑》，亦佳。又有李北海書《雲麾將軍李琇碑》兩册，一云唐搨，一云宋搨，皆未可信。要是未斷時搨本，亦難得也。

黄椒升以「晉率善佽佰長」印見示，不知「佽」字何義。予據《後漢書・板楯蠻傳》，定爲蠻部落之號。

蔣春皐以宋搨《鐘鼎款識》册共三十頁。見示。中有畢良史送秦伯陽十五種，又有紹熙四年榮芑題。朱竹垞跋謂秦氏敗，歸於王厚之，後歸趙松雪。明爲項子京所藏。又歸曹倦圃、朱竹垞、馬寒中。有竹垞、查初白諸人跋。

得汪秀峯札，并摹寄官印文二紙。一云「提控所菜字印」，二行，方二寸。興定元年九月行宫禮部造。一云「恩州饒陽鎮酒税務記」，三行，方一寸有半。大觀三年二月少府監鑄。

何夢華寄武康縣新出《風山靈德王碑》，寶正六年重光單閼歲。末題「天下都元帥吴越國王」，即後唐長興二年也。又蕭山縣《崇化寺西塔基記》，文稱「吴越王長舅鄭國公吴延福載興塼塔二所」，而末題「唐下元戊午年」，此殊可疑。戊午，周顯德五年，何以不稱「周」而稱「唐」耶？

觀後周保定四年《造像記》，中有姓「甲井」者，予疑是「罕」字。撿《廣韻》，羌複姓有罕井氏。

何夢華贈《吴越國故僧統慧日普光大師塔銘》，後題「元年歲次甲午」。「元年」上字已磨滅。蓋文穆王嗣位之第三年，後唐應順元年。其四月，潞王改元清泰矣。

得海鹽吴侃叔札，寄《澉浦禪悦寺鐘款》。元延祐七年十月十一日，住持沙門懷寶題，行書。此鐘首題「奉佛中大夫前浙東道宣慰副使僉都元帥府事楊梓、男初雄、振杰、孫男泰孫、元孫」，後云「報薦宣授懷遠大將軍池州路總管輕車都尉弘農郡侯先考楊公、宣授弘農郡夫人先妣杜氏、宣授弘農郡夫人先室陸氏、門中祖禰親姻，俱仗良緣，同超浄土」。

可廬過談，以上虞縣《受水壺銘》遺予。至正乙巳五月江浙儒學副提舉揚彝撰并書。後有同僉樞密院事張子元、樞密院副使張啓原、方永、知樞密院事方國珉諸人名。蓋方國珍據浙東日，嘗置江浙行樞密院，分治上虞新城，因鑄刻漏爲晨昏之節，而揚彝爲之銘也。揚字从手旁，蓋取《漢書·揚雄傳》。

何夢華寄示《巡檢司印》，四旁皆有正書。一云「龍興弍柒年月空日」，一云「監造官樊」，一云「州府劄付潭州大潭」，一云「巡檢司印」。「龍興」，係趙諗僞號。「弍柒年月」，或是「二年七月」，文偶顛倒耳。潭州，今長沙府。

福興寺《張從申碑》，金部郎中潁州許□撰，碑末「歲在庚戌六月建」，蓋大曆五年也。

鏡濤于光福寺中，得唐《尊勝陁羅尼幢》二、一大中五年五月，一大中六年十二月。宋《光福寺銅觀音記》、元祐二年三月，正書。《軍府帖》、乾道三年，正書。《上方教院募到檀越捨田名》、嘉泰元年仲冬月，上層隴西彭澤讚，下層陳蘊誌。正書。碑陰、上截有元延祐六年五月住山了清跋。《光福祈禱道場免役公據》、上層寶祐六年十二月。二層至正二十年僧了傳《地畝記》，又住持斯蘊《地畝記》。三層至正二十四年住持昭叟《地畝記》，劉郎中題跋。四層至正四年三月住持《地畝記》。又至正六年閏十月魏狀元題跋。提舉寶謨袁大監題跋，末題開慶元年十月。朝奉大夫主管成都玉局觀袁□□跋。又至正二十年《地畝記》。皆正書。

碑陰、記出錢姓名。元平江路總管《祈請光福銅觀音感雨詩》、上層逸齋李戡詩并序。下層住山希磻回書并詩，皆行書。大德三年孟秋。《住山僧捨田記》。泰定四年十月，正書。

得汪龍莊札，并寄宋碑二道。一爲《山陰縣新建廣陵斗門記》，張燾撰并正書，嘉祐八年十月。一爲《帶御器械張塤壙刻》，孤哀子萊孫、稱孫識，從事郎資善堂檢閱劉仰祖填諱。張塤之妻，長興縣主，爲榮文恭王之妹。榮王，則理宗本生父也。其卜葬以癸丑歲十一月，蓋寶祐元年也。

鏡濤得光和六年題名二紙，字體在隸楷之間，似非漢刻，或是光初紀年也。

印庚實屬題蜀平章王鍇書《妙法蓮華經》殘葉，云得之潼川府琴泉寺。有「武成三年」字，蓋王建年號也。

讀蜀石經《左氏傳》昭公二年，凡三十六行，起「子也」，夫子，韓起。盡「如罪之不恤而」，正文三百九十五字，注二百六十七字。中脱一行。「子叔子知禮哉？吾聞」下闕「主也。辭不忘國」。每行十四、十五字不等。

蔣春皐招午飯，同席陸謹庭及仲升，觀游丞相所藏《蘭亭》。一爲紹興御臨及江南麻道崇本，皆向子諲刻。一爲復州、九江二本，一爲九江、唐安二本，一爲不知所出本。皆以十干標次，當有百本，今止得其八。而范大師本又僅存題跋耳。乃宋牧仲、汪謹堂、張晴嵐。

晤汪稼門，閲《大觀帖》十卷。卷末俱有「大觀三年正月一日奉聖旨摹勒上石」字。常熟邵氏所藏也。

觀蜀石經《詩經》殘字一冊，起《召南・鵲巢》前有闕文。至《邶風・二子乘舟》止。中間「淵」、「(明)

唐也。

〔民〕」、「察」三字缺筆。「察」爲孟知祥祖諱，「淵」、「民」則唐高祖、太宗諱。孟氏雖竊帝號，猶未自絶于唐也。

讀蜀石經《毛詩》殘本。《江有汜》「之子歸」，「之」下多「于」字。三章並同。「追其今兮」，「其」作「及」。「憂心殷殷」，不作「慇」。「不我能慉」，「不」下有「以」字。「不瑕有害」，「有」作「不」。「泄泄其羽」，「泄泄」作「洩洩」。知祥名上一字不避，與《左傳》殘字同。歐陽公《五代史》云「知祥父名道」，《蜀檮杌》則云「名巘」。此刻「道」字屢見，皆不缺筆，似歐史誤也。

得孫淵如德州札，并寄新出土《高貞碑》。大代正光四年刻。文稱「世宗武皇帝」，無「宣」字。又「清暈發于載卡」，「卡」字或是「年」字之誤。

鏡濤來，以石刻《孝經》見示。正書。後題「熙寧壬子八月書，付姪慥」。不知何人也。

竹汀先生日記鈔卷三

策問

《史記》、兩《漢書》，爲史學之宗，本紀、表、書、世家、列傳，其例剏于龍門。孟堅有列傳而無世家，後來多因之，而亦有别立世家者。其體例果同歟？志即書也，而分合不同，名目互異。列傳别爲標目者幾篇？或增或革，各有異同，能一一言之歟？史公書元闕幾篇？本未闕，而褚先生又補綴者幾篇？褚之後，又有竄入者何篇？小司馬所補者何篇？所欲更定者何篇？班書元闕幾篇？注班書者幾家？刊其誤者幾家？補班志者何人？補范表者何人？太史公未嘗自名其書爲《史記》，名之者何人？范史闕志，志出於何人？何時并合於范書？世以馬、班、范爲三史，然范書未出以前，已有三史之名，又何指歟？

太學石經昉於漢代五經、六經、七經，一字、三字，説者各殊，能折其中歟？中郎而外，同時揮翰者何人？其稱爲「鴻都」者，誤於何始？漢、魏石經，宋時尚有存者，能舉其目歟？唐、後蜀、宋皆立石經，或祇有經文，或兼及傳注，或真或篆，或存或佚，刻於何時？立於何地？書之者何人？攷其異補其闕者，又何人也？其别白言之。

自歐陽子《五代史》出，而薛氏之史幾廢，至今始復大顯。新舊二史，體例各異，或分或合，或删或併，孰得孰失，能言其大略歟？薛文惠以宰相監修，其時史臣秉筆者幾人？補其闕者幾家？注新史者幾家？纂其誤者又何人也？舊史闕佚者若干篇，搜羅補綴，出自何書？雜傳之名，出於廬陵新意，以貶臣節之不終者。然同光、應順之際，玉步三易，果皆不失臣節者乎？李茂貞、王鎔輩，非梁所得臣，而抑之雜傳，可乎？諸生有究心史學者，其切言之。

言天有三家，古人多主渾天。近代推步益密，始知渾、蓋本無異理。其説可得聞歟？抑昔之人亦有先覺者歟？周天之度，或云三百六十五有奇，或云三百六十，其似異而同者何在？三百六十度之説，果剏自何時歟？天體一也，何以有九重之名？何以有黄、赤道之别？何以有左旋、右旋之殊？其各詳悉言之。

唐宋以來，重進士科。其試文或以詩賦，或以經義，或以論策。其試期，或歲一舉，或三歲一舉。其試之名，有殿試、省試、府試、州試、類試、别頭試、鎖廳試。其試之等，有甲科、乙科、五甲、三甲、及第、出身之殊。名目損益，代各不同，能别白言之歟？

自封建廢而置郡縣，然郡縣之名，不始於秦，能言其所自歟？秦三十六郡，裴駰説與《漢志》異。漢置十三部刺史，或改刺史爲牧，其異同可約言之歟？唐分天下爲十道，又析爲十五道。宋初爲十五路，增爲十八，又增爲二十三。其疆域分合，及監司之名目、品秩，皆攷古者所當知也。其詳言之。

易者，象也，《説卦》言八卦之象詳矣。荀、九家、虞仲翔所補逸象尤多。王輔嗣以忘象言《易》，毋乃非古法歟？孟氏説卦氣，費氏説分野，鄭氏説爻辰，虞氏説旁通，其義例可得聞歟？《左傳》占筮多奇中，以何術推之？京君明傳所言世應納甲，與今卜筮家合。其餘飛伏積算、五星列宿之例，可推衍之歟？

《春秋》三傳，同出聖門，而師授各殊，往往牴牾。石渠之平議，范博士、賈侍中、何邵公、鄭康成之辨難，能舉其大略歟？地名、人名之異，如蔑昧、郱祊、貿茅、厥屈、罕軒、如弋、捷接、術遂，以古音求之，皆不相遠，豈古書固有假借之例歟？一子氏也，或以爲桓母，或以爲隱妻。一鄭詹也，或以爲良，或以爲佞。季姬、子叔姬、齊仲孫、伯于陽之類，事迹懸殊，何由別其黑白？祭仲之執，宋襄之傳，紀侯之去，潞子之滅，褒貶互異，何由決其是非？其分析言之。

古書多韻語。自《三百篇》而外，《易》十翼大半有韻，而《尚書》、三《禮》、《左傳》、《論語》、《爾雅》、《孟子》，亦間有諧韻之語，能悉數之歟？《老》、《莊》、《素問》、《靈樞》、《吕覽》、《淮南》，皆著書成一家言，何以亦多韻語？《史記》、《漢書》，史家也，亦間有用韻者，可舉其篇名歟？《詩三百篇》，或每句韻，或隔句韻，或兩韻相間，乃有全篇無韻者，又何説也？《易》八卦名義，如乾健、坤順、坎陷、離麗，皆取諧聲；而艮止、震動、巽入，聲不相近。何也？願聞其審。

文莫高於韓、柳，而韓尤高於柳。詩莫工於李、杜，而杜尤工於李。前賢議論具在，孰得其要領歟？注韓、柳者各五百家，注杜者千家，以何家爲最優？宋、元刊行之本，以何本爲最善？柳四家集中，間有贋作，或雜以他人之作，能別而出之歟？

古者八歲而入小學，教以六書。漢世閭里書師所受《倉頡篇》，出於何人？所作凡若干章，續之者又若干章，其體例可得聞歟？許氏《説文解字》，所收九千三百餘文，較之《倉頡篇》爲多，以今經典相承字證之，轉有脱漏，豈轉寫失其舊歟？許氏所引經文，往往與今本異，且有兩引而字各異者，又何故也？

《論語》有魯、齊、古文三家，其傳授何人？其同異何在？何平叔所用者何本？其所集諸家姓名，可枚數歟？皇氏《義疏》，其字句與今本間有異同，能指而數之歟？唐石經與今本亦微有異同，又有宋人旁添之字，果可盡信否？朱子《集注》，自注疏而外，所采者幾家？能舉其姓名否？

叶韻之説，始于吴才老《韻補》，而朱子注詩多采用之。近儒攷求古音，别爲十餘部，謂《三百篇》皆有定音，非一字而可兩叶，其説尤精當。然《周頌》多無韻之篇，《風》、《雅》亦有無韻之句，又何以説焉？且《三百篇》中，仍有一字而兩讀者。孔子贊《易》，間有用韻，而與《詩》不合者，或疑爲方言之異，然乎否乎？

《詩》有六義，賦、比、興居其三。毛公釋《詩》，言興而不言賦、比，朱子《集傳》始具列之，乃有一章而兼二義三義者，何也？興、比相似，其分别何在？宋儒之言興，與《傳》、《箋》有異同否？《雅》何以分大小？《周》、《召》何以稱「南」？《衛》詩何以别爲《邶》、《鄘》？《豳》有《雅》有《頌》，何以稱系於《風》？又何以殿十五國之末？鄭康成《詩譜》，其先後次第之殊，能推言之歟？

經典出於漢，傳授文字或有互異。《説文》所引、熹平所刻，與今本皆不盡合。九經疏唐人所定，而經文與陸氏《釋文》本、定本、石經本，亦間有異者。五季始有刻板，至宋而盛行。其時有國子監本、臨安監本、蜀本、興國本及建安余氏、相臺岳氏諸本，能言其優劣歟？今五經皆用宋儒所定本，然以宋、元刻校今坊本，亦有不盡合者，可舉其一二否？

《大學》爲《禮記》四十九篇之一，本無經傳之分。今士子所誦習者，則朱文公攷定本也。朱子以前，二程子各有改移。南宋至明，又有董氏、蔡氏、鄭氏、高氏諸本。其異同得失，能臚列言之歟？以窮理解格物，本於程子，而《或問》又引格猶、扞禦之説，所稱近代大儒者，果何人乎？「親愛而辟」五句，舊讀「辟」如「譬」，今讀如「僻」。「絜矩」之「絜」，舊讀爲「挈」，今解爲「度」。其改正之意云何？抑其説亦有本乎？「敬止」之訓，朱注《詩》與《大學》各殊，其説可得聞歟？

自南北分宇，史家互有詆訾，而李延壽之史，遂重于後世。其體例之異于八書者何在？抑南北既竝列，而繹其書法，仍有軒輊之殊，又何故也？延壽預修六代史，其見聞多出本書之外。然去取別擇，豈能盡當？可依吴氏《糾謬》之例，確指其失歟？其褒貶直筆，亦有勝于本書者，能表而出之歟？本書無紀傳，而刱補者凡幾篇？本書有傳，而芟汰者凡幾篇？一人而兩史重出者，又幾篇？本書殘缺，轉取延壽書以補完者又幾篇？皆讀史者所當攷求也。其詳言之。

宣尼生年月，兩傳各殊。孟子游齊、梁先後，《史記》與本書或異。孔門弟子諸書，互有出入。郕、沂二公之升配，昉于何時？顓孫子之列十哲，定於何代？試詳言之。

訓詁之學，莫尚於《爾雅》。《爾雅》何人所作？何人所補？其增補之處，能指其一二歟？郭景純注本，與古本文字、句讀間有異同。石經與坊本，亦各有異。能分别言之歟？郭注亦有爲後人删落者，能言其脱漏所在歟？

古人文字，載於簡策。南史所執，繞朝所贈，其名何以攸殊？六經、《論語》、《孝經》簡各不同，其長短尺寸與字數多寡，可析言之歟？方版與簡策，其别何在？世傳秦蒙恬始製筆，然《詩·静女》三章，已有「彤管」之文。《曲禮》、《爾雅》、《莊子》，皆有「筆」字，此何説也？

八卦方位，宣尼《説卦傳》詳言之。四正四維，合於四時八節，乾西北，坤西南，其義深遠。能推而明之歟？宋儒始有先天之學，夫天一而已，何以有先後之殊？乾南坤北，果與天地定位之義相符合乎？乾一兑二之序，果即數往知來之旨乎？一圖之中，有順有逆，傳何以獨取逆數？試詳晰言之。

吴郡爲文獻之邦，志乘多出名人之手，陸廣微、朱伯原、范至能、盧公武、王濟之諸家之書具在。孰詳孰略，孰優孰劣，能舉其概歟？三吴之名，昉於何代？衆説不同，誰得其實？説吴會者，或分兩地，或專指吴，其是非有定論歟？中吴之稱，其沿革可攷否？

紫陽朱子之書，學者童而習之，亦嘗論其世而攷其學術之源流乎？朱子之學，出於程門，遞相授受者何人？少時師事者何人？交游最密者何人？其門下士見于正史者幾人？録其語者幾家？類而編之者又何人？其各條舉以對。

班爵之等，詳于《孟子》。而秦漢亦有賜爵，其同異何若？漢以禄弟官之高下，而丞相、御史大夫何以不言禄？且既有二千石矣，而又有中二千石、比二千石，其分别何在？唐制有散官、有職官、有勳、有封，宋則職事官之外别有寄禄官、有帶職、有差遣，能詳晰言之歟？

七音字母之學，宋以來始盛行之。然孫叔然椒爲翻切，六朝人多解雙聲。聲韻之理，出于天籟，古賢早有先覺者矣。或謂字母本於《華嚴》，然四十二與三十六，多寡懸殊，二合三合之母，華音未始有也。毋亦循其名而未攷其實歟？司馬、鄭、劉諸家之譜，先後次第，亦復互異，試别而言之。

古者有姓有氏，漢以後始混而一之。或姓同而氏别，或氏同而姓殊，其義可得聞歟？魏晉六朝，崇尚門第，尤以郡望爲重。即族望同矣，又有房分之别，其膏粱華腴之目，能舉其太略歟？《世本》一書，今已失傳，其篇名猶可攷否？應氏《風俗通》有《氏族》一篇，文雖散佚，尚能攷而補之歟？

《王制》述大學、小學四代，名目各殊，賈誼書又有五學之名，其同異何若？漢明帝始臨辟雍，而《西京》已有「對三雍宫」之文，何也？唐之七學，其職掌何以别？宋之三舍，其優劣何以分？試詳言之。

孔、孟之書，儒者童而習之。孟子道性善，性之善，于親親敬長見之，所謂良知良能也。而宋儒乃謂性中，曷嘗有孝弟來。其似異而同之故，果何在歟？明儒主良知者，又與孟子之意異。果有當於聖學否？宣尼四教，不越文、行、忠、信，學問之後，繼以思辨，非徒思也。紫陽以窮理爲致知，此爲聖學真傳，而或者轉譏學問爲支離，毋乃與孔孟之旨相刺謬乎？其各抒心得以對。

《春秋》有古文、今文之異，漢熹平、魏太和所刻者，今歟？古歟？漢儒説《左氏》者，莫精於服虔。自杜解行，而服氏遂廢。其逸義猶有可攷否？何平叔之《論語》，范武子之《穀梁》，皆稱《集解》，與杜氏同。何、范具列先儒姓名，杜何以獨異？鄭康成引《公羊傳》文，往往與何休本異，又何故也？

閏月定四時，昉于《堯典》。氣盈朔虚之故，能詳言之歟？五歲再閏，與十九歲七閏之説，何以不合？祖沖之始破章法，自唐以來，術家未有求章歲者，其故安在？《左氏傳》譏閏三月爲非禮，又何説也？

史家之有述贊，昉於龍門，而班氏因之。小司馬譏述贊爲未安，果何所見歟？後代史或稱「論」，或稱「贊」，或有「論」又有「贊」，或有「論」無「贊」，或論、贊俱無之。其「論」或稱「制」，或稱「史臣」，或偶稱史臣之名，又有不稱「論」而稱「評」者。例各不同，能詳言其所自歟？

漢舉孝廉諸生試家法，其經義試士之權輿乎？明經、進士，本兩科也，以經義試進士，昉於何代歟？經義、經疑，其別何在？《四書》列《五經》之前，何時所定？説經本以明理，何以必用對偶？八股破承大結之式，定于何時？抑亦有所自歟？

史學與經竝重，魏、晉時已有三史之名，果何所指歟？十史及十三、十七、十八、十九、廿一之目，能臚列言之歟？陳承祚叙爲《三國志》，厥後十六國、三十國、三國、九國、十國各有紀載，撰述者何人？能詳舉其名目歟？

《尚書》言九州，又言十有二州，其分析何名？《爾雅》、《職方》所述州名，與《禹貢》互異，其故何在？

三條四列，若何區分？九山九川，若何枚數？三江九江之聚訟，嶓冢大別之紛更，弱水昆侖，荒遠難究，河、淮、汶、濟，遷徙靡常，目驗者或據後而疑前，耳食者又陋今而榮古，諒爲儒者所折衷。其詳著于篇。

古人訓詁，多以聲見義。《易傳》、《禮記》、《論》、《孟》已啓其端，班固、許慎、劉熙益暢其旨。好古之士，能講明而深究之歟？其中與今音不相近者，能考其似異實同之故歟？昔人讀《三百篇》，於今韻未收者則謂之叶。近儒博稽載籍，始得古人本音。古今分部異同，能枚數其目歟？

禮，所以安上全下也。禮之目，曰三、曰五、曰六，其分别何在？《儀禮》十七篇，于五禮何屬？其稱士禮，又何取也？《禮古經》多於今《禮》若干篇，其篇名猶有可攷者歟？古今文字不同，其見於注者，能悉數歟？監本經文多脱誤，不如唐石經之精審，能舉其一二否？張氏《識誤》一篇，果無遺憾否也？

樂正四教，詩、樂分而爲二，詩之次第與樂之次第，果相應歟？昔人謂詩有入樂不入樂之分，然歟否歟？古有誦詩，有賦詩，有歌詩，其分别何在？《貍首》、《新宫》，何以不見於《南陔》六篇？既無其聲，何又列之於什？此皆儒者之所宜講明者也。

閏月定四時，見於《虞書》。氣盈朔虚之名，由來舊矣。古法五歲再閏，漢以後十九歲七閏。自祖沖之以來，置閏又各不同。其疎密之故，可詳言歟？朔一也，而有平有定。氣一也，而有恆有定。其異同安在？《春秋》何以譏閏三月？秦漢何以有後九月？其據所見以對。

氏族之學，古人所重。姓與氏奚以分？宗與族奚以別？《世本》久不傳，其見于他書所引者，能覼縷言之歟？唐人有以能言三桓七穆垂名正史者，今推其例，若二惠、二穆、十四姓、八姓、七姓、六族、七族、十一族、九宗、五宗、三閭之等，皆可枚數也。僕將敬而聽之。

《周官》有大史、小史、内史、外史諸職，列國亦有左史、右史，二職之重久矣。翰林之官，置於何時？其職名有供奉，有學士，有承旨，有直院，有權直，有待制，有應奉，能各舉其時代歟？唐、宋以前，若翰林，若館職，若經筵，若史局，各不相屬。并爲一署，又始自何時也？前代臨幸詞館，有故事可攷否？李肇、洪遵、周必大、程俱、陳騤、廖道南、張儉諸家之書具在，能言其梗概否？

五帝之書，謂之《五典》，夏后有《政典》，《周官》冢宰「掌建邦之六典」。典則之貽，由來尚矣。兩漢、唐、五代，皆有《會要》，何人所纂？其體例能略言之歟？唐、宋以來，有《六典》、《通典》、《經世大典》、《會典》諸書，何時開局？何人承修？其義例或同或異，或優或劣，試羅列于篇。

陸元朗爲吾吴先達，《經典釋文》多採漢晉古本，擇之精而語之詳矣。其所述經文，以注疏本校之，或有矛盾，其故何在？又一字兼存數音，音異則字亦宜異，何以不盡分別歟？《尚書音義》經後儒删改，果出何人之手歟？陸氏自序，不言撰於何年，能稽其時代否？

《四書》義以朱子爲宗。然《章句集注》各爲一編，併稱四書，始於何代？朱子於《中庸》有輯略，於《論》、《孟》有集義，能言其大略歟？《大學》本《禮記》之一篇，宋儒始分爲經傳。而二程考定之本，與朱子又不盡同，其故何在？《集注》所引洪氏、吴氏、周氏、黄氏、張氏、豐氏及王勉、潘興嗣、何叔京諸家，可攷其名字爵里否？所稱劉侍讀、吕侍講、劉聘君者，又何人也？

嘉定錢竹汀先生，主講吴郡之紫陽書院，四方賢士大夫及諸弟子過從者，殆無虚日。所見古本書籍、金石文字，皆隨手記録，窮源究委，反復攷證。於行款格式，纖悉備載，蓋古人日記之意也。自乾隆戊申迄嘉慶甲子，凡十六年。元錫昔日過吴，謁先生於講塾，得見稿本。今先生往矣，單詞片語，悉可寶貴。今年秋七月，晤先生從子繹于長興縣齋，談及遺書，遂假録清本以歸，編成三卷，付之梓版。末卷策問，爲書院課題，皆文集所未載也。嘉慶十年乙丑九月，弟子錢唐何元錫謹跋。

十駕齋養新録摘鈔

十駕齋養新録摘鈔目録

十駕齋養新録摘鈔卷一

朱文公本義……二七九
説文引易……二八〇
魏三體石經……二八〇
毛傳多轉音……二八〇
詩序……二八一
正義刊本妄改……二八二
何氏注公羊傳……二八三
朱注引石經……二八四
朱子四書注避宋諱……二八四
論孟集注之誤……二八六
孟子章指……二八六
孟子正義非孫宣公作……二八七
宋高宗書孟子……二八七
今本爾雅誤字……二八七
注疏舊本……二八八
經史當得善本……二八八
石經避諱改字……二八九
石經俗體字……二八九
陸氏釋文多俗字……二八九
三史……二九〇
十三史十史……二九〇

十七史……二九一
十八史十九史……二九一
監本二十一史……二九一
史記舊本……二九二
十二諸侯年表……二九二
角里先生……二九三
司馬貞……二九三
吳楚通稱……二九四
漢書景祐本……二九四
地理志譌字……二九五
臣瓚晉灼集解……二九五
漢書注本始於東晉……二九六
後漢書注攙入正文……二九六
張堪……二九六
章懷注多譌字……二九七
王充……二九七
陳蕃傳二郡字……二九七
孔融傳誤……二九八
許慎傳漏略……二九八
司馬彪續漢書志附范史以傳……二九九
安縣即婁縣之譌……二九九
平原有西平昌縣……三〇〇
永憙年號……三〇〇
三國志注誤入正文……三〇〇
徐詳當有傳……三〇一
新晉書……三〇二
晉書敍例……三〇二
新舊晉書不同……三〇二
晉僑置州郡無南字……三〇三
晉書沿襲之誤……三〇四

濟陽乃濟陰之譌……三〇四
樂安國鄒縣……三〇五
吳興郡脱一縣……三〇五
西郡非漢置……三〇五
青州脱北海郡……三〇五
濟岷郡……三〇六
豫州之沛郡……三〇七
幽州之燕國……三〇七
内史太守互稱……三〇七
沙門入藝術傳始於晉書……三〇八
列女……三〇八
嘉祐校七史……三〇八
南齊書序録……三〇九
諸史殘闕……三〇九
緹衵……三〇九
夷齊字誤……三一〇
官名地名從省……三一〇
新唐書明皇二十九女……三一一
本紀一事重書而年月違錯……三一一
宗室世系表脱漏……三一二
德王裕本名佑……三一二
彭王惕……三一二
通王滋……三一二
沂王禋……三一三
宋景文識見勝於歐公……三一三
大太二字易混……三一四
唐書……三一四
特勤當從石刻……三一四
劉禹錫傳誤……三一五
五代史……三一五

周世宗兩符后……三一六
劉昫傳不言修唐史……三一六

十駕齋養新録摘鈔卷二

宋史刻本之誤……三一八
瀛國公紀……三一八
南渡諸臣傳不備……三一九
一人重複立傳……三一九
編次前後失當……三一九
神宗謚……三二〇
地理志之誤……三二一
宋史褒貶不可信……三二二
藝文志脱漏……三二二
王安石傳誤……三二三
邵雍傳誤……三二四
劉應龍傳脱誤……三二四
遼史……三二四
壽隆年號誤……三二五
西遼紀年……三二五
金史衛紹王紀……三二九
金史義例未當……三二九
地理志失載鞏昌府……三三〇
一地異文……三三〇
南遷録……三三〇
元史……三三一
元初世系……三三一
太祖紀……三三三
萬奴……三三三
伐西夏事差一年……三三三
李全事誤……三三四

趙世延楊朵兒只皆色目……三三四
不只兒即布智兒……三三四
祖孫同號……三三五
延祐四年正月肆赦詔……三三五
本紀失書廷試進士兩科……三三六
三公宰相表脱一年……三三六
元史不諳地理……三三七
漢人八種……三三九
咸寧字誤……三三九
興德字誤……三四〇
迦堅茶寒……三四〇
也可太傅……三四〇
五部將名互異……三四〇
汪世顯傳不可信……三四一
鄧州移復……三四二
胡土虎……三四三
李全字誤……三四四
月乃合……三四四
雍古……三四四
劉敏傳……三四五
宣聖配享……三四五
高麗王大順……三四六
史臣分修志傳姓名可攷者……三四六
明史……三四六

十駕齋養新録摘鈔卷三

文文肅殿試卷……三四八
鄉試録……三四八
水經注難盡信……三四九
漢地理志縣名相同……三五〇

後漢縣名相同……三五一
詩傳附録纂疏……三五二
儀禮注小字宋本……三五三
儀禮疏單行本……三五三
論語注疏正德本……三五三
國語……三五三
廣雅……三五四
玉篇……三五五
周成雜字……三五六
龍龕手鑑……三五六
六書正譌……三五六
文場備用排字禮部韻注……三五七
萬斯同石經攷……三五七
史記宋元本……三五八
竹書紀年……三五九
十六國春秋……三六〇
吳越備史……三六一
唐書直筆新例……三六二
薛氏宋元通鑑……三六二
唐律疏義……三六三
史通……三六四
司馬温公稽古録……三六五
晁公邁歷代紀年……三六五
胡五峯皇王大紀……三六六
東家雜記……三六六
孔氏祖庭廣記……三六七
東平王世家……三六八
聖武親征録……三六八

平宋録……三六九
祕書志……三七〇
復齋郭公言行録及敏行録……三七〇
文獻通攷……三七一
永樂大典……三七一

十駕齋養新録摘鈔卷四

太平寰宇記……三七五
輿地紀勝……三七五
會稽志……三七六
會稽續志……三七七
赤城志……三七七
嚴州重修圖經……三七八
新定續志……三七九
琴川志……三七九
金陵新志……三八〇
太倉州志……三八〇
浙江通志……三八一
江西通志……三八一
風俗通義……三八二
顔氏家訓……三八三
容齋隨筆……三八三
揮麈録……三八四
履齋示兒編……三八四
史繩祖學齋佔畢……三八五
石刻鋪敍……三八五
癸辛雜識……三八六
夢粱録……三八七

輟耕録……三八七
湧幢小品……三八七
日知録……三八八
池北偶談……三八九
天禄識餘……三八九
洗寃録……三八九
證類本艸……三九〇
星經……三九一
丹元子步天歌……三九一
數學九章……三九一
測圜海鏡細草……三九二
革象新書……三九二
寶祐會天曆……三九三
三秝撮要……三九三
大乙統宗寶鑑……三九四
梅花喜神譜……三九五
文心雕龍……三九五
文選注……三九五
文選元槧本……三九六
宋名賢五百家播芳文粹……三九六
陸宣公集……三九七
韋蘇州集……三九七
臨川集……三九八
查氏注蘇詩……三九八
濇水集……三九九
野處類稾……三九九
鶴山大全集……四〇〇
陵陽先生文集……四〇〇

石田集……四〇一
金華黄先生集……四〇一
偶桓江雨軒藁……四〇一
曝書亭集……四〇二
崇文總目……四〇二
郡齋讀書志……四〇三
趙希弁讀書附志……四〇三
直齋書録解題……四〇四
菉竹堂書目……四〇四
元藝文志……四〇五

十駕齋養新録摘鈔卷五

石刻詩經殘本……四一〇
經筵薦士章稿……四一一
趙崇雋壙誌……四一一
永清縣宋石幢……四一二
陶靖節詩……四一二
王介甫詩……四一三
蘇東坡詩……四一三
文選……四一四
御覽載孔融語……四一四
庾闡揚都賦……四一四
范縝神滅論……四一五
通鑑多采善言……四一五
詩文盜竊……四一六
宋槧本……四一六
借書……四一七
引書記卷數……四一八

吳郡志沿革之誤……四一八
吳地記……四一八
姑蘇志……四一九
渡僧橋石刻……四一九
蘇州府儒學誌……四一九

十駕齋養新録摘鈔卷六

蜀石經毛詩……四二一
左傳服杜之學……四二一
春秋正義宋槧本……四二一
譙周注論語……四二二
諸經音……四二二
大題在下……四二二
史漢目録……四二三
諸史目録皆後人增加……四二三
太史公李延壽……四二四
史記年表……四二四
漢書王子侯誤字……四二五
續漢書百官志注譌字……四二五
三國志注……四二五
史傳稱人字……四二六
晉書地理志之誤……四二六
毛寶傳誤……四二九
朱序傳誤……四二九
劉逵……四三〇
孟康……四三〇
何法盛書……四三〇
王劭齊隋二史……四三一

隋五行志多讖言……四三一
隋書經籍志遺漏……四三一
一字三字石經……四三一
謝吳……四三一
南宋事略……四三三
糺……四三五
哀宗紀……四三五
白樂天文集……四三五
藏書之戹……四三六
南監板經史……四三六
南雍經史板……四三七
翻刻古書易錯……四三七
羣書治要……四三七

十駕齋養新録摘鈔卷一

朱文公本義

《賁彖傳本義》云：「先儒説『天文』上當有『剛柔交錯』四字。」不云「先儒」何人。案王輔嗣《注》：「剛柔交錯以成文，天文也。」《釋文》、《正義》俱不言經有脱文，唯李衡《義海撮要》載徐氏説「天文也」上脱「剛柔交錯」四字。《本義》所稱「先儒」，即其人也，名字未詳。或云郭京《周易舉正》先有此説。然《舉正》係宋人託名。自言曾見王輔嗣、韓康伯手寫真本，其誕妄可知。「《既濟》『亨小』當爲『小亨』」，此胡瑗説也；「『能研諸侯之慮』，『侯之』二字衍」，此朱震説也。朱引王弼《略例》「能研諸慮」句爲證。皆見《義海撮要》。

咸淳乙丑，九江吴革所刻《正義》大字本極精審。《雜卦》「遘遇也」，不作「姤」，與唐石經同。案《説文》無「姤」字，徐鉉新附乃有之。古《易》卦名本作「遘」，王輔嗣始改爲「姤」。後儒皆遵王本，唯《雜卦》傳以無王注，偶未及改，宋本猶存此古字。明人撰《大全》者，盡改爲「姤」，自後坊本相承，皆用《大全》本。村夫子不復知有文公元本矣。《大有象傳》「明辨晳也」，亦與石經同。

説文引易

《説文》「相」字下引《易》「地可觀者，莫可觀於木」。今《易》無此語。或疑《説卦》之逸文。案《説卦》「天地定位」四章，皆以雷風相對，無取象於木者。此殆是釋《觀卦》名義，《巽》上《坤》下，木在地上之象，其卦爲《觀》。於文木旁目爲相，相，亦觀也。許叔重引《虞書》「仁閔覆下，謂之旻天」。又「怨匹曰逑」，皆漢儒傳授經説，非經正文，與此條引《易》正相似。

魏三體石經

段若膺云：魏三體石經，洛陽蘇望所刻。見於洪景伯《隸續》者，名曰《左傳》，實兼有《尚書》之文。如「五刑」、「惟灋」、「罰」、「非死」、「其」、「差」、「人」、「兩」、「并」、「寶」、「在命天」，《吕刑》文也。「文侯」、「王若」、「在下」、「事厥辟」、「粤」、「小」、「女克昭」、「前文」、「歸視」、「乃」、「一旅」、「荒寧」，《文侯之命》文也。「大儇龜」、「粤茲」、「載翼」、「㠯于」、「我友邦君」、「庶邦于」、「艱大」、「可征」、「鰥哀寡」、「卬自」、「于衈」、「不敢替」、「克綏」，《大誥》文也。《吕刑》十六，《文侯之命》廿三，《大誥》卅二。

毛傳多轉音

古人音隨義轉，故字或數音。《小旻》「謀夫孔多，是用不集」，與「猶」、「咎」爲韻。《韓詩》「集」作「就」，於音爲協。毛公雖不破字，而訓「集」爲「就」，即是讀如「就」音。《書·顧命》「克達殷集大命」，漢石經「集」作「就」。《吳越春秋》「子不聞河上之歌乎？同病相憐，同憂相救。驚翔之鳥，相隨而集。瀨下之水，回復俱留。」是「集」有「就」音也。《瞻卬》「藐藐昊天，無不克鞏」。《傳》訓「鞏」爲「固」，即轉從「固」音，與下句「後」爲韻也。《載芟》「匪且有且」，《傳》訓「且」爲「此」，即轉從「此」音，與下句「茲」爲韻也。顧亭林泥於一字祇有一音，遂謂《詩》有無韻之句，是不然矣。

《溱洧》之「溱」，本當作「潧」。《說文》「潧水出鄭國」，引《詩》「潧與洧，方涣涣兮」，是也。今《毛詩》作「溱」者，讀「潧」如「溱」，以諧韻耳。「溱」即「潧」之轉音，不可謂《詩》失韻，亦不可據《詩》以疑《說文》也。《魯頌》「烝徒增增」，《傳》云「增增，衆也」，本《爾雅・釋訓》文。而《小雅》「室家溱溱」，《傳》亦云「溱溱，衆也」。「增」、「溱」聲相近，轉「增」爲「溱」，亦以諧韻，與「潧洧」作「溱洧」同。《說文》「蔆」，司馬相如从「遴」。

詩序

王氏《困學紀聞》引葉氏云：「漢世文章，未有引《詩序》者。魏黃初四年詔云：『曹詩刺遠君子近小人。』蓋《小序》至此始行。」近儒陳啓源始非之云：「司馬相如《難蜀父老》云：『王事未有不始於憂勤而終逸樂。』此《魚麗》序也。班固《東京賦》『德廣所及』，此《漢廣》序也。一當武帝時，一當明帝時，可謂非漢世耶？」吾友惠定宇亦云：「《左傳》襄廿九年，『此之謂夏聲』，服虔《解誼》云：『秦仲始有車馬禮樂之好，侍御之臣，戎車四牡，田狩之事，與諸夏同風，故曰夏聲。』又蔡邕《獨斷》載《周頌》卅一章，盡録《詩序》，自《清廟》至《般》，一字不異，何得云『至黃初始行于世』耶？」愚謂宋儒以《詩序》爲衛宏作，故葉石林有是言。然司馬相如、班固，皆在宏之前，則《序》不出於宏已無疑義。愚又攷《孟子》説《北山》之詩云：「勞於王事，而不得養父母。」即《小序》説也。唯《小序》在《孟子》之前，故孟子得引之。漢儒謂子夏所作，殆非誣矣。「説《詩》者不以文害辭，不以辭害志」，詩人之志見乎《序》，舍《序》以言《詩》，孟子所不取。後儒去古益遠，欲以一人之私意窺測古人，亦見其惑已。

正義刊本妄改

《春秋正義》：隱公以平王四十九年即位，是歲歲在豕韋；桓公以桓王九年即位，是歲歲在玄枵；莊公以莊王四年即位，是歲歲在鶉火；閔公以惠王十六年即位，是歲歲在大梁；僖公以惠王十八年即位，是歲歲在鶉首；文公以襄王二十六年即位，是歲歲在降婁；宣公以匡王五年即位，是歲歲在壽星；成公以定王十七年即位，是歲歲在降婁；今刊本無此六字，當是傳刻脱去。襄公以簡王十四年即位，是歲歲在壽星；昭公以景王四年即位，是歲歲在大梁。定公以敬王十一年即位，脱是歲歲在某次句。哀公則不載《正義》本文，但于白文疏字下出「同上」兩字，謂與陸氏《釋文》相同，不復重出也。以昭三十二年歲在星紀推之，則定元年歲在玄枵，哀元年歲在大梁也。《釋文》與《正義》各自一書，宋初本皆單行，不相殽亂。南宋後乃有合《正義》於經注之本，又有合《釋文》與《正義》于經注之本，欲省學者兩讀。但既以注疏之名標于卷首，則當以《正義》爲主。即或偶爾相同，亦當並存，豈有删《正義》而就《釋文》之理？況以前十一公攷之，皆《正義》詳于《釋文》，《正義》之例，每公皆引《魯世家》，皆有「以某王某年即位」之語，而《釋文》無之。獨哀公《釋文》多

「敬王二十八年即位」一句，此必校書者以意竄入。謬妄相承，蔑有悟其非者，可三歎也。

何氏注公羊傳

《公羊傳》襄公二十一年，「十一月庚子，孔子生」。《注》：「時歲在乙卯。」《疏》作「己卯」。二文當有一誤。《疏》云：「何氏自有長曆，不得以左氏難之。」案魏、晉以來，推襄廿一年皆云己酉，而何氏乃云乙卯，故疏家依違其詞。謂何氏別有長曆，亦無明文可證。今以《三統》歲術超辰之法計之，襄二十一年，歲在實沈，太歲當是乙巳，則何《注》「乙卯」必「乙巳」之譌也。襄廿一年距上元十四萬二千六百七十九，滿歲數一千七百廿八去之，歲餘九百八十三，以百四十五乘之，得十四萬二千五百三十五，盈百四十四而一，得九百八十九，爲積次，滿六十去之，大餘廿九，起丙子算外，正得乙巳歲。自襄二十一年孔子生，距漢元年三百四十六歲。又自漢興距光武建武元年二百三十歲，合五百七十六算，正當超四辰。故知何所據者，超辰古術，非別有長曆也。左氏襄二十八年，歲在星紀，歲星與太歲常相應，星在星紀，則歲當在子，而今人以爲丙辰，亦差四算。然則孔子生年必爲「乙巳」，非「乙卯」無疑矣。

襄廿八年，「歲在星紀，而淫于玄枵」，《正義》云：「《三統》之曆以庚戌爲上元，當云「以丙子爲上元」，孔氏未曉超辰之理，誤以爲「庚戌」。此年距上元積十四萬二千六百八十六歲。置此歲數，以歲星歲數一千七百二十八除之，得積終八十二，去之，歲餘九百九十，以一百四十五乘歲餘，得十四萬三千五百五十，以一百四十四除之，得九百九十六。爲積次，不盡一百二十六。爲次餘，以十二今刊本作「十一」，誤。除之，除積次也。得八十三，去之，盡。是爲此年更發初在星紀也。」案古法，太歲與歲星常相應。《三統》本以丙子爲上元，今欲知太歲所在，即以六十去積次，不盡三十六，爲大餘，數起丙子，是爲襄廿八年太歲在壬子也。以是上推，孔子生襄二十一年，正當爲乙巳。孔沖遠不知古法太歲亦有超辰，乃用後漢太史虞恭説，謂《三統》以庚戌爲上元，失之甚矣。

自襄廿一年太歲乙巳，上溯隱元年，計一百七十算，太歲當在乙卯，而《正義》云「隱元年歲在豕韋」，則是太歲在甲寅也。因莊公廿三年太歲歲星皆在超辰之限，歲星既超實沈入鶉首，則太歲亦超乙巳而至丙午，故《正義》云「閔元年歲在大梁」，知太歲在丙辰矣。

後漢人引緯書，以庚申爲西狩獲麟之歲，又以隱公元年爲己未之歲，與今人所推同。緯書出于東漢，其時太歲超辰之法已廢，自何邵公、鄭康成諸大儒外，知之者尟矣。徐廣注《史記》，以共和元年爲庚申，非太史公本文。

朱注引石經

「三嗅而作」引晁氏云「石經『嗅』作『戛』」。按唐石經本作「臭」，後人加口旁於左，其跡宛然。晁氏所稱石經，殆孟蜀刻也。瞿生中溶云：「《五經文字》鼻部『嗅』下云『《論語》借臭字爲之』。則此口旁爲後人所加無疑。」

朱子四書注避宋諱

《論語》「管仲之器小」章《注》「相威公，霸諸侯」；「天生德於予」章《注》「威魋，宋司馬向魋也。出於威公，故又稱威氏」，又「威魋其奈我何」；「管仲非仁者與」章引程子「威公兄也」一條，「威」字六見。「禄之去公室」章《注》「歷悼、平、威子。三威，三家皆威公之後」，又引蘇氏「三威以微」；「公山弗擾」章《注》「與陽虎共執威子」；「齊人歸女樂」章《注》「季威子，魯大夫」；《孟子》「齊桓晉文之事」章《注》「齊威公、晉文公，皆霸諸侯者」；「夫子當路於齊」章《注》「威公獨任管仲」；「以力假仁」章《注》「若齊威、晉文是也」；「或謂孔子」章《注》「威司馬，宋大夫向魋也」；「五霸者，三王之罪人」章《注》「齊威、晉文」兩見；「古之君子章」《注》「若孔子於季威子是也」；「爲政不難」章《注》「麥邱邑人祝齊威公」云云。此避欽宗諱也。見趙氏《四書纂疏》。今世俗本皆改「桓」字矣，唯《論語》「譎而不正」章、「召忽死之」章、《孟子》「敢問交際」章，《注》於「桓」字俱未回避，蓋刊《纂疏》時校書人妄改，猶幸改有未盡耳。

《纂疏》本《大學章句》「先謹乎德」承上文「不可不謹」而言，自「先謹乎德」以下至此，此三「謹」字本皆「慎」字，避孝宗諱以「謹」代之。今本改「先謹」爲「先慎」，而於「不可不謹」之「謹」則不知改，進退皆失據矣。《論語》「慎終追遠」章《注》「謹終者，喪盡其禮」；「君子食無求飽」章《注》「謹於言者，不敢盡其所有餘也」；「子張學干禄」章《注》「謹言行者守之約」；「恭而無禮」章《注》「謹不葸，謹終追遠之意」。今《注》中諸「謹」字皆改爲「慎」，獨《孟子》「魯欲使慎子」章《注》中「慎子」四見，《纂疏》亦不回避，蓋亦刊本輒改。

《論語》「君子無所争」章《注》「揖遜而升者，《大射》之禮」，「能以禮讓」章《注》「遜者，禮之實也」，改「讓」爲「遜」，避濮安懿王諱。今本皆作「讓」字。

《孟子》「夫子當路於齊」章《注》「一正天下」，改「匡」爲「正」，避太祖諱也。然《論語注》中「匡人」、《孟子注》中「匡章」，《纂疏》亦未改，此校書者之失，非趙氏有誤也。

《孟子》「或謂孔子於衛」章《注》「司城正子，亦宋大夫之賢者也。孔子去陳，主於司城正子」，改「貞」爲「正」，避仁宗諱也。今本皆作「貞」字。

論孟集注之誤

閻百詩舉《論語》、《孟子》集注之誤，謂季文子始專國政，不待武子；蘧伯玉不對而出，無關甯殖；子糾兄而非弟；曾西子而非孫；武丁至紂九世，非七世；「或勞心」四語皆古語，「四」當作「六」；「不衣冠而處」，譌《説苑》爲《家語》；農家者流，譌班固爲史遷；滅夏后相乃寒浞而非羿；去魯司寇則適衛而非齊；戟，有枝兵，戈，平頭戟，其器各别，不得即以戈爲戟；麋，澤獸，鹿，山獸，其類各别，非有大小之分。

孟子章指

趙岐注《孟子》，每章之末，括其大旨，閒作韻語，謂之《章指》。《文選注》所引趙岐《孟子章指》是也。南宋後僞《正義》出，託名孫奭所撰。盡删《章指》正文，仍剽掠其語，散入《正義》。明國子監刊《十三經》，承用此本，世遂不復見趙岐元本矣。考《崇文總目》，載陸善經《注孟子》七卷，稱善經删去趙岐《章指》與其注之繇重者，復爲七篇。見《文獻通考》。是删去《章指》始於善經。邵武士人作《疏》，蓋用善經本也。

孟子正義非孫宣公作

《孟子正義》，朱文公謂邵武士人所作。卷首載孫奭序一篇，全録《音義序》，僅添三四語耳，其淺妄不學如此。晁公武《讀書志》，有孫奭《音義》而無《正義》，蓋其時僞書未出，至陳振孫《書録解題》始竝載之。馬端臨《經籍考》并兩書爲一條，云《孟子音義正義》，共十六卷，引晁氏曰「皇朝孫奭等，採唐張鎰、丁公著所撰，參附益其闕。古今注《孟子》者，趙氏之外，有陸善經。奭撰《正義》，以趙《注》爲本，其不同者，時時兼取善經。如謂『子莫執中』爲『子等無執中』之類」。今考「子等無執中」之説，初不載於《正義》，唯《音義》有之。馬氏既不能辨《正義》之僞託，乃改竄晁語以實之，不知晁《志》本無《正義》也。

宋高宗書孟子

唐國子學石經，有《論語》、《孝經》、《爾雅》，而無《孟子》。今杭州府學有宋高宗御書《孟子》，雖非全本，較之坊刻，閒有異同。如「文王事昆夷」，石刻作「混夷」；「有小人之事」，石刻作「小民」，皆勝於今本。

今本爾雅誤字

《釋艸》「孟狼尾」，今本「孟」作「盂」；「澤烏蘋」，今本「蘋」作「蘾」。《釋鳥》「燕白脰烏」，今本「烏」作「烏」；「鸒白鷢」，今本分「楊」「烏」爲二字；「鳶烏醜，其飛也翔」，今本「烏」作「鳥」。《釋獸》「麐大麢」，今本「麢」作「麐」。此皆轉寫之譌。唯唐石經字畫分明，可信。顧寧人《金石文字記》，轉据流俗本指爲石刻之誤，毋乃憒憒不分皁白乎！

《釋木》「桑辦有甚梔」，「辦」，俗字，當從唐石經作「辨」。

注疏舊本

唐人撰九經疏，本與注別行，故其分卷亦不與經注同。自宋以後刊本，欲省兩讀，合注與疏爲一書，而疏之卷第遂不可考矣。予嘗見宋本《儀禮疏》，每葉卅行，每行廿七字，凡五十卷，唯卷卅二至卅七闕。末卷有大宋景德元年校對、同校、都校諸臣姓名，及宰相吕蒙正、李（不署名，蓋李沆也。）參政王旦、王欽若銜名。又嘗見北宋刻《爾雅疏》，亦不載注文，蓋邢叔明奉詔撰疏，猶遵唐人舊式。諒《論語》、《孝經疏》亦當如此，惜乎未之見也。日本人山井鼎云：「足利學所藏宋板《禮記注疏》，有三山黄唐跋，云『本司舊刊《易》、《書》、《周禮》正經注疏萃見一書，便于披繹，它經獨闕。紹興辛亥，遂取《毛詩》、《禮記疏義》如前三經編彙，精加讎正。乃若《春秋》一經，顧力未暇，姑以貽同志』。」所云「本司者」，不知爲何司。然即是可證北宋時《正義》未嘗合于經注，即南渡初尚有單行本，不盡合刻矣。紹興初所刻《注疏》，初未附入陸氏《釋文》，則今所傳附釋音之《注疏》，大約光、寧以後刊本耳。今南北監本唯《易釋文》不攙入經注内，《公羊》、《穀梁》、《論語》，俱無釋文。

經史當得善本

經史當得善本。今通行南北監及汲古閣本，《儀禮》正文多脱簡，《穀梁》經傳文亦有溷錯，《毛詩》往往以《釋文》混入《鄭箋》，《周禮》、《儀禮》亦有《釋文》混入《注》者。《禮記》則《禮器》、《坊記》、《中庸》、《大學疏》殘缺不可讀。《孟子》每章有趙氏《章指》，諸本皆闕。《宋史·孝宗紀》闕一葉，《金史·禮志》《太宗諸子傳》各闕一葉，皆有宋、元槧本可以校補。若曰讀誤書妄生駁難，其不見笑於大方者鮮矣。

石經避諱改字

唐石經《毛詩》「洩洩其羽」、「桑者洩洩兮」、「無然洩洩」、「是絏袢也」、「俾民憂洩」，避「世」旁。「《甿》，刺時也」，「甿之蚩蚩」、「《甿》六章」，避「民」旁。

石經俗體字

唐石經俗體字，如「雝」作「雍」，《詩》。「纛」作「纛」，《周禮》、《爾雅》。「毆」作「毆」，《周禮》。「齎」作「賫」，《儀禮》。「總」作「揔」，《春秋傳》。「督」作「督」，《爾雅》。「横」作「撗」，《爾雅》。「奕洪」之「奕」从「大」，「博弈」之「弈」从「廾」，兩字音同義別。石經《左傳》「賦《韓弈》之五章」，《爾雅》「弈洪誕戎」，皆誤从「廾」。

陸氏釋文多俗字

《曲禮》「三飯」，《釋文》「符晚反。依《字書》食旁作『飰』，扶万反。食旁作『反』，符晚反。二字不同，今則混之，故隨俗而音此」。按陸氏所稱《字書》，不審何人作，以《爾雅釋文》證之，蓋呂忱《字林》也。又《爾雅釋文》：「『飰』字又作『餅』，俗作『飯』，同符萬反。《字林》云：『飯，食也，扶晚反。』」「飯」譌爲「飰」，猶「汳」譌爲「汴」，皆魏晉以後俗字。古音「反」如「變」，與「卞」相近，「飯」、「飰」，非兩字兩音也。自《字林》有此字，後人乃別「飯」、「飰」爲二音，陸氏不能辨正，轉以正字爲隨俗，何哉？《廣韻》二十五願部：

「飯，符万切。《周書》云『黄帝始炊穀爲飯』，亦作『餅』，俗又作『飰』。」二十阮部：「飯，扶晚切，餐飯，《禮》云『三飯』是。」陸法言諸人不承字書之誤，其識高于元朗矣。

《周禮》「校人」注：「校之爲言校也，主馬者必仍校視之。」《釋文》「校，户教反，字從木。若從手旁，作是比挍之字耳。今人多亂之。」按《説文》手部無「挍」字。漢碑木旁字多作手旁，此隸體之變，非別有「挍」字。六朝俗師妄生分別，而元朗亦從而和之，傎到甚矣。《廣韻》去聲三十六效部，「校」字兩音，一胡教切，一古孝切。而於「胡教切」下云「又音教」，不別收「挍」字。較之《釋文》，實爲精當。或謂鄭《注》以「校」釋「校」必是異文，予謂《孟子》書「徹者徹也」，《禮記》「齊之爲言齊也」，皆以義釋名，非有異文。

三史

《續漢書·郡國志》：「今録中興以來郡縣改異，及《春秋》、三史會同征伐地名。」三史，謂《史記》、《漢書》及《東觀記》也。《吴志·吕蒙傳》注引《江表傳》：「權謂蒙曰：『孤統軍以來，省三史、諸家兵書大有益。』」又《孫峻傳》注引《吴書》：「留贊好讀兵書及三史。」《晉書·傅休弈傳》：「撰論三史故事，評斷得失。」《隋書·經籍志》有《三史略》二十九卷，吴太子太傅張温撰。皆指此。自唐以來，《東觀記》失傳，乃以范蔚宗書當三史之一。

十三史十史

《宋史·藝文志》文史類有吴武陵《十三代史駁議》十二卷，目録類有宗諫注《十三代史目》十卷、商仲茂《十三代史目》一卷，晁氏《讀書志》作「殷仲茂」，蓋《宋史》避諱，改「殷」爲「商」。類事類有《十三代史選》三十卷。吳武陵，唐人。蓋唐時以《史記》、前後《漢書》、《三國志》、《晉》、《宋》、《齊》、《梁》、《陳》、《魏》、《齊》、《周》、《隋書》爲十三代史也。又類事類有《十史事語》十卷、《十史事類》十二卷、李安上《十史類要》十卷。十史者，自三國至隋十代之史，馬、班、范三家不在其數。

十七史

宋人於十三史之外，加以《南》、《北史》及《唐》、《五代》，於是有十七史之名。《宋史·藝文志》史鈔類有《十七史贊》、《名賢十七史確論》一百四卷，類事類有王先生《十七史蒙求》十六卷。陳振孫云：「或曰王令也。」

《通鑑長編》：「大中祥符八年七月，上作《讀十九史詩》賜近臣和。」十九史之名，它無所見，或即十七之譌。

十八史十九史

元曾先之撰《十八史略》二卷，蓋於十七史之外益以宋事也。明初臨川梁孟寅益以元事，稱《十九史略》。

監本二十一史

《日知録》：嘉靖初，南京國子監祭酒張邦奇等請校刻史書，《南雍志》：嘉靖七年，錦衣衛閒住千户沈麟奏準校勘史書，禮部議以祭酒張邦奇、司業江汝璧博學有文，才猷亦裕，行文使逐一校對修補，以備傳布。欲差官購索民閒古本。部議恐滋煩擾，上命將監中十七史舊板攷對修補，仍取廣東《宋史》板付監，《遼》、《金》二史無板者購求善本翻刻。十一年七月成，祭酒林文俊等表進。至萬曆中，北監又刻《十三經》、《二十一史》，其板視南稍工，然校勘不精，訛舛彌甚，且有不知而妄改者。

北監本《十三經注疏》剏始於萬曆十四年，至廿一年畢工。《廿一史》則開雕於萬曆廿四年，至卅四年竣事，板式與《十三經》同。

史記舊本

《史記·堯本紀》「居郁夷，曰暘谷」，《索隱》云：「《史記》舊本作『湯谷』，今並依《尚書》字。」按太史公多識古文，所引諸經與今本多異者，皆出先秦古書。後人校改，漸失其真。即「湯谷」一條推之，知舊本爲小司馬輩改竄者不少矣。

十二諸侯年表

《史記》諸年表皆不記干支，注干支出于徐廣。《六國表》周元王元年「徐廣曰乙丑」，《秦楚之際月表》秦二世元年「徐廣曰壬辰」是也。《十二諸侯年表》共和元年亦當有「徐廣曰庚申」字，今刊本乃於最上添一格書干支，而刪去徐廣注，讀者遂疑爲史公本文，曾不檢照後二篇，亦太疏矣。攷徐注之例，唯於每王之元年記干支。此表每十年輒書「甲戌」、「甲申」、「甲午」、「甲辰」、「甲寅」、「甲子」字，不特非史公正文，并非徐氏之例。其爲後人羼入，鑿鑿可據。且史公以太陰紀年，故命太初之元爲閼逢攝提格，依此上推，共和必不值庚申，則庚申爲徐注又何疑焉？

角里先生

《吳郡志》人物門云：「前漢角里先生，吳人。」《史記正義》引周樹《洞曆》云：「姓周，名術，字元道，太伯之後。漢高帝時，與東園公、綺里季、夏黄公俱出，定太子，號『四皓』。」《史記正義》：「角里先生，一號霸上先生。」又云：「今太湖中洞庭山西南中有禄里村是。」《史記正義》。今《史記》南北雍刻，於《留侯世家》但載《索隱》説，以周術爲河内軹人，初不載《正義》之文。蓋《正義》之散落多矣。圈稱《陳留耆舊傳》自序：圈公爲秦博士，避地南山，惠太子以爲司徒，至稱十一世。洪氏《隸釋》有「圈公神坐」、「圈公神祚机」，此即四皓之東園公也。《會稽典録》載虞仲翔云：鄞大里黄公潔己暴秦之世，高祖即阼不能一致，惠帝恭讓，出則濟難。此即四皓之黄公也。稱，漢人，自述其先代，仲翔生於漢末，追溯鄉哲所言，皆當不妄。而《索隱》止載東園公姓庾、夏黄公姓崔，於圈氏、虞氏説置而不取。愚謂四皓之姓名里居，太史公既無明文，安知庾、崔之必是，而圈、黄之必非乎？安知周術之必居河内而不居吳乎？《史記正義》失傳，宋人合《索隱》、《正義》兩書散入正文之下，妄加删削，使後人不得見守節真面，良可嘆也。

司馬貞

司馬貞、張守節二人，新舊《唐書》皆無傳。守節《正義》序稱「開元二十四年八月殺青斯竟」，而貞前後序不見年月。按《唐書·劉知幾傳》：「開元初，嘗議《孝經》鄭氏學非康成注，當以古文爲正；《易》無子夏《傳》;《老子》書無河上公《注》,請存王弼學。宰相宋璟等不然其論,奏與諸儒質辨。博士司馬貞等阿意共黜其言,請二家兼行,唯子夏《易傳》請罷。詔可。」今《補史記序》自題「國子博士弘文館學士」。唐制: 弘文館皆以它官兼領,五品以上爲學士,六品以下曰直學士。國子博士係正五品上,故得學士之稱。神龍以後,避孝敬皇帝諱,或稱「昭文」,或稱「修文」。開元七年,仍爲弘文。以題銜驗之,貞除學士,當在開元七年以後也。《高祖本紀》「母劉媪」,《索隱》云:「近有人云『母温氏』。貞時打得班固《泗水亭長古碑》,其字分明作『温』字,云『母温氏』」,貞與賈膺復、徐彦伯、魏奉古等,執對反覆沈歎。」「膺復」,當是「膺福」之譌,先天二年,爲右散騎常侍、昭文館學士,以預太平公主逆謀誅。見《唐書·公主傳》。今河内縣有《大雲寺碑》,即膺福書也。徐彦伯卒於開元二年。見《唐書》本傳。貞與賈、徐諸人談議,當在中、睿之世。計其年輩,蓋在張守節之前矣。《唐書·藝文志》又稱貞「開元潤州別駕」,蓋由文館出爲別駕,遂蹭蹬以終也。

吴楚通稱

《吴王濞列傳》:「吴太子師傅皆楚人,輕悍。」吴之師傅當是吴人,而《史》稱「楚」者,戰國時吴越地皆并於楚,漢初承項羽之後,吴、會稽皆項羽故地,故上文云「上患吴、會稽輕悍」,此云「楚人輕悍」,吴楚異名,其實一也。朱買臣,吴人,而《史》稱「楚士」,與此傳同。

漢書景祐本

予撰《漢書攷異》,謂《哀帝紀》「元壽二年春正月」,「元壽」二字衍文。《景武昭宣元成功臣表》「孝成五人」，「成鄉」當作「成都」、「樂成」下衍「龍」字。《百官公卿表》「寧平侯張歐」，「寧」當作「宣」；「俞侯樂賁」，「樂」當作「欒」；「安年侯王章」，「年」當作「平」；「平喜侯史中」，「喜」當作「臺」；「廣漢太守孫實」，「實」當作「寶」。《五行志》「能者養之以福」，「之以」當作「以之」。《地理志》「逢山長谷諸水所出」，「諸」當作「渚」；「博水東北至鉅定」，「博」當作「時」。《張良傳》「景駒自立爲楚假王，在陳留」，「陳」字衍。《枚乘傳》「凡可讀者不二十篇」，「不」當作「百」。《韓安國傳》「梁，城安人也」，「城」當作「成」。《韋賢傳》「畫爲亞人」，當作「亞」。《佞幸傳》「龍雒思侯夫人」，「雒」當作「額」。頃見北宋景祐本，此十數處，皆與予說合。景祐本後題「二年九月校書畢，凡增七百四十一字，損二百一十二字，改一千三百三字。」

地理志譌字

「自東井六度至亢六度，謂之壽星之次」，「東井」當作「軫」。「自危四度至斗六度，謂之析木之次」，「危」當作「尾」。

臣瓚晉灼集解

《隋書·經籍志》：「《漢書集解音義》二十四卷，應劭撰。」按顏氏《漢書敘例》云：「有臣瓚者，莫知氏族，攷其時代，亦在晉初。總集諸家《音義》，稍以己之所見續廁其末，凡二十四卷，分爲兩帙，今之《集解音義》則是其書。而後人見者不知臣瓚所作，乃謂之應劭等《集解》，王氏《七志》、阮氏《七略》並題云然，斯不審耳。」依小顏說，知《隋志》所載即臣瓚所集，非出於應劭一人。《隋志》多承阮《録》舊文，則應劭下當有「等」字，殆傳寫失之也。晉灼《集解》十四卷不載於《隋志》，則師古所謂「東晉迄於梁、陳，南方學者皆未之見」，王、阮既未著録，故《隋志》亦遺之也。

漢書注本始於東晉

《漢書敍例》云：「《漢書》舊無注解，唯服虔、應劭等各爲《音義》，自别施行。至典午中朝，爰有晉灼集爲一部，凡十四卷，號曰《漢書集注》。屬永嘉喪亂，金行播遷，南方學者皆弗之見。有臣瓚者，莫知氏族，攷其時代，亦在晉初。又總集諸家《音義》，稍以己之所見續厠其末，凡二十四卷，分爲兩帙。蔡謨全取臣瓚一部，散入《漢書》，自此以來始有注本。」據此知不獨服虔、應劭《音義》各自單行，即晉灼、臣瓚兩家亦不注于本文之下，直至蔡謨乃取臣瓚書散入《漢書》。謨，固東晉人也。小顔所注，蓋依蔡本，而稍采它書附益之。

後漢書注攙入正文

《郭太傳》「初太始至南州」以下七十四字，本章懷《注》引謝承《後漢書》之文，今誤作大字溷入正文。予嘗見南宋本及明嘉靖己酉福建本，皆不誤。蔚宗書避其家諱，於此傳前後皆稱林宗字，不應忽爾稱名。且其事已載《黄憲傳》，毋庸重出也。

張堪

張衡之祖父堪，蜀郡太守，列傳第二十一卷所稱「張君爲政，樂不可支」者，即其人也。彼傳云南陽宛人，此云南陽西鄂人，縣名小異，郡望無改。何屺瞻謂别是一人，非也。

章懷注多譌字

《和帝紀注》引《説文》「肇音大可反」，「大可」當作「直小」。

《李通傳注》引謝承《書》「安衆侯劉崇」，「崇」當作「寵」。

《馬援傳注》「父仲，又嘗爲牧帥令」，「帥」當作「師」。

《馮衍傳注》：「曲陽，縣名，故城在今定州故城縣西。」案唐定州無故城縣，蓋鼓城之譌。毛本作彭城縣。「彭」與「鼓」字形相涉而譌。

《度尚傳》「椎髻鳥語之人」，《注》引《書》曰「島夷卉服」，「島」當作「鳥」。《禹貢》「島夷」，《漢書・地理志》作「鳥夷」，鄭康成傳《尚書》本亦是「鳥」字。故章懷引以注「鳥語之人」文，校書者誤依今《禹貢》本改之，非章懷之誤也。

王充

《王充傳》：「充少孤，鄉里稱孝。」按《論衡・自敍》篇云：「六歲教書，有巨人之志。父未嘗笞，母未嘗非。」不云「少孤」也。其答「或人之啁」稱「鯀惡禹聖，叟頑舜神。顔路庸固，回傑超倫。孔墨祖愚，丘翟聖賢。」蓋自居于聖賢而訾毁其親，可謂有文無行，名教之罪人也。充而稱孝，誰則非孝？

陳蕃傳二郡字

《陳蕃傳》：「時小黄門趙津、南陽大猾張汜等奉事中官，乘埶犯法。二郡太守劉瓆、成瑨考案其罪。」

史所稱「二郡」，謂太原太守劉瓆案趙津、南陽太守成瑨案張汜也。據《王允傳》稱「小黄門晉陽趙津」，晉陽者，太原屬縣，故瓆得案其罪。此傳「小黄門」下無「晉陽」字，則「二郡」文不可通矣。

孔融傳誤

《孔融傳》建安五年「南陽王馮、東海王祗薨」，《注》：「並獻帝子。」案東海王祗乃東海王彊之玄孫，非獻帝子，且立四十四年而薨，初非沖幼，此傳殆誤矣。獻帝子見於紀者有東海王敦，「東海」疑「北海」之譌，説見《攷異》。敦以建安十七年封，其時融已歿矣。蔚宗雜采它書，往往自相乖戾如此。

許慎傳漏略

《儒林·許慎傳》太疏略。敘其歷官，但云「爲郡功曹，舉孝廉，再遷除洨長，卒于家」。不言仕于何朝。今按《説文·自序》云：「粤在永元困敦之年孟陬之月朔日甲申」，是其著《説文》在和帝永元十二年庚子歲也。其子沖，於安帝建光元年辛酉上書，稱「臣父故太尉南閣祭酒」，又云「今慎已病」，則太尉南閣祭酒，乃其所終之官也。《説文》引漢人説皆直稱其名，唯賈逵稱「賈侍中」而不名。沖上書云：「慎本從逵受古學，博問通人，攷之於逵，作《説文解字》。」是慎爲賈逵弟子無疑。漢儒最重師承，而史略不及之，此其疏也。攷《賈逵傳》，永元三年，爲左中郎將，八年，復爲侍中騎都尉，十三年卒。是慎撰《説文》時逵尚無恙，其爲太尉南閣祭酒，亦當在永元時。攷《和帝紀》：永元五年，太尉尹睦免，而張酺代之。十二年酺免，而張禹代之。延平元年，禹遷太傅，而徐防代之。是慎爲南閣祭酒時，府主非張酺即張禹也。沖上書又言：「慎前以詔書校東觀，教小黄門孟生、李喜等。」此事亦當見于傳。

司馬彪續漢書志附范史以傳

劉昭《注補後漢志》三十卷，本自單行，與章懷太子所注范史九十卷各别。其併於范史，實始於宋乾興元年，蓋因孫奭之請。今北宋槧本前載乾興元年十一月十四日牒，具列奭奏，其略云：范氏作之於前，劉昭述之於後，始因亡逸，終遂補全。綴其遺文，申之奥義。蓋誤以《志》爲蔚宗作，不知昭序已明言司馬紹統矣。昭本注范史紀傳，又取司馬氏《續漢志》兼注之，以補蔚宗之闕，故於卷首特標注補，明非蔚宗元文也。厥後章懷太子别注范史，而劉注遂廢。惟《志》三十卷，則章懷以非范氏書，故注不及焉。而司馬、劉二家之書，幸得傳留至今。然司馬史實名《續漢書》，劉氏以補范闕，因冒《後漢》之名。今既與范史並列學官，謂宜改題《續漢志》，以復紹統舊名，且訂宋、明刊本沿襲之失。

安縣即婁縣之譌

《續漢書・郡國志》：「吴郡有安縣。」攷前《書》、晉、宋《志》皆無之，此志亦不載何年置，前無所承，後無所并，疑即「婁」之壞字。因「婁」譌爲「安」，校書家不能是正，疑有脱漏，又增「婁」於無錫之後，并改「十二」城爲「十三」。盧熊《蘇州府志》謂「東漢省錢唐而增安縣」，又謂「建安中孫權以安縣屬屯田典農校尉」，當在無錫以西。然沈約《志》初無以安屬屯田典農校尉之説，未審盧氏何據。大約後人臆造耳。監本無「婁」字，新刊本依宋本增之。其實宋本未必是、監本未必非也。《漢志》婁縣下云：「有南武城，闔閭所築以備越。」《續志》安縣下注：「《越絶》云：『有西岑家，越王孫開所立，以備春申君，使其子守之。子死，遂葬城中。』」兩縣俱有備越遺迹，益信「安」與「婁」非二地矣。

平原有西平昌縣

予校《郡國志》，至樂安國下云「高帝西平昌置爲千乘」，疑「西平昌」三字爲衍文。及讀《宦者傳》「彭愷爲西平昌侯」，《注》云「西平昌在平原郡」。又《晉志》平原國有西平昌縣，乃知西平昌實平原屬縣，因樂安與平原文相次，遂錯入《注》中，當改作大字移於平原郡諸縣之末。已載其說於《廿二史考異》矣。今檢漢碑，又得一證。《魯峻碑》陰有「門生平原西平昌王端子行」一人，此以漢人述漢郡縣，尤可信吾言之非妄。

永憙年號

史繩祖《學齋佔畢》記：淳熙二年，邛州蒲江縣上乘院僧築殿，闢地得古甕，其封石作兩闕狀，有文二十九字云：「永憙元年二月十二日，蜀郡臨邛漢安鄉安定里公乘校官掾王幽字珍儒。」繩祖之大父勤齋先生子堅跋云：「永憙之號，不見于史。」按沖帝即位改元，史傳相承以爲永嘉。「憙」之與「嘉」，文字易貿亂。一年而改，見於它文者幾希，非此刻出，於今日孰知漢沖帝「永嘉」之爲「永憙」也？

三國志注誤入正文

《魏志・王肅傳評》末云：「劉寔以爲肅方於事上而好下佞己，此一反也；性嗜榮貴而不求苟合，此二反也；吝惜財物而治身不穢，此三反也。」陳少章謂「劉寔」以下當是裴氏注，《譙周傳評》後注引「張璠以爲」云云，與此正同。肅爲晉武帝外王父，史臣於本傳略無貶詞，豈應於評中更摭其短乎？予攷承祚諸評，文簡而要，從未引它人説。少章之言是也。

《蜀志·楊戲傳》載《季漢輔臣贊》，其有贊而無傳者附注爵里於下，注亦承祚本文也。最後有云：「《益部耆舊雜記》載王嗣、常播、衛繼三人，皆劉氏王蜀時人，故録于篇。」此二行及王、常、衛三傳皆裴松之《注》，今刊本皆升作大字，讀者亦仍爲承祚正文，則大誤矣。承祚作《益部耆舊傳》，見于《晉書》本傳及《隋經籍志》，若《雜記》則《隋志》無之。或云陳術撰，亦必晉人，不應承祚遽引其書。蓋裴氏於李孫德、李偉南二人注下既各引《雜記》以補本注之闕，而王嗣等三人姓名不見於承祚書，故附録以博異聞，此亦裴《注》之恆例。今承譌已久，特爲辨正，以諗讀史者。

徐詳當有傳

《吴志》是儀、胡綜二人同傳，綜傳末云：「徐詳者，吴郡烏程人也，先綜死。」陳少章云：承祚書凡不立傳而附見它傳者，雖事迹可稱，評皆不及之。今綜次於儀，詳又附綜傳，而評云「是儀、徐詳、胡綜皆孫權時幹興事業者也」，又云「儀清恪貞素，詳數通使命，綜文采才用，各見信任」。攷詳通使曹公，唯一見《孫權傳》，如陳氏之評則固屢奉使稱旨矣。評先詳後綜，其非附見綜傳可知。無傳有評，似乖史例。意詳自有傳，而偶逸之。綜傳末數語，則出自後人附益也。據綜傳，孫權立解煩兩部，詳領左都督。又《江表傳》，詳嘗以侍中偏將軍爲節度官，典掌軍事，亦可略見其幹略矣。

新晉書

唐太宗貞觀十八年，以前後晉史十有八家，制作雖多，未能盡善，乃勑史官更加纂録。而晉宣、武二帝紀，陸機、王羲之二傳論，出太宗自撰，故卷首題「御撰」，而不列史臣之名。然當時王隱、何法盛、臧榮緒諸家之書具在，故劉知幾《史通》有《新晉書》之稱。《尚書正義》所引《晉書》，今本無之，當是臧榮緒書也。李善注《文選》，備引諸家《晉書》，而不及御撰之本。迨安、史陷兩京，故籍散亡，唯存貞觀新撰書，後世遂不知有《新晉》之名矣。

晉書敍例

《晉書》紀、志、列傳、載記百三十卷之外，别有《敍例》一卷、《目録》一卷。今《目録》猶存，而敬播所撰《敍例》久不傳矣。其見于《史通》者，一云「凡天子廟號，唯書于卷末」，一云「班《漢》皇后除王、吕之外不爲作傳，並編敍行事寄出《外戚篇》」，一云「坤道卑柔，中宫不可爲紀，今編同列傳，以戒牝雞之晨」。

新舊晉書不同

舊《晉書》無劉伶、畢卓傳，《新書》始增之。

劉遺民、曹纘，皆于檀氏《春秋》有傳，今《晉書》無其名。

晉武庫失火，漢高祖斬蛇劒穿屋而飛，本出劉敬叔《異苑》，蕭方等《三十國春秋》始采之，《新晉書》亦采焉。

劉知幾云：「晉世雜書若《語林》、《世説》、《幽明録》、《搜神記》，皇朝新撰晉史多采以爲書。夫以干、鄧之所糞除，王、虞之所糠粃，持爲逸史，用補前傳，雖取悦于小人，終見嗤于君子矣。」

晉僑置州郡無南字

晉南渡後，僑置徐、兖、青諸州郡於江淮閒，俱不加「南」字。劉裕滅南燕，收復青、徐故土，乃立北青、北徐州治之，而僑置之名如故。其時兖境亦收復，不别立北兖州，但以刺史治廣陵，或治淮陰，而遥領淮北實郡。義熙末，乃以兖州刺史治滑臺，而二兖始分，然僑立之州，猶不稱「南」。至永初受禪以後，始詔除「北」加「南」，此詔載於《宋書》本紀，可謂信而有徵矣。《宋書·州郡志》謂晉成帝立南兖州，寄治京口，時又立南青州及并州。此據後來之名追稱之，非當時已稱南兖、南青也。乃《晉書·地理志·兖州篇》，謂明帝以郗鑒爲刺史，寄居廣陵，後改爲南兖州，則甚誤矣。攷東晉之世，徐、兖二州刺史，或分或合，自郗鑒以後領兖州刺史者，紀傳一一可攷，曷嘗有稱南兖州者乎？《徐州篇》云：元帝「以江乘置南東海、南琅邪、南東平、南蘭陵等郡，分武進，立南彭城等郡屬南徐州，又置頓丘郡屬北徐州。明帝又立南沛、南清河、南下邳、南東莞、南平昌、南濟陰、南濮陽、南太平、南泰山、南濟陽、南魯等郡，以屬徐、兖二州」，此皆誤采《宋志》之文，而不知晉時本無「南」字。元帝渡江之始，未嘗有北徐州也。史家昧於地理，無知妄作，未有如《晉志》之甚者。

晉書沿襲之誤

《地理志・司州篇》「僑立河東郡，統安邑、聞喜、永安、臨汾、恆農、譙、松滋、大戚八縣」，大戚者，廣戚也。據《宋書・州郡志》。《青州篇》「分城陽之黔陬、壯武、淳于、昌安、高密、平昌、營陵、安丘、大、劇、臨朐十一縣爲高密國」，大，亦縣名，即東莞之廣縣也。隋人避煬帝諱，改「廣」爲「大」，唐初史臣不能更正，遂若晉人預避隋諱，此可噴飯矣。營陵、安丘、廣、劇、臨朐五縣，皆屬東莞，不屬城陽，《志》以此十一縣皆屬城陽，亦誤矣。《徐州篇》載明帝立南太平、南泰山等郡，攷晉時無太平郡，蓋「廣平」之譌。《宋志》謂永初郡國有廣平郡，寄治丹徒，後省爲縣，屬南太山者是也。此亦沿襲隋諱，改「廣」爲「大」，後來校書者又妄改作「太」耳。《隋書・地理志》敦煌郡有大至，即廣至也；宣城郡有大梁，即廣梁也，大德，即廣德也。

濟陽乃濟陰之譌

《地理志》：「濟陽郡，漢置，統縣九：定陶、乘氏、句陽、離狐、宛句、己氏、成武、單父、城陽。」當作「成陽」。攷漢所置郡無濟陽，蓋濟陰之譌。《宋志》：「南濟陰太守，二漢、晉屬兖州，領成武、寃句、「寃」與「宛」同。單父、城陽四縣。」永初郡國又有句陽、定陶，可證此「濟陽」爲譌字。又列傳「卞壼，濟陰寃句人」，杜元凱《左傳注》「曹國，今濟陰定陶縣」，則此九縣屬濟陰益無可疑矣。但晉時自有濟陽郡，《宋志》謂「晉惠分陳留爲濟陽國」者是也。《晉志》以《太康地志》爲斷，故不列濟陽之名。濟陽所領縣，今亦無攷。要之濟陰自濟陰，濟陽自濟陽，不可混而爲一。《志》既不書惠帝分濟陽，似史臣竟誤仞濟陰爲濟陽，非由傳寫之失也。

樂安國鄒縣

《晉志》「樂安國有鄒縣」，當是梁鄒縣，史誤脱「梁」字。《日知録》攷之甚詳。

吳興郡脱一縣

陽羨縣，前漢屬會稽，後漢屬吳郡，吳孫皓改屬吳興。《晉志》吳興郡統縣十，不及陽羨者，漏也。後有「吳興之陽羨」語可證。《周處傳》「義興陽羨人」，義興郡因處子玘起義而立，處生前未有此郡，當書「吳興」爲正。

西郡非漢置

涼州有西郡，「漢置，統縣五：日勒、删丹、仙提、萬歲、蘭池」。按司馬彪《郡國志》日勒、删丹屬張掖郡，是此郡由張掖分，而漢末不聞有西郡之名，即總序所述漢、魏增置亦無之。

青州脱北海郡

《地理志》青州無北海郡而有濟南郡，「統縣五：平壽、下密、膠東、即墨、祝阿」。按漢之濟南，治東平陵，領縣十四，與此所領無一同者。杜元凱《左傳集解》皆以晉郡縣證古地名，濟南有歷城、平陵、於陵、隰陰、祝阿諸縣，而平壽、即墨自屬北海。與此志相校，唯有祝阿一縣相合，餘皆乖錯。又《武帝紀》，泰始元年，封皇從叔父遂爲濟南王、凌爲北海王，兩郡同時建國，不聞并北海入濟南，《志》殆誤矣。《宋書·州郡志》「濟南太守領歷城、朝陽、著、土鼓、逢陵、平陵六縣」。唯土鼓、逢陵二縣下云「晉無」，則歷城諸縣皆晉所有也。朝陽縣下云「晉曰東朝陽，《太康地志》屬樂安」，則歷城諸縣仍屬濟南也。又「北海太守領都昌、膠東、劇、即墨、下密、平壽六縣」，唯劇縣下云「晉《太康地志》屬琅邪」，今《志》屬東莞。其餘五縣不云改屬，則晉時平壽諸縣仍屬北海也。杜元凱生于晉世，沈休文去晉未遠，故當取以爲信。蓋濟南郡領歷城、著、平陵、於陵、祝阿諸縣，北海郡領平壽、下密、膠東、即墨、都昌諸縣。北海都昌縣，見《左傳注》。史家不知文字爛脱，乃以北海屬縣入之濟南，後人遂謂晉以平壽爲濟南郡治，于欽引《輿地記》。豈其然乎？

濟岷郡

南郡下又云：「或云『魏平蜀，徙其豪將家於濟河北，故改爲濟岷郡』，而《太康地理志》無此郡名，未之詳。」予謂此條亦《晉志》之誤。攷《宋志·南兖州篇》云：「濟岷郡江左立。領營城、晉寧，江左立。凡二縣。」蒙上永初郡國之文，是濟岷郡本江左所立，而宋初尚有此郡也。又稱何《志》有平原郡，領茌平、臨菑、營城、平原四縣。《起居注》：元嘉十一年，以平原之濟岷、晉寧併營城。先是省濟岷郡爲縣。是濟岷郡廢爲縣，并所領二縣改隷平原，在元嘉十一年以前也。又稱徐《志》有南東平郡，領范、朝陽、歷城、樓煩、陰觀、廣武、茌平、營城、臨菑、平原十縣，是元嘉以後又并平原郡及所領縣入南東平郡也。又稱孝武大明五年，以東平併廣陵，則并南東平之名亦不存矣。濟岷一郡，僑置并合之迹，《宋志》歷歷可攷，修晉史者采無稽之談，不一檢照正史，甚矣其無識也。濟岷郡本江左立，則《太康地志》自不應有此郡，而徙蜀豪家之說，不辨而知其誣矣。

豫州之沛郡

《蔡謨傳》：「拜征北將軍，都督徐兗青三州、揚州之晉陵、豫州之沛郡諸軍事，領徐州刺史。」按蔡謨領徐州刺史，不見于《成帝紀》。《紀》書郗鑒薨于咸康五年八月，謨爲鑒軍司，即代鑒任，必在是年秋冬間矣。《宋志》南兗州沛郡下云：「舊屬豫州，江左分配。」案成帝咸康七年四月，實編户，王公以下皆正土斷白籍。沛郡改配徐州，當在咸康七年以後，故《蔡謨傳》猶繫豫州也。

幽州之燕國

《謝安傳》：「領揚州刺史，加侍中，都督揚豫徐兗青五州、幽州之燕國諸軍事。」《謝玄傳》：「都督徐兗青三州、揚州之晉陵、幽州之燕國諸軍事。」江左僑置燕國，唯見此二條，而《地理志》未之及焉。攷《宋書·州郡志》，南徐州淮陵下云「永初郡國又有下相、廣陽二縣」，廣陽當是燕國屬縣，義熙土斷後省燕國并入淮陵郡也。

内史太守互稱

漢制，諸侯王國以相治民事，若郡之有太守也。晉則以内史行太守事，國除爲郡，則復稱太守。然二名往往混淆，史家亦互稱之。如《元帝紀》：太興元年「改丹陽内史爲丹陽尹」，攷丹陽未嘗爲王國。《地理志》「元帝改丹陽太守爲尹」。《薛兼傳》「拜丹陽太守，中興建，轉尹」，則《元帝紀》誤矣。王曠亦丹陽太守，見《陳敏傳》。而《顧榮傳》以爲内史，其誤與《元帝紀》同。它如陸雲稱清河内史，本傳。亦稱太守；陸氏《異林》。桓彝稱宣城内史，《成帝紀》及本傳。亦稱太守；桓温、蘇峻諸傳。蘇峻稱歷陽内史，本傳。亦稱太守；《成帝紀》。孫默稱琅邪太守，《元帝紀》。亦稱内史；《石勒載記》。周廣稱豫章内史，《元帝紀》。亦稱太守；《華軼傳》。王承稱東海太守，《王湛傳》。亦稱内史。《名士傳》。此類譌混相承，史家不能釐而正之也。

沙門入藝術傳始於晉書

後漢明帝時，佛法始入中國，然中國人無習之者。晉南渡後，釋氏始盛。宋文、梁武之世，緇流有蒙寵幸者，然沈約、姚思廉之史不爲此輩立傳。至《晉書·藝術傳》乃有佛圖澄、僧涉、鳩摩羅什、曇霍四人，皆在僭僞之朝，與晉無涉。而采其誕妄之迹，闌入正史，唐初史臣可謂無識之甚矣。

列女

《晉書》以僭僞諸國别爲載記，前涼張氏、西涼李氏，不失臣節，仍歸列傳，此史例之善者也。至如劉聰妻劉、苻堅妾張、苻登妻毛、慕容垂妻段等，守義不污，自當附于載記。其家既非晉臣，又非晉詔所褒，以風馬牛不相及之人，與中邦巾幗同爲一科，於限斷之法何在？敬播諸人難免師心自用之譏矣。張天錫、李暠本爲晉臣，其妻妾入于晉之《列女》，是爲允當，不當與劉、苻、慕容一概而論也。

嘉祐校七史

《長編》：嘉祐六年八月庚申，詔三館祕閣校宋、齊、梁、陳、後魏、後周、北齊七史，書有不完者訪求之。今世所傳，皆出于嘉祐校刊之本。《魏書》每卷末間有史臣校訂語，它史無之，蓋後來失去。

南齊書序録

《南齊書》有《序録》一篇，劉知幾云：「沈《宋》之《志序》、蕭《齊》之《序録》，雖皆以『序』爲名，其實例也。」今沈約《志序》尚存，蕭子顯之《序録》不復見矣。

《後魏》、《北齊》兩書皆有《例》，劉知幾云：「魏收作《例》，全取蔚宗，貪天之功以爲己力。」又引百藥《齊書例》云：「人有本字行者，今並書其名。」

諸史殘闕

《宋書》闕《到彦之傳》，見《書録解題》，蓋宋本已然。

《南齊書·州郡志》、《桂陽王鑠》、《徐孝嗣》、《高麗傳》各闕一葉。

《魏書·地形志》二下卷有闕字。

《北史·魏孝文六王傳》廣平王懷全篇闕佚，僅存卅二字。汝南王悦篇亦多脱文。京兆王愉之子爲西魏文帝，清河王懌之孫爲東魏孝静帝，而傳末皆不見其名。知此卷文字脱漏多矣。

《邢邵傳》内自「請置學」至「累遷尚書令加侍中」，凡六百六十七字，皆《李崇傳》文誤入。

緹裙

《南齊書·始安王遥光傳》：「緹裙可望，天路何階？」「裙」當作「羣」。《續漢書·五行志》：「王莽末，天水童謡曰：『出吳門，望緹羣，見一蹇人，言欲上天。令天可上，地上安得民？』時隗囂起兵天水，欲爲天子，遂破滅。」囂，少病蹇。吳門，冀郭門名也。緹羣，山名也。遥光亦病躄，故以隗囂況之。《郡國志》天水郡冀縣有緹羣山。

夷齊字誤

《南史・明山賓傳》：「昭明太子贈詩曰：『平仲古稱奇，夷齊昔擅美。令則挺伊賢，東秦固多士。』」孫頤谷志祖。《讀書脞録》据《梁書》「夷齊」作「夷吾」正其誤，當矣。又謂「東秦」當作「東齊」，則誤甚。《漢書・高帝紀》：田肯言秦得百二，齊得十二，此東西秦也。後人因稱齊地爲東秦。

官名地名從省

六朝人稱黄門侍郎、散騎常侍爲「黄散」，《晉書・陳壽》《王敦傳》。祕書、著作郎爲「祕著」，《南史・郭原平傳》。驍騎、游擊將軍爲「驍游」，《南史・何戢傳》。中書、祕書爲「中祕」，《北史・伊馛傳》。中軍、鎮軍、撫軍將軍爲「中鎮撫」，領軍、護軍爲「領護」。《南齊書・百官志》。此官名之割裂而無義者也。稱廬江、九江爲「廬九」《晉書》伏滔《正淮論》、《宋書・志序》。零陵、桂陽爲「零桂」，《吳志・步騭吕蒙朱治傳》、《宋書・志序》。棘門、霸上爲「棘霸」，潘岳《西征賦》。犍爲、牂柯爲「犍牂」，左思《蜀都賦》。犍爲、廣漢爲「犍廣」，常璩《華陽國志》。建安、晉安爲「建晉」，《陳書・蕭乾傳》。會稽、山陰爲「稽陰」，《陳書・褚玠傳》。河間、東平爲「間平」，《南史・梁宗室傳論》。定襄侯祇、衡山侯恭爲「衡定」。《南史・張纘傳》此地名之割裂而無義者也。

唐人稱拾遺、補闕曰「遺補」。《唐書·温造傳》。

宋人稱節度觀察爲「節察」，防禦團練爲「防團」，節度觀察掌書記支使爲「支掌」，《職官志》。提刑轉運爲「提轉」。見《涑水紀聞》。

金人稱防禦、刺史爲「防刺」。《金史·宣宗紀》。

唐人稱咸陽、華原爲「咸華」。杜子美詩。

元人稱慶元、紹興爲「慶紹」。《海運圖》石刻。

新唐書明皇二十九女

《唐書·公主傳》「明皇帝二十九女」，吳氏糾其謬，謂「公主數多一人」，然不言所多何人。予考傳載明皇諸女中，有普康公主蚤薨，咸通九年追封。咸通，懿宗年號也。以明皇女而追封於懿宗之世，殊爲不近情理。攷懿宗八女中，正有普康公主，傳不著其封年。乃悟咸通九年追封者，必是懿宗女，非明皇女也。若去此一人，正合二十九之數。然史文踳駮至此，校刊諸臣固難逭其責矣。

本紀一事重書而年月違錯

《德宗紀》貞元十七年「嘉王運薨」，而《文宗紀》開成三年八月又書「嘉王運薨」。《憲宗紀》元和十年「丹王逾薨」，而《穆宗紀》元和十五年二月又書「丹王逾薨」。此兩王之薨年，必有一誤，而吳氏《糾謬》不及焉。予攷宋敏求《唐大詔令》，載寶曆元年正月《南郊赦文》云：「亞獻嘉王運，終獻循王遹，各賜物一百四。」則寶曆初運尚無恙，謂卒於貞元十七年者誤矣。《丹王逾傳》稱「元和十五年薨」，與《穆宗紀》同，則《憲宗紀》書于十年者誤。

宗室世系表脱漏

《唐大詔令》載元微之撰《嗣虢王溥太僕少卿制》、錢珝撰《宗正卿嗣鄭王遜大理卿制》，此兩嗣王之名，《宗室世系表》皆闕而不載。蓋唐中葉以後，宗室嗣王入仕之途益狹，譜牒散亡，史家無所徵信矣。

德王裕本名佑

吴氏譏昭宗子裕《紀》書「祐」爲誤。按《唐大詔令·乾寧四年正月制》：「德王佑，朕之元子，可册爲皇太子，仍改名裕。」是初封德王時正名佑，《紀》本不誤，但《傳》失書改名一節耳。「祐」、「佑」偏旁小異，古書本可通用，吴不攷而妄糾之。

彭王惕

憲宗子《彭王惕傳》：「乾寧中，韓建殺之石隄谷。」按惕爲憲宗子，自元和十五年庚子憲宗崩，至乾寧四年丁巳韓建殺諸王，相距七十八年，即使惕尚在，豈復能領兵乎？《昭宗紀》不書彭王名，當是惕之後嗣王者，傳輒以惕當被殺諸王之一，恐未可信。

通王滋

《宣宗諸子傳》：「通王滋，會昌六年始王夔。懿宗立，徙王。昭宗乾寧三年，詔滋與諸王分統安聖、奉宸、保寧、安化軍，衛京師，爲韓建所殺。」按《懿宗紀》：「咸通四年八月，夔王滋薨。」是滋薨於懿宗之世，未嘗徙封通王也。若昭宗時領侍衛軍爲韓建所殺者，乃通王滋，非夔王。兩王名偶相同，豈可傅會爲一人？予謂建所殺者，當是德宗子通王諶之後嗣封者，史臣不能深攷，妄意夔王有徙封之事，失其實矣。

沂王禋

《昭宗紀》稱韓建殺通王滋、沂王禋、韶王、彭王、嗣韓王、嗣陳王、嗣覃王嗣周、嗣延王戒丕、嗣丹王允，凡九王。《宣宗諸子傳》則云十一王，謂通王滋與睦、濟、韶、彭、韓、沂、陳、覃、延、丹十王也。《紀》無濟、睦二王。諸王皆疎屬，史家失其系冑，獨沂王禋爲昭宗子，而《昭宗諸子傳》不言禋爲韓建所殺。且昭宗諸子，禋次居六，其時必未典兵，何故爲建所忌？又建所殺者，十六宅諸王耳，昭宗子必不在十六宅，就令有出居者，亦不應獨禋一人。《紀》書沂王禋被殺事，殊未可信。舊史《昭宗紀》有儀王無沂王，疑「沂」乃「儀」之譌，《新紀》又妄益「禋」字耳。

宋景文識見勝於歐公

《唐書》歐陽修撰本紀、志、表，宋祁撰列傳。後世重歐陽公之名，頗惜列傳不出公手。予讀《儒學傳·啖助論》云：「啖助在唐，名治《春秋》，摭訕三家，不本所承，自用名學，憑私臆決，尊之曰『孔子意也』，趙、陸從而唱之，遂顯于時。嗚呼！孔子没乃數千年，助所推著果其意乎？其未可必也。以未可必而必之，則固；持一己之固而倡茲世，則誣。誣與固，君子所不取，助果謂可乎？徒令後生穿鑿詭辨，詬前人，捨成説，而自謂紛紛，助所階已。」此等議論，歐陽所不能道。歐陽之《詩童子問》，正宋所譏「捨成説而詬前人」者也。其後王安石、鄭樵輩出，以穿鑿杜撰爲經學，詆毀先儒，肆無忌憚，景文已先見及之矣。

大太二字易混

唐文宗、楊溥年號皆大和，非「太和」也。遼道宗年號大康，非「太康」也。晁氏《歷代紀年》以字分類，當必不誤。今《遼史》刊本皆作「太康」，無人能正之者。

唐書

劉餗《隋唐嘉話》云：「太宗謂尉遲公曰：『朕將嫁女與卿，稱意否？』敬德謝曰：『臣婦雖鄙陋，亦不失夫妻情。臣每聞説古人語「富不易妻，仁也」，臣竊慕之，願停聖恩。』叩頭固讓，帝嘉之而止。」《資治通鑑》亦采此事，而《唐書》無之。世人每譏宋子京好采小説，而此《傳》不載辭尚公主事，卻有斟酌。

特勤當從石刻

《突厥傳》：「可汗者，猶古之單于，其子弟謂之特勒。」顧氏《金石文字記》歷引史傳中稱「特勒」者甚多，而《涼國公契苾明碑》「特勤」字再見，又柳公權《神策軍碑》亦云「大特勤嗢没」，斯皆書者之誤。予謂外國語言華人鮮通其義，史文轉寫或失其真，唯石刻出於當時真迹。況《契苾碑》宰相婁師德所撰，公權亦奉勑書，斷無譌舛，當據碑以訂史之誤，未可輕訾議也。《通鑑》亦作「特勒」，而《攷異》云「諸書或作『敕勤』，今從新舊二《唐書》」。按古人讀「敕」如「忒」，「敕勤」即「特勤」。

劉禹錫傳誤

《劉禹錫傳》："由和州刺史入爲主客郎中，復作《游玄都詩》，且言『始謫十年，還京師，道士植桃，其盛如霞。又十四年，過之，無復一存，唯兔葵、燕麥動摇春風耳』。以詆權近，聞者益薄其行。俄分司東都。"今以《禹錫集》攷之，《再游玄都絶句》在大和二年三月，是歲歲次戊申，而自和州刺史除主客郎中分司東都，則在大和元年六月，是分司在前、題詩在後也。以郎中分司東都，本是一事，初未到京師也。次年以裴度薦起元官、直集賢院，方得還都。《玄都詩》正在此時，距元和十年乙未自朗州被召，恰十四年矣。集中又有《蒙恩轉儀曹郎依前充集賢學士舉韓湖州自代詩》，可見初入集賢猶是主客郎中，後乃轉禮部也。史云以薦爲禮部郎中集賢直學士，猶未甚核。至《玄都詩》雖含譏刺，亦詞人感慨今昔之常情，何至遂薄其行？史家不攷年月，誤仞分司與主客爲兩任，疑由題詩獲咎，遂甚其詞耳。

五代史

歐陽公《五代史》自謂"竊取《春秋》之義"，然其病正在乎學《春秋》。如《唐廢帝紀》清泰三年十一月丁酉"契丹立晉"，案《春秋》"衛人立晉"，"晉"者，公子晉也；"立"者，立其人也。此紀石敬瑭事，當云"契丹立石敬瑭爲晉帝"方合史例。今乃襲用"立晉"之文，此《史通》所譏"貌同而心異"者也。

周世宗之才略，可以混一海内，而享國短促，墳土未乾，遂易它姓。洪容齋以爲失于好殺，歷舉薛《史》所載甚備，而歐《史》多芟之。容齋論史有識，勝於歐陽多矣。梁起盜賊，其行事無可取，而卒以得國,容齋舉其「輕賦」一節,此憎而知其善也。誰謂小説無裨于正史哉?

周世宗兩符后

周世宗兩立皇后皆符氏,《舊五代史·后妃傳》止有宣懿皇后符氏,而於後符后則闕之。按《文獻通攷》云:「世宗後符后,宋初號周太后。太平興國中入道,號玉清仙師。未幾爲尼,賜名悟真。」此可補薛、歐二史之闕。

劉昫傳不言修唐史

予嘗疑《五代史·劉昫傳》不載修《唐書》事。後讀《義門讀書記》,謂昫在唐明宗朝爲門下侍郎,監修國史。國史,即《唐書》也。義門此言,欲以彌縫歐公之闕。今攷之,殊不然。莊宗自祖父以來,附唐屬籍。滅梁之後,祀唐七廟,自稱「中興」,以《唐史》爲國史,固其宜矣。但宰相監修國史,沿唐故事,雖有監修之名,初無撰述之實。昫之監修,不過宰相兼銜而已。《五代會要》:「晉天福六年二月,敕户部侍郎張昭、本名昭遠。起居郎賈緯、祕書少監趙熙、吏部郎中鄭受益、左司員外郎李爲先等修撰《唐史》,仍令宰臣趙瑩監修。其年四月,緯丁憂,以吕琦爲户部侍郎,尹拙爲户部員外郎,令與張昭等同修《唐史》。開運二年,史館上《新修前朝李氏書》,紀、志、列傳共二百二十卷,并目録一卷。賜監修宰臣劉昫、修史官張昭、直館王申等繒綵銀幣各有差。」其云《前朝李氏書》者,避晉高祖嫌名,權易之耳。修《唐書》乃在後晉之世,初命趙瑩監修,瑩罷相而昫代之。何氏未攷《五代會要》,乃臆造此説耳。歐公於趙、劉二傳,俱不及監修事，而於《賈緯傳》云「與修《唐書》」，蓋以監修無秉筆之職，例不當書。如《新唐書》刊修，但載歐、宋二人傳，何嘗及監修之曾公亮哉？張昭卒於宋初，不入《五代史》，故於《緯傳》見之。此史家之成例，不可議其缺漏。

十駕齋養新録摘鈔卷二

宋史刻本之誤

《寧宗紀》嘉定四年之後、七年之前，有三年、五年，而無六年，此據武英殿刊本。竊意「三年」當是「五年」之譌，「五年」當是「六年」之譌。《宰輔表》章良能參知政事在六年，《紀》載於五年，此其一證。

瀛國公紀

《瀛國公紀》緐冗無法，蓋采訪務博而不知删汰之失。唯《紀》末附益、衛二王事爲得之。《瀛國公紀》德祐元年五月「加婺州處士何基謚文定、王柏承事郎」，此下當有「謚文憲」三字，史脱之也。兩人賜謚，出于國子祭酒楊文仲之請，不應有書有不書。且《度宗紀》于景定五年，曾書命何基、徐幾兼崇政殿説書矣，基雖辭不受職，亦嘗除承務郎矣。今皆不書，而但書處士，則柏亦處士也。承事之贈，當載于本傳，而傳反不書，詳略皆無當矣。若以史法言之，諸臣贈謚皆當入列傳，登諸帝紀，重複非體。且有載有不載，又難免挂一漏百之誚矣。

南渡諸臣傳不備

《宋史》述南渡七朝事叢冗無法，不如前九朝之完善，寧宗以後四朝，又不如高、孝、光三朝之詳。蓋由史臣迫於期限，草草收局，未及討論潤色之故。如《錢端禮傳》末云「孫象祖自有傳」，《王安節傳》云「節度使堅之子」，《吕文信傳》云「文德之弟」，是錢象祖、王堅、吕文德三人本擬立傳，而今皆無之，可證其潦草塞責，不全不備矣。史彌遠握權卅餘年，威燄甚於京、檜，且有廢立大罪，而不預姦臣之列；鄭清之亦預廢立之謀，及端平入相，首議出師汴、洛，妄啓邊釁，遂失四蜀，宋之亡實肇於此，而本傳略不一言；至如趙范襄陽僨事、趙葵洛京覆師，傳皆諱而不書，何以彰是非褒貶之公乎？王堅守合州，蒙古傾國來攻，憲宗親臨城下，圍數月不能克，宋季武臣無出其右者，爲賈似道所忌，功大賞薄，未竟其用。而史家又不爲立傳，此可爲長太息者也。

一人重複立傳

程師孟已見列傳第九十卷，而《循吏傳》又有程師孟，兩篇無一字異。又《李光傳》末附其子孟傳事百十五言，而又别爲孟傳立傳。李熙静已見列傳第百十六，而第二百十二《忠義附傳》又有李熙靖。「靖」、「静」同音，實一人也。

編次前後失當

鄭穀、仇悆、高登、婁寅亮、宋汝爲，皆高宗朝人也，而次于光、寧朝臣之後。梁汝嘉，亦高宗朝人也，而與胡紘、何澹諸人同傳，且殿之卷末。權邦彦，紹興初執政也，而與趙雄、程松同卷。林勳、劉才卲，高、孝時人也，而與陳仲微、梁成大、李知孝諸人同卷。皆任意編次，全無義例。不唯年代不同，抑亦賢否莫辨。予所謂南渡七朝緐冗無法者，此其一端也。

神宗謚

《宋史·神宗紀》首稱神宗紹天法古運德建功英文烈武欽仁聖孝皇帝，《東都事略》紀首則稱體元顯道帝德王功英文烈武欽仁聖孝皇帝。晁氏《歷代紀年》同。攷《宋史·紀》，元豐八年九月，上大行皇帝謚曰「英文烈武聖孝」；紹聖二年，加謚「紹天法古運德建功英文烈武欽仁聖孝」；崇寧三年十一月，更上謚曰「體元顯道帝德王功英文烈武欽仁聖孝」；政和三年十一月，加上謚曰「體元顯道法古立憲帝德王功英文烈武欽仁聖孝」。是神宗謚凡四改，《宋史》所書者，紹聖二年所上，《東都事略》、《歷代紀年》所書者，崇寧三年所上也。《東都事略》則云：紹聖二年加謚「紹天法古運德建功欽仁」，崇寧三年加謚「紹天法古運德建功英文烈武欽仁聖孝」，政和三年改上謚曰「體元顯道帝德王功英文烈武欽仁聖孝」，而無「法古立憲」四字。《歷代紀年》則以「體元顯道」十六字謚爲崇寧所定，而不載政和之加謚，與《宋史》皆不合。竊意太祖、太宗，開刱之主，謚止十六字，政和加神宗至二十字，似無此情理。王偁、晁公邁，皆南宋初人，所書神宗謚亦僅十六字，則《宋史》恐未可信。且謚號當以後定者爲正，而《神宗紀》獨否，亦史例之疎也。岳珂《媿郯録》謂崇寧、政和閒始用繼述、友恭之論，屢定徽稱，神宗凡一改再增，而溢於祖宗者四字，是神宗謚竟有廿字。其言與《宋史》同。

地理志之誤

建康府句容下云：「天禧四年，改名常寧。」是句容縣改名常寧也。攷《景定建康志》：句容之茅山有常寧鎮，天禧元年置。《九域志》：句容有常寧、東陽、下蜀三鎮。初不言縣有常寧之名，《志》誤。静江府義寧下云：「本義寧鎮，馬氏奏置。開寶五年，廢入廣州新會。六年，復置。」《九域志》亦同。按静江與廣州道里回遠，義寧又在静江之西北，何緣并入新會？此誤也。蓋廣州别有義寧縣，開寶五年省入新會，六年復置，太平興國元年，改名信安，熙寧五年，改隸新州，省入新興縣，與静江之義寧初不相涉。志家以縣名相同，牽合爲一，殊可笑也。

宋南渡後，與金人講和，畫淮爲界。京西路唯存襄陽、隨、金、均、房、光化、信陽，秦鳳路唯存階、成、鳳、西和。即岷州。

京西不復置司，但遥領於湖北路，故有「京湖」之稱。金、階、成、鳳、西和則改屬利州路。《志》但當於京西之金州，秦鳳之階、成、鳳、岷四州下各增一句云「南渡改隸利州路」。又於岷州下增「改名西和」一句，斯明白矣。今金州已見京西南路，階、成、鳳、岷四州已見秦鳳路而又見利州路，不唯重複，亦非史法。隨州之棗陽縣，南渡嘗升爲軍，而《志》失書。棗陽軍置于嘉定十二年，見《輿地紀勝》。

梅州本潮州程鄉縣，南漢置恭州，開寶四年改。按《九域志》：梅州，僞漢敬州。與史不同，當以《九域志》爲是。宋初削平僭僞，州縣皆仍故名。此敬州當以犯廟諱特改，若本恭州，則無庸改矣。史志作

「恭」，乃當時史臣回避，後來失於改正耳。王象之《輿地紀勝》云：「僞漢劉氏割潮州之程鄉縣置敬州，皇朝以敬州犯翼祖諱，改名梅州。」此爲得之。

宋史褒貶不可信

《宋史》於南渡季年臣僚褒貶多不可信。如包恢知平江府，奉行公田，至以肉刑從事，見於《賈似道傳》。而本傳言其歷仕所至，破豪猾，去姦吏，政聲赫然，度宗至比恢爲程顥、程頤，此豈可信乎？劉應龍當賈似道專政時，與何夢然、孫附鳳、桂錫孫等，承順風指，凡爲似道所惡者，無賢否皆斥，見于《理宗紀》。而本傳言其不附似道，何其相矛盾之甚也！

藝文志脱漏

《宋史·藝文志》重複譌舛，較前史爲甚，予於《廿二史考異》言之詳矣。而宋人撰述不見於《志》者，又復不勝枚舉，姑以予淺學所曾寓目略言之。如：曾鞏《隆平集》二十卷，熊方《後漢書年表》十卷，王偁《東都事略》一百三十卷，徐夢莘《三朝北盟會編》二百五十卷，劉時舉《中興編年資治通鑑》十五卷，葉隆禮《契丹志》廿七卷，宇文懋昭《大金國志》四十卷，王明清《揮麈録》四卷、《後録》十一卷、《第三録》三卷、《餘話》二卷，王應麟《玉海》一百卷，王楙《野客叢書》廿卷，王象之《輿地紀勝》二百卷，阮閲《詩話總龜》一百卷，趙汝愚《名臣奏議》一百五十卷，洪邁《萬首唐人絶句》一百卷，袁説友《成都文類》五十卷，杜大圭《名臣琬琰集》一百七卷，劉克莊《千家詩選》廿二卷，孟元老《東京夢華録》十卷，朋九萬《烏臺詩案》一卷，倪思《經鉏堂雜志》八卷，戴埴《鼠璞》一卷，真德秀《文章正宗》二十卷，羅願《爾雅翼》三十二卷，陳思《寶刻叢編》二十卷，曾宏父《石刻鋪敍》一卷，祝穆《事文類聚前集》六十卷、《後集》五十卷、《新集》三十六卷、《別集》三十二卷、《續集》二十八卷、《外集》十五卷、《遺集》十五卷，潘自牧《紀纂淵海》一百九十五卷，陳景沂《全芳備祖前集》二十七卷、《後集》三十一卷，劉克莊《後邨居士集》五十卷、《後邨大全集》二百卷，祝穆《方輿勝覽》七十卷，張淏《會稽續志》八卷，羅濬《四明志》二十一卷，梅應發、劉錫《四明續志》十二卷，鄭瑤、方仁榮《新定續志》十卷，周應合《景定建康志》五十卷，潛説友《咸淳臨安志》一百卷，史能之《咸淳毘陵志》三十卷，高似孫《剡録》十卷，鮑廉《琴川志》十五卷，凌萬頃、邊實《玉峯志》□卷，邊實《玉峯續志》□卷，常棠《澉川志》八卷，魏仲舉《五百家注音辨昌黎先生集》四十卷、《五百家注音辨柳先生文集》二十一卷，王十朋《集注東坡詩》三十二卷，施元之《注東坡詩》四十二卷，李壁《注王荆公詩》五十卷，任淵《注山谷詩内集》二十卷，史容《注山谷詩外集》十七卷，史季温《注山谷詩別集》二卷，任淵《注陳後山詩》十二卷，寇宗奭《本艸衍義》二十卷，皆大部通行，閱今四五百年尚存。而元時史臣轉未著録，真可怪也。

王安石傳誤

《王安石傳》：「元祐元年卒，年六十八。」王明清《揮麈録》言：「國朝名公，多戹於六十六，介甫亦其一也。」吳曾《漫録》謂介甫以辛酉十一月十二日生。李壁亦言介甫生於天禧五年辛酉。自天禧辛酉至元祐元年丙寅，實六十六年，非六十八也。《長編》載安石移書呂惠卿曰「毋使齊年知」，馮京與安石俱生辛酉，故稱爲「齊年」，此其明證。

邵雍傳誤

《宋史・道學傳》謂雍年七十六。按堯夫歿於熙寧十年，程伯淳志其墓云：「熙寧丁巳孟秋癸丑，堯夫先生疾終于家。先生生于祥符辛亥，至是蓋六十七年矣。」敍述年壽，明白可信。史作「七十六」，蓋傳寫偵倒耳。魏了翁《跋康節先生荅富韓公柬》云「治平元年，邵子年五十四」。與墓志合。

劉應龍傳脱誤

《劉應龍傳》：「帝怒吴潛不已。應龍朝受命，帝夜出《象簡書疏》稿授應龍，使劾潛。」按理宗使應龍劾潛，則應龍必臺諫也。《丁大全傳》稱「監察御史劉應龍」。《傳》不言「除某官」，而遽言「朝受命」，所受者何命乎？此必有脱文矣。又云：「德祐元年，遷兵部尚書、寶章閣直學士，知贛州，兼江西兵馬鈐轄、青海軍節度使。」案贛州守例兼江西兵馬鈐轄，若節度使，非文臣應得之官，此必有誤矣。節鎮無青海軍，當是「清海」之譌，此猶傳寫偶誤，要之應龍斷不授節度使也。

遼史

《天祚紀》：「乾統元年初，以楊割爲生女直部節度使，其俗呼爲太師。是歲楊割死，傳於兄之子烏鴉束。束死，其弟阿骨打襲。」按楊割即《金史》之盈歌，追謚穆宗者也。據《金史世紀》，以癸未歲卒，即宋崇寧二年、遼乾統三年也。《紀》繫於乾統元年，誤矣。《世紀》：「康宗烏鴉束乾統五年癸未襲節度使。」「五年」當是「三年」之譌。烏鴉東以癸巳歲即世，據《太祖紀》。《世紀》作「癸酉」，誤。當遼天慶二年，而《遼紀》失書。《遼》、《金》兩史同時刊修，而不相檢照如此。

壽隆年號誤

道宗初改元清寧，次咸雍，次(太)〔大〕康，次大安，各十年。次壽隆，至七年止，此見於《遼史》者也。按洪遵《泉志》引李季興《東北諸蕃樞要》云：「契丹主天祐年號壽昌。」又引《北遼通書》云：「天祚即位，壽昌七年，改元乾統。」晁公邁《歷代紀年》：「遼道宗改元清寧、咸雍、(太)〔大〕康、大安、壽昌。」《東都事略附録》：「紹聖三年，改元壽昌。」今刊本作「昌壽」，誤。《文獻通攷》：「洪基在位四十七年，其紀元自咸熙改(太)〔大〕康，又改大安，皆盡十年。然後爲壽昌，至七年終。」予家所藏遼石刻，作「壽昌」者多矣，文字完好，灼然可信。且遼人謹於避諱，道宗爲聖宗之孫，斷無取聖宗諱紀元之理。此《遼史》之誤，不可不改正。

西遼紀年

西遼世次紀年，唯見于《遼史·天祚紀》末，它書皆無之，今當以《遼史》爲正。《紀》云大石以甲辰歲自立，改元延慶。即宋宣和六年。在位二十年而殂，則宋紹興十三年癸亥也。其妻稱制，號感天太后，當是紹興十四年甲子。稱制七年而卒，則宋紹興二十年庚午也。大石子夷列嗣位，在紹興廿一年辛未。立十三年而殂，則宋隆興元年癸未也。其妹稱制，號承天太后，當在宋隆興二年甲申。稱制十四年而被殺，則宋淳熙四年丁酉也。夷列子直魯古嗣位，在宋淳熙五年戊戌。立三十四年，而爲乃蠻所滅，則宋嘉定四年辛未也。《遼史》稱大石「建號萬里之外，雖寡母弱子，更繼迭承，幾九十年」。以大石在位廿年，合之二后二主年數，恰八十八年。然則延慶當有十年，併康國十年，乃合在位廿年之數。唯《遼史》於延慶三年建都之後，即云「改延慶爲康國元年」，又云「康國十年殁」，似大石在位止十二年。明人續《綱目》續《通鑑》者，大率因此致誤，曾不一檢照後文，何也？商氏《續綱目》、薛氏、王氏《續通鑑》，所載歲月，俱未足信。

《遼史》紀西遼之亡云：直魯古「在位三十四年。時秋出獵，乃蠻主屈出律以伏兵八千擒之，而據其位。襲遼衣冠尊直魯古爲太上皇，朝夕問起居以侍終。直魯古死，遼絶」。初不言其年何干支也，諸家編年書皆系以辛酉，當宋嘉泰元年，不知何據。予謂欲知直魯古之亡，當先究乃蠻之世系。乃蠻與蒙古接壤，數相攻擊，其事迹略見於《元史》，初不與西遼爲鄰也。屈出律者，太陽罕之子。太陽罕以甲子歲爲元太祖所殺。丙寅，元兵復征乃蠻，擒太陽罕之兄卜魯欲罕，而屈出律出奔也兒的石河上。戊辰冬，元再征屈出律，屈出律奔契丹。契丹，即西遼。戊辰在辛酉後八年，其時西遼尚無恙，則謂亡於辛酉者，不可信一矣。《元史》太祖四年己巳，「畏吾兒國來歸」，而《巴而朮阿而忒的斤傳》亦云：「臣於契丹歲己巳，聞太祖興朔方，遂殺契丹所置監國等官。」則己巳歲西遼尚存，謂亡於辛酉者，不可信二矣。西遼與蒙古未交兵，故《元史》不載直魯古之滅。然《遼史》所述三主兩后在位年數分明，自甲辰至於國亡，計八十八年，其干支當爲辛未，非辛酉也。辛未爲元太祖之六年，正在屈出律奔契丹之後，若辛酉歲，則屈出律之父尚在，何由奪西遼而有之？謂西遼亡於辛酉，不可信三矣。《長春真人西游記》記西遼事頗詳，云：「自金師破遼，大石林牙領衆數千走西北，移徙十餘年，方至此地，傳國幾百年。乃滿失國依大石，謂大石之後即直魯古也。士馬復振，盜據其土。既而算端西削其地，天兵至，乃滿尋滅，算端亦亡。」其云「乃滿」，即乃蠻也；其云「失國依大石」，即屈出律奔契丹事；其云「士馬復振，盜據其土」，即謂直魯古被擒、屈出律襲遼衣冠而據其位也。長春西游，親到西遼舊都，距西遼之亡僅十餘歲，所言必得其實。乃蠻失國，在元太祖戊辰歲，而直魯古之被擒，又在其後，則謂亡于辛酉，不可信四矣。《聖武親征記》：「屈出律以數人奔契丹王菊兒汗。」「菊兒汗」，即「直魯古」也。《遼史》：大石以甲辰歲二月五日即位，號葛兒汗，子孫蓋世襲其號。《元史·曷思麥里傳》：「初爲西遼闊兒汗近侍。」曰「闊」、曰「菊」，與「葛」音皆相近。曷思麥里，亦直魯古舊臣，元太祖西征，率屬迎降。從大將哲伯爲先鋒，攻乃蠻，克之，斬其主曲出律。即屈出律。蓋爲直魯古報讎，其事當在太祖庚辰歲，與戊辰屈出律奔契丹，相去十有三年。或據此文，疑屈出律爲元兵所斬，無奔契丹事者，非也。知菊兒汗即直魯古，則直魯古之失國，必在元太祖之世。謂亡於辛酉，不可信五矣。諸家編年所以誤者，由於不信大石在位有二十年。而《遼史》本有似相矛盾之處，既云「以甲辰歲即位，改元延慶矣」，又云「延慶三年，班師東歸，馬行二十日，得善地，建都城，號虎思斡耳朵，改延慶爲康國元年」，又云「康國十年歿」，似大石祇有十二年，與在位二十年之文不合。既滅大石之年，則直魯古之滅不得不移前數年矣。今按《西游記》云：「大石領衆走西北，移徙十餘年，方至此地。」是大石建都之前，稱尊號者已十餘年矣。因建都而改元，又十年而殁，豈非在位二十年乎？且大石之西奔，在保大三年癸卯七月，大石既自立爲王，必不承保大之號，次年甲辰二月改元延慶，固其宜也。史云「明年二月甲午，以青牛白馬祭天地祖宗，整旅而西」，蓋即改元之日。既而兵行萬里，乃至尋思干城，與忽兒珊大戰敗之，駐軍尋思干凡九十日，回回國王來降。又西至起兒漫，文武百官册立爲帝，距甲辰改元之時，蓋已久矣。改元在前，稱帝在後。《遼史》以改元、稱帝爲一事，固非其實；諸家書移於乙巳，亦出臆撰。且自乙巳至辛酉，不過七十七年，與《遼史》「更繼迭承，幾九十年」之語不相剌謬乎？愚謂大石官爲林牙，頗通今古，其改元也，假興復之名以號召諸部，必不遽稱帝也。延慶改元，當在甲辰之春，其時猶未至西域，若稱帝則當于延慶三年，蓋用漢昭烈、晉元帝故事，俟天祚凶問至，而後百官勸進耳。《西游記》所謂「移徙十餘年，方至此地」者也。如是，則大石即位二十年本無可疑。若建都改元康國，則必在延慶十一年，《遼史》雖有乖舛，而可信者猶大半。諸家云云，則臆決附和古之亡必在辛未而不在辛酉，亦決然可信。大石之年定，而直魯之談，置之勿論可矣。

萬斯同《紀元彙攷》云：耶律大石延慶元年乙巳，康國元年丁未，大石妻咸清元年丙辰，大石子夷列紹興元年壬戌，夷列妹崇福元年甲戌，夷列子直魯古天禧元年戊子，其三十四年辛酉，爲乃蠻所擒。與《續綱目》諸書同。《遼史》但云大石在位二十年，感天太后稱制七年，夷列在位十三年，承天太后稱制十四年。據《紀年表》，則康國之十年即咸清之元年，咸清之七年即紹興之元年，紹興之十三年即崇福元年，是三世皆未踰年而改元矣。而于天禧元年書「十二月承天后被殺，夷列子直魯古立」，是承天后稱制實十五年，與《遼史》尤不合。

金史衛紹王紀

衛紹王一朝記注亡失，今見於《紀》者，元中統三年王鶚所采摭，然亦未可盡信。如大安二年十二月辛酉朔，日有食之，即宋嘉定三年。《宋史》紀志是年六月丁巳朔日食，初無十二月日食事。《紀》不書六月之食而書於十二月，已爲譌舛，且以次年正月乙酉朔推之，此月朔斷非辛酉也。元和李尚之疑此朔當在前一年，然《宋史》是月亦不言日食。

《齊乘》：「濟陽縣大定六年「大定」當作「泰和」。避金主允濟諱，改曰清陽。允濟遇弒，復舊名。」孫慶瑜《豐閏縣記》云：「大定間，改永濟務爲縣。大安初，避諱更名豐閏。」此二事皆在衛紹王朝。想濟南府亦當更名，而史失其傳矣。

金史義例未當

《金史·酷吏》止二人，高閭山死于國事，可掩其酷刑之咎，則《酷吏傳》可不立也。宣宗以後，近侍頗干政事，然金之近侍，皆世家子弟爲之，於宦者無預也。《宦者》亦止二人，梁珫可入《佞幸傳》，宋珪可附見《奉御絳山傳》，則《宦者傳》亦可不立也。張邦昌、王倫，《宋史》有傳，不當又入《金史》。崔立當入《叛臣傳》，不當儕于列傳。張僅言非叛黨，不當附張覺傳。

地理志失載鞏昌府

《完顔仲德傳》：「正大六年，移知鞏昌府，兼行元帥府事。」鞏州升鞏昌府，《地理志》失書。

一地異文

《哀宗紀》前書「大元進兵嶢峯關」，後書「九月中徵兵會于饒豐關」，「嶢峯」、「饒豐」，即一地也。《郭蝦蟆傳》作饒風關，與《元史》同。《完顔合達傳》作「饒峯關」。

南遷録

《金人南遷録》題云「著作郎張師顔撰」，陳直齋謂其歲月牴牾不合。今攷其所述年號事迹，如云：「興慶二年十一月，立皇太孫」，「四年正月，世宗晏駕，太孫登極。逾月改元天統」；「天統四年十一月，誅鄭王允蹈」，「五年正月，愛王據城叛」；「泰和十四年七夕，章宗爲牛刀兒所弑，頒遺詔立磁王允明爲皇太叔。七月八日，磁王即位。十五日，爲内侍趙元德等所弑。大臣議：濰王允文，世宗第六子，次當立。十八日，濰王即位，謚磁王爲明宗」；「八月，愛王自立，謚其父鄭王爲明宗」；「十一月，愛王薨，北國主立其子雄爲三大王」；「天定二年辛未。四月，策進士」；「五年甲戌。正月八日，上晏駕。百官議：淄王允德，世宗第八子，當立。十日，即帝位」；「五月，葬德宗于福寧陵」。以《金史》紀傳校之，全不相應，大約南宋好事者妄作。

元史

《元史》纂修，始於明洪武二年，以二月丙寅開局，八月癸酉告成，計一百八十八日。其後續修順帝一朝，於洪武三年二月乙丑再開局，七月丁未書成，計一百四十三日。綜前後廑三百三十一日，古今史成之速，未有如《元史》者。而文之陋劣，亦無如《元史》者。蓋史爲傳信之書，時日促迫，則攷訂必不審。有草剏而無討論，雖班、馬難以見長，況宋、王詞華之士，徵辟諸子，皆起自艸澤，迂腐而不諳掌故者乎？開國功臣，首稱四傑，而赤老温無傳。尚主世冑，不過數家，而鄆國亦無傳。丞相見於表者五十有九人，而立傳者不及其半。太祖諸弟止傳其一，諸子亦傳其一，太宗以後皇子無一人立傳者。本紀或一事而再書，列傳或一人而兩傳。《宰相表》或有姓無名，《諸王表》或有封號無人名。此義例之顯然者，且紕繆若此，固無暇論其文之工拙矣。

元初世系

《元史·太祖紀》述其先世自孛端叉兒始。據《祕史》，則孛端叉兒之前尚有十一世：最初曰巴塔赤罕，二世曰塔馬察，三世曰豁里察兒蔑兒干，四世曰阿兀站孛羅温，五世曰撒里合察兀，六世曰也客你敦，七世曰撏鎖赤，八世曰合兒出，九世曰孛兒只吉歹蔑兒干，今蒙古以博爾濟吉特爲貴族，即孛兒只吉歹之轉也，「蔑兒干」，華言善射也，十世曰脱羅豁勒真伯顔，十一世曰朶奔蔑兒干，史作「脱奔咩哩犍」。即孛端叉兒之父也。《祕史》「叉」作「察」。《宗室世系表》云：「元之世系藏之金匱石室者，甚祕，外廷莫能知也。其在史官，固特其概，而攷諸簡牘，又未必盡得其詳。則因其所可知，而闕其不知，亦史氏法也。」史臣未見《祕史》，故於元初世系頗漏略。孛端叉兒之孫蔑年土敦，即《紀》、《表》之咩麻篤敦也。生七子，其五人史闕其名。今據《祕史》：「蔑年土敦生子七人，曰哈出曲魯克，曰合臣，曰合赤兀，曰合出剌，曰合赤温，曰合闌歹，曰納臣把阿禿兒。」哈出曲魯克，即《史》之既拏篤兒罕也，有子曰海都，其母曰那莫侖，《史》作「莫拏倫」。是那莫侖爲哈出曲魯之妻，而《史》以莫拏倫爲咩麻篤敦妻，其不合一也。哈赤曲魯克有子海都，爲世嫡，其餘六人，亦各有子孫，別爲族姓。而《史》乃謂「押剌伊而部殺莫拏倫及其六子，滅其家，唯納真即納臣。爲贅壻，故不及難」，其不合二也。《祕史》初不言與押剌伊而部争戰之事，本紀疑未可信。《祕史》屯必乃止一子，《世系表》以爲六子，列葛不律寒于第六，似誤以蔑年土敦之子爲屯必乃子。

《祕史》：海都生三子，曰伯升豁兒多黑申，《史》作「拜姓忽兒」。曰察剌孩領忽，曰抄真斡兒帖該。伯升豁兒多黑申生一子，曰屯必乃薛禪。《史》作「敦必乃」。屯必乃生二子，長曰合必勒合罕，《史》作「葛不律寒」。「合罕」之號自此始。合必勒有子七人，次子把兒壇把阿禿兒，《史》作「八里丹」。即也速該之父也。合必勒合罕殁，遺言以從兄想昆必勒格之子俺巴孩爲合罕，《史》作「咸補海罕」。即察剌孩領忽之孫，是爲泰赤烏氏。俺巴孩與塔塔兒部結婚，親自送女，被執，獻於金，金人殺之。部人立合必勒合罕之第四子，曰忽圖剌合罕。忽圖剌殁，而太祖繼，稱成吉思合罕。蓋在王罕未敗之日。先稱合罕者，一部之長，後稱皇帝，則諸部之長矣。

太祖紀

《太祖紀》：十年，「木華黎攻北京，金元帥寅答虎烏古倫以城降」。按《東平王世家》作「烏古倫寅答虎」。「烏古倫」者，寅答虎之氏，非兩人也。史臣不辨姓名，顛倒其文，遂若别有一人。《史天祥傳》作「北京留守銀荅忽，同知烏古倫」。

萬奴

《太祖紀》十年，「金宣撫蒲鮮萬奴據遼東，僭稱天王」。十一年，「蒲鮮萬奴降，既而復叛，僭稱東夏」。按《東平王世家》：「癸巳，太宗五年。王與皇子貴由攻完顏萬奴于遼東，平之。完顏萬奴，金内族也，自乙亥歲聚衆據東海號東夏，至是凡十九年而滅。」此萬奴之氏，一以爲蒲鮮，一以爲完顏，未審孰是。《木華黎傳》與《世家》同，《金史・宣宗紀》作「蒲鮮」。《太宗紀》但書平萬奴，而不言皇子貴由、國王塔思，當據《世家》補之。

伐西夏事差一年

《太祖紀》：十三年，「是年伐西夏，圍其王城，夏主〔李〕遵頊出走西凉。」此金興定二年、宋嘉定十一年也。陳桱《通鑑續編》、薛應旂《宋元通鑑》皆在前一年。今按《金宣宗紀》：「興定二年正月，陝西行省獲歸國人，言大元兵圍夏王城，李遵頊命其子居守，而出走西凉。」夏與金相去遼遠，而金人於是年正月已傳問知之，則必是前一年事，《元紀》誤。

李全事誤

二十年，「武仙以真定叛。董俊判官李全亦以中山叛。」按金元之際有三李全：一爲益都行省，即璮之父也；一爲冠氏元帥，見《趙天錫傳》；本名泉，詳見後。一見《董俊傳》，云「己卯，權知中山府。金將武仙據真定，俊率衆夜入真定，逐仙走之。庚辰春，金大發兵益仙，治中李全叛，中山應之」。庚辰者，元太祖十五年也。全之叛，蓋在武仙未降元以前，《紀》乃書於仙既降又叛之後，失之甚矣。

趙世延楊朵兒只皆色目

列傳第五卷至三十二卷，皆蒙古、色目人，第三十三卷至七十五卷，皆漢人、南人也。趙世延，雍古部人，即按竺邇之孫，蓋色目人也，而與漢人同列，誤矣。楊朵兒只，西夏人，元時稱夏人爲唐兀氏，唐兀亦色目三十一種之一，其人各自有姓，如李恒、高智耀、來阿八赤，皆列于色目，則朵兒只亦當爲色目人矣。耶律、石抹、完顔、粘合、烏古論皆遼、金舊族，元時謂之漢人。漢人有官至宰執者，而南人不得入臺省。順帝時稍用南人，而入參政者，僅危素一人耳。漢人、南人之分，以宋、金疆域爲斷，江浙、湖廣、江西三行省爲南人，河南省唯江北、淮南諸路爲南人。

不只兒即布智兒

《布智兒傳》：「憲宗以布智兒爲大都行天下諸路也可扎魯忽赤。」按《憲宗紀》：「以牙老瓦赤、不只兒等充燕京等處行尚書省事。」《世祖紀》：「憲宗令斷事官牙老瓦赤與不只兒等總天下財賦於燕。」所云

「不只兒」者，即布智兒也。「大都」，即燕京。「扎魯忽赤」，即斷事官。見《職官志》。「不只」與「布智」聲相近，譯音無定字也。《昔里鈐部》、《月乃合》、《布魯海牙傳》作卜只兒。今本《布魯海牙傳》誤「卜」爲「十」。

祖孫同號

賽典赤，回回貴族之稱。贍思丁爲中統至元名臣，紀、傳皆稱賽典赤而不名。其孫伯顏，事成宗爲平章政事。《宰相表》至元三十年至大德七年，俱有平章賽典赤名，惟元貞二年平章有伯顏無賽典赤，蓋賽典赤即伯顏，非兩人也，蓋襲其祖之號。

延祐四年正月肆赦詔

延祐四年正月初十日詔：「朕仰惟太祖皇帝聖訓若曰：『應天順人，惟以至誠。保安天下，宜遵正道。』重念列聖，繼承丕祚，我世祖皇帝混一之初，顧予菲德，懼弗克荷，不遑寧處。比者忽失剌年屬幼弱，聽信憸人阿思罕等謀爲不軌，構亂我家，已爲行省行臺管軍官等將叛賊阿思罕教化、徹里哥思等斬首以徇。其同謀及脅從者，欲盡加誅，有所不忍，宜推曠蕩之恩，開以自新之路，可大赦天下：自延祐四年正月初十日昧爽以前，除殺祖父母、父母不赦外，其餘常赦所不原者，罪無輕重，咸赦除之。若有避罪逃從逆黨，或竄匿民間，及嘯聚山林者，赦書到日限一百日内，許令出首與免本罪，限外不首，復罪如初。於戲！赦過宥罪，惟期反側之安；發政施仁，聿底隆平之治。敢以赦前事相告言者，以其罪罪之。咨爾有衆，體予至懷。」此詔稱「忽失剌」者，即《元史》之「和世㻋」，明宗名也。《仁宗紀》不載此詔，蓋天曆以後史官諱而削之也。仁宗受位於其兄，乃不立兄子而立其子，固有愧宋穆公之讓，而明宗出鎮雲南，即於途中興兵犯闕，其罪尤難掩。今録《元典章》所載詔書，以補《本紀》之闕，《明宗紀》載同謀諸臣無徹里哥思名。且著明宗之罪。

本紀失書廷試進士兩科

延祐初始行科舉，自後廷試、進士、狀元某某等若干人皆書於帝紀。唯順帝元統元年賜同同、李齊等百人，至正十七年賜倪徵、王宗嗣等五十一人，紀並失書。蓋順帝無《實録》，案牘不備，史臣又非一手，《紀》與《志》不相檢照者多矣。元時廷試，例以三月七日，獨元統元年春順帝尚未即位。《選舉志》雖載同同等賜及第出身，而未詳廷試之期。予嘗得是年《進士録》讀之，乃知廷試在九月三日，此可補史文之闕。

三公宰相表脱一年

《三公》、《宰相》兩表，俱脱至順三年。今以紀攷之，三公則燕鐵木兒、太師。伯答沙、太傅。伯顔太保。也。宰相則右丞相燕鐵木兒，平章政事欽察台、阿里海牙、伯撒里、禿兒哈帖木兒、撒迪，右丞闊里吉思、左丞趙世安也。又泰定帝以致和元年七月崩，其九月文宗自立于大都，改元天曆。《表》從《通鑑》例，不書致和而書天曆尚爲有説，然九月以前，三公宰輔皆朝廷所命，自當大書於《表》，今皆削而不書，毋乃獎亂而無是非之心乎？

元史不諳地理

宋時州有四等：曰節度，曰防禦，曰團練，曰刺史。亦曰軍事。節度爲三品州，防、團爲四品州，軍事爲五品州。凡除節度、防禦、團練使、刺史者，皆不之任，唯差京朝官知軍州事，俱爲親民之官，而班資有崇卑，故《宋志》於每州之下，繫以節度及防禦、團練、軍事之名。節度又有軍號，如大名府稱天雄軍、兗州稱泰寧軍之類，而防、團則無之，故節度必繫以某軍。此係官制，無關地理。而宋時諸州，又有由軍事、防禦升節度者，史家省文，或書升某州爲某軍，如元符三年升端州爲興慶軍、政和七年升鼎州爲常德軍之類。此由散州升爲節度州，州牧改用大僚，而州名仍如其舊，非改州爲軍也。然宋時牧守又有府、州、軍、監四等，而軍、監在州之下，守臣以知軍繫銜，如京東之淮陽軍、京西之信陽軍、淮南之盱眙軍、浙西之江陰軍，此則唐以前所未有，而志地理沿革者所當討論矣。元時改府州爲路，既無節度、防禦虚銜，則志地理述前代沿革，如升州爲節度，直可一筆勾之耳。《宋志》每州之下又有郡名，此沿《九域志》之文，不過爲王公等封爵之用，大約襲唐之舊。而五代以後增設者，舊未有郡名，政和修《九域志》又復加之，此有司文具，尤無當於地理沿革之數者也。修《元史》者，皆草澤腐儒，不諳掌故，一旦徵入書局，涉獵前史，茫無頭緒，隨手撏撦，無不差謬。偶舉數條，以當笑柄。如：滑州自唐、宋迄金、元無異名，而《志》乃云「唐改靈昌郡，宋改武成軍，元仍爲滑州」。攷《唐志》雖州郡兼稱，而改州爲郡，不過天寶、至德十餘年耳，乾元以後，仍爲滑州，豈可以此十數年概唐一代？且改州爲郡，十道皆同，不得謂滑改而它州不改也。武成爲節度軍額，而滑之升節度始于唐，本號義成軍，宋太宗時避諱，乃改武成。作《志》者并《唐方鎮表》亦未讀矣。隨州亦唐所置，而宋因之，其稱崇信軍者，節度軍號，非改州爲軍也。棗陽本隨州屬縣，南宋升爲棗陽軍，則與隨州各爲一郡矣。而《志》乃云「宋爲崇信軍，又爲棗陽軍。」此兩軍者，一爲虚銜，一爲實土，而混而一之。既已不分皁白，且棗陽與隨各自爲郡，而强合之，又云「復因兵亂，遷徙無常」，欲以彌縫其失，真癡人説夢矣。河中府自唐中葉已爲節鎮，稱護國軍，而河中府之名不改，宋、金皆因之。《志》乃云「宋爲護國軍，金復爲河中府」，不知宋、金皆稱河中府，與唐無異。護國軍之號，自唐、五代、宋、金亦未有異，宋非廢府而稱軍，金亦未嘗去護國軍之號。《志》中此類甚多，舉之不勝舉也。

宋時州有節度、防禦、團練、刺史四等，以是分州之大小，如今制州縣分繇簡耳。單本刺史州，後升爲團練，其州名仍舊也。《志》乃云「後唐改爲單州，宋升團練州」，是誤仞團練爲州名矣。史臣之不學如此，豈不貽笑千古！

《志》又云「濟寧路，唐麟州，周於此置濟州」。按元之濟寧路治鉅野縣，在唐則爲鄆州之鉅野縣耳。《唐志》雖云「武德四年，以縣置麟州。五年，州廢」，然唐有國三百年，其稱麟州者僅一年，豈可以此槩一代乎？宋承後周之舊，濟州真治鉅野矣，乃置之不道，又何説也？《志》于濟州下又云「唐以前爲濟北郡，治單父。唐初爲濟州，又爲濟陽郡，仍改濟州。周瀕濟水立濟州，宋因之」。此條尤可怪異。夫元之濟州治任城，唐之濟州則治盧，即隋之濟北郡也。元和以後，省濟州，以盧縣隸鄆州，自是無濟州之稱矣。後周始于鉅野立濟州。盧與鉅野邈不相涉，豈可溷而爲一？「周瀕濟水立濟州」二句，當書于濟寧路，亦不當在此條也。「唐以前濟北郡治單父」，不知何據。攷《太平寰宇記》：「單州單父縣，後魏嘗置北濟陰郡。」或因是誤仞爲濟北郡邪？

郴州之郴陽縣，《志》云「舊爲敦化縣，至元十三年改今名」。予向頗疑之，謂湖南舊爲宋土，而「敦」字犯宋廟諱，且《宋志》郴州倚郭爲郴縣，非敦化也。頃見王象之《輿地紀勝》引《寰宇記》云：「晉天福初，避廟諱，改郴州爲敦州，改郴縣爲敦化，漢初州縣名悉復舊。」是敦化之名乃石晉所改，未幾即廢。而元史臣乃以爲至元十三年改敦化爲郴陽，真可笑也。

漢人八種

陶九成《輟耕録》載漢人八種：曰契丹，曰高麗，曰女直，曰竹因歹，曰朮里闊歹，曰竹温，曰竹亦歹，曰渤海。按《遼》、《金》、《元》三史，唯見契丹、女直、高麗、渤海四國，餘未詳。攷《元史·鎮海傳》：「從攻塔塔兒、欽察、唐兀、只温、契丹、女直、河西諸國。」「只温」蓋即「竹温」之轉歟？

咸寧字誤

《地理志》興和路有咸寧縣，「元初隸宣德府，中統三年來屬」。「咸寧」當是「威寧」之譌。《金志》撫州有威寧縣，承安二年以撫州新城鎮置。元之興和路，即金撫州。則「咸寧」之爲「威寧」信矣。《劉伯林傳》「金末爲威寧防城千户」，即此縣也。

興德字誤

「保安州，金爲興德府」。「興德」當作「德興」。《石高山傳》「德興府人」。《金志》本作「德興」。

迦堅茶寒

《太宗紀》：「九年丁酉春，獵于揭揭察哈之澤。」其年四月，「築埽隣〔城〕，作迦堅茶寒殿」。揭揭察哈，即迦堅茶寒也，譯音無定字，史家不能攷正，後世遂以爲兩地矣。《地理志》：「迦堅茶寒殿，在和林北七十餘里。」

也可太傅

《食貨志·歲賜篇》有也可太傅。按《邪律秃花傳》：「拜太傅，總領也可那延，封濮國公。」即《志》所稱「也可太傅」也。蒙古語「大」爲「也可」，凡官名「也可」者，第一之稱。此《志》有「也可怯薛」，《職官志》有「也可札魯忽赤」，皆取第一義。

五部將名互異

《闊闊不花傳》：「歲庚寅，當是庚辰。太祖命太師木華黎伐金，分探馬赤爲五部，各置將一人，闊闊不花爲五部前鋒都元帥。」「歲丙申，太宗命五部將分鎮中原：闊闊不花鎮益都、濟南，按察兒鎮平陽、太原，孛羅鎮真定，肖乃台鎮大名，怯烈台鎮東平」。

《兵志》：中統三年三月，「詔真定、彰德、邢州、洺磁、東平、大名、平陽、太原、衛輝、懷孟等路，各處有舊屬按札兒、孛羅、笑乃觧、闊闊不花、不里合拔都兒等官所管探馬赤軍」。

《石高山傳》：「昔太祖皇帝所集按察兒、孛羅、窟里台、孛羅海拔都、闊闊不花五部探馬赤軍，金亡之後散居牧地，多有入民籍者。」

今按五部將之名，唯孛羅、闊闊不花二人無異文。按察兒即按札兒，肖乃台即笑乃觧，怯烈台即窟里台，不里合拔都兒即孛羅海拔都。或有肖乃台而無不里合，或有怯烈台而無孛羅海，似當以《兵志》爲正。蓋肖乃台本禿伯怯烈氏，故又有怯烈台之稱。或稱肖乃台，或稱怯烈台，其實即一人耳。史家疑孛羅海與孛羅爲重出，故《闊闊不花傳》誤分怯烈台以當五人之數。今依《兵志》作不里合，則犁然有別矣。

汪世顯傳不可信

史家立傳，往往徵采家傳碑志，事迹多文飾不可信。如《汪世顯傳》稱：「仕金屢立戰功，官至鎮遠軍節度使、鞏昌便宜總帥。金平，郡縣望風款附，世顯獨城守。及皇子闊端駐兵城下，始率衆降。皇子曰：『吾征四方，所至皆下，汝獨固守，何也？』對曰：『臣不敢背主失節耳。』」如《傳》所言，則是袁昂、馬仙琕之流也。及讀《金史·郭蝦蟆傳》，則稱：「天興二年，哀宗遷蔡州，慮孤城不能保，擬遷鞏昌，以粘割完展爲鞏昌行省。三年春正月，完展聞蔡已破，欲安衆心城守，以待嗣立者。乃遣人稱使者至自蔡，有旨宣諭。綏德州帥汪世顯者，亦知蔡凶問，且嫉完展制己，欲發矯詔事，因以兵圖之。然懼蝦蟆威望，乃遣使約蝦蟆并力破鞏昌。使者至，蝦蟆謂之曰：『粘割公奉詔爲行省，號令孰敢不從？今主上受圍于蔡，擬遷鞏昌，我輩既不能致死赴援，又不能叶衆奉迎，乃欲攻粘割公，先廢遷幸之地，上至何所歸乎？汝帥若欲背國家，任自爲之，何及于我？』世顯即攻鞏昌，劫殺完展，送款于大元。復遣使者二十餘諭蝦蟆以禍福，不從。」是世顯以偏裨戕主帥，背主嗜利，乃小人之尤者。且久通款于蒙古，何待闊端兵至始率衆降乎？蘇天爵《名臣事略》誤信其家傳書之，明初史臣又承天爵之誤，不加訂正。畢尚書沅《續通鑑》稿成，嘗屬予參校，因爲辨證之。

鄧州移復

趙范之失襄陽，始於趙祥以鄧州叛，而《宋史》諱不書。《元史·太宗紀》：八年，「命鄧州趙祥從皇子曲出充先鋒南伐」，亦不詳趙祥降附本末。今據姚燧所撰《鄧州長官趙公神道碑》云：「祥字天麟，其先居代之繁畤。金末去其鄉，三徙爲蔡之平輿人。天興播蔡，倡義兵數千，爲帥。甲午，金亡，將麾下步騎數千入宋，時襄陽開制閫授信效左軍統制。後制閫厭降將多叵測，謾爲受犒，欲盡阬之。大將江海諫曰：『人窮來歸，誅之不義。又吾閫所節度四十五軍，半北人，今此加誅，則吾軍北人各有異心矣。漢北之州鄧爲近，去吾閫程再日耳，乘彼虛棄未戍，盍遣是衆先之。在彼有生降之德，在我有復地之利，一舉而得兩者也。』閫然之，別遣路鈐、呼延實將若干人爲監，來戍。至，則與實不相得，軍士譁譟，皆言制閫不足爲盡力。明年乙未十月，大兵略地漢上，集將佐南門，公抱劍前曰：『始吾入宋，求活吾麾下數千人與若妻孥，而制閫欲以計殲之。今幸出戍，又令別將監之，一旦誣以它罪，無噍類矣。誠不忍與若膾脯寇手，心歸大朝，後應者斬。』統領徐海持不可，立斷其首，一軍皆呼抃受命。馳造實營，執以出盟，令呼宋兵投仗釋甲，具車馬歸之襄陽。乃開門迎元兵。居再月，太子南征還過，教以是城甚近襄陽，力孤不能自完，與均、唐三州民徙洛陽之西三縣。鄧治長水，均治永寧，唐治福昌。明年丙申，襄、樊亦徙洛陽。其年入覲，特賜金符錦衣，許出戰督軍、入守字民。辛丑，授鄧州長官。奏以弟將州兵，是州兵民始分。後十二年癸丑，史忠武公經略河南，始屯田漢上，盡還徙鄧、均、唐、襄、樊五州民實南，公始復鄧。時宋已築襄、樊、均，皆設重兵，三州民還者無所於歸。襄、樊僑治州北，均僑治西，皆倚公爲援。丙辰，乞骸骨，不報。明年，疾卒，年六十有一。」所述背宋歸元事極分明，漢上五州移徙事，又可補《地理志》之漏略。

胡土虎

太宗六年，「以胡土虎那顔爲中州斷事官」。七年，「遣皇子曲出及胡土虎伐宋」。胡土虎，又作忽都，《鐵邁赤傳》。又作忽都虎，《食貨志》。又作忽篤華，《石抹明安傳》。案《石抹明安傳》：「次子忽篤華，太宗時爲金紫光禄大夫、燕京等處行尚書省事，兼蒙古漢軍都元帥。」不云爲中州斷事官者，史之脱漏也。石抹氏自明安至咸得不相繼爲燕京行省，胡土虎蓋承其兄職。及金亡之後，又令斷事中州，括中原人户，當在其時矣。《石高山傳》云：「父忽魯虎從太祖定中原，太宗賜以東昌、廣東四十餘户。」而《食貨志》：「忽都虎官人，壬子年查認過廣平等處四千户。」似即一人。豈石高山即石抹明安之後，史誤認石抹氏爲石氏耶？

李全字誤

《趙天錫傳》云：「甲申，彭義斌據大名冠氏，元帥李全降之。」又云：「李全在大名，結其帥蘇椿，納金河南從宜鄭倜。」初疑同時有兩李全，及讀元遺山《千户趙公神道碑》，乃知其人名「泉」，史家以音相近，譌爲「全」字，遂與益都之李全相溷矣。天錫以行臺公薦，宣授行軍千户，見遺山碑，而本傳不載，蓋以千户爲不足書耳。不知元初萬户最爲領兵要職，殿實雖爲行臺，亦在七萬户之列，千户佩金符，較之萬户佩金虎符者僅降一等，未可略而不書。

月乃合

《月乃合傳》但云字正卿，不言有兩名。按元好問《恆州刺史馬公碑》即慶祥。云：「子男三人：長三達，次鐸剌，次福海。」不審孰爲月乃合。

雍古

《月乃合傳》：「其先屬雍古部，徙居臨洮之狄道。金略地，盡室遷遼東。」「祖把埽馬野禮屬，徙靜州之天山。」按元遺山有《恆州刺史馬君神道碑》，即月乃合之父昔吉里思也。其述世系云：「出于花門貴族。宣政之季，與種人居臨洮之狄道，蓋已莫知所從來矣。金兵略地陝右，盡室遷遼東，因家焉。太宗嘗出獵，恍惚間見金人挾日而行，心悸不定，莫敢仰視，因罷獵而還，敕以所見者物色訪求。或言上所見殆佛陀變現。而遼東無塔廟，尊像不可得。唯回鶻人梵唄之所有之，因取畫像進之，真與上所見者合。上歡喜讚歎，爲作福田以應之。凡種人之在臧獲者，貰爲平民，賜錢幣，縱遣之。」然則雍古部殆回鶻之别支乎？回鶻即畏兀兒，與回回不同種。《金史·馬慶祥傳》「先世自西域入居臨洮狄道」。似誤以回鶻爲回回矣。

劉敏傳

劉敏，字有功，宣德青魯人。按元好問《大丞相劉氏先塋神道碑》云：「世居宣德縣北鄉之青魯里。」青魯，非縣名，當删。碑稱「字德柔，以小字某行」。豈有功其小字歟？抑以賜名玉出干爲小字歟？

歲壬申，太祖師次山西，敏時年十二，從父母避地德興禪房山。兵至，父母棄敏走，大將憐而收養之。碑云：「甲戌秋，師次燕西，公年甫十二，隨其家人避兵德興之禪房山。既而盡室被俘，公在一大首領麾下。一日，避役御營，犒宴之人什伍爲偶，公輒入座共食。上舉目見之，親問姓名及所以來者。公跪自陳：『主帥不見卹，無以自存，願留止營中。』上召主帥名索公，得之，隸中宫帳下。」與傳不同，當以碑爲可信。

帝征遼西諸國，碑云：「車駕征契丹餘族，是爲西遼。」「遼西」當爲「西遼」之譌。

宣聖配享

元初，釋奠先聖，以顔、孟配享，蓋用宋、金舊制。至延祐三年，始增曾子、子思配享，則依宋咸淳三年新制也。《祭祀志》所載儀注，止有諳兖國公、鄒國公神位前，不及郕、沂二公，此延祐以前之制。《禮樂志》：「大德十年，命江淮行省製造宣聖廟樂器，令翰林院新譔樂章，自《迎神》至《送神》凡九章。」是時郕、沂二公未與配享，故無《酌獻》之曲，本非欠闕。史家誤增二公《酌獻》之曲，注以爲「闕」，蓋失之不攷矣。《志》又别載《宣聖樂章》，凡十六章。今攷諸《宋史》，實皆襲用宋《大晟》舊詞，唯郕、沂二公《酌獻》之章，則舊詞所未有，殆延祐以後補譔。若大德所撰，則固未嘗播之律吕也。

高麗王大順

《諸王表》瀋王凡三人，其一云高麗王大順，以駙馬封，列于王璋、王暠之前。按高麗王無名大順者，唯昛首尚主，《成宗紀》亦有「封昛瀋陽王」之文，「大順」二字恐誤。

史臣分修志傳姓名可攷者

《五行志》，胡翰撰，其《序論》載文集中。《外國傳》則宋禧撰，《静志居詩話》載其寄宋學士詩云：「修史與末役，乏才媿羣賢。强述《外國傳》，荒疎僅成篇。」謂自高麗以下悉其手筆。然此數篇最爲淺率。觀其寄潛溪詩，則荒疎之病，无逸固未嘗自諱也。

明史

《明史》自康熙十八年開局，纂修五十人，皆以博學宏詞薦入翰林者也。總裁官初用葉方藹、張玉書，其後湯斌、徐乾學、陳廷敬、張英、王鴻緒相繼爲總裁，久之未成。特勑廷敬任本紀，玉書任志表，鴻緒任列傳。五十三年，鴻緒列傳稿成，表上之。而本紀、志、表尚未就，鴻緒復加纂輯。雍正元年，再表上之。

於是《明史》始有全稿。乾隆初，詔修《明史》，總裁官大學士張廷玉奏即以鴻緒稿爲本，而稍增損之。九年，史成，頒行天下，蓋閱六十餘年之久。議論平允，攷稽詳核，前代諸史，莫能及也。其例有拟前史所未有者，如《英宗實録》附景泰七年事，稱郕戾王而削其帝號，此當時史臣曲筆。今分英宗爲前後兩《紀》，而列《景帝紀》于中，斟酌最爲盡善。《表》之有七卿，蓋取《漢書·公卿表》之意。明時閣部並重，雖有九卿之名，而通政、大理非政本所關，則略之；南京九卿亦閑局，無庸表也。閹黨前代所無，較之姦臣、佞幸，又下一格，特書以儆人臣。土司叛服不常，既不可列於外國，又不可廁於列傳，故皆别而出之。石砫、秦良玉，以婦人而列武臣之傳，嘉其義切勤王，不以尋常土司例之也。

十駕齋養新録摘鈔卷三

文文肅殿試卷

文文肅公震孟天啓二年殿試卷，今藏吳中袁氏，後列讀卷官：少師兼太子太師吏部尚書建極殿大學士葉向高，少傅兼太子太傅吏部尚書建極殿大學士韓爌，太子太保禮部尚書兼文淵閣大學士朱國祚，太子太保吏部尚書張問達，禮部尚書兼東閣大學士史繼偕，兵部尚書兼東閣大學士孫承宗，户部尚書汪應蛟，刑部尚書王紀，都察院左都御史鄒元標，吏部左侍郎兼翰林院侍讀學士戚以弘，禮部右侍郎兼翰林院侍讀學士協理詹事府事周如磐，禮部右侍郎兼翰林院侍讀學士署掌院事錢象坤，兵部左侍郎張經世，詹事府少詹事兼翰林院侍讀學士駱從宇，詹事府少詹事兼翰林院侍讀學士周炳謨，詹事府少詹事兼翰林院侍讀學士魏廣微，通政使司左通政袁可立，大理寺左寺丞鄭尚賓，凡十有八人，皆朱字鈐印。卷中太祖、成祖、神祖、列聖字樣皆不出格，讀卷官於文之佳者以紅圈斷句，與今式異。

鄉試録

予家有康熙四十一年《江南鄉試録》。考試官吏部文選司郎中陳汝弼，山東福山人；工科給事中黄鼎楫，直隸宣化人。其序云：「先以御史臣朝楠貳之，繼命給事中鼎楫來代朝楠。」未詳其姓也。是科始編官卷，江南中式八十三名，官卷中者八人。第七名華亭張維煦、第十五名崑山徐駿，皆官卷也。

水經注難盡信

《水經注》載漢時侯國難以盡信。如《河水篇》以臨羌爲孫都封國，不知孫都本封臨蔡，其地在河内，不在金城也。以西平爲公孫渾邪封國，不知渾邪本封平曲，其地在高城，不在金城也。《汾水篇》以河東之平陽爲范明友封國，不知明友本封平陵，其地在武當，不在河東也。安成侯劉蒼，在《贛水篇》以爲長沙之安成，在《汝水篇》以爲汝南之安成。桃侯劉襄，在《泲水篇》以爲酸棗之桃虚，屬東郡。在《濁漳水篇》以爲信都之桃縣。建成侯劉拾，在《贛水篇》以爲豫章之建成，在《淮水篇》以爲沛之建成。皆彼此重複，不相檢照。又《淮水篇》云：「山陽城，即射陽縣故城也。漢世祖建武十五年，封子荆爲山陽公，治此。」攷山陽僑治射陽，乃在東晉安帝之世，漢之山陽郡自治昌邑。今金鄉縣境。以典午之僑治，當東漢之故封，豈其然乎？

《河水篇》：「河水又東北逕陽阿縣故城西。漢高帝六年，封郎中萬訢爲侯國。」《沁水篇》：「陽泉水東逕陽陵城南，陽阿縣之故城也。漢高帝七年，封卞訢爲侯國。」此二條人名與年數小異，亦重複而舛誤也。《史》、《漢》表但有陽河齊侯其石，此云陽阿，可證二表之譌。《漢志》平原郷有阿陽縣，上黨郡有陽阿縣，與酈所見本不同。而萬訢、卞訢、其石三名互異，未審誰是。《史記·功臣侯表》：「百年之間，見侯五。」《正義》以

「楊阿侯下仁」當見侯之一。是《正義》本作「下」，與酈所見本同。

《滱水篇》：「蒲水逕夏屋故城，世謂之寡婦城，賈復從光武追銅馬、五幡於北平所作也。世俗音轉，故有是名矣。」又《汝水篇》：「桓水逕賈復城北復南，擊郾所築也。俗語譌謬，謂之寡婦城，水曰寡婦水。」此兩寡婦城，皆云賈復之譌，必有一誤矣。予謂夏之言假也。陳郡陽夏縣，「夏」讀如「賈」，「賈」、「寡」聲相近。北音讀「屋」如「烏」，與「婦」音亦相似。則「夏屋」之爲「寡婦」，不必因於賈復也。

漢地理志縣名相同

予弟晦之言，漢縣名相同者，每加東西南北上下以别之。然攷之《地理志》，重出者正復不少。如曲陽三見，一屬九江，一屬東海，一屬交趾，作曲昜。師古曰：古陽字。建城三見，一屬勃海，一屬沛，侯國。一屬豫章。劇兩見，一屬北海，一屬甾川。定陶兩見，一屬濟陰，一屬定襄。西平兩見，一屬汝南，一屬臨淮。陽城兩見，一屬潁川，一屬汝南。侯國。平昌兩見，一屬平原，侯國。一屬琅琊。成陽兩見，一屬濟陰，一屬汝南。侯國。東安兩見，一屬東海，侯國。一屬城陽。新陽兩見，一屬汝南，一屬東海。侯國。鍾武兩見，一屬江夏，侯國。一屬零陵。成兩見，一屬涿，侯國。一屬泰山。新市兩見，一屬鉅鹿，侯國。一屬中山。建陽兩見，一屬九江，一屬東海。侯國。平安兩見，一屬千乘，侯國。一屬廣陵。平城兩見，一屬北海，侯國。一屬雁門。阿陽兩見，一屬平原，一屬天水。臨朐兩見，一屬東萊，一屬齊郡。莽俱改監朐。新都兩見，一屬南陽，侯國。一屬廣漢。昌陽兩見，一屬東萊，一屬臨淮。侯國。安陵兩見，一屬潁川，一屬汝南。高平兩見，一屬臨淮，侯國。一屬安定。饒兩見，一屬北海，侯國。一屬西河。高陽兩見，一屬涿郡，一屬琅邪。侯國。武城兩見，一屬左馮翊，一屬定襄，定襄之武城，《續志》作「成」。王莽改縣名桓就，是當爲「成」也。廣平兩見，一屬臨淮，侯國。一屬廣平。陰山兩見，一屬西河，一屬桂陽。樂成兩見，一屬南陽，侯國。一屬河間。富平兩見，一屬平原，一屬北地。成安兩見，一屬陳留，一屬潁川。侯國。復陽兩見，一屬南陽，侯國，房目反。一屬清河。音腹。安定三見，一屬鉅鹿，侯國。一屬安定，一屬交趾。武陽兩見，一屬東海，侯國。一屬犍爲。鄭兩見，一屬京兆，一屬山陽。侯國。成鄉兩見，一屬北海，一屬高密。安陽兩見，一屬汝南，侯國。一屬漢中。陽樂兩見，一屬東萊，侯國。一屬遼西。武都兩見，一屬武都，一屬五原。歸德兩見，一屬汝南，侯國。一屬北地。東陽兩見，一屬臨淮，一屬清河。黄兩見，一屬山陽，侯國。一屬東萊。安丘兩見，一屬琅邪，一屬北海。開陽兩見，一屬東海，一屬臨淮。樂陵兩見，一屬平原，一屬臨淮。侯國。安成兩見，一屬汝南，侯國。一屬長沙。西陽兩見，一屬江夏，一屬山陽。侯國。安平兩見，一屬涿，一屬豫章。侯國。高成兩見，一屬南郡，一屬勃海。新昌兩見，一屬涿，侯國。一屬遼東。朝陽兩見，一屬南陽，一屬濟南。高陵兩見，一屬琅邪，侯國。一屬左馮翊。宜春兩見，一屬汝南，侯國。一屬豫章。石城兩見，一屬丹陽，一屬右北平。新成兩見，一屬河南，一屬北海。侯國。若沛郡之酇，音嵯，本是鄌字，與南陽之酇，形聲自別也。

後漢縣名相同

《續漢郡國志》縣名相同者：平都，一屬豫章郡，侯國。一屬巴郡。安城，一屬汝南，一屬長沙。高平，一屬山陽，侯國。一屬安定郡。武都，一屬武都郡，道。一屬五原郡。潞，一屬上黨郡，一屬漁陽郡。無慮，一屬遼東郡，一屬遼東屬國。《安帝紀》元初二年，「鮮卑圍無慮縣」，「又攻扶黎營，殺縣令」。注：無慮，屬遼東郡。扶黎，縣名，屬遼東屬國。或疑遼東屬國之無慮即扶黎之譌。侯城，一屬遼東郡，一屬玄菟郡。曲陽，一屬下邳國，侯國。一屬交阯郡。九江之曲陽加「西」字。漢昌，一屬中山國，一屬巴郡。穀城，一屬河南尹，一屬東郡。陰平，一屬東海郡，一屬廣漢屬國都尉。陰平道。

詩傳附録纂疏

寶山朱寄園家藏元儒雙湖胡氏《詩傳附録纂疏》二十卷，泰定丁卯建安劉君佐翠巖精舍刊本，有旴江揭祐民序。其書前有《綱領》，後有《詩序辨説》，一遵朱文公元本。如《定之方中》「終然允臧」，《竹竿》「遠兄弟父母」，《君子于役》「羊牛下括」，《皇矣》「以篤于周祜」，皆與唐石經同，與今通行本異。蓋今本沿明板之譌，即經文亦有改竄，非考亭之舊矣。「家伯維宰」，「維」作「爲」，此以音相近而譌，今本作「冢宰」，必非考亭意也。《小雅》「爰其適歸」，「爰」下注：《家語》作「奚」。《周頌》「假以溢我」，「假」下注：《春秋傳》作「何」；「溢」下注：《春秋傳》作「恤」。文公雖采它書而用其義，然未敢輕改經文。今本删去「《家語》作奚」句，直改爲「奚」，大非文公説經謹慎之意。「假以溢我」句，删去「《春秋傳》」云云，則注中「假」之爲「何」，「溢」之爲「恤」云云，令人不解何謂矣。讀是書，知元儒尚守家法，不似明人之鹵莽妄作。朱錫鬯《經義考》雖載此書，誤作八卷，注云「未見」，是誠世閒難得之本矣。

儀禮注小字宋本

吴門黄蕘圃所藏。每葉廿八行，行廿四字，每卷末記經注字數，末卷又總計經注字數。《士冠禮》「建柶」，今本誤「建」爲「捷」，此本經注皆不誤。

儀禮疏單行本

《儀禮疏》五十卷，亦黄蕘圃所藏。自卷廿二至卷廿七皆闕，每葉卅行，行廿七字，末卷有大宋景德元年校對、同校、都校諸臣姓名，及宰相吕蒙正、李沆、參政王旦、王欽若銜名，真北宋板也。唐人撰《九經正義》，宋初邢昺撰《論語》、《孝經》、《爾雅疏》，皆自爲一書，不與經、注合并。南宋初乃有併經、注、正義合刻者，士子喜其便于誦習，争相放效。其後又有併陸氏《釋文》附入經、注之下者。陸氏所定經文，與《正義》本偶異，則改竄《釋文》以合之，而《釋文》亦失陸氏之舊矣。予三十年來所見疏與注别行者，唯有《儀禮》、《爾雅》兩經，皆人世希有之物也。

論語注疏正德本

《論語注疏》，每葉廿行，每行廿餘字，首卷標題，注疏下多「解經」二字。首葉板心有正德某年刊字。但遇宋諱，旁加圈識之，疑本元人翻宋板。中有避諱不全之字，識出令其補完耳。若明刻前代書籍，則未見此式，必是修補元板也。

國語

《國語》傳於今者，以宋明道二年槧本爲最古。錢曾《讀書敏求記》舉《周語》「昔我先王世后稷」及「左右皆免胄而下拜」二條，證今本之漏，是固然矣。予於錢所舉之外復得六事。《周語》「瞽獻曲」，注：「曲，樂曲也。」今本「曲」皆作「典」。「高位實疾顛」，今本「顛」作「僨」。予謂「僨」蓋「傎」之譌，古書「傎」與「顛」通。《魯語》「笑吾子之大也」，今本「大」下有「滿」字。古書「大」與「泰」通，「泰」，即「汰」也。《檀弓》「汰哉叔氏」。《齊語》「鹿皮四分」，注：「分，散也。」今本「分」皆作「个」。《管子》書亦作「四分」。「散」作「枚」。《鄭語》「依㽥歷華」，今本「華」作「莘」。《吳語》「王孫雒」，今本「雒」作「雄」。《越絶書》、《吳越春秋》皆作「王孫駱」。駱、雒同音。《後漢書·列女傳》「孝女叔先雄」，「雄」亦「雒」之譌。皆當以明道本爲正。《楚語》「王孫圉聘于晉」，今本「圉」作「圄」，則未詳孰是。牟巘《申省乞祠狀》「深恐疾顛，有辜隆使」，「疾顛」二字用《國語》。

廣雅

《釋訓》：「管管，浴也。」「浴」字未詳其義。按《詩》「靡聖管管」，《傳》云：「管管，無所依繫。」《箋》云：「管管然以心自恣。」蓋自恣之人，不肎遵聖人法度，所爲皆無所依傍。毛、鄭兩義，本相承也。「浴」當爲「恣」之譌。

《釋言》：「賝，貰也。」按《廣韻》下平聲《侵部》：「賝，賮也。」「貰」當是「賮」之譌。

「疊，懷也」。「懷」或是「慴」之譌。

「酲，長也」。王石臞謂「『酲』與『長』，義不相近」，予謂「呈」、「長」，聲相近。

「蓋，黨也」。黨讀如儻。蓋、儻皆疑詞。

「脰，饌也」。「脰，錯也」。此二脰字當爲俎豆之豆。或漢隸俎豆字有从肉旁者。

「免，隤也」。古「兔」、「免」同文，「兔」與「妥」聲相近。《易・繫辭》：「夫坤，隤然示人簡矣。」孟喜作「退」。陸績、董遇、姚信俱作「妥」，是「兔」與「隤」、「退」聲亦相近也。

「子、巳，似也」。巳當即十二支巳午之巳，以音相近取義。《詩》「似續妣祖」，鄭《箋》「讀爲巳午之巳」。鄭氏《詩譜》謂「子思論《詩》『於穆不巳』，孟仲子曰『於穆不似』」。

「位、莅，禄也」。古文「位」與「立」同，「立」、「禄」聲相近。

「酌，漱也」。「酌」當作「酌」。

「牒，宊也」。「宊」當即「疏」之異文。

玉篇

《玉篇》玉部「琖」字引《說文》云：「玉，爵也。夏曰琖，殷曰斝，周曰爵。」又人部「侲」字引《說文》云：「僮子也。」按《說文》無琖、侲二字，此所引者徐鉉等新附注也。予嘗謂今本《玉篇》不但非顧野王元本，并非孫強廣益之本。以此二條證之，益信。

《說文解字》凡五百四十部，《玉篇》删併哭、延、教、眉、白（與自同）。𠷎、㱃、后、六、弦十部，而別增父、云、㚒、冘、處、𠤎、磬、索、牀、弋、單、丈十二部，共五百四十二部。又《說文》「書」字在聿部，今改爲部首，而併畫部入焉。此部分之不合于《說文》者也。

周成雜字

周成《雜字》一書，玄應《一切經音義》、李善《文選注》屢引之。攷《隋書·經籍志》小學類，有「《雜字解詁》四卷，魏掖庭右丞周氏撰」。又云「梁有《解文字》七卷，周成撰。亡」。似周氏與周成非即一人。《唐書·藝文志》有「周成《解文字》七卷」，而無周氏書。且兩《志》所載周成書，俱無《雜字》之名，未知即此書否？掖庭左右丞，漢制皆宦者爲之。魏承漢制，則周氏亦必宦者。如注《爾雅》之李巡，亦中黄門也。

龍龕手鑑

契丹僧行均《龍龕手鑑》四卷，予所見者影宋鈔本。前有燕臺憫忠寺沙門智光字法炬序，題云「統和十五年丁酉七月」，即宋太宗至道三年也。書中於「完」字闕末一筆，知是南宋所鈔。晁氏、馬氏載此書，本名《龍龕手鏡》，今改「鏡」爲「鑑」，蓋宋人避廟諱嫌字，如「石鏡縣」改曰「石照」矣。注中所引有《舊藏》、《新藏》、《隨文》、《隨函》、《江西隨函》、《西川隨函》諸名。又引《應法師音》、《郭迻音》、或作郭氏。《琳法師説》。予攷之《宋藝文志》，有可洪《藏經音義隨函》三十卷，未知其爲江西與西川也。僧玄應有《一切經音義》十五卷，其即應法師乎？

六書正譌

周伯琦《六書正譌》，多采戴侗説以訾議許氏，又妄增《説文》所無之字。如「嗇」爲稼穡字，「㗊」爲器皿字，「笶」爲矢鏃字，「肕」爲堅韌字。「⻆」爲觝觸之觸，「岚」爲山嵐之嵐，「炎」爲庭燎之燎，「搸」爲式樣之樣。「淫」本从「壬」，而改从「王」。「堂」本从「止」，而改从「牙」。「卬」本从「巴」，而改爲二人相向。「敚」、「敘」皆从「攴」，而改从「文」。「妾」本从「辛」，而改从「立」。「賫」、「貰」本兩字，而妄合之。「扁」从「尸」，尸即屋也，而改从「广」。甚至以「戊」爲戈矛之「戈」，「庚」爲鍾虡之「虡」，誕謾叵信，視同戲劇。此六書之異端，而自稱「正譌」，果誰正而誰譌乎？

文場備用排字禮部韻注

此至正壬辰徐氏一山書堂刊本。前有記一方，云：「皇朝科試，舉子所將一禮韻耳。然惟張禮部敬夫定本最善，今復以諸韻參校，一韻爲增數字，凡增三千餘字。釋焉而詳，擇焉而精，敬用梓行，爲文場寸晷之助云。」第一卷首題云《文場備用排字禮部韻注》，它卷皆題《善本排字通併禮部韻略》，前後殊未畫一。前載科舉條例甚詳，所列廟諱止於英宗，而今上皇帝不名。似是泰定初刻，後來翻本未及增添耳。上下平聲各十五、上聲廿九、去聲卅、入聲十七，與今韻同。而每韻下「與某同用」云云，尚沿禮部舊式，但未知張禮部何時人耳。

萬斯同石經攷

石經一字三字之分，紀載各殊。趙明誠、洪景伯諸人，攷定以一字者爲漢刻，三字者爲魏刻，既確不可易矣。季野執《後漢書・儒林傳序》「爲古文、篆、隸三體書法，以相參(校)〔檢〕」一語，欲翻此案，謂蔚宗得于目睹，必不誣。甚矣，季野之惑也！蔚宗著書在宋文帝之世，其時洛陽已非宋土，何由得石經而睹之？若云目睹在義熙、永初之閒，則蔚宗未嘗官洛陽。晉時膏粱公子豈肎無故而跳身邊徼，更無此情理矣。衛恆，晉初人，其撰《四體書勢》則云「正始中立三字石經」矣。酈道元生長洛都，其注《水經》則云：「漢碑五經，立于太學講堂前，悉在東側。碑上悉刻蔡邕等名。魏正始中，又立古、篆、隸三字石經，樹之堂西矣。」兩人真目睹石經者，並以三字爲魏正始刻，則一字爲漢刻何疑？一字者，別于三字言之。漢人必無一字之目，但言「魏立三字」，則漢刻祇有隸書，不待言也。《靈帝紀》、蔡邕、張馴、李巡諸傳，俱不云有三體，唯《儒林傳序》有之。蓋蔚宗習聞太學有三體石經，誤仞爲漢熹平所刻，遂增此語。後來又承蔚宗之誤，不能訂正。季野以史學自負，何亦憒憒若此！

史記宋元本

予所見《史記》宋槧本，吳門顧抱沖所藏，澄江耿秉刊於廣德郡齋者，紙墨最精善，此淳熙辛丑官本也。黃蕘圃所藏三山蔡夢弼刊本，亦在淳熙閒。海寧吳槎客所藏元中統刊本，計其時在南宋之季。此三本皆有《索隱》而無《正義》。明嘉靖四年莆田柯維熊校本，金臺汪諒刻。始合《索隱》、《正義》爲一書。前有費懋中序，稱陝西翻宋本無《正義》，江西白鹿本有《正義》，是柯本出于白鹿本矣。同時震澤王氏亦有翻宋本，大約與柯本不異，《史記》、《索隱》、《正義》皆各自爲書，不與本書比附。宋南渡後，始有合《索隱》於《史記》者，椒自蜀本。繼有桐川、三山兩本，皆在淳熙以前，其時《正義》猶單行也。白鹿本未審刻于何年，以意揆之，必在淳熙以後。蓋以《索隱》爲主，而《正義》輔之，凡《正義》之文與《索隱》同者，悉從删汰。

自是《正義》無單行本，而守節之元文不可攷矣。

竹書紀年

《晉書・束皙傳》稱《竹書》之異云：「益干(天)〔啓〕位，啓殺之。」《史通》引《竹書》云「益爲后啓所誅」。見《疑古》、《雜説》等篇。今本《竹書》云：「夏啓二年，費侯伯益出就國。六年，伯益薨。」與束皙、劉知幾所引全別。然則今之《竹書》，乃宋以後人僞託，非晉時所得之本也。

《水經注》引《竹書紀年》之文，其於春秋時，皆紀晉君之年；三家分晉以後，則紀魏君之年，未有用周王年者。蓋古者列國各有史官，紀年之體，各用其國之年，孔子修《春秋》，亦用其法。今俗本《紀年》改用周王之年，分注晉、魏於下，此例起於紫陽《綱目》，唐以前無此式也，況在秦漢以上乎！《紀年》出於魏、晉，固未可深信，要必不如俗本之妄。唯明代人空疏無學，而好講書法，乃有此等迂謬之識。故愚以爲是書必明人所葺，宋晁氏、陳氏、馬氏書目皆無此書，知非宋人僞撰也。

此書蓋采摭諸書所引，補湊成之。如「顯王十六年，秦伐韓閼與，惠成王使趙□破之」。注云「不知是何年」。又「三十一年，秦蘇胡帥師伐鄭。敗蘇胡于酸水」。注云「不知是何年，附此」。《水經注》所引，無年。又「三十五年，楚得吾帥師伐鄭，圍綸氏」。注云「不知何年，附此」。《水經注》引此條，無年月。「赧王七年，翟章救鄭，次于南屈」。注云「此年未的」。此《漢書》臣瓚注所引，無年月。如係古本如此，則紀年歷歷，何云「未的」、又云「不知何年」耶？

裴駰《史記集解》於《夏本紀》引《汲冢紀年》云：「有王與無王，用歲四百七十一年矣。」於《殷本紀》引《汲冢紀年》云：「湯滅夏以至於受二十九王，用歲四百九十六年也。」此二條今本《紀年》俱在《附注》中。相傳《附注》出於梁沈約，而《梁書》、《南史·約傳》，俱不言曾注《紀年》，《隋經籍》、《唐藝文志》載《紀年》亦不言沈約有《附注》，則流傳之説不足據也。裴氏生於休文之前，其注《史記》已引此文，則此語不出於休文明矣。裴氏不云《紀年》有注，則此兩條者實《紀年》正文，未嘗別有注也。《附注》多采《宋書·符瑞志》，《宋書》，約所撰，故注亦托名休文，作僞者之用心如此。

《晉書·束皙傳》云：「《紀年》十三篇，記夏以來至周幽王爲犬戎所滅，以晉事接之。今本脱「晉」字。三家分，仍述魏事，至安釐王之二十年。」據此知《紀年》實始夏后，今本乃始於黄帝，亦後人僞託之一證也。

《史記正義》引《括地志》云：「故堯城在濮州鄄城縣東北十五里。《竹書》云：昔堯德衰，爲舜所囚也。又有偃朱故城，在縣西北十五里。《竹書》云：舜囚堯，復偃塞丹朱，使不與父相見也。」今《竹書紀年》乃宋以後人所撰，故不取囚堯偃朱之説。

十六國春秋

今世所傳《十六國春秋》凡兩本：其一見於何鏜等所刊《漢魏叢書》，僅十六卷，寥寥數簡，殆出後人依託。其一明萬曆中嘉興屠喬孫、項琳之所刊，前有朱國祚序，凡百卷，蓋鈔撮《晉書·載記》，參以它書附合成之，其實亦贋本也。攷《宋史·藝文志》、《崇文總目》、晁、陳、馬三家書目，不載崔鴻《十六國春秋》，則鴻書失傳已久。龔穎《運歷圖》載前涼張實以下皆改元，晁氏謂不知所據，或云出崔鴻《十六國春秋》。鴻書久不傳于世，莫得而攷焉，是宋人已無見此書者。明人好作僞書，自具眼者觀之，不直一哂耳。又攷《北史·崔鴻傳》，鴻既爲《春秋》百篇，别作《序例》一卷、《年表》一卷。今本無《序例》、《年表》。又鴻子子元，奏稱「亡考刊著趙、燕、秦、夏、西涼、乞伏、西蜀等遺載，爲之贊序，褒貶評論」。今本有敍事而無贊論，此其罅漏之顯然者。

吴越備史

《吴越備史》，卷首題武勝軍節度掌書記范坰、武勝軍節度巡官林禹撰。陳振孫謂錢儼所作，託名林、范。《宋史·藝文志》霸史類載此書，十五卷，亦云錢儼撰，託名范坰、林禹撰。又别有錢儼《備史遺事》五卷。《世善堂書目》作九卷。今世所傳，乃明錢德洪刻本。前五卷，唐、五代及宋開寶戊辰，後一卷，始開寶己巳，訖端拱戊子，與史志卷數不合。五卷之末題云：「大宋嘉祐元年丙申歲正月七日，朝奉郎、守尚書刑部郎中、集賢殿修撰、知梓州軍州事兼管内橋道使、提舉戎瀘等七州賊盜甲兵專句當納溪夷人公事、上護軍賜紫金魚袋四代孫中孚寫。」攷程俱《北山小集》，中孚實中吴軍節度使元璙之曾孫，於武肅爲四代孫也。錢岱序謂范、林二記室撰《備史》五卷，至十九世孫緒山公，命門人馬藎臣補忠懿遺事，合六卷，刻之姑蘇。今攷藎臣所撰，唯《吴越世家疑辨》一卷。德洪序中，初不言補遺出其手，岱蓋攷之未審矣。錢遵王記其家藏舊本止四卷，又稱忠懿爲今元帥、吴越國王，自乾祐戊申至端拱戊子，終始歷然，何緣更有補遺？顯係明人妄改。惜不得遵王本一讀之。

唐書直筆新例

《唐書直筆新例》一卷，宋吕夏卿撰。夏卿於仁宗朝預修《唐書》，故作此例。今以《新書》攷之，殊不相應。如書母、書内禪、書立皇太子、書立皇后、書命將征伐諸條，按之《本紀》，無一同者。又謂僕固懷恩不當立傳，宜見于《鐵勒傳》；李白、杜甫同傳，不入《文苑》；李適之當附《恆山王傳》，今本皆不爾。是夏卿雖有此議，而歐、宋兩公未之許也。歐公本紀，頗慕《春秋》褒貶之法，而其病即在此。夏卿《新例》，益復煩碎非體。史家紀事，唯在不虚美、不隱惡，據事直書，是非自見。若各出新意，掉弄一兩字以爲褒貶，是治絲而棼之也。

薛氏宋元通鑑

薛方山《宋元通鑑》，意在推崇道學，而敍事多疏漏，其年月率不可信。如崇寧四年四月，以綦崇禮權直學士院，崇禮求便郡，拜徽猷閣學士知漳州。攷崇禮本傳云：「登重和元年上舍第。」而崇寧四年，乃在重和前十有四年，崇禮尚未登科，安得遽登内翰乎？崇禮由翰林出知漳州，據李心傳《繫年録》，乃高宗建炎四年十月事，而誤書於徽宗崇寧之年，此甚可笑。徽猷閣藏哲宗御集，建於大觀二年，在崇寧之後，不得先有學士也。

元祐二年，書召陳師道爲祕書省正字，適預郊祀云云，遂以寒疾卒。按是年四月，書以徐州布衣陳師道爲本州教授，此見於《長編》可信者也。其後改潁州教授，時蘇軾爲知州，則是元祐六年事矣。魏衍撰《彭城陳先生集記》稱：「元符三年除棣州教授，隨除正字，歿於建中靖國元年十二月廿九日。」今繫之元祐二年，其爲疏謬甚矣。

唐律疏義

《唐律疏義》三十卷，太尉、揚州都督、監修國史、上柱國、趙國公長孫無忌等撰，永徽四年十一月十九日進。其分門十二：曰名例，曰衛禁，曰職制，曰户婚，曰廐庫，曰擅興，曰賊盜，曰鬪訟，曰詐僞，曰雜律，曰捕亡，曰斷獄。今所傳者，元泰定四年江西刊本，每卷末附以王元亮釋文。

唐高祖武德四年，詔僕射裴寂等十五人撰《律令》，大略以《開皇》爲準。太宗即位二年，詔長孫無忌、房玄齡等復定《律令》，議絞刑之屬五十，皆免死而斷右趾。其後蜀王府法曹參軍裴弘獻又駮《律令》不便者四十餘事，遂除斷趾法爲加役流，比古死刑，殆除其半。據有司定律五百條，分爲十二卷。此據《文獻通攷》。「二年」上似當有「貞觀」字。今攷《疏義》云：「加役流者，舊是死刑，武德年中改爲斷趾。貞觀六年，奉制改爲加役流。」是則改絞刑爲斷趾，即在太宗即位之歲，故猶稱武德也。

魏李悝始造《法經》六篇，曰《盜法》、《賊法》、《囚法》、《捕法》、《雜法》、《具法》。漢丞相蕭何益以《户》、《興》、《廐》三篇，是爲《九章》之律。魏明帝更定新律十八篇，以《刑名》冠於律首，又分立《劫掠律》、《詐律》、《毁亡律》、《告劾律》、《繫訊律》、《斷獄律》、《請賕律》、《擅興律》、《留律》、《警事律》、《償贓律》、

《免坐律》，其《盗》、《賊》、《囚》、《捕》、《雜》、《户》，猶仍舊名。晉泰始四年，頒新律，因漢《九章》，增《刑名》、《法例》、《告劾》、《繫訊》、《斷獄》、《請賕》、《詐僞》、《水火》、《毁亡》、《宫衛》、《諸侯》十一篇，合二十篇。梁武帝天監初，頒律二十篇，曰《刑名》、《法例》、《盗劫》、《賊叛》、《詐僞》、《受賕》、《告劾》、《討捕》、《繫訊》、《斷獄》、《雜户》、《擅興》、《毁亡》、《衛宫》、《水火》、《倉庫》、《廄》、《關》、《市》、《違制》。北齊河清三年，制《齊律》十二篇，曰《名例》、《禁衛》、《户婚》、《擅興》、《違制》、《詐欺》、《鬬訟》、《賊盗》、《捕斷》、《毁損》、《廄牧》、《雜律》。後周武帝改新律爲二十五篇，曰《刑名》、《法制》、《祀享》、《朝會》、《婚姻》、《户禁》、《水火》、《興擅》、《衛宫》、《市廛》、《鬬競》、《劫盗》、《賊叛》、《毁亡》、《違制》、《關津》、《諸侯》、《廄牧》、《雜犯》、《詐僞》、《請求》、《告言》、《逃亡》、《繫訊》、《斷獄》。隋文帝開皇初，定新律，一《名例》，二《衛禁》，三《職制》，四《户婚》，五《廄庫》，六《擅興》，七《賊盗》，八《鬬訟》，九《詐僞》，十《雜律》，十一《捕亡》，十二《斷獄》。此唐律所因也。

史通

劉知幾沈潛諸史，用功數十年。及武后、中宗之世，三爲史官，再入東觀，思舉其職。既沮抑于監修，又見嫉于同列，議論鑿枘，不克施行，感憤作《史通》内外篇。當時史局遵守者，不過貞觀所修《晉》、《梁》、《陳》、《齊》、《周》、《隋》六史之例，故其書指斥尤多。但以祖宗敕撰之本，輒加彈射，又恐讒謗取禍，遂於遷、固已降，肆意觝排，無所顧忌。甚至疑古惑經，誹議上聖，陽爲狂易侮聖之詞，以掩詆毁先朝之迹。恥巽辭以詇今，假大言以蔑古，寘諸《外篇》，竊取莊生《盜跖》之義。後人大聲疾呼，目爲名教罪人。自是百世公論，要之蚍蜉撼樹，言匪由衷，柳翳隱形，志在避禍。千載之下，必有心知其意而莫逆者。不然，六經三史，模楷萬世，夫豈不知叔孫之毀無傷日月也哉！然劉氏用功既深，遂言立而不朽，歐、宋《新唐》，往往采其緒論。如受禪之詔策不書，代言之制誥不録，五行災變不言占驗，諸臣籍貫不取舊望，有韻之贊全删，儷語之論都改。宰相世系，與志氏族何殊？地理述土貢，與志土物不異。叢亭之説，一時雖未施行，後代奉爲科律，誰謂著書無益哉！

司馬温公稽古録

陳少章云：温公是書，於古人姓名犯國諱者，往往易以它字。如王匡作王輔、石朗作石明、敬翔作恭翔之類是也。或二名減一，如尹元慶作尹慶，張元遇作張遇，崔元暐作崔暐，張敬達作張達，錢宏佐作錢佐，劉彦貞作劉彦之類是也。或以字易名，如秦朗作秦元明，謝玄作謝幼度，王殷作王允中之類是也。然其中如劉宏、桓玄、徐圓朗、許敬宗、敬暉、馬殷、朱守殷、李匡威、欒彦貞之類，又直書不避。而李敬玄作李敬貞，於聖祖、翼祖諱一避一否，尤不可曉。殆編纂悤遽，或點竄未至耶？末卷書仁宗建儲事，於英宗廟諱皆稱諱，而卷中陳曙一人凡三見，恐出後人擅易，非本文矣。

晁公邁歷代紀年

晁公邁《歷代紀年》，凡十卷，有淳熙乙未七月晁子綺後序，及紹興壬子季春包履常跋。公邁，字伯咎，號傳密居士，官右朝散郎、提舉廣東常平。據子綺序稱「族父下世後二十有四載，當紹興之辛巳，予在廣州，見公邁題名」云。紹興九年，歲在己未，二月初吉，當即以其年卒，距辛巳祇廿三載耳。予所見係南宋槧本，闕第一卷。以包跋證之，蓋唐虞三代至兩漢也。子綺，字仲皓。

胡五峯皇王大紀

《太史公書》述《五帝本紀》始于黄帝。班固《古今人表》、《律曆志》依《易・繫辭》，首太昊伏犧氏、炎帝神農氏，又依《左氏傳》，列少昊金天氏於黄帝之後，於是三皇五帝之目、五德代嬗之序，昭然其不可易矣。宋劉恕《通鑑外紀》、司馬光《稽古録》、蘇轍《古史》，皆上溯伏羲。獨胡宏《皇王大紀》以盤古、天皇、地皇、人皇、有巢、燧人爲《三皇紀》，伏羲至堯、舜爲《五帝紀》，夏、商、周爲《三王紀》。編年之書，追述上古，始盤古氏，蓋起於此。而陳桱《續編》因之。然陳氏《書録解題》譏宏誤取「《莊子》寓言，及敍邃古之初，無徵不信」，則當時有識者早議其後矣。羅泌《路史》在胡宏之後，徵引益爲奧博。自後儒生侈談邃古，而荒唐之詞流爲丹青，蓋好奇而不學之弊。

東家雜記

《東家雜記》二卷，孔子四十七代孫、右朝議大夫、知撫州軍州事傳所撰，有紹興甲寅三月自序。傳於宣和六年嘗撰《祖庭雜記》，其書雖不傳，猶略見于孔元措《祖庭廣記》中。此則從思陵南渡以後，别爲編輯，改「祖庭」爲「東家」者，殆痛祖庭之淪陷，而不忍質言之乎？攷四十九代孫玠，襲封衍聖公，其時傳已稱本家尊長，而卷中所述孔氏世系，訖于五十三代孫洙。計其時代，當在南宋之季，蓋後來別有增入矣。卷首《杏壇圖説》，與錢遵王所記正同。又有《北山移文》、《繫蛇笏銘》、《元祐黨籍》三篇，恐皆後人妄增，非傳意也。卷中管勾之勾皆作勹，避思陵嫌名。閒有不缺筆者，元初修改之葉，辨宋板者當以此決之。傳字世文，初名若古，元祐四年除仙源縣主簿，改今名。政和五年，以朝奉郎任京東轉運司管勾文字。宣和六年，以朝散大夫知邠州。

孔氏祖庭廣記

《孔氏祖庭廣記》十二卷，先聖五十一代孫襲封衍聖公元措夢得所編。前載元豐八年四十六代孫朝議大夫知洪州軍州事宗翰家譜舊引，宣和六年四十七代孫朝散大夫知邠州軍州事傳《祖庭雜記》舊序。《家譜》、《雜記》本各自爲書，元措始合爲一。復增益編次，冠以圖象，并載舊碑全文，因「祖庭」之名，而更稱「廣記」。蓋仙源之文獻，至是始備。書成于金正大四年，前尚書左丞致仕張行信爲之序。此本最後有五行云：「大蒙古國領中書省耶律楚材奏准皇帝聖旨，於南京特取襲封孔元措，令赴闕里奉祀。來時不能挈負《祖庭廣記》印板，今謹增補校正，重開以廣其傳。壬寅年五月望日。」壬寅者，元太宗六皇后稱制之年，距金亡已十年。蒙古未有年號，當宋淳祐二年也。金以開封府爲南京，元初尚沿其名，後乃改爲汴梁路。此書初刻於開封，再刻于曲阜。今何夢華所藏，紙墨古雅，的爲初印本。予嘗據漢、宋、元諸石刻，證聖妃當爲并官氏，今檢《東家雜記》及此書，并官氏屢見，無有作「开」字者，乃知宋、元刻本之可寶。自明人刻《家語》，妄改爲「开」，沿譌三百餘載，良可嗤也！

東平王世家

元永貞《東平王世家》，卷首一葉載：延祐四年九月初四日，拜住怯薛。第二日，嘉禧殿裏有時分拜住司徒、闊闊解平章，將元永貞所撰《東平王世家》三卷進上。奉聖旨：交元復初作，趙子昂寫了刊行。者麼道聖旨了也。第一卷爲孔温窟哇、太師國王都行省木華黎事，第二卷爲國王孛魯、國王塔思事，第三卷爲太師東平武靖王霸突魯、丞相東平忠憲王安童、大司徒東平忠簡王兀都台、大司徒太常禮儀使拜住事。是時拜住尚未官丞相也。扎剌爾氏自木華黎以後世襲國王，此書專爲安童一支而作，故于塔思之下注云：自王至今國王朶羅解，凡十二世，別有世系譜牒，此下不復具載。今《元史》於塔思下襲國王者，並闕而不書。據此《世家》，知延祐之世襲王者爲朶羅解也。《史》於木華黎、孛魯、塔思、霸都魯、安童傳，多采此文。蓋其書以刊刻得傳，它貴族譜牒，兵亂皆付之煨燼矣。仁宗於元明善、趙孟頫字而不名，其優禮儒臣，良可稱道。此書前有元明善序，即奉敕所作。後有王頤跋，自署「夷門」，則是汴梁人也。

聖武親征録

《皇元聖武親征録》一卷，紀太祖、太宗事，不著撰人姓名。其書載烈祖神元皇帝、太祖聖武皇帝謚。攷《元史》，烈祖、太祖謚皆在世祖至元三年，則至元以後人所撰，故於睿宗有太上皇之稱。然紀太宗事而加「太上」之稱於其弟，所謂名不正而言不順者矣。所紀多開國時事，而於平金取夏頗略。《元史·察罕傳》「仁宗命譯《脱必赤顔》名曰《聖武開天記》」，其書今不傳，未識與此録有異同否？雖不如《祕史》之完善，而元初事迹亦可藉以攷證。其譯語之異者，如王孤部即汪古也，博羅渾那顔即博爾忽也，闊拜即沈白也，暗都剌蠻即奥魯合剌合蠻也，兀相撒兀即吾圖撒合里耶律楚材賜名。也。

孔温窟哇子五人：忽魯虎兒、期里窟爾、木華黎、不花、帶孫。木華黎子孛魯。嗣國王。孛魯子七人：塔思、亦稱查剌温，嗣國王。速渾察、襲國王。霸突魯、伯亦難、野蔑乾、野卜乾、阿里乞失。霸突魯子四人：安童、定童、霸虎帶、和童。襲國王。安童子兀都台。兀都台一子，拜住。此世家所述世次也。予向據元明善《東平忠憲王碑》稱霸都魯爲塔思第二子，疑《元史・木華黎傳》以霸都魯爲孛魯子爲誤。今《世家》所載，正與元史同。《世家》係拜住門客所編，又係進呈本，當必不誤矣。元明善既奉詔爲《世家》作序，當悉其昭穆之詳，而其撰《安童碑》，乃復與此牴牾，何耶？黄溍撰《鄆文忠王拜住碑》稱高祖孛魯，曾祖霸都魯，正與《世家》合。此書撰于延祐四年，云傳國者一百年，稱孤者十五世。今按木華黎之後襲國王者，孛魯也，塔思也，速渾察也，忽林池也，速渾察子，見《元史》。和童也，忽速忽爾也，見《元史・乃蠻台傳》。阿里乞失之子。朶羅解也。中閒尚有七人，今無可攷矣。朶羅解即忽速忽爾之子，天曆初從上都舉兵見殺，以脱脱之子朶兒只襲國王。後至元三年，以朶羅解之弟乃蠻台襲，至正八年卒。

平宋録

《平宋録》二卷，《丞相賀平宋表》、《太師淮安忠武王贈謚制》、《淮安忠武王廟碑》，劉敏中撰并書。

《淮安忠武王碑》，元明善撰。《丞相淮王畫像贊》，蘇天爵撰。以上上卷。世祖至元元年入覲，至英宗敕立碑，至正三年正月跋。失末頁。《丞相伯顏公勳德碑》，史周卿撰，至元十三年建，卅一年重立，寇元德跋。《至正四年追封淮王制》、《淮忠武王廟碑》，王沂撰，揭傒斯書。至正四年渡江官員。以上下卷。按至元十三年，詔修《平宋録》十卷。相傳劉敏中所修，與此卷數不合。且當時雖以伯顏爲大將，而同事尚有阿朮、阿里海涯諸人，不應專記伯顏一人。若至正四年追封淮王，更在敏中既没之後，此《録》必非敏中所修之本。

《四庫簡明目》有《平宋録》三卷，云劉敏中撰。舊題「平慶安」者，誤也。記至元十三年巴顔下臨安及宋幼主北遷之事。所載《封瀛國公詔》、《巴顔賀表》及《追贈河南路統軍鄭江》事，皆《元史》所遺。

祕書志

元《祕書志》四册，承務郎祕書監著作郎王士點、承事郎祕書監著作佐郎商企翁編次。凡十一卷，分門十九：曰職制，曰禄秩，曰印章，曰廨宇，曰公移，曰分監，曰十物，曰紙劄，曰食本，曰公使，曰守兵，曰工匠，曰雜録，曰纂修，曰祕書庫，曰司天監，曰興文署，曰進賀，曰題名。前有至正二年五月公文一道。計二百六十五葉。

復齋郭公言行録及敏行録

黄蕘圃買得《運使復齋郭公言行録》及《編類運使復齋郭公敏行録》各一册。郭公名郁，字文卿，汴之封丘人。金末避兵遷大名，由江淮樞密院令史，歷官福建都轉運鹽使。《言行録》者，福州路教授徐東所編。《敏行録》，則一時投贈詩文碑記也。兩《録》皆有黄文仲、林興祖序。黄序題「至順二年辛未」。自來搜輯元代藝文者皆未之及，爰表而出之。

文獻通攷

予讀《唐》、《宋史·藝文志》，往往一書而重見，以爲史局不出一手之弊。若馬貴輿《經籍攷》，係一人所編輯，所采者不過晁、陳兩家之説，乃亦有重出者。如陸德明《經典釋文》三十卷，見卷百八十五經解類，又見卷百九十小學類。宋敏求《春明退朝録》五卷，見卷二百一故事類，又見卷二百十六小説類。小説類作三卷。郭茂倩《樂府詩集》一百卷，見卷百八十六樂類，又見卷二百四十八總集類。李匡文《資暇集》三卷，見卷二百十四雜家類，而卷二百十五又有李匡義《資暇》三卷，不知「義」與「文」乃字形相涉而譌也。唐慎微《大觀本草》與《證類本草》即一書，而誤分爲二。蓋著作之家多不免此弊，彼此相笑，自昔然矣。

杜君卿《通典》，志州郡，避唐諱，改豫州爲荆河州。馬氏《輿地攷》，雖承杜典舊文，而改荆河爲豫，得其當矣。乃於《古揚州篇》云「分置南兖州、南荆河州」，又於壽州下云「荆河州刺史祖約」，云「齊因之，兼置荆河州」，云「梁置南荆河州」，云「尋改爲南荆河州」。此數處猶沿杜本之舊，殆由卷帙重大，一時失於檢照故耳。

永樂大典

《明實録》永樂元年七月，諭翰林侍讀學士解縉等曰：「天下古今事物，散載諸書，篇帙浩穰，不易檢閲。朕欲悉采各書所載事物，類聚之，而統之以韻，庶幾攷索之便，如探囊取物爾。嘗觀《韻府》、《回溪》二書，事雖有統，而採摘不廣，紀載太略。爾等其如朕意，凡書契以來經史子集、百家之書，至於天文、地志、陰陽、醫卜、僧道、技藝之言，備輯爲一書，毋厭浩緐。」

二年十一月，翰林院學士兼右春坊大學士解縉等進所纂録韻書，賜名《文獻大成》，賜縉等百四十七人鈔有差，錫宴於禮部。既而上覽所進書，尚多未備，遂命重修。而勅太子少師姚廣孝、刑部侍郎劉季篪及縉總之。命翰林學士王景、侍讀學士王達、國子祭酒胡儼、司經局洗馬楊溥、儒士陳濟爲總裁，翰林院侍講鄒緝、修撰王褒、梁潛、吴溥、李貫、楊覿、曾棨、編修朱紘、檢討王洪、蔣驥、潘畿、王偁、蘇伯厚、張伯穎、典籍梁用行、庶吉士楊相、左春坊左中允尹昌隆、宗人府經歷高得暘、吏部郎中葉砥、山東按察僉事晏壁爲副總裁。命禮部簡中外官及四方宿學老儒有文學者充纂修，簡國子監及在外郡縣學能書生員繕寫。開館於文淵閣，命光禄寺給朝暮膳。五年十一月，太子少師姚廣孝等進《重修文獻大成》，書凡二萬二千二百一十一卷，一萬一千九十五本，更賜名《永樂大典》。上親製序以冠之，其文曰：「昔者聖王之治天下也，盡開物成務之道，極裁成輔相之宜，修禮樂而明教化，闡至理而宣人文。粤自伏羲氏始畫八卦，通神明之德，類萬物之情，造書契以易結繩之治。神農氏爲耒耜之利，以教天下。黄帝、堯、舜氏作，通其變，使民不倦，神而化之，使民宜之，垂衣裳而天下治。禹敍《九疇》，湯修人紀之數。聖人繼天之極，皆作者之君，所謂制法興王之道，非有述於人者。曁乎文、武相繼，父作子述，監於二代，郁郁乎文。孔子生周之末，有其德而無其位，承乎數聖人之後，而制作已備，乃贊《易》、序《書》、修《春秋》，集羣聖之大成。語事功，則有賢於作者。周衰，接乎戰國，縱横捭闔之言興，家異道而人異論，王者之迹熄矣。迄秦有焚禁之禍，而斯道中絶。漢興，六藝之教漸傳，而典籍之存可攷。由漢而唐，由唐而宋，其制作沿襲，蓋有足徵。然三代而後，聲明文物所可稱述者，無非曰漢、唐、宋而已。洪惟我太祖高皇帝，膺受天命，混一輿圖，以神聖之姿，廣述作之奥，興造禮樂，制度文爲，博大悠遠，同乎聖帝明王之道。朕嗣承洪基，勔思纘述，尚惟有大混一之時，必有一統之制作，所以齊政事而同風俗，序百王之傳，總歷代之典，世遠祀綿，簡編繇夥，恆慨其難一。至於攷一事之微，汎覽莫周，求一物之實，窮力莫究，譬之淘金於沙、探珠於海，戛戛乎其不可易得也。乃命文學之臣，纂集四庫之書，及購募天下遺籍，上自古初，迄於當世，旁搜博采，彙聚羣分，著爲奥典。以氣者天地之始也，有氣斯有聲，有聲斯有字，故用韻以統字，用字以繫事。揭其綱而目必張，振其始而末具舉，包括宇宙之廣大，統會古今之異同，巨細精粗，粲然明備。其餘雜家之言，亦皆得以附見。蓋網羅無遺，以存攷索，使觀者因韻以求字，因字以攷事，自源徂流，如射中鵠，開卷而無所隱。始於元年之秋，而成於五年之冬，總二萬二千九百三十七卷，名之曰《永樂大典》。臣下請序其首。蓋嘗論之：未有聖人，道在天地；未有六經，道在聖人。六經作而聖人之道著。所謂道者，彌綸乎天地，貫通乎古今，統之則爲一理，散之則爲萬事，支流蔓衍，其緒紛紜，不有以統之，則無以一之。聚其散而兼總其條貫，於以見斯道之大，而無物不賅也。朕深潛聖道，志在斯文，蓋嘗討論其指矣。然万幾浩繁，實資玩覽，姑述其概，以冠諸篇，將以垂示無窮，庶幾或有裨於万一云爾。」賜廣孝等二千一百六十九人鈔有差。

朱國禎曰：「《永樂大典》乃文皇命儒臣解縉等，粹祕閣書，分韻類載，以備檢攷，賜名《文獻大成》。復以未備，命姚廣孝等再修，供事編輯者凡三千餘人。二萬二千九百三十七卷，一萬一千九十本，目録九百本，貯之文樓。世廟甚愛之，凡有疑，按韻索覽。三殿災，命左右趣登文樓出之。夜中傳諭三四次，遂得不毁。又明年，重録一部，貯它所。」國禎所謂重録本，即翰林院所貯。乃不言翰林，而言它所，是初寫時本藏大内，國朝乃移于翰林也。今移貯於文華殿。

十駕齋養新録摘鈔卷四

太平寰宇記

予所藏《太平寰宇記》，寶山朱寄園所贈，其闕卷與曝書亭藏本同。其書成于太平興國中，尚無十五路之分，故仍唐十道名目。幽、涿、雲、朔諸州，雖未入版圖，猶著於録，亦見當日君臣志未嘗忘山前後也。是書體例雖因李吉甫，而援引更爲詳審，閒采稗官小説，亦唯信而有徵者取之。有宋一代志輿地者，當以樂氏爲巨擘。竹垞有意貶抑，謂不若《九域志》、《輿地記》之簡要，豈其然乎？

輿地紀勝

王象之《輿地紀勝》二百卷，予求之四十年未得，近始于錢唐何夢華齋中見影宋鈔本，亟假歸，讀兩月而終篇。每府州軍監分子目十二：曰府州沿革，若有監司軍將駐節者，别敍沿革於州沿革之後。曰縣沿革，曰風俗形勝，曰景物上，曰景物下，曰古迹，曰官吏，曰人物，曰仙釋，曰碑記，曰詩，曰四六。今世所傳《輿地碑記目》者，蓋其一門，不知何人鈔出，想是明時金石家爲之也。此書所載，皆南宋疆域，非汴京一統之舊。然史志於南渡事多闕略，此所載寶慶以前沿革詳贍分明，裨益於史事者不少。前有嘉定辛巳孟夏自序，及寶慶丁亥季秋李皐序，及曾□鳳劄子。象之字儀父，金華人，嘗知江寧縣，不審終於何官。其自序云：「少侍先君宦游四方，江、淮、荆、閩，靡國不到。」又云：「仲兄行父，西至錦城。叔兄中甫，北趨武興，南渡渝瀘。」而陳直齋亦稱其兄觀之爲夔路漕，則中甫疑即觀之字。予又記一書，稱「王益之，字行甫，金華人」，蓋即儀父之仲兄。而其父之名，則無從攷矣。此書體裁，勝於祝氏《方輿勝覽》，而流傳極少，又失三十二卷，想海内不復有完本也。

會稽志

《會稽志》二十卷，前有嘉泰元年十二月陸游序，其略云：「直龍圖閣沈公作賓爲守，通判府事施君宿首發其端，撫幹李君兼、韓君茂卿爲之助，郡士馮景中、陸子虡、王度、朱鼐、永嘉邵持正相與參正，累月乃成。沈公去爲轉運副使，猶經營此書不已。華文閣待制趙公不迹、寶文閣學士袁公説友繼爲守，亦力成之。而始終其事者，施君也。既成，屬游參訂其槩，且爲之序。」是務觀但預參訂，而《宋史·蓺文志》既載沈作賓、趙不迹《會稽志》，又載陸游《會稽志》，重複互異，可謂不考之甚也。攷作賓以慶元五年由淮東總領除越守，六年除兩浙轉運副使，而不迹代之；嘉泰元年改知潭州，而説友代之。志蓋剏始於慶元庚申，而蕆事於嘉泰壬戌，前後凡閲三守，而通判尚未改秩，則宿於此《志》誠有功矣。作賓，吴興人，淳熙十六年以承議郎知台州，有政聲。罷時，民擁其轍不得行，且請留于朝。事見《赤城志》。

會稽續志

《會稽續志》八卷，梁國張淏撰，有寶慶元年三月自序。其提刑、提舉、進士題名，皆前志所未有。而人物一門，亦多補前志之闕漏。吴越錢氏，嘗稱越州爲會稽府，前志不載，獨見於此書，可見其留心掌故矣。《志》成於寶慶初而《題名》訖於景定，蓋後來次弟續添也。淏作《志》當汪綱爲守之日，故所紀綱政迹爲詳。末卷載餘姚孫因《越問》一篇，亦多贊誦汪守之語。

赤城志

《赤城志》四十卷，陳耆卿壽老撰。有嘉定癸未十一月自序，稱：「前守黄嵤命余偕陳維等纂輯，會黄去，悤悤僅就未備，束其稾十年矣。今青社齊公碩復以命余，於是郡博士姜君容總榷之，邑大夫蔡君範以下分訂之，又再屬陳維及林表民等採益之。」又云：「意所未解者，恃故老；故老所不能言者，恃碑刻；碑刻所不能判者，恃載籍。載籍之内有漫漶不白者，則斷之以理，而折之於人情。」洵得著書之體，而可爲後代法者矣。其辨誤門有一條云：「台州天慶觀有唐開元《真容應見碑》，蓋開元二十九年立也。後題朝散大夫、使持節臨海郡諸軍事守臨海郡太守。及《桐柏觀碑》，天寶元年立，則作朝請大夫、使持節諸軍事守台州刺史、上柱國賈長源。此一人耳，所載官稱及郡號不同如此。攷唐天寶元年，改台州爲臨海郡，至乾元元年，復爲台州。不應開元二十九年便稱臨海郡，天寶元年卻稱台州。又唐武德元年，改郡爲州，太守爲刺史，至天寶元年，復改刺史爲太守。不應開元二十九年已稱臨海郡太守，而天寶元年既改太守復號刺史。非二碑有誤，則史之誤也。予謂壽老之辨當矣，然以情理度之，不特史文無誤，即碑刻亦未嘗誤。蓋天寶改元，即在開元二十九年之次年，而改州爲郡，在是歲二月，則二月以前尚稱台州刺史也。《真容應見勅》雖在開元二十九年，而台州距長安遼遠，守臣承詔刊石，不妨遲至次年，則此刻必在《桐柏觀碑》之後。其稱臨海太守，亦非誤也。耆卿，臨海人，嘉定七年進士，《宋史》不爲立傳。攷《中興館閣續録》，稱寶慶二年正月召試館職，除祕書省正字，十一月，轉校書郎。紹定元年十二月，除祕書郎。三年十二月，除著作佐郎。六年十月，除著作郎。端平元年二月，兼國史院編修官，是月，除將作少監。《赤城新志》言其官至國子司業，但不云卒於何年，亦未審壽若干也。此書經明人重刻，如第卅三卷載杜範爲史嵩之所鴆、第四十卷載蔡家橋事，皆明人竄入，殊非陳氏之舊，安得宋槧本而刊正之乎！

嚴州重修圖經

《嚴州圖經》，予所見者淳熙重刻本，僅存首三卷。前有紹興己未正月知軍州事董弅序，及淳熙丙午正月州學教授劉文富序。文富，蓋承郡守陳公亮之命訂正是書者也。卷首載建隆元年太宗皇帝初領防禦使詔，宣和三年太上皇帝初授節度使制及勑書、榜文二道。蓋淳熙丙午之歲，高宗尚在德壽宫，故有太上之稱。攷董弅初刻此志，本題《嚴州圖經》，陳公亮重修，亦仍其名。而王氏《輿地紀勝》、陳氏《直齋書録》、馬氏《文獻通考》，皆作《新定志》。蓋宋人州志多用郡名標題，《續志》載書籍，亦但有《新定志》，初無《圖經》之目。名目雖異，實非有兩本也。

新定續志

《新定續志》十卷，前有景定壬戌方逢辰序。編纂者，浙漕進士州學學録方仁榮、迪功郎差充嚴州州學教授兼釣臺書院山長鄭珤、郡守則天台錢可則也。可則，字正己，景定元年，以直寶章閣知嚴州。三年，升直寶文閣。任滿，四月升直敷文閣知嘉興府。五月，除尚左郎官，尋除直徽猷閣浙東提舉。《志》稱「五王之胄，相國之孫」。相國，謂象祖也。此《志》成於可則莅郡之日，而卷首載咸淳元年升建德府省劄，其知州題名則可則。後續列郭自中等八人，蓋後來續有增入。宋時志乘，大率如此。

琴川志

《琴川志》，自宋慶元初，縣令孫應時剏始編葺。其書久失傳。淳祐十二年，龍泉鮑廉知縣事，屬邑士鍾秀實、胡淳討論裒輯，列爲十門，曰敍縣、敍官、敍山、敍水、敍賦、敍兵、敍人、敍産、敍祠、敍文，每門又有子目。題云《重修琴川志》。有寶祐甲寅中元日朐山丘岳序。元至正末，知州盧鎮購得舊本刊行之，題其後云：「其成書後，凡所未載，各附卷末。」今世所傳者，僅汲古毛氏重刊本。攷各卷末别無附見之文，則亦非鎮之舊矣。鎮又有《續志》，紀元時事，今並湮没無存，獨鮑氏書尚完好可讀。予所見宋縣志，若高似孫之《剡録》、楊潛之《雲間志》、凌萬頃、邊實之《玉峯志》，并此而四。然敍述有法，繇簡適中，當以此志爲最善也。《宋史新編》：德祐元年二月，元兵入臨江，知軍鮑廉死之。五月，贈華文閣，官其一子。是亦節義之士。常熟東鄉地，明弘治十年割入太倉，州志所載雙鳳鄉、許浦鎮、塗崧鎮、支塘市、甘草市、直塘市、穿山、七浦、沙頭邨，皆今太倉境。

金陵新志

張鉉《金陵新志》十五卷，有至正三年南臺御史索元岱序。鉉，字用鼎，關中學古書院山長。前載文移，稱浮光張鉉，則光州人也。此書本續《景定建康志》而作，前志所有者不具載。其於江南行御史臺建置本末，及御史大夫以下題名最詳備。

太倉州志

《太倉州志》十五卷，明崇禎十五年，知州錢肅樂虞孫延邑士前臨川縣知縣張采受先刊修。分封域、營建、官師、學較、風土、選舉、水利、賦役、海運、兵防、海事、名宦、人物、藝文、瑣綴十五門，每門各有子目。受先，復社名士，於地方利病剴切言之，洵非率爾操觚。其書「常」作「嘗」、「由」作「繇」、「校」作「較」、「檢」作「簡」，則避明諱也。予昔游四明，於范氏天一閣見張寅《太倉州志》，乃嘉靖丁未刻本。頃館婁東，訪藏書家求嘉靖志，竟不可得。即此志亦曼患缺損，非復初印面目矣。

吴越有國時，嘗以蘇州爲中吴府，正史郡志皆失載。此志敍沿革云：「五代屬錢氏中吴府」，勝於郡志多矣。志又云：「宋爲崑山之域，政和中陞州，屬平江府，後爲姑蘇郡。」此則大誤。政和中升蘇州爲平江府，其所屬五縣如故，蘇州故有吴郡之稱。南渡後范石湖修志，尚稱吴郡，初無改名姑蘇事。如志所言，似政和升崑山爲州，其後又改州爲姑蘇郡矣。豈不大可笑乎？

元末，遂昌鄭元祐僑居蘇州，所著有《僑吳集》。明德，即元祐字也。吳仲超謂鄉賢祠鄭公明德是何許人？在州志三大疑之一。受先志仍收入《文藝傳》，竟不知明德之爲元祐。明人好談名節，而於紀載多失討論，如此者蓋不少矣。

浙江通志

《浙江通志·人物傳》：「趙孟堅，字子固，海鹽人，系出安定郡王。初以父蔭入仕，後登進士第，歷官集英殿修撰，知嚴州，遷翰林學士承旨。年九十七，謚文簡。」厲太鴻《宋詩紀事》亦云：「景定初，遷翰林學士。」今攷周公謹《齊東野語》，謂其終提轄左帑，身後有嚴陵之名。是嚴州亦未到任，況入翰林乎？南宋入翰林者但稱直院，真除學士者已不多見，若承旨，則必老成久次如牟子才者始得之。更非其實矣。朱存理《鐵網珊瑚》載子固《梅竹譜》，有葉隆禮跋云：「子固晚年工梅竹，步驟逃禪。予自江右歸，將與之是正，而子固死矣。」末題「咸淳丁卯」。是子固之卒在丁卯以前，宋猶未亡。而姚桐壽《樂郊私語》乃謂：「子固入元，不樂仕進。從弟孟頫來訪，既退，使人濯其坐具。」此委巷無稽之談，庸足信乎！

江西通志

《江西通志·選舉門》載元時進士題名，皆誕妄不足信。予嘗見《元統元年進士題名録》，以此《志》校之。《志》載是年登科十五人，有兩陳植：一貫寧州，一貫永豐。據《録》止有王充耘、李炳、李毅在二甲，陳植、徐邦憲、朱彬在三甲，其餘皆無之。植，貫永豐，未嘗有寧州之陳植也。而三甲第廿六名艾雲中、第廿八名熊爟，並籍龍興路，此灼然可信者，而《志》反遺之。蓋《志》所采者多出於家乘墓誌，凡曾應鄉舉者皆冒進士之名，而修志者不能別擇也。且如元之設科，始於延祐二年，而志乃有至元丙子鄉試、大德戊戌進士、大德鄉試諸人，是并《元史》全未寓目矣。又有因涉獵史傳而轉誤者。《人物門》於瑞州收元之劉秉忠，此舊志所無，采《元史》補入，自謂淹博，而不知其大不通也。江西之瑞州，本名筠州，至理宗朝始避諱更名。若劉秉忠久居邢臺，其先世居瑞州，而仕于遼、金，則是遼、金之瑞州，非宋之瑞州矣。志家不諳地理，不校時代，乃引藏春居士之先世冒籍江右，豈不令人噴飯滿案乎！

風俗通義

應氏《風俗通義》，《隋書經籍志》稱三十一卷，《録》一卷，馬總《意林》亦云三十一卷，而新、舊《唐志》俱作三十卷。《宋史》及晁氏、陳氏書目皆云十卷，則已失其三之二矣。今世所傳，唯元大德刊本，前有行都水監李果序，後載宋嘉定十三年丁黼跋。知其書在南宋時已難得。又言「譌舛已甚，得館中本及孔寺丞本，互相參校，始可句讀。今刻之夔子，好古者或得善本，從而增改，是所望云」。則其譌謬相承非一日矣。盧學士召弓嘗寓書問：《愆禮篇》載徐孺子「負筃岕涉齎一盤醊」，「筃岕」二字何義？予荅云：此必「算」字之譌。《史記·鄭當時傳》：「其餽遺人，不過算器食。」徐廣云：「算，竹器也。」算與匴同。《説文》：「匴，淥米籔也。」《士冠禮》：「爵弁、皮弁、緇布冠各一匴。」注：「匴，竹器名。」本算字，誤分爲兩字，遂不可識矣。予又嘗采輯應氏逸文一册，學士見而喜之，爲刊入《羣書拾補》中。頃歲讀馬總《意林》、僧玄應《一切經音義》等書，續有所得。惜學士已逝，不及增入矣。

顏氏家訓

《顏氏家訓》七卷，前有序一篇，不題姓名，當是唐人手筆。後有淳熙七年二月沈揆跋。又有《攷證》一卷，後列「朝奉郎權知台州軍州事沈揆、朝請郎通判軍州事管鈗、承議郎添差通判軍州事樓鑰、迪功郎州學教授史昌祖同校」，又有監刊、同校諸人銜，皆以左爲上，蓋台州公庫本也。淳熙中，高宗尚在德壽宮，故卷中「構」字皆注「太上御名」，而闕其文。前序後有墨長記，云「廉臺田家印」。宋時未有廉訪司，元制乃有之。意者元人取淳熙本印行，閒有修改之葉，則於宋諱不避矣。

容齋隨筆

洪氏《容齋隨筆》、《續筆》、《三筆》、《四筆》各十六卷，卷首皆有自序。唯《五筆》僅十卷，而無序，蓋猶未成之本也。《隨筆》初刻於婺州。至嘉定壬申，從孫伋由贛州守擢江西提刑，合《五筆》刻之章貢。有何異及丘㯲前後兩序。又十年，伋守建寧，再刻于郡齋，伋自爲跋，稱「從孫朝議大夫直華文閣知建寧軍府事新除知隆興府江西安撫使」，則嘉定十六年八月也。最後有紹定改元臨川周謹跋，稱贛本漫不可辨，以建本參攷鋟梓，則第三刻矣。今世所傳者，明季吾邑馬元調刻本，唯存何異一序，餘皆削之。此明弘治八年活字印本，板心有「會通館活字銅板印」兩行八字，前有錫山華煜序，正文皆作夾注，不依元刻。不如馬本之精，而序跋俱完好，勝于馬本。

揮麈録

王明清《揮麈録》四卷、《後録》十一卷、《第三録》三卷、《餘話》二卷。世所傳者，常熟毛氏《津逮祕書》本。予嘗見宋刻殘本，僅《後録》首兩卷及《第三録》三卷耳。卷首題「朝請大夫主管台州崇道觀王明清」姓名。又有慶元元年實録院《移泰州牒》一道，並云「訪聞泰州通判王明清有《揮麈前後録》」，而不及第三録者。據明清自述，《前録》乾道丙戌奉親會稽日作，《後録》紹熙癸丑官都下作，《第三録》慶元改元，吳陵官舍作。吳陵，即泰州也。甫經脱稿，尚未流傳都下，故公牒未之及耳。《前録》言紹興丙辰明清甫十歲，計其生年，當在建炎元年丁未。至慶元乙卯倅泰州，年已六十九矣。朝請大夫，蓋其所終之官。享年若干，則無從攷也。仲言習于掌故，所記載有裨正史者甚多。予嘗采宋次道及仲言所述謚，彙爲一編。淳熙以後，則取正史，參以它書補之，較之王圻《謚法攷》，所得多矣。《説文》無「揔」字，總管、總領之「總」，皆當从「糸」旁。前史多作「揔」，或作「惣」，此隸體之譌變。治平改「都部署」爲「都總管」，其文从「糸」不从「手」，是爲復古。仲言轉以稽攷不審訾之，此以不狂爲狂也。

履齋示兒編

《履齋示兒編》廿三卷，宋廬陵孫奕季昭撰。顧千里云：嘗見影宋鈔本，首題廬陵禮津孫奕季昭，有開禧元祀九月上浣自序。《宋史》無傳，不得其出處本末。予嘗見蘇州府學石刻陳襄《經筵薦士章疏》，稱「尚書都官員外郎、監泗州河南轉般倉孫奕，士行著於鄉閭，節義信于朋友，所至以善政聞」。攷襄《薦士疏》，在熙寧十年，與開禧遠不相及，蓋別是一人，非季昭也。頃又見婺州題名有孫奕，嘉祐五年四月，以駕部員外郎知婺州，在任改虞部郎中。嘉祐與熙寧相去不遠，未審即襄所薦否？

史繩祖學齋佔畢

史繩祖《學齋佔畢》四卷，前有自序，題「淳祐庚戌吉月眉山史繩祖慶長書於梓漕極堂」。後有景定壬戌冬至鄱陽郭囦跋。繩祖之大父武陽府君，字子堅，精於篆隸，嘗集《隸格》一册，以補洪景伯《漢隸》之缺。其書今不傳，所載石室壁閒刻古聖賢、義夫節婦及車馬人物，即武梁祠石象也。頃錢唐黄小松郡丞，於嘉祥縣之紫雲山搜得之。而繩祖謂此碑在資州宅博雅堂下，制捆又輦運寘之明新。二字疑有譌脱。是蜀中又有翻刻本，亦異聞也。史氏以梁高行至范且爲第一碑，伏羲至樊於其頭爲第二碑，使者長婦兒至縣功曹爲第三碑。

石刻鋪敍

《石刻鋪敍》二卷，廬陵曾宏父所作。首列紹興《御書石經》、《益部石經》，次《鐘鼎彝器款識帖》、《祕閣前帖》、即《淳化帖》。《絳帖》、長沙、廬陵、清江、武岡諸帖、《元祐祕閣前帖》、《汝帖》、《武陵帖》、《淳熙祕閣前帖》、《續帖》、《羣玉堂帖》，而終以《鳳墅前帖》、《畫帖》、《續帖》。「鳳墅」者，宏父所居，故自題「鳳墅逸客」。云《前帖》二十册、《畫帖》二册、《續帖》二十册，皆宏父裒集宋朝名人真蹟，刻寘廬陵鳳山別墅者。宏父之父三復，字無玷，官至刑部侍郎，《宋史》有傳，而不見宏父名。此書又不載于《藝文志》。唯秀水朱錫鬯曝書亭題跋有之，而誤仞宏父爲南豐曾惇之字，不知其歲月不相應也。宋時江西有三曾，皆衣冠之族。樓大防《送無玷寺丞知池州》詩云：「我朝衣冠盛，名家數三曾。南豐暨贛川，後起參温陵。邇來螺川族，駸駸皆簪纓。」南豐之曾，顯於東都，至子固兄弟名益盛，子宣遂至宰相。贛川之曾，則茶山與其兄開，皆南渡侍從。廬陵之曾，則三復、三聘，《宋史》皆有傳，所謂螺川族也。温陵，謂公亮，宋時曾氏宰相自公亮始，故樓詩牽連及之。公亮，閩人，非江西人也。竹垞所舉名惇字宏父者，王明清之外祖，《揮麈録》屢見其名，實子宣之孫，仕紹興朝。而此宏父著書在理宗淳祐之世，相距百餘年，其非一人無疑。

癸辛雜識

周公謹《癸辛雜識》，今世流傳有二本：一爲商氏《稗海》所刻，闕落非足本；一爲毛氏汲古閣本，《前集》、《後集》各一卷，《續集》、《別集》各二卷，最爲完善。而魯魚亥豕之譌，難以枚舉。其最可笑者，《別集》上卷「兀朮石蛸修四朝國史，其贊史浩略云云」。「兀朮石蛸」四字，乃「尤木石焴」之譌。尤焴，理宗朝史官，「木石」，蓋其號。《別集》載蔡杭事，此西山之孫、九峯之子。《宋史》本紀、表、傳並作「蔡抗」。予曾見石刻題名，乃是「杭」字。《雜識》固誤，《宋史》亦未可據。公謹自言：「先君子於紹定四年辛卯出宰富春，九月到任。壬辰歲，予實生于郡齋。」則宋亡之歲，公謹僅四十有五。而書中載大德改元事，其年歲在丁酉，是六十六歲尚無恙也。戴表元序《齊東野語》，述公謹之言云：「我家中丞，自齊遷吳，及今四世。」又云：「大父侍郎公，踐歷六曹，外大父參預文莊章公，出入兩制。」以《湖州府志》攷之，章文莊者，良能也。中丞名祕，公謹之曾祖。至所謂「大父侍郎」者，志亦未之及也。

夢粱録

《夢粱録》二十卷，錢塘吳自牧撰。有自序，後題「甲戌歲中秋日」，蓋元順帝元統二年也。若前六十年，則爲宋咸淳十年，宋祚未亡，不當有滄桑之感矣。自牧事迹無可攷。但其人既目覩臨安緐華之盛，而書成於元順帝之初，則必隱遁而享高壽者矣。

輟耕録

元人説部，莫善于《南邨輟耕録》，然亦有傳聞失真者。如第一卷載世皇取江南，大軍次黃河，苦乏舟楫。夜夢一老叟曰：「陛下欲渡河，當隨我來。」引至一所，曰：「此即是已。」帝遂以物標識之。乃覺，歷歷可記。明日，循行河滸，尋夢中所見處，果是。方驚顧間，忽有人進曰：「此間水淺可渡。」帝因謂曰：「汝能涉否？」其人乃行，大軍自後從之，無一不濟。帝欲重旌其功，對曰：「富與貴悉非所願，但得自在足矣。」遂封爲荅剌罕，與五品印，撥三百户以食之。此楊太史瑀所云也。予謂世祖取江南，初未親在行間。其時河南久入版圖，何至濟軍無舟？時勢絶不相應。此必太宗壬辰春由河清縣白坡渡河事，而誤以爲世祖也。《金史·烏林荅胡土傳》：「正大九年正月戊子，北兵以河中一軍由洛陽東四十里白坡渡河。白坡，故河清縣，河有石底，歲旱水不能尋丈。國初以三千騎由此路趨汴。是後縣廢爲鎮。宣宗南遷，河防上下千里，常以此路爲憂。河中破，有言此路可徒涉者，已而果然。」

湧幢小品

朱國禎《湧幢小品》三十二卷，好談掌故，品題人物，不爲刻深之論，蓋明季説部之佳者。至于援引古書，多有差誤。如張彪稱其妻爲鄉里，見《南史》，而誤以爲「楊彪」。王文公父名益，而誤以爲「蓋」。「止謗莫如自修」，魏司空王昶語，見《三國志》，而誤以爲《文中子》。宋置顯謨閣藏神宗御集，寶謨閣藏光宗御集，見《宋史・職官志》，而誤仞寶謨爲神宗閣名。元進士分左右兩榜，蒙古、色目人爲左，漢人、南人爲右。今元統癸酉、至正辛卯兩科題名具在，左右榜各分三甲，犂然不紊。乃謂漢人不得居榜首，以第二爲狀元，則紕謬之甚矣！彼特見《元》本紀及《選舉志》，例書廷試進士賜某某等及第出身有差，漢人必在第二，故剏爲此説，而不悟其爲史家省文。且左右榜之分，《選舉志》有明文，朱亦不能細檢也。

日知録

顧氏《日知録》辨《吕氏春秋》晉文公師咎犯、隨會，謂隨會不與文公同時。攷《左氏傳》城濮之役，舟之僑先歸，士會攝右。士會，即隨會也，正是晉文公時。《通鑑》載李景伯《迴波詞》云：「回波爾時酒卮，微臣職在箴規。侍飲已過三爵，喧譁竊恐非儀。」本是六言絶句。攷孟啓《本事詩》載沈佺期云：「迴波爾時佺期，流向嶺外生歸。」又載優人詞云：「迴波爾時栲栳，怕婦也是大好。」俱以「迴波爾時」四字開端，與景伯詞同，蓋《迴波》之體如此。《大唐新語》載景伯詩，作「迴波詞持酒卮」，當是傳寫之誤。顧氏轉引以爲據，且謂其體首二句三言、下三句六言，翻疑《通鑑》有誤，豈其然乎？

謝肇淛云：「宋真宗名恆，而朱子於書中『恆』字獨不諱。」顧氏引以爲祧廟不諱之證，謂當寧宗之世，真宗已祧。此亦非是。朱文公注《論語》、《孟子》，正文遇廟諱則缺筆而不改字，注則無不避者。其注

《易》亦然，見於趙順孫《四書纂疏》及吳革所刊《易本義》，班班可攷。謝在杭未見真宋本，故有此言，豈可依據？攷宋寧宗之世，太廟自太祖至光宗九世十二室，未嘗祧真廟，顧氏偶未審爾。

池北偶談

王阮亭《池北偶談》，謂東坡詩「司馬相如」「如」作上聲。攷東坡《和陶雜詩》「昆蟲正相齧，迺比藺相如」，「如」讀去聲，與去、慮、住爲韻，非讀司馬相如爲上聲也。

天禄識餘

《天禄識餘》，詹事平湖高士奇所撰。有一條云：《周禮》「漏下三刻爲商」，「商」音「滴」。按《儀禮・士昏禮注》：「日入三商爲昏。」《疏》云：「商，謂商量，是漏刻之名。」既以商量爲義，則讀如「參商」之「商」明矣。商、商二字，形聲俱別，豈可讀「三（商）〔商〕」爲漏滴之「滴」？且其文出《儀禮》鄭注，乃誤作《周禮》。又妄改爲「漏下三刻」，是并《周禮》並未嘗讀也。邵長蘅《古今韻略》十二錫部，「商」字下亦引「日入三商爲昏」，其誤與高氏同。兩君皆有文名，而不讀書，故涉筆便誤。

洗冤録

《洗冤集録》五卷，朝散大夫、新除直祕閣、湖南提刑充大使行府參議官宋慈惠父編。前有淳祐丁未嘉平節前二日自序，蓋宋槧本。卻有聖朝頒降新例數葉，列于首卷之前，皆至元、大德、延祐閒文移，則元人增入也。慈不知何郡人，其書不載于《宋史・藝文志》，而至今官司檢驗奉爲金科玉律。但屢經後人增改，失其本來面目，唯初刻爲可貴耳。《輟耕録》記勘釘事，以爲掫聞，然此録已先有之矣。

證類本艸

此書有兩本。其一題云《經史證類大觀本草》三十一卷、目録一卷。前有大觀二年十月朔通仕郎行杭州仁和縣尉管句學事艾晟序，序後有一方記云「大德壬寅孟春宗文刊行」。後題「春穀王秋捐資，命男大獻、大成仝校録」。殆明人翻元刻也。其一題云《經史證類政和本草》。前載政和六年康州防禦使入内醫官曹孝忠序，云：「蜀人唐慎微，因《本草》舊經衍以《證類》。臣親奉玉音，謂此書實可垂濟。乃詔節使臣楊戩總工刊寫，又命臣校正而潤色之。謹奉明詔，删緐緝紊，務底厥理，凡六十餘[萬]言。請目以《政和新修經史證類備用本草》云。」是書初刊于杭州漕司。艾晟序謂慎微不知何許人，其云《大觀本草》者，因校刊之年題之也。其後曹孝忠被旨校刊，乃系以政和之名。若慎微著書，實在元祐之世，不特非政和，亦非大觀也。其書本名《經史證類備急本草》，「大觀」、「政和」皆後來所題。而「政和」之名出于朝旨，則當以政和爲正。然南宋人多稱《大觀本草》者，政和新修之本，經汴京淪喪，不及流播東南。陳直齋所收，亦祗浙漕司本，故未暇訂正耳。今所傳政和本，乃元初平陽張存惠重刻，增入寇宗奭《本草衍義》，亦非孝忠之舊。《題記》云「泰和甲子下己酉冬」，實元定宗后稱制之年，距金亡已十有六載矣，而存惠猶以「泰和甲子下」統之，隱寓不忘故國之思。或以爲金泰和刻，則誤矣。

星經

今世俗所傳《甘石星經》，不知何人僞撰，大約采《晉》、《隋》二志成之。《續漢書·天文志》注引《星經》五六百言，今本皆無之。是劉昭所見之《星經》，久失其傳矣。

丹元子步天歌

丹元子《步天歌》，不著撰人姓名，相傳以爲唐王希明所撰。鄭樵獨非之，以爲丹元子隋之隱者，與希明各是一人。然歌詞淺陋，不似隋人文字。《隋書·經籍志》亦無此書，其非隋人明矣。古天文家未有以太微、天市配紫宫爲三垣者。《太史公書》：太微屬南宫，天市屬東宫。《晉》、《隋》二志則分中外宫與二十八宿爲三列，而太微、天市雜敍于中宫之次。使丹元果隋人，則唐初李淳風修《隋志》，何不一述三垣之説乎？漁仲好異而無識，欲取俚鄙之歌駕乎前志之上，所謂棄周鼎而寶康瓠者也。

數學九章

秦九韶《數學九章》十八卷，其目曰大衍、曰天時、曰田域、曰測望、曰賦役、曰錢穀、曰營處、曰軍旅、曰市易，蓋自出新意，不循古《九章》之舊。有淳祐七年九月自序。攷《直齋書録》，有「《數術大略》九卷，魯郡秦九韶道古撰。前二卷大衍、天時二類，於治曆測天爲詳」。《癸辛雜識》又作「《數學大略》」，蓋即此書而異其名耳。直齋所録《崇天》、《紀元》二曆云：「近得之蜀人秦九韶道古。」然則九韶先世蓋魯人，而家於蜀者也。《李梅亭集》有《回秦縣尉九韶謝差校正啓》云：「善繼人志，當爲黄素之校讐；肯從吾游，小試丹鉛之點勘。」秦少游元祐中嘗校對黄本書籍，九韶豈其苗裔耶？李梅亭嘗爲成都漕，九韶差校正當在其時。其任何縣尉，則無可攷矣。嘉熙以後，蜀土陷没，寄居東南，故得與直齋往還也。予又攷《景定建康志》，得二事：其一通判題名有秦九韶，淳祐四年八月以通直郎到任，十一月丁母憂解官離任。其一制幕題名寶祐門九韶，爲沿江制置司參議官。又《癸辛雜識》稱「九韶，秦鳳閒人，與吴履齋交尤稔。嘗知瓊州，數月罷歸。晚竄梅州以卒」。合此數書觀之，九韶生平仕宦蹤跡，略可見矣。

測圜海鏡細草

元欒城李治仁卿《測圜海鏡》十二卷，設問百有四十，有問有答，有法有草，皆用立天元一布算。自序謂「得《洞淵九容》之説而衍之」。今《洞淵》書久失傳，不知何人所作矣。書成于戊申九月，其時蒙古未有年號。洎至元二十四年，其子克修刊刻。王德淵撰後序云：「先生病且革，語其子：『吾平生著述，可盡燔去，獨此書雖小數，吾嘗致力，後世必有知者。』」其矜重如此。郭守敬撰《授時術》，求周天弧度，立天元一爲半徑，即李氏法也。明儒無通算術者，長興顧應祥得其書，謂立天元無下手處，别用句股帶縱求之，而盡削其細草。此鄭人之買櫝還珠也。

革象新書

趙緣督先生《革象新書》，元槧本。門人三衢章濬纂輯，不分卷，每葉廿六行，行廿四字。明初義烏王禕有删本，其篇目前後，與此互異。王序謂「其書有《推步》、《立成》諸篇，皆載占驗之術」。今檢此本初無之，豈王所見别有一本耶？邵康節元會運世之數，後儒尊信，莫敢有異議者。獨緣督識其不可準，謂「以諸家術求皇極之元，不特七政無揔會之事，抑且散亂無倫」。此真通人之論，非精于推步者不能知，非胸有定見者不能言也。

寶祐會天曆

宋《寶祐會天曆》，予訪之五十年，今春始於姑蘇吳氏得見之。朱錫鬯跋引農家諺，以元日立春爲百年罕遇。予攷元世祖至元三十一年甲午歲，正月一日立春，見於周密《癸辛雜識》、陶九成《輟耕録》。距宋理宗寶祐四年丙辰，僅卅有八年耳。夫元日立春，猶之天正朔旦冬至也。以古法十九年一章之率推之，本非罕覯之事。田家不諳推步，故有此諺，未可信以爲實也。分卦直日，以坎、離、震、兑各六爻主二十四氣，及五日一候，皆唐《大衍術》，而宋因之。元《授時》以後，始不立求卦氣七十二候諸術。今疇人子弟，遂不知六日七分爲何語矣。崑山徐相國家宋槧本，今已不存，此從竹垞影鈔本展轉摹寫，不無脱漏譌舛，要是世閒希有之物。其書「玄鳥」爲「鳦鳥」、「姤」爲「遘」、「恆」爲「常」，皆避宋諱。若八月三日下「大夫登」三字，當爲「禾乃登」之譌。

三秝撮要

吳門黄氏有宋槧《三秝撮要》，凡五十七葉，不題撰人姓名，又無刊印年月，而紙墨極精。攷《直齋書録解題》，載此書一卷。又一本名《擇日撮要秝》，大略皆同。建安徐清叟云，其尊人尚書公應龍所輯，不欲著名，即是書也。其書每日注天德、月德、月合、月空所在，次列嫁娶、求婚、送禮、出行、行船、上官、起造、架屋、動土、入宅、安葬、掛服、除服、詞訟、開店庫、造酒麯醬醋、市賈、安床、裁衣、入學、祈禱、耕種吉日，凡廿二條。蓋司天監用以注朔日者。其所引有《萬通秝》、《百忌秝》、《萬年具注秝》、《萬年集聖秝》、《會要秝》、《會同秝》、《廣聖秝》，大率皆選擇家言也。鄭樵《藝文略》有《太史百忌秝圖》一卷、《太史百忌》一卷、《廣濟陰陽百忌秝》一卷，呂才撰。《廣聖秝》一卷，晉苗鋭集。《萬年秝》十七卷，楊惟德撰。《集聖秝》四卷，楊可撰。今皆不傳。此書又引劉德成、方操仲、汪德昭、倪和父諸人説，蓋皆術數之士，今無有舉其姓名者矣。

大乙統宗寶鑑

《大乙統宗寶鑑》二十卷，前有大德癸卯曉山老人序。其求太乙積年術，日法一萬五百，歲實三百八十三萬五千零四十八分二十五秒。予嘗詢之元和李尚之，尚之曰：宋同州王湜《易學》曰：每年於三百六十五日二千四百四十分之外，有終於五分者，有終於六分者，有終於五六分之閒者。終於五分，五代王朴《欽天秝》是也，以七千二百爲日法。終於六分者，近年《萬分秝》是也，以一萬分爲日法。終於五六分之閒者，《景祐秝法》，載於《太一遁甲》中者是也。以一萬五百分爲日法者，此暗用《授時》法也。試以日法爲一率，歲實爲二率，《授時》日法一萬爲三率，推四率，得三百六十五萬二千四百二十五分，即《授時》之歲實也。其氣、朔二策，竟用《授時》數，則仍以一萬爲日法，不以一萬五百爲日法，所謂欲蓋彌章者也。王肯堂《筆塵》載此書。上元甲子，距元大德七年癸卯，歲積一千一十五萬五千二百一十九年。予所見本，積年至明正德十二年，蓋後人增改，非復大德舊本矣。

梅花喜神譜

宋伯仁《梅花譜》，《宋史・藝文志》及諸家書目皆不及載，唯錢遵王《述古堂書目》曾列其目。今吳中黃氏有此書，分上下二卷。上卷爲蓓蕾四枝、小蕊十六枝、大蕊八枝、欲開八枝、大開十四枝，下卷爛熳十八枝、欲謝十六枝、就實六枝，凡百圖，每圖各有標目，各綴五言一絶句。題云「喜神」者，宋時俗語以畫像爲喜神也。前有伯仁自序，後有向士璧、葉紹翁序跋。蓋初刻于嘉熙戊戌，此則景定辛酉金華雙桂堂重鋟本也。伯仁，字器之，湖州人，自號雪巖耕田夫，詩載《江湖小集》。昔侍沈歸愚尚書，每言「爛熳」之「熳」不當从火旁，古人只用「漫」。攷字書實無「熳」字，疑始於明代。今見南宋鋟本，已作「爛熳」，乃知此字沿譌有自。要不得以是藉口，致貽通人之誚也。

文心雕龍

《文心雕龍・議對篇》「春秋釋宋，魯桓務議」二句，注家皆未詳。惠學士士奇云：案文當云「魯僖預議」。《公羊經》僖二十一年，「釋宋公」。《傳》云：「執未有言釋之者，此其言釋之何？公與爲爾也。公與爲爾奈何？公與議爾也。」「預」與「與」同，轉寫譌爲「務」耳。

文選注

潘岳《閒居賦》注引安革猛詩「祁祁我徒」。予向疑安革猛不知何人，詢之海寧陳仲魚鱣，乃知「革猛」

爲「韋孟」之譌，「安」乃衍字也。檢《漢書·韋賢傳》，果如仲魚言。

《甘泉賦》注引桓譚《新論》云：「雄作《甘泉賦》一首，始成，夢腸出，收而内之，明日遂卒。」《文賦》注引《新論》云：「成帝祠甘泉，詔雄作賦。思精苦，困倦小卧，夢五藏出外，以手收而内之。及覺，病喘悸少氣。」二注不同，當以後注爲正。蓋子雲因作賦而病，未嘗因病而卒也。前注「明日遂卒」，「卒」字殆傳寫之誤，不特非《新論》本文，并非李善注之舊也。何義門謂《新論》出于妄人附益者，蓋未檢《文賦》注之故。或據此注謂子雲卒于成帝之世，未嘗仕莽，何異癡人説夢邪！

文選元槧本

《文選》李善注元槧本，每卷首題「奉政大夫同知池州路總管府事張伯顔助率重刊」。有前海北海南道肅政廉訪使余璉序，稱伯顔字曰正卿，而未詳其籍貫。頃讀鄭元祐《僑吴集》，有平江路總管致仕張公壙誌，蓋代其子都中作。文稱張氏長洲之相城人。公諱世昌，字正卿。以謹飭小心仕于朝，儤直殿廬，成宗賜名伯顔。由將作院判官，累任慶元路同知。延祐七年，陞奉政大夫池州路同知。泰定五年，改福寧州尹，後遷漳州路總管。告老，以平江路總管致仕。乃知伯顔爲吾吴人，宜其文雅好事，異於俗吏矣。

宋名賢五百家播芳文粹

《聖宋名賢五百家播芳大全文粹》一百卷，衢山精舍葉棻子實編，富學堂魏齊賢仲賢校正。每卷或析爲上下，或上中下。以前所列目計之，實不止五百人，舉其大數耳。竹垞所見崑山徐氏元槧本，稱二百卷。今吳興劉氏藏本祇百卷，豈竹垞併所析之卷計之耶？《四庫全書》云「今鈔本一百十卷」，亦不甚合。

陸宣公集

《陸宣公集》廿二卷，《制誥》十，《奏草》六，《中書奏議》六。前有權德輿序，後載元祐八年五月七日蘇軾等《劄子》。其書遇「構」字，小書「太上御名」；「慎」字小書「御名」。若先代諱，但缺筆而已。蓋乾道、淳熙閒槧本。錢遵王所見大字本即此也。權序所述三項名目，與此刻同。惟《奏草》、《中書奏議》皆作七卷，疑轉寫譌「六」爲「七」耳。《唐書·藝文志》所載《翰苑集》十卷，即《制誥》。其云《議論表疏集》十二卷，即《奏草》與《中書奏議》。驗其目録，無不脗合。若晁氏所載《奏議》十二卷，則元祐經進之本，止取後十二卷，不及《制誥》也。權序雖標《翰苑》之名，而《中書奏議》實非翰苑之作，則此題《宣公集》者爲得之。權公序文，絶不云《翰苑集》，殆刊書者録權序於《翰苑集》之首，後來併爲一集，沿此名而不悟其非，故略爲辨正之。此書向爲徐氏傳是樓物，頃歲鮑以文得之，以贈嚴久能。今久能又以遺予，子孫其善守之。

韋蘇州集

《韋蘇州集》十卷，前有嘉祐元年王欽臣序，後附沈作喆所撰《補傳》，最後有《拾遺》三葉。其目云：熙寧丙辰校本添四首，紹興壬子校本添三首，乾道辛卯校本添一首。驗其款式，當即是乾道槧本。而於宋諱，初不回避，蓋經元人修改，失其真矣。劉禹錫太和六年除蘇州刺史，有《舉韋應物自代狀》與左司同姓名，而實非一人。作喆作傳，聯合爲一篇，終雖有疑詞，然失史家矜慎之義矣。

臨川集

陳少章《書臨川集後》云：《臨川集》一百卷，宋紹興中知撫州詹大和校刊，黄次山爲序。序言此集向流布閩、浙。詹子自言所校悉仍其故，先後失次，譌舛尚多。今按集中七十六卷《謝張學士書》，即七十八卷《與孟逸祕校手書之五》，文重出而題互異。又九十九卷《金太君徐氏墓誌》，自「夫人天性篤於孝謹」上凡脱一百七十六字，後卷又有《仁壽縣太君徐氏墓誌銘》一篇，具載全文。則先後失次，譌舛尚多，誠如詹守之言。它若第九卷《詠叔孫通》詩，載《宋景文集》卅卷。《春江》詩乃方子通作。《詠叔孫通》詩，吴曾《漫録》已辨之。蔡絛《西清詩話》謂「春殘密葉花枝少」云云，皆王元之詩。《金陵獨酌寄劉原甫》，皆王君玉詩。「臨津豔豔花千樹」云云，皆王平甫詩。七十卷《相鶴經》一條，本浮丘舊文，皆荆公偶書賓方册閒，而亦誤編入集。此見於《困學紀聞》、《中吳紀聞》、《廣川書跋》者也。據葉少藴《詩話》，《荆公集》乃宣和中薛肇明奉敕編成。肇明名屢見公詩，則其人素出入門下，宜所編皆精審，不應有如上所疏諸條之失。或肇明所編别是一本，與閩、浙刊布者異耶？馬氏《經籍攷》載《臨川集》百卅卷，與此本卷數不同，則當時有二本明矣。大昕案：少章所舉詹本之失，信矣。薛肇明即薛昂，徽宗時以迎合蔡京執政，此小人而無學者。雖出入介甫門下，其編次庸有當乎？

查氏注蘇詩

查慎行注東坡《和陳述古拒霜花詩》，引《古靈先生行狀》。公名襄，字述古，文惠公堯佐長子。按古靈，福州侯官人，而堯佐閬州閬中人。堯佐子名述古，而古靈字述古，兩人並非同族，豈可溷而爲一？若非《行狀》差舛，則查所引誤矣。

澠水集

嘉慶壬戌重陽後三日，訪佺山大令於雉城官署。信宿東齋，於架上得此集。披閱再三，歎其學有本原，非蹈空逞辯者可比。而《宋史》不爲立傳，其事迹遂無攷。今據集中可見者略言之。蓋以元豐二年登進士歸里，五年攝夏陽令，又嘗爲耀州教授。元祐、紹聖間，官於潞州。元符二年，以朝散郎管句熙河路經略安撫司機宜文字。崇寧初，累遷直祕閣熙河轉運使。三年改知鄭州，又改陳州。四年移冀州，其秋除河東轉運副使。其後嘗爲刑部郎官奉祠，又嘗知夔州，再任提點雲臺觀，終于集賢殿修撰。其撰《范恭人墓誌》云：「熙寧二年，予生十八。」計其生年，當在壬辰。而集中又有《賀皇太子登寶位表》，則靖康丙午歲履中尚無恙，其壽已七十有五，不知終于何年也。履中家於長安，而自題趙郡，蓋舉郡望而言。又或自題東蒙，則未詳其故矣。

野處類稾

洪文敏《野處類稾》二卷，吳門徐淡如鈔以見贈。頃見戈小蓮家藏本，前有自序一篇，因鈔于簡端。序稱「甲戌之春，家居臥病」。甲戌者，紹興二十四年也。然細讀此集，似不出文敏之手。如庚戌正月《謁普照塔》云：「重來得寓目，歸枕尾殘汴。」當謂泗州大聖塔也。公生于宣和癸卯，至庚戌僅八歲，即早慧能詩，不應有「重來寓目」之句。又有《呈元聲如愚起莘三兄及懷舍弟逢年時歸婺源詩》，與文敏兩兄字全別，益可疑矣。

鶴山大全集

《鶴山先生大全集》，宋槧本，黄孝廉蕘圃所藏。有吳淵序、吳潛後序。又有跋一篇，末題「開慶改元夏五月甲子諸生朝請大夫成都府路提點刑獄公」，其下殘闕，姓名不可攷矣。細繹其文，蓋亦蜀人，登寶慶元年進士，嘗通判靖州者。此集先有姑蘇、温溪兩刻本，皆止百卷。至是始合《周禮折衷》、《師友雅言》，并它文增入，爲百有十卷，故有《大全集》之稱。所憾闕失十有二卷，即存者亦不無魯魚亥豕之譌。又有合兩卷聯爲一卷者，然世閒恐無第二本矣。

《師友雅言》第三卷有一條云：「自成都僉判主文眉山，鶴山年二十四。」攷文靖生於淳熙戊戌，嘉定元年登第，年三十一，次年除成都僉判。其主文眉州，年三十四，非二十四也。

陵陽先生文集

牟巘《陵陽先生文集》二十四卷，次子應復所編，蓋非生前手定之本。應復跋稱「悉心裒輯，十未及一」。即所知如《閻平章先世墓銘》、《程承旨藏書樓記》、《雪樓記》、《張左丞共山書院記》、《三省堂記》，皆未得本，則其散失多矣。予家有趙子昂書《松江寶雲寺記》，亦獻之作，今不載集中。此可補應復之闕者也。跋稱「至元丙子，即杜門隱居，凡三十六年，年八十五以終」。是獻之卒於元至大四年辛亥，當生于宋寶慶三年丁亥矣。

石田集

《石田先生文集》十五卷，元槧本。凡詩、賦五卷，文十卷，俱完好。集中有《寄猱子山詩》，即《元史》之巙巙，本康里氏，子山，其字也。「巙」與「猱」同乃高切，「猱」、「猺」音亦相似，譯語無定字耳。監本「巎」誤作「巙」，乃傳寫之譌，證以《石田集》，益信。

金華黄先生集

予初見《黄文獻公集》十卷，乃明嘉靖辛卯仙居張儉所刻。以意刪削，《春風亭筆記》本別爲一編，雜入文集，次第紊亂，尤爲可憎。頃在吴門，聞黄蕘圃收得元槧本，假讀之。雖不標日損齋之名，而合前後集數之，與行狀卷數恰合，蓋文獻手定本，以齋名爲集名。厥後門弟子校刊，改題金華黄先生，以示尊崇之意，非有兩本也。

偶桓江雨軒藁

《江雨軒藁》八卷，自題「義昜偶桓武孟」。按《太倉志》，偶桓，字武孟，少嘗接識楊維楨、倪瓚，瓚亟稱之。洪武二十四年，應秀才舉，爲崇安從事，授廣西桂林河泊大使，終荆門州吏目。致仕歸，遇淮南故人蔣文用，即隨入京，僑居建安坊下。放情觴詠，久之乃還。卒年八十二。家桃源涇，築江雨軒。每自題「瞎牛」，又號海翁。志所云「桃源涇」者，即茜涇也。明初茜涇尚屬崑山縣，故黄容敘其集稱爲「崑山偶武孟」也。其《辛卯立春日試筆詩》云「野老行年七十三」，是武孟生于元順帝至元五年己卯，其卒當在明永樂十八年庚子矣。武孟有《自題桃花書屋詩卷》，詩云：「野翁家住桃源曲，手種桃花結書屋。太平老作葛天民，自喜無榮亦無辱。」又有《元夕寫興寄茜上諸友詩》。予所藏乃葉文莊菉竹堂鈔本，前有巡撫宣府關防印。

曝書亭集

朱竹垞博極羣書，題跋皆不苟下筆，百餘年來，人無閒言。然涉獵既多，未免千慮一失。如《石刻鋪敍》，本廬陵曾宏父撰，與南豐曾惇字宏父者絶不相涉，而誤以爲一人。曩歲李南澗刊此書，予始爲攷正。今《四庫全書目》即采予説也。其跋宋本《晞范子脈訣集解》云：「咸淳二年，臨川李駉子野撰，自號晞范子。其書引證周洽，當時板行，必多傳習者，而《宋藝文志》不載，何歟？」其跋《濟生拔萃方》，具列元時醫家，則李希范居其一。攷咸淳二年丙寅，距德祐丙子宋亡僅十載耳，希范與晞范子明是一人，而朱別而爲二，不加訂正，亦所謂明察秋毫不見目睫者矣。

崇文總目

《崇文總目》一册，予友汪炤少山游浙東，從范氏天一閣鈔得之。其書有目而無敍釋，每書之下，多注闕字。陳直齋所見，蓋即此本。題云「紹興改定」。今不復見題字，或後人傳鈔去之耳。朱錫鬯跋是書，謂因鄭漁仲之言，紹興中從而去其注釋。今攷《續宋會要》，載紹興十二年十二月，權發遣盱眙軍向子堅言「乞下本省，以《唐藝文志》及《崇文總目》所闕之書，注闕字於其下，付諸州軍照應探訪」。是今所傳者，即紹興中頒下諸州軍探訪之本。有目無釋，取其便於尋檢耳，豈因漁仲之言而有意删之哉！且漁仲以薦入官，在紹興之末，未登館閣，旋即物故，名位卑下，未能傾動一時。若紹興十二年，漁仲一閩中布衣耳，誰復傳其言者！朱氏一時揣度，未及研究歲月，聊爲辨正，以解後來之惑。

郡齋讀書志

晁公武《郡齋讀書志》，宋時有兩本。袁州本僅四卷，淳祐庚戌番陽黎安朝知袁州刊之郡齋。又取趙希弁家藏書續之，謂之《附志》。衢州本二十卷，則晁之門人姚應績所編，淳祐己酉南充游鈞知衢州所刊。兩書卷數不同，所收書則衢本幾倍之。其後希弁得衢本，參校爲《後志》二卷，以補其闕。其與希弁同者，不復重列。蓋已非完書矣。馬氏《經籍攷》所引晁説，皆據衢本不用袁本。當時兩本並行，而優劣自判。今世是通行本皆依袁本翻刻。予壻瞿生中溶，購得鈔白衢本，惜無好事者刊行之。

趙希弁讀書附志

趙希弁《讀書附志》，不載於《宋史藝文志》。攷《宗室世系表》，燕王德昭子魏王惟正，惟正子馮翊侯從讜，從讜子馮翊侯世潭，世潭子正議大夫令誠，令誠子右奉議郎子孟，子孟子伯崟，伯崟子師向，師向子希弁。希弁實太祖九世孫。此書稱「生父師回，紹定戊子爲衡山令」，則是本師回子而爲世父後者也。其自署銜云「江西漕貢進士祕書省校勘書籍」，殆家於江西者。

直齋書録解題

陳振孫，《宋史》無傳。《癸辛雜識》別集載「徐元杰暴亡，或以爲史嵩之毒之而死。其妻申省乞朝廷與之伸寃。侍御鄭寀率臺諫共爲一疏，少司成陳振孫、察官江萬里並有疏。遂將醫官人從廚子置獄，令鄭寀督之。竟不得其情，止以十數輩斷遣而已」。是振孫於淳祐四年官國子司業也。厲鶚《宋詩紀事》稱「端平中仕爲浙西提舉，改知嘉興府」。攷《會稽續志》，浙東提舉題名有陳振孫。端平三年二月初六日，以朝散大夫知台州兼權，八月正除，十月二十六日到任。嘉熙元年五月，改知嘉興府。是振孫由浙東提舉改知嘉興府，非浙西也。今《四庫全書總目》又引《癸辛雜識·莆田陽氏子婦》一條，稱陳伯玉振孫時以倅攝郡。又《陳周士》一條，稱周士直齋侍郎振孫之長子。謂振孫始仕州郡，終官侍郎，不止浙西提舉。予檢汲古閣毛氏所刊《癸辛雜識》，無此兩條，不知《總目》所據何本也。

此書有隨齋批注，不著姓名。攷元時有楊益，字友直，洛陽人，官至撫州路總管，所著有《隨齋詩集》，或即其人乎？

菉竹堂書目

《菉竹堂書目》者，明崑山葉文莊公所藏書也。今所傳者，其五世孫恭焕所録，云得之周玉庵家。以文莊自序證之，殊不合。序稱書目六卷，敍列本鄱陽馬氏。其不同者，首聖制，而終以葉氏書爲《後録》。此目不分卷第，自聖制而下，初不依馬氏之次，亦不載葉氏書，則非文莊手定之本也。據其六世孫國華跋云：嘗見文莊手筆艸稿，前載此序，而卷分爲六。先聖制，終葉氏書。每部册若干，每册卷若干。今此目有册數無卷數，蓋文莊本意欲依《文獻通考》之例，每書記其卷數，而以葉氏書爲《後録》。既未克成，而序幸傳文集中。今所傳之目，則平時簿録所藏書，麤分門類，將有事於刊正，而未定之本也。文莊既没，好事者從其家得此稿傳之，故與序不相應。而國華謂此目依鄱陽馬氏者，尤爲失考矣。

吴自牧《夢粱録》，一見《子雜》，一見《通志》；以王氏《困學紀聞》入文集類；以《金石録》、《夷堅志》、《書録解題》入類書類；其一書而本類中兩三見者，不可勝數。

元藝文志

予補撰《元藝文志》，所見元、明諸家文集、志乘、小説，無慮數百種，而於焦氏《經籍志》、黄氏《千頃堂書目》、倪氏《補金元藝文》、陸氏《續經籍考》、朱氏《經義考》采獲頗多。其中亦多譌踳不可據者，略舉數事，以例其餘。非敢指前人之瑕疵，或者别裁苦心，偶有一得耳。

郝經《玉衡貞觀》，黄、倪兩家俱入故事類。此書有自序，見《陵川集》。《山西通志》列于天文類，今從之。

祝君澤《古賦辨體》十卷，錢遵王以爲宋人。按祝堯字君澤，延祐五年進士，官無錫州同知，其爲元人無疑。

王圻《續文獻通考》，以石一鰲《五言總論》入集類。考《黄文獻公集》有《石先生墓表》，云：「晚而覃思于《易》，著《互言總論》十卷。」朱錫鬯亦收入《經義攷》易類。王誤「互」爲「五」，非也。

鄭起潛《聲律關鍵》八卷，黄、倪俱以爲元人。按起潛，南宋人，淳祐中直學士院，不當在元人之列。

倪氏多以宋賢誤列元人。如計有功仕于紹興朝，其所撰《唐詩紀事》刻於嘉定中，今汲古閣重刊本前載舊序甚明。趙順孫，宋季執政，未仕元而卒。《黄溍集》有《格齋先生阡表》，稱「卒於至元十三年」，實宋少主德祐二年，即宋亡之歲。晉卿，元臣，不敢用宋紀年耳。倪氏俱以爲元人，誤矣。王厚之，宋孝宗時人；葉隆禮，宋理宗時人，倪皆誤仞爲元人。

倪志醫方類有《竇默瘡瘍經驗全書》十二卷，又有《竇漢卿瘡瘍經驗全書》十二卷。漢卿，即默字。倪不考而兩收之。或以漢卿爲宋人，亦誤。

王元杰《春秋讞義》十二卷，前有千文傳序。元杰，吴江人，與文傳同郡。黄氏於春秋類别有千文傳《春秋讞義》十二卷，顯係重出。《蘇州府志·藝文》亦承黄氏之誤。

胡天游《傲軒吟稿》，天游本貫岳州之平江，而《蘇州府志·藝文門》文收之。此以地名偶同而誤者也。

俞遠《學詩管見》一卷，《江南通志》一入經部，一入小説部。此書今已失傳，姑列之文史，當攷。朱氏《經義攷》亦云未見。

程魚門家藏程復心《孔子論語年譜》、《孟子年譜》各一卷，不見於前人著録，或是好事僞託，今不收。

《來鶴亭詩》、《既白軒稿》、《竹洲歸田稿》，皆吕誠作，今《蘇州府志》誤以爲吴肅。

胡方平《易學啓蒙通釋》二卷，前載淳熙十三年序，乃朱文公《啓蒙》之序也。《經義攷》誤仞爲方平自序而載之，則方平爲淳熙中人矣。攷《元史·儒學傳》，饒州沈貴寶受《易》于董夢程，夢程受朱熹之《易》于黄榦。而方平及從貴寶、夢程學，則方平爲考亭三傳弟子。

焦竑《志》以移剌楚材與耶律楚材爲二人，周權與周衡亦爲二人，揭傒斯與揭曼碩亦重出。

倪志之重出者，如滕賓《萬邦一覽集》，見史鈔類，又見地理類。而張宗説《紀古滇説集》一卷，見霸史類；張宗道《紀古滇説集》一卷，又見地理類。其人實名道宗，不特非「宗説」，亦非「宗道」也。

李延興，字繼本，亦分爲二人。吕誠，一名肅，亦誤分爲二。

錢遵王《敏求記》，有《天文主管釋義》，以爲李泰所葺，未審泰何時人。今據鄭明德《僑吴集》，定爲岳熙載撰。遵王所見，或别是一書。

焦、黄皆以趙孟堅入元人，蓋傳聞子固有譏松雪事，而不知非其真也。子固實卒於宋世，與元代無涉。今不取。

倪志小學類有程端蒙《大爾雅》。按端蒙與朱文公同時，不當在元人之列。又易類有林光世《水村易鏡》一卷、春秋類有章樵《補春秋緐露》、編年類有劉時舉《續宋中興編年》，光世、樵、時舉，俱宋人。

黄、倪二目，於醫類載《聖濟總録》二百卷，此宋政和中太醫局所修書也。元大德四年，嘗命集賢學士焦惠等校刊，遂誤仞爲元人撰。今不取。

朱氏《經義攷》，有何夢中等《周禮義》一卷，引王圻説，謂元東陽内舍生何夢中，與弟參知政事夢然所作。按三舍法行于宋世，元時未之有也。夢然參知政事，在宋景定二年，亦非元所授官。此王氏《續通攷》之誤，竹垞未及辨正耳。宋以《周禮》試士，此必弟兄科舉之文，不當溷入經義也。

黄氏、倪氏史類有尹起莘《綱目發明》五十卷。按趙希弁《讀書附志》載此書，云：「建康布衣尹起莘所著。别之傑帥金陵，進其書于朝。魏了翁爲之序。」則非元人矣。趙《志》云「建康布衣」，而黄以爲遂安人，當攷。

倪志有孔元祚《孔氏續録》五册，注云「孔子五十一代孫」。予嘗見元初刻本，名《孔庭廣記》十二卷，乃孔子五十一代襲封衍聖公元措所撰，蓋即是書。改「措」爲「祚」，音之譌耳。其書實五册。

王鶚《汝南遺事》，雜史也，而倪志列于地理。

曾堅《詩疑大鳴集》，黄目列于明人，云：「吴江人。仕元爲禮部員外郎。徐達克元都，堅出降，仍原官。宣德初，歷官雲南左布政使。」此大誤也。按《四朝詩》，堅，字子白，臨川人，至正甲午進士，官至翰林直學士。元以經疑取士，此云《詩疑大鳴》者，當是科舉所用。黄以吴江同姓名者當之，失之遠矣。

朱氏《經義攷》禮類有葉起《喪禮會記》，又有《喪禮會經》，蓋一書而重出也。據虞伯生序，當作「記」。今删其一。

黄、倪二家制舉類有陳悦道《書義斷法》六卷。按其書首帙自題「鄒次陳悦道」。「鄒」，其姓；「次陳」，其名；「悦道」，則其字也。次陳，宜黄人，其字悦道，見於《吴草廬集》，證據分明。今乃以「陳」爲姓、「悦道」爲名，豈其然乎？次陳一字周弼，有《史鈔》十卷，見倪志史鈔類。又有《遺安集》十八卷，見草廬序。

尤侗撰《明史藝文志稿》，收朱公遷、史伯璿、程端禮、王惲、楊允孚、王楨、張養浩、李治、范梈、周伯琦、陸輔之、李存、吴海，皆以爲明人。潘昂霄《河源志》，誤作「潘昂」。

十駕齋養新録摘鈔卷五

石刻詩經殘本

後蜀石刻《詩經》殘本，起《召南·鵲巢》，至《邶風·二子乘舟》止，經、注皆完好。經文之異于今本者，《江有汜》「之子歸」，「歸」上有「于」字。三章皆同。「追其今兮」，「其」作「及」。「不我能慉」，「不」下有「以」字。「昔育恐鞫」，無下「育」字。「泄泄其羽」，「泄」作「洩」。則承開成石經之舊，爲唐諱也。經、注中「淵」字、「民」字亦缺筆。孟氏雖竊帝號，猶爲唐高祖、太宗避諱，可見武德、貞觀之澤久而未亡，而孟氏父子居心忠厚，亦有君人之量焉。碑於「察」字皆作「詧」，蓋避知祥祖諱。而于「知」字卻不避，當依古人二名不偏諱，唯避下一字耳。歐公《五代史》云「知祥父名道」，《蜀檮杌》則云「名巉」。此刻「道」字屢見，皆不缺筆，似歐《史》誤也。册尾有《廣仁義學圖記》，蓋錢唐黄松石家所藏，厲太鴻賦詩，即是此本。流轉它姓，今爲吴中黄蕘圃所得。惜《周南》十一篇及《鵲巢序》遺失不可問矣。蜀石經刻於開成石經之後，南宋之世，完好無恙。而元、明儒從未有寓目者，殆由宋季失蜀之後，兵燹塗炭，靡有孑遺。予訪求五十年，不得隻字。昨歲始見《左傳》殘本僅字，今復見此刻經、注萬有餘言，真衰年樂事也。

經筵薦士章稿

陳襄《經筵薦士章稿》，淳祐元年，其五世從孫塏刻石於平江憲治，不知何時移置蘇州府學。襄所薦三十三人，《宋史》無傳者，唯虞太熙、吳賁、吳恕、劉載、林英、孫奕、鄒何七人。虞太熙，宜興人，皇祐二年進士，官至侍講，見《咸淳毘陵志》。林英，元豐二年爲淮南東路提點刑獄。元祐五年五月，衛尉少卿林英提舉集禧觀，英以疾自請也。見李氏《通鑑長編》。孫奕名亦見《毘陵志》，云「慶曆二年楊寘榜進士」，而事迹闕如，未審即襄所薦否？又婺州《題名碑》有孫奕，嘉祐五年以駕部員外郎知婺州，改虞部郎中。攷襄薦士在熙寧中，嘉祐在熙寧前十有餘載，其時階已至前行郎中，而此奏云都官員外郎監泗州河南轉般倉，資歷久而班秩轉下，疑非一人。

趙崇雋壙誌

嘉慶丁巳八月二十八日，予在吳門游法螺庵，見壁間倚一石，覆視之，其額篆書横列「宋故通判趙公壙誌」凡八字。文云：「先兄通判諱崇雋，字彦伯，隸漢邸裔孫秉義郎累贈奉直大夫不迷之曾孫、左朝散大夫累贈銀青光禄大夫善良之孫、朝議大夫試太府卿淮西總領通誼大夫汝誼之長子。卒於嘉定甲申三月五日。葬於吳縣至德鄉茶塢山之原。」末題「孝弟通直郎新知湖州烏程縣主管勸農營田公事賜緋魚袋崇修抆淚拜書」。今以《宋史·宗室世系表》攷之，蓋太宗子漢王元佐生密國公允言、允言生南康郡王宗立、宗立生仲琳、仲琳生士顆、士顆生不迷。崇雋爲不迷曾孫，實太宗九世孫也。系出漢王房，故云「隸漢邸」。善良以下三世，名皆與表合，而表不書其官。蓋表所載諸人官爵，至不字輩而止。此外如汝愚、崇憲、必愿等，勛名顯達，皆僅書名，表例如此，然亦難逃「點鬼簿」之誚矣。相傳崇雋爲宦光之先世，今無可攷，特書以補郡志冢墓之闕。

永清縣宋石幢

永清縣南辛溜村大佛寺有石幢，周遭鐫《智炬如來心破地獄真言》。其末云：「大宋燕山府永清縣景隆鄉新留里王士宗奉，爲亡考特建頂幢一口，亡耶耶王安、娘娘劉氏、亡父文清、母梁氏、亡伯文佐、亡叔文思。男六人：士宗，妻劉氏；士言，妻郝氏；士英，妻楊氏；士廉，妻孫氏；僧恆企；士忠，妻寇氏。女楊郎婦。維宣和七年十一月戊辰朔五日壬申日丙時建。」按宋石刻所在多有，唯燕山一路不在宋疆域之内。宣和暫復，不旋踵失之。今京城内外，絶無宋片碣，而此幢巋然於小邑荒邨。朱氏《日下舊聞》亦未采入，故表而出之。「辛溜」，即「新留」，土人相沿譌變，而音不異。其稱大父「耶耶」，則北人猶有此稱。大母曰「娘娘」，則未之聞也。又縣南信安鎮龍泉寺有金大定三年碑，其文亦有「王孝子耶耶」之文，當亦謂其大父耳。僧恆企一人列於六子之數，蓋出家爲僧者。

陶靖節詩

陶淵明《贈羊長史詩序》云：「左軍羊長史，銜使秦川，作此與之。」羊名松齡，不見《晉》、《宋》二史。其詩云：「九域甫已一，逝將理舟輿。」當在義熙十四年滅姚泓後。羊爲左軍長史，必朱齡石之長史矣。

唯史稱齡石以右將軍領雍州刺史，而此云「左軍」，小異。攷《宋書·齡石傳》，義熙十二年已遷左將軍矣。左右將軍品秩雖同，而左常居右上。齡石之鎮雍州，必仍本號，不應轉改爲「右」，則此云「左軍」者爲可信。

王介甫詩

王介甫《仁宗皇帝挽詞》：「厭代人間世，收神天上遊。」厭代，即厭世。《莊子·天地篇》「千歲厭世，去而上仙」是也。一句之中，「世」、「代」重出，謂介甫精於小學，吾不信也。

介甫詩：「北風吹人不可出，清坐且可與君棊。明朝投局日未晚，從此亦復不吟詩。」李雁湖注本凡再見，一在第四卷古詩類，一在第四十八卷絶句類。《臨川集》止於第三卷一見。

蘇東坡詩

東坡《戲作賈梁道詩》：「嵇紹似康爲有子，郗超叛鑒是無孫。而今更恨賈梁道，不殺公閭殺子元。」予弱冠讀《晉書·宣帝紀》，即疑此詩之誤。蓋王凌爲司馬懿所殺，非司馬師也。懿字仲達，師字子元，東坡誤記此爲司馬師事耳。後廿餘年，讀查初白《補注蘇詩》，已先我言之矣。生平攷辨，往往有闇合前人者，皆已削稿，恐貽雷同之誚。今老矣，偶記此事，私喜小時妄下雌黄，亦有一得，故特存之。

薛士龍有「左角蠻攻觸，南柯檀伐槐」之句，王伯厚以爲的對。然「左角」「南柯」始于東坡。「馬上續殘夢」，唐人劉駕句也，東坡亦用之。坡非肯蹈襲者，蓋闇合耳。

文選

李陵《答蘇武書》，東坡譏爲齊、梁人作。然劉知幾已言其文體不類西漢人，殆後來所爲，假稱陵作矣。予謂魏、晉人喜僞造文字，如王肅之《家語》、梅賾之《古文尚書》、汲郡之《紀年》，不一而足。此書當是魏、晉初高手爲之，齊、梁人不能辨也。太史公《報任安書》，不敢言漢待功臣之薄。此篇於韓、彭、周、魏、李廣諸人之枉，痛切言之，示誡後代。昭明采而録之，非無謂也。

梁世崇尚浮屠，一時名流詩文，大半佞佛之作。昭明一槩不取，唯録王簡棲《頭陀寺》一篇，以備斯禮。簡棲名位素卑，不爲當時所重，而特取之，明非勝流所措意也。此等識見，遠出後世詞人之上。

御覽載孔融語

孔融爲北海相，告高密縣爲鄭康成特立一鄉，名鄭公鄉，其推許甚至。而《太平御覽》載融《與諸卿書》云：「鄭康成多臆説，人見其名學，爲有所出也。證案大較要在五經四部書，如非此文，近爲妄矣。若子所執，以爲郊天之鼓，必當麒麟之皮也。寫《孝經》本當曾子家策乎？」見《御覽》卷六百八。予謂此必非孔文舉之言，殆魏、晉以後習王肅學者僞託耳。晉荀勗《中經簿》始有四部之分，文舉，漢人，安得稱「四部書」？且鄭君注《三禮》，初無麒麟皮冒鼓之説也。范蔚宗《書》及章懷《注》，皆無此語，不可執無稽之談以誣盛德。

庾闡揚都賦

庾闡，字仲初，晉給事中領著作。作《揚都賦》，爲世所重，見《晉書·文苑傳》。張守節《史記正義》説三江，引庾仲初《揚都賦注》，蓋賦成又自爲注。謝康樂《山居賦》有注，殆取仲初之例乎？蔡仲默《書集傳》仍「庾」爲「唐」，又以「揚都」爲「吳都」，固失之不攷，胡朏明以「庾杲之」當之，亦未讀《晉書》矣。

范縝神滅論

齊、梁文人多好佛。劉彥和序《文心雕龍》，自言「夢見宣尼」，而晚節出家，名慧地，可謂咄咄怪事。顔之推累世儒家，而《家訓·歸心》一篇，見譏後代。范子真《神滅論》，其中流之砥柱乎？

通鑑多采善言

司馬温公《通鑑目録》極簡括，而多采君臣善言。如「明主愛一嚬一笑」，韓昭侯。「無德而富貴，謂之不幸」，班固。「治亂民猶治亂絲，不可急也」，龔遂。「明主可爲忠言」，趙充國。「動民以行不以言，應天以實不以文」，王嘉。「忠臣不和，和臣不忠」，任延。「文吏習其欺謾，廉吏清在一己，皆無益百姓」，宗均。「以身教者從，以言教者訟」，第五倫。「遣將帥不如任州郡」，李固。「刑罰者治亂之藥石，德教者興平之粱肉」，崔實。「物速成，則疾亡；晚就，則善終。救寒莫如重裘，止謗莫如自修」，王昶。「人非堯舜，何得每事盡善」，王述。「便宜者，便於公宜于民也」，顧憲之。「史不書惡，人君何所畏忌」，魏孝文帝。「朝堂非殺人之所，殿廷非決罰之地」，高熲。「人主兼聽則明，偏聽則暗」，魏徵。「循正而行，自與志會」，唐太宗。「執政不能受諫，安能諫人；人臣納諫，與冒白刃何異」，仝。「明主貴忤以收忠賢，惡順以去佞邪。法貴簡而能禁，刑貴輕而必行」，楊相如。「天下本無事，但庸人擾之」，陸象先。「士名重于利，吏利重于名」，劉晏。「論大計者不可惜小費」，仝。「六經言禍福由人，不言盛衰有命」，「實事未必知，知事未必實」，「天不以地有惡木而廢發生，天子不以時有小人而廢聽納」，「諫者有爵賞之利，君亦有理安之利」，「諫者得獻替之名，君亦得采納之名」，「諫者當論理之是非，豈論事之大小」，「帝王之道，寧人負我，無我負人」，「有責怒而無猜嫌，有懲沮而無怨忌」，「財匱于兵衆，力分于將多」，「怨生于不均，機失于遥制」，皆陸贄。「萬國耳目，豈可以機數欺之」，韓偓。皆古今不易之論。以「資治」名其書，斯無媿矣。

詩文盜竊

皎然《詩式》著偷語、偷義、偷勢之例。三者雖巧拙攸分，其爲「偷」一也。後代詩文家能免於三偷者，寡矣。

向秀注《莊子》，郭象竊之。郗紹著《晉中興書》，何法盛竊之。姚察撰《漢書訓纂》，後之注《漢書》者，隱没名字，將爲己説。顧寧人謂有明一代之人所著書無非盜竊，語雖太過，實切中隱微深痼之病。

唐張懷慶好偷竊名士文章，時人爲之語曰：「活剥張昌齡，生吞郭正一。」今之舉業文字，大率生吞活剥，其詞必己出者，百無一二。士習之不端，於作文見之矣。

宋槧本

今人重宋槧本書，謂必無差誤，卻不盡然。陸放翁《跋歷代陵名》云：「近世士大夫，所至喜刻書版，而略不校讎。錯本書散滿天下，更誤學者，不如不刻之愈也。」是南宋初刻本已不能無誤矣。張淳《儀禮識誤》、岳珂《九經三傳沿革例》，所舉各本異同甚多，善讀者當擇而取之。若偶據一本，信以爲必不可易，此書佔之議論，轉爲大方所笑者也。

蘇子瞻云：「近世人輕以意改書。鄙淺之人，好惡多同，故從而和之者衆。自予少時，見前輩皆不敢輕改書，故蜀本大字書皆善本。」

予向見宋槧本，有避「亶」字，注「从亩从旦於下」，未審其故。頃見岳倦翁《愧郯録》有一條云：「紹興文書令廟諱、舊諱正字皆避之。」故哲宗、孝宗之舊諱單字者三，皆著令改避。唯欽宗舊諱二字，一則「從亠從回從旦」，一則「從火從亘」，今皆用之不疑。乃知「亶」字迴避，由於欽宗舊諱。但倦翁著此書，在嘉定甲寅，其時尚未避「亶」、「烜」二字。不知何時著令、何人陳奏也。

借書

許慈與胡潛並爲博士，「更相克伐，謗讟忿争；書籍有無，不相通借」，遂以「矜己妒彼」見譏于世。《蜀志》。崔慰祖「聚書至萬卷，鄰里年少好事，來從假借，日數十衮，慰祖親自取與，未嘗爲辭」。《南史》。劉峻「苦所見不博，聞有異書，必往祈借。清河崔慰祖謂之『書淫』。」同上。裴漢「借異書，躬自録本。」《北史》。蘇東坡在黄州，有岐亭監酒胡定之，載書萬卷隨行，喜借人看。見《與秦太虚書》。

唐杜暹家書末自題云：「清俸買來手自校，子孫讀之知聖道，鬻及借人爲不孝。」「鬻」爲不孝，可也；「借」爲不孝，過矣。《清波雜志》。然世固有三等人不可借：不還，一也；污損，二也；妄改，三也。守先人之手澤，擇其人而借之，則賢子孫之事也。

引書記卷數

余蕭客仲林云：「引書注某卷，向謂始於遼僧行均《龍龕手鑑》、宋程大昌《演緐露》兩書，然亦偶有一二條耳。後讀江少虞《事實類苑》，竟體注卷，在程大昌前。頃閲《道藏》，見王懸河《三洞珠囊》，每卷稱某書某卷。懸河，唐人，又在江少虞之前矣。」《四庫全書總目》謂李匡乂《資暇集》引《通典》多注出某卷。匡乂，亦唐人。

吴郡志沿革之誤

范石湖《吴郡志》云：「項羽封英布爲九江王，漢改九江爲淮南，即以封布。十一年，布誅，立皇子長爲淮南王。後封兄子濞爲吴王。以上三國，盡得揚州之地，吴與會稽，皆在封域中。」大昕案：《志》所云「三國」者，謂九江、淮南、吴也，今攷之，殊不然。項羽封英布爲九江王，都六。布所得者，僅壽春以西耳。若彭城、廣陵以南，至吴、會稽，皆屬項羽，在梁、楚九郡之内。漢滅項氏，封韓信爲楚王，其時吴、會稽蓋屬楚。及韓信廢，分其地爲荆、楚兩國，始改屬荆王劉賈。賈爲英布所殺，改封兄子濞爲吴王，始屬吴。然則吴、會稽之地，漢初屬楚，繼屬荆，繼屬吴，史文班班可攷，與九江、淮南了不相涉。英布雖曾殺賈，不旋踵爲漢所誅，初不能有其地。《吴郡志》舍荆、楚而繫之淮南，可謂謬之甚也。

吴地記

陸廣微事迹無可攷，所撰《吴地記》云「自周敬王六年，至今唐乾符三年」，則是唐僖宗朝人。而《唐藝文志》不載此書，至《宋志》始著于録。吴江一縣，吴越有國日始置，而卷内有「續添吴江縣」云云，殆後人羼入。

姑蘇志

王文恪撰《姑蘇志》成，楊南峯詆爲不通，謂當稱《蘇州府志》，不可用古地名，又不可以一地該一郡。此語流傳到今，僉以爲不可易矣。予謂南峯知其一未知其二。昔梁克家撰《三山志》矣，不云《福州志》也。陳耆卿撰《赤城志》矣，不云《台州志》也。文恪亦行古之道耳，志蘇州而名以姑蘇，豈遂爲大失哉！

渡僧橋石刻

閶門外渡僧橋，當水陸之衝，予往來者數矣。曩王西沚語予，曾見宋碑。訪之廿年未得。瞿堉鏡濤於吴市買得一紙，蓋咸淳十年十月僧元愷等《募緣重修記》。首云：「渡僧橋建在至道年閒，緣起得名，具載舊記」所謂舊記者，久已湮没，即此石亦不知所在矣。其云「判府提舉節制閣學潛尚書」者，潛説友君高也。「前判府倪侍郎」者，倪普君澤也。記文與書俱不甚佳。然郡橋梁既不詳，言金石者亦未之及，故識其略云。

蘇州府儒學誌

蔡昂《蘇州府儒學誌》四卷，前有徐源、吴寬、王鏊、沈杰、林庭棉諸序。刻成于正德癸酉，有祝允明跋。昂，字惟中，吴縣人，由歲貢官九江府推官，書成時已踰七望八矣。誌頗載石刻。黄山谷《食時五觀帖》，慶元三年，趙彦逾摹刻於建康之玉麟堂。次年，虞儔又刻于浙西憲司之明清堂。蘇州，即浙憲治所也。明正德中，此碑尚在郡學，今訪之，不可得矣。

先大父生平著述，久已風行海内。是書刻成于乙丑歲，未及十年，而刷印日繁，閒有磨滅數十條，不能辨字。雨窗長夏，並取舊本及《金石跋尾》中漫漶者，付之梓人，悉加補葺，庶爲完善。嘉慶十六年五月六日，孫男師康百拜謹記。

十駕齋養新録摘鈔卷六

蜀石經毛詩

《江有汜》三章，皆有「之子歸」句。蜀石經「歸」上並有「于」字。予攷《三百篇》中，云「之子于歸」者不少矣。「之子于征」、「之子于苗」、「之子于狩」、「之子于釣」，皆四字句，此篇亦當依蜀本有「于」字。

「昔育恐育鞠」，蜀石經無下「育」字，以四字成句，亦視它本爲勝。

左傳服杜之學

《南史·儒林·崔靈恩傳》：「靈恩先習《左傳》服解，不爲江東所行，乃改説杜義。每文句常申服以難杜，遂著《左氏條義》以明之。時助教虞僧誕又精杜學，因作《申杜難服》，以答靈恩。世並傳焉。」《王元規傳》：「自梁代諸儒相傳爲左氏學者，皆以賈逵、服虔之義難駮杜預，凡一百八十條。元規引證條析，無復疑滯。」

春秋正義宋槧本

吴門朱文游家藏宋槧《春秋正義》三十六卷，云宋淳化元年本，實則慶元六年重刊本也。每葉前後各八行，行十六字。卷末有馮嗣祖、趙彦穮等校勘字。今通行本哀公卷首《正義》全闕，獨此本有之。文游嘗許予借校，會予北上未果。今文游久逝，此書不知轉徙何氏矣。

譙周注論語

譙周《論語注》十卷，梁時尚存，劉昭注《續漢書》，曾一引之。「鄉人儺」注：「儺，卻之也，以葦矢射之。」

諸經音

陸德明云：爲《易音》者三人，王肅、李軌、徐邈。爲《尚書音》者四人，孔安國、鄭玄、李軌、徐邈。陸云漢人不作音，後人所託。爲《詩音》者九人，鄭玄、徐邈、蔡氏、孔氏、阮侃、王肅、江惇、干寶、李軌。近有沈重，亦撰《詩音》。爲《禮音》者，鄭玄、王肅、李軌、劉昌宗、徐邈、射慈、謝楨、孫毓、曹耽、尹毅、蔡謨、范宣、徐爰、射慈以下音《禮記》。王曉。音《周禮》。近有戚袞作《周禮音》、沈重撰《周禮》、《禮記音》。《春秋左氏音》則服虔、高貴鄉公、嵇康、杜預、李軌、荀訥、徐邈。王元規又撰《春秋音》。《公羊音》有李軌、江惇。《論語》有徐邈音，《老子》有戴逵音，《莊子》有李軌、徐邈音，《爾雅》則陳施乾、謝嶠、顧野王並撰音。

大題在下

古書多大題在下。陸氏《經典釋文》云：「《毛詩》故大題在下。案馬融、盧植、鄭玄注《禮記》，並大題在下。班固《漢書》、陳壽《三國志》亦然。」予案唐刻石經，皆大題在下。如《詩經》卷首，《周南詁訓傳第一》列于上，「《毛詩》」兩字列于此行之下，所謂「大題在下」也。宋、元以來刻本，皆移大題於上，而古式遂亡，今讀者且不知何語矣。予曾見《史記》宋大字本，亦大題在下。（淮南轉運司監雕本。）

史漢目録

古人書目録，皆在篇末。太史公之《自序》、班孟堅之《敘傳》，即目録也。今《史》、《漢》目録，出於後人增加。攷《隋書·經籍志》，《史記》一百三十卷之下注云：「《目録》一卷。」則《史記》之有《目録》，隋時已然。

《史通·題目篇》云：「蔚宗舉例，始全録姓名，歷短行於卷中，叢細字於標外，其子孫附出者，注于祖先之下。乃類俗之文案孔目、藥艸經方，煩碎之至，孰過於此？」是則范氏《後漢書》始有《目録》也。於《因習篇》又云：「蔚〔宗〕既移題目于傳首，列姓名于卷中，而猶於列傳之下注爲《列女》、《高隱》等目。」（范《史》本題《逸民》，此云「高隱」者，避唐諱，非誤記也。）

諸史目録皆後人增加

曾子固《陳書目録序》云：「其書祕府所藏，往往脱誤。嘉祐六年八月，有詔校讎，使可鏤板行之天下。而臣等言：『梁、陳等書缺，獨館閣所藏，恐不足以定著。願詔京師及州縣藏書之家，使悉上之。』至七年冬，稍稍始集，臣等以相校。至八年七月，《陳書》三十六篇者始校定，可傳之學者。其疑者亦不敢損益，特各疏於篇末。其書舊無目，列傳名氏多闕謬，因別爲《目録》一篇。」予案子固所謂「各疏篇末」者，今亦未見，蓋後來重刊失之矣。

太史公李延壽

太史公作十二本紀，以《秦》、《項》列于周、漢之間。後人於《秦始皇》無異言，而於《項羽本紀》則恠之。劉知幾謂「羽僭盜，不當稱王」，此未達乎史公之旨者也。秦以暴并天下，雖自稱帝，非人心所歸向。史公初不欲以秦承周，以漢承秦。特以六國既滅，秦主命者十有餘年。秦既滅，項氏主命，又四五年。沛公之爲漢王，亦項羽所立也。秦、項雖非共主，而業爲天下主命，不得不紀其興廢之迹。秦之稱帝，與項之稱霸王，均不得與五德之數。黜秦所以尊漢也，於何見之？於表見之。《三代》之後，繼以《十二諸侯》，繼以《六國》。始皇雖并天下，仍附之《六國表》。及陳涉起事，即稱《秦楚之際》。秦、楚皆周舊國，是秦未嘗有天下也。班氏《漢書》，始降陳勝、項籍爲傳。孟堅，漢臣，故有意抑項。然較之史公之直筆，則相去遠矣。隋亦以不仁得天下，雖兼并江南，而李延壽猶列之《北史》，不少分别。其義例正大，有太史公之風焉。後儒尊紫陽《綱目》，然於秦、隋猶以正統予之。若太史公、李延壽之例，較之《綱目》，實勝一籌。

史記年表

《十二諸侯年表》，徐廣曰：「共和元年，歲在庚申，訖周敬王四十三年，凡三百六十五年。共和在春秋前一百十九年。」《六國表》起周元王，訖二世，凡二百七十年。元王元年乙丑，至赧王五十九年乙巳，凡二百廿一年。依《史記・年表》，共和至赧王入秦，凡五百八十六年。

周武王十三年辛未克殷，又七年戊寅崩。周公攝政七年，始己卯，盡乙酉。成王親政五年，即伯禽之五年。太歲超庚寅入辛卯，歲星超娵訾入降婁。

漢書王子侯誤字

《史記・王子侯年表》有「石洛侯劉敬」，《漢表》作「原洛侯敢」。頃歲，諸城李仁煜書山於縣南鄉得古印一，文曰「石洛侯印」。以《太史公書》攷之，知爲城陽頃王子。諸城與城陽國不遠，或石洛侯封即在其境邪？漢書「原」字必是轉寫之譌。

續漢書百官志注譌字

予初讀《後漢書・獻帝紀》：「建安二十二年，丞相軍師華歆爲御史大夫。」引劉昭注《百官志》：「御史大夫郗慮免，不得補。」證華歆爲魏國御史大夫，非漢之御史大夫，不當載於《獻帝紀》。已於《攷異》詳言之矣。頃讀《宋書・百官志》：「獻帝十三年，罷司空置御史大夫。御史大夫郗慮免，不復補。」乃知劉氏注本於《宋百官志》，又知今本劉注「得」字當爲「復」之譌。

三國志注

「予有亂十人」，《論語》、《春秋》、《古文尚書》皆同。陸氏《釋文》謂本或有「臣」字，非。《三國志注》引《劉廙別傳》云「昔者周有亂臣十人」，又《魏略》載文帝詔云「周武稱予有亂臣十人」，此類皆後來校刊依今本增入，非裴氏元文。

史傳稱人字

《晉書·郗超傳》：「謝安嘗與王文度共詣超，日旰未得前，文度便欲去。」文度者，坦之字也。《隱逸·范喬傳》：「濟陰劉公榮，有知人之鑒。」公榮，名昶，見《王戎傳》。《武陔傳》：「同郡劉公榮，有知人之鑒。」似即一人，但陔爲沛國竹邑人，傳稱爲「同郡」，則公榮亦沛國人矣。而彼傳云「濟陰」，豈同時有兩公榮乎？《王弥傳》：「隱者董仲道見。」而謂之仲道，亦稱字也。

晉書地理志之誤

晉自永嘉之亂，中原淪陷，元帝稱制建康，僑置徐、兖、青、豫諸州郡于揚州之域，以處中華流人。初無實土，及桓温當國，始有土斷之令。然自元帝至孝武，百有餘年，僑州僑郡未有加「南」字者。安帝義熙之世，劉裕滅南燕，收復徐、兖、青故土，於是有北徐、北青、北兖之名。而僑置之名，猶如故也。《宋書·武帝紀》：「永初元年八月辛酉，諸舊郡縣以北爲名者悉除；寓立于南者，聽以南爲號。」是郡縣去北加南，始於宋受禪以後，而晉朝無此名也。不獨郡縣，即州名亦從而改易。試即《宋書·武帝紀》一篇言之。初云：「推高祖爲使持節、都督揚徐兖豫青冀幽并八州諸軍事、徐州刺史。」義熙元年云：「使持節、都督揚徐兖豫青冀幽并江九州諸軍事、鎮軍將軍、徐青二州刺史。」又云：「改授都督荆司梁益寧雍涼七州，并前十六州諸軍事。」又云：「解青州，加領兖州刺史。四年，授揚州刺史，徐兖二州刺史如故，表解兖州。」

此皆在南燕未滅之前，固無南北之分也。五年，「詔加公北青冀二州刺史」。於是始有北青州矣。九年，公表請「依界土斷，唯徐、兗、青三州居晉陵者不在斷例」。此徐、兗、青蓋僑立之州，而不加「南」字。至十二年，「加領兗州刺史，增都督南秦，凡二十二州」此二十二州之名，《紀》文不具。蓋于前十六州之内去涼州，又增督北徐、北青、北兗、交、廣、湘南、秦七州也。是年十月，「以徐州之彭城、沛、蘭陵、下邳、淮陽、山陽、廣陵，兗州之高平、魯、泰山十郡，封公爲宋公」。十三年，「進宋公爵爲王，以徐州之海陵、東安、北琅邪、北東莞、北東海、北譙、北梁，豫州之汝南、北潁川、北南頓十郡，益宋國」。十四年，「固讓進爵」。元熙元年正月，「又申前命，以徐州之海陵、東海、北譙、北梁，豫州之新蔡，兗州之北陳留，司州之陳郡、汝南、潁川、滎陽十郡，益宋國」。此二十郡之中，所云彭城、沛、蘭陵、下邳、高平、魯、泰山者，皆僑置之郡，而不繫「南」字。即徐州、兗州，亦南渡僑立之州，而俱無「南」字。然則東晉之世，僑立州郡無「南」字，斷可識矣。唐人修《晉書》，於《地理志》述南渡僑立州郡多謬妄。如《徐州篇》云：「元帝以江乘置南東海、南琅邪、南東平、南蘭陵等郡，分武進立臨淮、淮陵、南彭城等郡，屬南徐州，又置頓丘郡屬北徐州。明帝又立南沛、南清河、南下邳、南東莞、南平昌、南濟陰、南濮陽、南太平、南泰山、南濟陽、南魯等郡，以屬徐、兗二州。穆帝時，移南東海七縣出居京口。」不知元帝時安有南、北徐之分？而成、穆以前，郡名本無「南」字。此誤據《宋書·州郡志》，而不察其爲宋史臣之詞也。《兗州篇》云：「明帝以郗鑒爲刺史，寄居廣陵，置濮陽、濟陰、高平、泰山等郡，後改爲南兗州。」此所舉濮陽諸郡，即《徐州篇》之南濮陽諸郡，而不繫以「南」，是爲允當。唯云又「改爲南兖州」，則誤與徐州同。試檢南渡諸帝紀，除授徐、兖二州刺史者，歷歷可數，曾有稱南徐、南兖者乎？諸臣傳中，除僑立郡國守相者多矣，亦曾有稱南東海太守、南琅邪内史者乎？即一部《晉書》論之，紀傳之文，無有與志相應者。以矛刺盾，當不待鳴鼓之攻矣。而千二百年來，曾無一人悟其失者，甚矣，史學之不講也。

《宋書·州郡志·南徐州篇》云：「晉永嘉大亂，幽、冀、青、并、兖州及徐州之淮北流民相率過淮，亦有過江在晉陵郡界者。晉成帝咸和四年，司空郗鑒又徙流民之在淮南者于晉陵諸縣，其徙過江南及留在江北者，竝立僑郡縣以司牧之。徐、兖二州或治江北，江北又僑立幽、冀、青、并四州。安帝義熙七年，始分淮北爲北徐，淮南猶爲徐州。後又以幽、冀合徐，青、并合兖。武帝永初二年，加徐州曰南徐，而淮北但曰徐。」此條述晉僑立徐州事最分明。首云南徐州刺史者，據宋制而言，而晉時初無南徐之名也。《南兖州篇》云：「中原亂，北州流民多南渡，晉成帝立南兖州，寄治京口。時又立南青州及并州，武帝永初元年，省并併南兖。」此條云「晉成帝立南兖州，寄治京口」，「又立南青州」，似東晉時兖、青已有南字。其實出于史臣追稱，欲示别於淮北之兖、青，初非當時本稱。《冀州篇》云：「江左立南冀州，後省。」《青州篇》云：「江左僑立，治廣陵。安帝義熙五年，平廣固，北青州治東陽城，而僑立南青州如故。後省南青州，而北青州直曰青州。」此二條「南冀」字一見，「南青」字再見，皆史家變文示别，非當時有此稱也。唐人修晉史，因此致誤。要非《宋志》之失，唐人讀史不審耳。

《晉志》之最謬者，《徐州篇》云：「元帝渡江之後，徐州所得惟半，乃僑置淮陽、陽平、濟陰、北濟陰四郡。」此四郡在《宋志》皆繫之徐州矣。然《宋志》於北濟陰云「孝武孝建元年立」，則是宋之孝武，與晉邈不相涉也。淮陽則云「安帝義熙中土斷立」，非元帝也。陽平則云「流寓來配」，雖不言何時立，據「來配」之文，亦當在義熙土斷時，不在元帝時也。況宋武分兩徐州，本畫淮南、北爲界。而元帝渡江之始，所得徐州之半，不過淮南數郡耳。即有僑立郡縣，亦當在淮南，不在淮北。而《宋志》所列徐州之境，則皆淮北也。豈可執義熙分配之制，誤仞爲元帝所置乎！史家志地理，當知限斷。淮陽屬豫州，陽平屬司州，濟陰屬兗州，皆非徐土也。在徐言徐可矣，何暇及它郡乎！

毛寶傳誤

《毛寶傳》：「庾亮西鎮，請爲輔國將軍。又進南中郎。隨亮討郭默。默平。」案討郭默者，陶侃，非庾亮也。

朱序傳誤

《朱序傳》：「太和(末)〔中〕遷兗州刺史。時長城人錢宏聚黨百餘人，藏匿原鄉山。以序爲中軍司馬、吳興太守。序至(都)〔郡〕討擒之。事訖，還兗州。寧康初，拜使持節、監沔中諸軍事、南中郎將、梁州刺史，鎮襄陽。是歲，苻堅遣其將苻丕等率衆圍序，序固守，賊糧盡行退。督護李伯護，密與賊相應，襄陽遂沒，序陷于苻堅。」今以《孝武紀》攷之，朱序討平錢步射、錢宏等，在寧康二年十一月，非太和也。序自兗州遷梁州鎮襄陽，在太元二年三月，苻丕陷襄陽，在三年二月，非寧康也。序在襄陽逾年而始陷，亦非即在是歲。《傳》所書皆誤。

劉逵

左思《三都賦》，爲之注者，劉逵、張載也。《趙王倫傳》有「黄門侍郎劉逵」，未審即其人否？

孟康

《晉書·王濬傳》：「博士秦秀、太子洗馬孟康、前温令李密等竝表訟濬之屈。」此别一孟康，非注《漢書》之孟康也。顔師古《敘例》云：「孟康，字公休，安平廣宗人。魏散騎侍郎、恆農太守，領典農校尉、勃海太守、給事中、散騎常侍、中書令，後轉爲監，封廣陵亭侯。」不聞其仕晉也。

何法盛書

何法盛《晉中興書》，名目與諸史異：本紀曰典，表曰注，志曰説，列傳曰録，論曰敘。竝見劉氏《史通》。

李善注《文選》，引何法盛《琅邪王録》、《陳郡謝録》、《濟陰卞録》，此類甚多，即《晉中興書》中之一篇也。李延壽《南》、《北史》以祖孫父子族屬合爲一篇，蓋取法盛例矣。

《史通·書事篇》云：「王隱、何法盛撰《晉史》，專訪州閭細事、委巷瑣言，聚而編之，目爲《鬼神傳録》。其事非要，其言不經。」是《鬼神録》亦法盛書之一篇也。又《斷限篇》：「江左既承正朔，故氏、羌有録。」《氏羌録》當亦法盛書篇名。

劉知幾云：「東晉之史，作者多門，何氏《中興》，實居其最。而爲晉學者，曾未之知。儻湮没不行，良可惜也。」

王劭齊隋二史

《北史·王劭傳論》：「久在史官，既撰《齊書》，兼修《隋典》，好詭怪之説，尚委曲之譚。文詞鄙穢，體統煩雜，直愧南、董，才無遷、固，徒煩翰墨，不足觀采。」

王劭《齊》、《隋》二史，最爲劉知幾所稱。於《載(言)〔文〕篇》云：「王邵撰《齊》、《隋》二史，其所取也，文皆詣實，理多可信。至於悠悠飾詞，皆不之取。」於《言語篇》云：「王、宋著書，宋孝王撰《關東風俗傳》。敘元、高時事，抗詞正筆，務存直道，方言世語，由此畢彰。而今之學者，皆尤二子以言多滓穢，語傷淺俗。夫本質如此，而推過史臣，猶鑑者見嫫姆多蚩，而歸罪于明鏡也。」於《敘事篇》云：「王邵《齊志》，長于敘事」，短于論人。唯《齊志》正文之外，别有子注，則知幾譏其「鄙碎」，見《補注篇》。

隋五行志多讖言

予最喜《五行志》，多得古人懲惡勸善之義。如云齊武成帝時，左僕射和士開言於帝曰：「自古帝王，盡爲灰土，堯、舜、桀、紂，竟亦何異？陛下宜及少壯，恣意歡樂，一日可以當千年，無爲自勤約也。」人言隋煬帝自負才學，謂侍臣曰：「天下當謂朕承籍餘緒而有四海邪？設令朕與士大夫高選，亦當爲天子矣。」

又嘗從容謂祕書郎虞世南曰：「我性不欲人諫。若位望通顯而來諫我，以求當世之名者，彌所不耐。至於卑賤之士，雖少寬假，然卒不置之於地。汝其知之！」此三事皆以爲言不從之罰，史家才識如此，視《左氏内外傳》何多讓焉！

隋書經籍志遺漏

晉灼《漢書集解》十四卷。宋孝王《關東風俗傳》。

一字三字石經

《經籍志》稱一字石經者，《周易》、《尚書》、《魯詩》、《儀禮》、《春秋》、《公羊傳》、《論語》凡七部。稱三字石經者，《尚書》二部、《春秋》一部。其編次一字在三字之前，是一字爲漢刻，三字爲魏刻也。其序説云：「後漢鐫刻七經，著于石碑，皆蔡邕所書。魏正始中，又立一字石經，相承以爲七經正字。」此「一」字當爲「三」字之誤。蓋蔡中郎所書，祇有隸體，魏刻乃有古文、篆、隸三體。漢刻本無「一字」之名，魏、晉而下，稱漢刻爲「一字」，取别于魏之「三字」耳。其誤始于范蔚宗，而《隋志》因之。

謝吴

《隋經籍志》：「《梁書》四十九卷，梁中書郎謝吴撰。」本一百卷。在正史類。「《梁皇帝實録》五卷，梁中書郎謝吴撰，記元帝事。」在雜史類。劉知幾《史通・史官篇》云：「齊、梁二代又置修史學士，陳氏因循，無所變革，若劉陟、謝昊、顧野王、許善心之類是也。」又《正史篇》云：「《梁史》，武帝時，沈約與給事中周興嗣、步兵校尉鮑行卿、祕書監謝昊相承撰録。」「吳」與「昊」字形相涉，未知孰是。

《謝宣城集》有與謝洗馬吳聯句。

南宋事略

餘姚邵二雲，晉涵。精于史學，嘗有志改修《宋史》。予謂當自南渡始。二雲欣然擬作《南宋事略》，以續王偁《東都事略》，篇目悉依王氏之例，請予酌定《儒學》、《文藝》、《隱逸》三傳目録寄之。今二雲没矣，索其家遺稾，無有存者。癸亥閏月，予於小唐廎故篋中得所寄目録稾，恨其志不克，遂姑録其目，以待後賢。

儒學一

楊　時	尹　焞	胡安國寅、宏、寧	朱　震
范　冲	羅從彥	李　侗	朱　熹
黃　榦	李　燔	張　洽	陳　淳
李方子	黃　顥	蔡元定沈	張　栻
呂祖謙	真德秀	魏了翁	

儒學二

邵伯温	喻　樗	洪興祖	高　閌
林之奇	林光朝	楊萬里	陸九齡九韶、九淵

陳溥良　薛季宣　葉　適　戴　溪
楊　簡　袁　燮甫　李舜臣道傳、心傳、性傳　楊泰之
蔡幼學　程　迥　劉清之　廖德明
湯　漢　何　基　王　柏　葉味道
王應麟　黃　震

文蓺

汪　藻　陳與義　葉夢得　程　俱
曾　幾　張　嵲　韓　駒　朱敦儒
徐　俯　葛勝仲　熊　克　陸　游
范成大　鄭　樵　尤　袤　陳　亮
徐夢莘　劉克莊　張即之

隱逸

徐庭筠　蘇雲卿　譙　定　王忠民
劉勉之　胡　憲　郭　雍　劉　愚
魏掞之　安世通

乣

字書無「乣」字，始見于《遼史·百官志》，有十二行乣軍、各宮分乣軍、遥輦乣軍、各部族乣軍、羣牧二乣軍。又《國語解》：「乣轄：乣，軍名；轄者，管束之義。」《金史·百官志》：「諸乣詳穩一員，掌守禦邊堡。」有咩乣、唐古乣、移剌乣、木典乣、骨典乣、失魯乣，又有慈謨典乣、胡都乣、霞馬乣。《地理志》載「詳穩」九處，曰咩乣、木典乣、骨典乣、唐古乣、邪剌乣、移典乣、蘇木典乣、胡都乣、霞馬乣，與《百官志》略同。「邪剌」，即「移剌」。「蘇木典」，即「慈謨典」。「慈」恐即「蘇」之譌。唯《百官志》無失魯，有移典耳。

哀宗紀

《金史·哀宗紀》：「正大四年二月，蒲阿、牙吾塔復平陽，執知府李七斤。」李七斤，即《元史·忠義傳》之李守忠也。

天興元年七月，書「參知政事完顔思烈、恆山公武仙、鞏昌總帥完顔忽斜虎率諸將兵自汝州入援」。八月又書「前儀封令魏璠上言，鞏昌帥完顔仲德沈毅有遠謀，臣請奉命往召。不報」。仲德，即忽斜虎也。十二月又書「鞏昌元帥完顔忽斜虎至自金昌」。則七月入援者，衹完顔思烈、武仙二人，「鞏昌總帥」以下九字皆衍。

白樂天文集

白樂天以寶曆元年到蘇州刺史任。晚年録文集三本，置其一於南禪院千佛堂。

藏書之戹

魏華父言：「藏書之盛，鮮有久而弗戹者。孫長孺自唐僖宗時爲榜『書樓』二字，國朝之藏書者莫先焉，三百年閒再燬于火。江元叔合江南吳越之藏，凡數萬卷，爲臧僕竊去，市人裂之以籍物。其入于安陸張氏者，傳之未幾，一篋之富僅供一炊。王文康、李文正、廬山劉壯輿、南陽井氏，皆以藏書名，未久而失之。宋宣獻兼有畢文簡、楊文莊二家之書，不減中祕，而元符中蕩爲煙埃。晁文元累世所藏，自中原無事時已有火戹，至政和甲午之災，尺素不存。」《跋尤氏遂初堂藏書目録序》：尤氏書實慶初亦厄于火。

南監板經史

《南雍志》云：《金陵新志》所載集慶路儒學史書梓數，正與今同。則本監所藏諸梓，多自舊國子學而來也明矣。自後四方多以書板送入。洪武、永樂時，兩經欽依修補，然板既叢亂，每爲刷印匠竊去刻它書以取利，故旋補旋亡。成化初，祭酒王㑭會計諸書亡數，已逾二萬篇。時巡視京畿、南京河南道御史上海董綸，乃以贓犯贖金送充修補之費。《文獻通攷》補完者幾二千葉焉。弘治初，始作庫樓貯之。嘉靖七年，錦衣衛閒住千户沈麟奏准校勘史書，禮部議以祭酒張邦奇、司業江汝璧，博學有文，才猷亦裕，行文使逐一攷對修補，以備傳布。其廣東布政司原刻《宋史》，差人取付該監，一體校補。《遼》、《金》二史原無板者，購求善本翻刻，以成全史。於是邦奇等奏稱《史記》、前後《漢書》殘缺糢糊，原板脆薄，剜補隨即脱落，莫若重刊。又于吳下購得《遼》、《金》二史，亦行刊刻。已而邦奇、汝璧陞遷去任，祭酒林文俊、司業張星繼之，乃克進呈。

《宋史》四百九十一卷，成化中，巡撫兩廣都御史朱英刻于廣州。

南雍經史板

《南雍志》：《周易注疏》一十三卷、《尚書注疏》二十卷、《毛詩注疏》二十卷、《春秋正義》三十六卷、《公羊疏》三十卷、《穀梁疏》十二卷、《儀禮注疏》五十卷、舊板壞失，止殘板五面。新刻《儀禮注疏》十七卷、《孝經注疏》一卷、《論語注疏》十五卷，皆殘闕。《爾雅注疏》十卷，則見子類。《周禮》、《禮記》、《孟子注疏》，南監初未有板也。《志》又云：《十三經注疏》刻于閩者，獨缺《儀禮》，以楊復《圖説》補之。嘉靖五年，巡撫都御史陳鳳梧刻于山東，以板送監。是南監《儀禮注疏》雖刻于嘉靖初，乃在張邦奇之前，邦奇等所刊補者唯二十一史耳。

嘉靖七年所刻唯《史記》、兩《漢書》、《遼》、《金》二史五部。其後續刻於萬曆二十四年者，則有《史記》、《梁書》、《五代史》，祭酒余有丁、司業周子義所校也。

翻刻古書易錯

《湧幢小品》：「翻刻古書甚害事，刻一番，錯一番。以後者爲是，則必以前者爲非。」

羣書治要

日本人刻《羣書治要》五十卷，每卷首題「祕書監鉅鹿男臣魏徵等奉敕撰」。一《周易》，二《尚書》，三

《毛詩》，四至六《春秋左氏傳》，七《禮記》，八《周禮》、《周書》、《國語》、《韓詩外傳》，九《孝經》、《論語》，十《孔氏家語》，十一至十二《史記》，十三至二十《漢書》，二十一至二十四《後漢書》，二十五至二十八《三國志》，二十九至三十《晉書》，三十一《六韜》、《陰謀》、《鬻子》，三十二《管子》，三十三《晏子》、《司馬法》，三十四《老子》、《鶡冠子》、《列子》、《墨子》，三十五《文子》、《曾子》，三十六《吳子》、《商君子》、《尸子》、《申子》，三十七《孟子》、《慎子》、《尹文子》、《莊子》、《尉繚子》，三十八《孫卿子》，三十九《吕氏春秋》，四十《韓子》、《賈子》，四十一《淮南子》，四十二《鹽鐵論》、《新序》，四十三《説苑》，四十四《桓子新論》、《潛夫論》，四十五《崔寔正論》、《昌言》，四十六《申鑒》、《中論》、《典論》，四十七《劉廙政論》、《蔣子》、《政要論》，四十八《體論》、《典語》，四十九《傅子》，五十《袁子正書》、《抱朴子》。前有尾張國校督學臣細井德民序，題云「天明五年乙巳春二月」，未知當中國何年也。

0

0010_4　童

30 童宗説　159

0011_4　瘞

47 瘞鶴銘攷　191

0014_1　癖

00 癖齋小集　234

0021_4　産

08 産論　238

0022_2　廖

38 廖道南　263

0022_7　方

07 方望溪(苞)　170
方望溪文　170
10 方正學(孝孺)　183
21 方仁榮　323
方仁榮　379
方仁榮　237
34 方逵　138
60 方日升　99
77 方輿勝覽　129、323

高

11 高麗傳　309
高麗王大順　346
21 高貞碑　253
28 高似孫　134、234、323
40 高士奇　389
47 高穀　229
50 高貴鄉公(曹髦)　422
76 高陽康穆王墓志　204
高陽康穆王湜墓志　174
高陽許氏夫人墓誌　179(2)
高陽王康穆王志　204
高陽王湜墓志　174

商

25 商仲茂　290
80 商企翁　370

0022_3　齊

11 齊碩　238
20 齊乘　137
50 齊書　431

0023_1　應

14 應劭　260、295、296
72 應氏(劭)　382

0023_7　庚

17 庚承宣　248
庚子山集　158
20 庚季才　215

77 庾開府集 158
庾闡(仲初) 414

0024_7 廢
00 廢帝郟戾王附録 229

0026_7 唐
25 唐律疏義 363
40 唐大詔令 123、220、312
唐太宗 302
47 唐朝議郎行尚書祠部員外郎裴道安墓誌銘 175
50 唐摭言 246
唐書 224、311、313、314
唐書糾謬 258
唐書釋音 111
唐書宰相世系表訂譌 111
唐書直筆新例 109、362
64 唐時升 139
94 唐慎微(審元) 244

0028_6 廣
06 廣韻 230
17 廣疋疏義 216
30 廣濟集 219
70 廣雅 354

0033_1 忘
10 忘憂清樂集 242

0040_0 文
00 文文肅殿試卷 348
文章正宗 323
10 文震孟(文肅) 348
21 文衡山(徵明) 188
23 文獻通攷 316、371
文獻大成 374
32 文淵閣書目 141
33 文心雕龍 395
37 文選 396、414
文選六臣注 227
文選紀聞 226
文選注 395
40 文壽承休承書 188
46 文場備用排字禮部韻注 357
87 文翔鳳 214

0040_1 辛
00 辛棄疾 235

0040_6 章
31 章濬 239
90 章懷 297

0044_1 辯
42 辯機 216

0063_1 譙
77 譙周 422

0071_4 雍
40 雍古 344

0073_2 玄
05 玄靖先生碑 176、247
玄靖先生李君碑 176
21 玄儒婁先生碑 173
24 玄奘 216

0073_2 襄
76 襄陽守城録 242

0080_6 六
50 六書正譌 356
55 六典 263

0090_6 京
17 京君明(房) 256

0091_4 雜
30 雜字 356
雜字解詁 356

0121_1 龍
32 龍州道人詩集 234
80 龍龕手鑑 95、219、230、356

0128_6 顔
21 顔師古 217、222
27 顔魯公(真卿) 205
40 顔真卿 247
72 顔氏家訓 240、383

0180_1 龔
15 龔璛 219

0212_7 端
72 端隱吟稾 234

0261_8 證
91 證類本艸 390

0292_1 新
00 新唐書 311
新唐書糾謬 109、258
新唐書公主傳 311
10 新晉書 302
30 新安志 132
新定續志 208、237、323、379
新定志 237
40 新校地理新書 216
44 新舊唐書合鈔 214
70 新雕白氏六帖事類添註出經 245

0365_0 誠
00 誠齋先生易傳 82

0460_0 謝

22 謝嶠 422

26 謝吴 432

30 謝安 307

37 謝湖(袁褧) 187

41 謝楨 422

44 謝蘊山(啓昆) 33、42

86 謝鐸 238

0464_1 詩

00 詩 257

詩序 281

詩序辨説 239、352

詩文盜竊 416

詩音 422

02 詩話總龜 322

08 詩譜 257

20 詩集傳 224、257

21 詩經 252、410

詩經韻譜 25

25 詩傳附録纂疏 84、239、352

0466_4 諸

50 諸史殘闕 309

0468_6 讀

08 讀論語 221

50 讀書脞録 310

讀書附志 403

0512_7 靖

00 靖康孤臣泣血録 235

37 靖逸小集 234

0668_6 韻

33 韻補 97、257

80 韻會小補 99

0742_7 郭

23 郭允伯(宗昌) 47

47 郭郁(文卿) 237

郭郁(文卿) 370

50 郭忠恕 95

57 郭蝦(蟆)傳 330

60 郭景純(璞) 259

0821_2 施

10 施元之 323

施元之注蘇詩 231

30 施宿 134

41 施樞 234

0861_6 説

00 説文 257、280

説文新附攷 34

説文解字 92、221、257、298、356

説文解字讀 217

説文繫傳 94

43 説卦傳 259

0862_7 論

01 論 語 256、257、259、261、262、263、284、285、286、287、422
論語疏 288
論語集解義疏 257
論語集注 257
論語釋文 242
論語注 422
論語注疏 229、353
論語義疏 242
21 論衡 101、297
27 論名諱札子 223
論綱目 217

0864_0 許

11 許棐 234
27 許叔重(慎) 92
35 許沖 298
48 許翰 218
60 許□ 251
94 許慎 257、262、298
許慎傳 298

0925_9 麟

40 麟臺故事 125

0968_9 談

71 談階平(泰) 221、215

1

1000_0 一

22 一山文集 215
30 一字三字石經 432

1010_0 二

40 二十一史 292
二十四史同姓名録 42

1010_1 三

10 三百篇 256、257、262
22 三山志 132
三秝撮要 393
47 三朝北盟會編 227、322
三都賦 226、430
50 三史 290
三史略 290
60 三國志 107、300
三國志辨疑 38
三國志注 425
71 三曆撮要 216、236
80 三命指迷賦 232

1010_3 玉

22 玉峯續志 225、323
玉峯志 138、225、323
38 玉海 213、322
40 玉臺新詠 220
88 玉篇 355

1010_4 王

00 王充 102、297
王應麟 322
王文恪(鏊) 419
王文恪公 184
王文肅(錫爵) 188
王文郁 98
01 王顔 176
10 王一寧 229
王元規 422
王元美(世貞) 168、169
王西沚 419
13 王琮 234
14 王劭傳論 431
王劭 431
20 王穉子闕 173
22 王制 260
王偁 322、433
24 王勉 263
王幼學 216
27 王象之
200、238、322、375
30 王濟之 259
王濟之墨蹟 184
王安石傳 323
王安禮 216、226
王定保 246
王寅旭先生遺書 245
31 王濬傳 430
32 王沂 224
35 王洙 216
37 王鴻緒 346
王深寧(應麟) 152
40 王十朋 323
王大令 187
王士點 370
王士熙 249
王直 228
王希明 391
42 王荆石札 188
王荆石(錫爵) 188
44 王英 228
王楙野 322
47 王鶴谿(鳴韶) 80
50 王肅 422
53 王輔嗣(弼) 255
64 王曉 422
67 王明清 151、322、384
70 王雅 228
王雅宜(寵) 187
71 王阮亭(士禛) 389
72 王隱 302
王氏世譜 142
77 王艮齋(峻) 36
80 王介甫詩 413
王介甫(安石) 413
王令(逢原) 291

至

10 至元嘉禾志 136

1010_7 五

07 五部將名互異 340

10 五百家注音辨柳先生文集 323

五百家注音辨昌黎先生集 323

21 五經 261

五經文字 223

五經注疏 238

23 五代史 315、255、316

五代會要 199

55 五典 263

1010_8 靈

40 靈臺祕苑 215、226

41 靈樞 256

1014_1 聶

80 聶鈫 62

82 聶劍光 44

1016_4 露

20 露香拾稾 234

1017_7 雪

00 雪庵 247

12 雪磯叢稾 234

22 雪巖吟草 234

26 雪牕小集 234

44 雪坡小稾 234

雪林删餘 234

45 雪樓集 164

88 雪篷稾 234

1020_0 丁

00 丁度 145

24 丁特起 235

37 丁洵 226

1021_1 元

04 元詩前後集 170

16 元聖政典章 122

20 元統元年進士題名録 128

元統元年進士録 229

22 元幽 248

27 元名臣事略 120

30 元永貞 241、368

31 元江東建康道廉訪司題名記 249

33 元祕史 120、243

34 元祐祕閣前帖 385

元祐黨籍 240

36 元混一方輿勝覽 131

37 元初世系 331

40 元大一統志 130

44 元藝文志 405

50 元史 337、331、337

元史太祖紀 331

元史本證 194

54 元措(夢得) 367
67 元明善 224
72 元氏略 122

1022_7 兩
30 兩房題名録 127
34 兩漢金石記 248
兩漢會要 242
兩漢策要 222

爾
70 爾雅 256、259、261、287、422
爾雅疏 219、227、288
爾雅疏單行本 89
爾雅翼 323

1024_7 夏
05 夏竦 96
17 夏承碑 250
71 夏原吉 228

1040_0 干
30 干寶 422

于
40 于大吉 216、226

1040_9 平
12 平水新刊韻略 98、229
26 平泉山居艸木記 159
平泉艸木記 159
30 平宋録 224、369
31 平江袁氏家譜 78

1043_0 天
00 天文書 226
10 天一閣碑目 48
37 天禄識餘 389
38 天祚紀 325

1044_7 再
88 再簡華老 249

1060_0 西
00 西京雜記 260
22 西嶽華山碑 173
26 西魏書 42
34 西遼紀年 325
41 西極篇 214
80 西鏡録 237

石
02 石刻詩經 410
石刻鋪敍 148、323、385
21 石經 289、385
石經攷 357
44 石鼓文 172
50 石申 144
60 石田集 401

石田先生文集 231、401
77 石屏續集 234

百
22 百川學海 149

1060_1 晉
50 晉中興書 430
晉書 224、302(2)、303、304(2)、308
晉書王濬傳 430
晉書列女傳 308
晉書地理志 303、426
晉書郗超傳 426
晉書敍例 302
97 晉灼 295、432

1060_1 吾
88 吾竹小稾 234

1064_8 醉
80 醉翁亭記 180

1073_1 雲
00 雲麾將軍李琇碑 250
77 雲間志 133、199
78 雲卧詩集 234

1080_6 賈
00 賈文元公(昌朝) 91
03 賈誼 260
24 賈侍中(逵) 256

1090_0 不
26 不得已 200、236
60 不只兒 334
86 不智兒 334

1111_0 北
00 北齊書 107
22 北山集 230
北山移文 240
北山小集 161、233
26 北牕詩稾 234
50 北史 108、223、309、424
北史王劭傳論 431

1111_4 班
60 班固 105
班固(孟堅) 217、222、254、261、262
71 班馬字類 220

1111_7 甄
27 甄叔大師塔銘 248

1120_7 琴
22 琴川志 323、379

1123_2 張

00 張應武 139
張唐英 233
08 張敦實 103、230
張敦頤 159
張謙中(有) 97
10 張玉龍 234
張爾岐書 206
張晉江札 189
12 張瑞圖 189
14 張瑛 228
張瓚 138
20 張采(受先) 380
張維煦 349
21 張衡 296
張師顏 235、330
28 張從申碑 251
張儉 263
29 張秋濤 218
30 張淳 262
張之綱 227
張守節 293
張良臣 234
34 張洪 228
35 張沖之 219
36 張洎 145
張溫 290
張溴 238、323、377
40 張九成 241
張燾 252
張右史集 241
41 張杅 219
43 張弋 234
張載 430
44 張堪 296
張英 346
張芑堂(燕昌) 247
張蘊 234
47 張鶴泉文集 71
張鶴泉(世法) 71
50 張耒集 241
53 張輔 228
60 張景 215
67 張嗣碑 205
77 張即之 249
80 張益 229
張鉉 241
張鉉(用鼎) 380
84 張銑 227
96 張惺齋 249

1133_1 瑟
08 瑟譜 216

1173_2 裴
48 裴松之 243
76 裴駰 255

1220_0 列
17 列子 230
40 列女傳 227、232

1223_0 水
21 水經注 129、349
50 水東稿 218
水東日記 154

1224_7 發
28 發微論 230

1240_1 延
34 延祐四年正月肆赦詔 335

1241_0 孔
10 孔元措 237、367
15 孔融 298、414(2)
孔融傳 298
25 孔傳 239、366
30 孔安國 422
32 孔叢子 216
72 孔丘(仲尼) 258、259、260
孔氏 422
孔氏祖庭廣記 367

1243_0 癸
00 癸辛雜識 386

1249_3 孫
00 孫奕 231
孫奕(季昭) 384
孫應時 233、379
08 孫謙益 223
12 孫延 380
20 孫維龍(勖堂) 45
27 孫叔然 260
30 孫守中(岱) 76
32 孫淵如(星衍) 253
37 孫逢吉(彦同) 124
40 孫存吾(如山) 170
孫真人(思邈) 238
50 孫中伯 22
60 孫曰恭 228、229
67 孫明復 62
71 孫頤谷(志祖) 310
80 孫毓 422
90 孫尚書大全集 161

1314_0 武
21 武衍 234
武經總要 145
74 武陵帖 385

1315_0 職
00 職方 261
30 職官分紀 124

1412_7 功
80 功父(錢允治) 188

1519_6 疎

30 疎寮小集 234

1540_0 建
00 建康志 135、323
90 建炎以來繫年要録 226

1610_4 聖
13 聖武親征録 368
30 聖宋名賢五百家播芳大全文粹 241、396
47 聖朝頒降貢舉三試程式 229

1660_1 碧
21 碧虛子 231

1710_3 丞
46 丞相伯顔公勳德碑 224
丞相淮王畫像贊 224
丞相賀平宋表 224

1710_7 孟
00 孟康 430
10 孟元老 322、234
17 孟子 256、260、262、263、285、286(2)、287
孟子章指 286
孟子正義 287
孟子解 241

1712_7 鄧
32 鄧州移復 342
44 鄧林 234

1716_4 路
17 路碌子 232

1720_7 了
25 了傳 251

1722_7 胥
44 胥燕亭 248

1723_2 豫
32 豫州之沛郡 307

1750_1 羣
10 羣玉堂帖 385
21 羣經音辨 91
50 羣書治要 242、437
羣書拾補 53

1750_7 尹
07 尹毅 422
47 尹起莘 216
77 尹鳳岐 229

1760_2 習
40 習嘉言 229
44 習菴先生詩集 66

1762_0 司

71 司馬貞 254、261、293
司馬彪 299
司馬遷(龍門) 254、261
司馬温公 223、365、415
司馬温公集 245
司馬温公集注太玄 198、218
司馬光 103

1762_7 郡

00 郡齋讀書志 403
60 郡國志 300

1762_7 邵

00 邵雍 324
邵雍傳 324
10 邵晉涵(二雲) 233、433
30 邵宏譽 229

1814_0 政

26 政和證類本草 145
政和新修經史證類備用本草 244

1918_0 耿

20 耿秉 219

2

2010_4 重

02 重刻孫明復小集 62
重刻河東先生集 61
12 重刊太上感應篇箋注 55
27 重修琴川志 233
重修政和證類本草 145
重修圖經 237
40 重校容齋隨筆 206
重校鶴山先生大全文集 201、202、236

2021_4 住

22 住山僧捨田記 252

2033_1 焦

25 焦仲卿詩 220

2040_0 千

30 千家詩選 322
千家注批點杜工部詩集 201

2040_7 受

12 受水壺銘 251

2042_7 禹

10 禹貢 261
86 禹錫(左圭) 149

2071_4 毛

04 毛詩 253、289

毛詩集解 216
毛詩傳箋 257
毛詩古音攷 214
毛詩故訓傳 257
17 毛翊 234
23 毛稼軒 58
25 毛傳 280
30 毛寶傳 429
60 毛晃 226

2090_4 集
20 集千家注杜工部詩 201
集千家注批點杜工部詩 219
30 集注東坡詩 323(2)

2090_4 采
44 采芝集 234
采芝續稿 234

2110_0 上
00 上方教院募到檀越捨田名 251

2120_1 步
10 步天歌 216、391

2121_1 能
18 能改齋漫録 150

2121_7 盧
00 盧文弨(抱經) 218
21 盧熊 214
51 盧振雄 240
57 盧抱經(文弨) 54、214
80 盧公武 259
84 盧鎮 233

2122_0 何
00 何應龍 234
10 何元錫(夢華) 237、264、375
何平叔(晏) 257、261
17 何邵公(休) 256
24 何休(邵公) 261
27 何叔京 263
34 何法盛 302、430
44 何夢華(元錫) 235、238、250、251
60 何異(同叔) 46、126
72 何氏注公羊傳 283
80 何義門(焯) 155

2122_1 行
47 行均 95、219、356

2123_4 虞
25 虞仲翔(翻) 255
26 虞伯生(集) 165
50 虞書 262

虞東學詩 24
72 虞氏 238

2133_1 熊
00 熊方 214、322

2143_0 衡
22 衡山(文徵明) 188

2150_6 衛
25 衛生家寶産科備要 200、238

2172_7 師
40 師友雅言 236

2180_6 貞
10 貞元無垢浄光塔銘 248

2191_1 經
44 經世大典 263
50 經史證類政和本草 390
經史證類備急本草 245
經史證類大觀本草 244、390
經史當得善本 288
55 經典釋文 90、222、258、263
80 經義雜識 30
84 經鋤堂雜志 323
88 經筵薦士章稿 411
經籍纂詁 32

2210_8 豐
38 豐道生 249

2221_4 任
32 任淵 323

2224_7 後
33 後梁昭義軍節度葛從周碑 205
34 後漢書 106、220、225、244、296、351
後漢書注 296
後漢書年表 37、214、322
44 後村居士集 222
57 後邨大全集 323
後邨居士集 323

2226_4 循
50 循吏傳 319

2271_1 崑
22 崑山郡志 137

2277_0 山
30 山房隨筆 152
38 山海經 220
山海經補注 217

40 山左金石志 50
50 山東鄉試録 15
78 山陰縣新建廣陵斗門記 252

2290_1 崇
00 崇文總目 402

2290_4 欒
10 欒雷發 234
21 欒虞 380

2300_0 卜
01 卜顔帖睦兒 249

2323_4 俟
00 俟庵先生集 215

2324_2 傅
17 傅習(説卿) 170

臧
10 臧玉林 30
40 臧在東(墉) 219
99 臧榮緒 302

2350_0 牟
00 牟應復 400
23 牟巘 400

2392_7 編
91 編類運使復齋郭公敏行録 237

2396_1 稽
40 稽古録 365

2397_2 嵇
00 嵇康 422

2420_0 射
80 射慈 422

2421_1 先
21 先儒格言 223

2422_7 備
00 備産濟用方 238

2426_4 儲
44 儲懋 229

2498_6 續
23 續外岡志 196
34 續漢郡國志 351
續漢書 299(2)
續漢書百官志注 425
37 續通鑑長編 218
續資治通鑑長編 114

2520_6 仲

24 仲升 252

2590_0 朱

00 朱文游 245
朱文公(熹) 182、239
朱文公帖 182
朱序傳 429
02 朱端章 238
朱端常 133
26 朱伯原 259
27 朱彝尊(竹垞) 246
30 朱寄園 375
40 朱南杰 234
朱熹 83、239、245、257、258、259、260、263
朱熹(紫陽) 260
朱梓廬(休度) 241
60 朱國禎 374、387
88 朱竹垞(彝尊) 402

2591_7 秇

44 秇林咀華 207

2599_6 綀

22 綀川志 243
綀川圖記 243

2600_0 白

10 白石道人詩集 234
22 白樂天文集 435
白樂天(居易) 435
72 白氏六帖 245
77 白居易(樂天) 435

2610_4 皇

10 皇王大紀 234、366
皇元聖武親征録 368
26 皇侃 242、257
34 皇祐新樂圖記 123
44 皇荂曲 234
47 皇朝名臣奏議 231
皇朝太平治跡統類 208

2621_4 貍

80 貍首 262

2622_7 偶

41 偶桓(武孟) 401

2629_4 保

77 保母甎 249

2641_3 魏

00 魏齊賢(仲賢) 241、396
10 魏三體石經 280
25 魏仲舉 323
28 魏徵 242
40 魏志 300

47 魏鶴山集 201、236
50 魏書 309
魏書地形志 309

2643_0 吳
12 吳廷珍(縝) 109
13 吳武陵 290
17 吳尋陽長公主墓誌 178
吳郡志 133、293、418
吳郡志沿革之誤 418
20 吳香巖(省蘭) 73
21 吳虎臣(曾) 150
22 吳岑渚 74
24 吳縝 258
26 吳自牧 387
吳侃叔(東發) 250
31 吳潛 135
吳潊 145
33 吳祕 218
34 吳汝弌 234
40 吳查客(騫) 232
吳才老(棫) 257
吳志 243、301
41 吳極 227
43 吳棫 97
吳越備史 361
吳越國故僧統慧日普光大師塔銘 250
44 吳地記 418
吳楚通稱 294
47 吳匏菴(寬) 168、185
吳匏庵贈衍聖孔公襲封還闕里詩 185
吳都文粹 207
48 吳槎客(騫) 217、232、242、244、248
60 吳思亭(修) 241
77 吳興郡脱一縣 305
吳興閔氏家乘 77

2690_0 和
22 和山東名勝詩 218

2691_4 程
00 程文憲(鉅夫、雪樓) 164
12 程瑀 230、233
程師孟 319
27 程俱 125、263
程俱(致道) 230、233
72 程氏(迥) 82

2691_4 釋
21 釋行均 95
27 釋名 213、102
33 釋溥光(李溥光) 247
50 釋車 31

2692_2 穆
30 穆宗紀 311

2698_1 緹
37 緹裙 309

2712_7 歸
10 歸震川(有光) 169
歸震川先生年譜 75
40 歸太僕集 169

2720_7 多
30 多寶塔感應碑 205
60 多景樓 248

2721_2 危
24 危德興 178
50 危素 221

2721_7 倪
10 倪元鎮(瓚) 166
倪雲林詩集 166
27 倪魯玉(璠) 158
60 倪思 323

2722_0 御
50 御書石經 385

2722_7 角
60 角里先生 293

2723_2 象
24 象緯訂 240

2725_2 解
21 解縉 371

2731_2 鮑
00 鮑廉 233、323、379
03 鮑誠一(志道) 80
28 鮑以文(廷博) 37
77 鮑學堅 80

2732_2 烏
27 烏魯木齊雜詩 66
40 烏臺詩案 322

2733_6 魚
23 魚獻 248

2760_0 名
71 名臣琬琰集 322
名臣奏議 322
77 名賢十七史確論 291
80 名公書判清明集 231

2760_3 魯
23 魯峻碑 300

2762_0 句
55 句曲外史詩集 207

2780_9 炙
16 炙硯集 70

2791_7 紀

10 紀元彙攷 328

64 紀曉嵐(昀) 66

88 紀纂淵海 323

2792_0 綱

81 綱領 352

2794_7 叔

30 叔寶(錢穀) 188

2795_4 絳

41 絳帖 385

2822_7 傷

30 傷寒論 232

傷寒明理論 232

2824_7 復

00 復齋郭公言行録 370

復齋郭公敏行録 370

40 復古編 97

2825_3 儀

35 儀禮 262、353

儀禮疏 222、227、288

儀禮識誤 262

儀禮集説 87

儀禮管見 28

87 儀銘 229

2826_6 僧

67 僧明浄書心經及法華經 190

2829_4 徐

00 徐廣 284

08 徐詳 301

10 徐一夔(大章) 149

徐天麟 242

徐可珍 160

20 徐爰 422

徐集孫 234

25 徐仲圃(文範) 41

26 徐自明 125

27 徐夤 160

徐夤(昭夢) 217

30 徐之才 238

36 徐邈 422

39 徐淡如 399

44 徐夢莘 227

徐夢莘 322

徐孝嗣 309

48 徐乾學 346

50 徐東 237

67 徐昭文 217

72 徐氏海隅集 169

73 徐駿 349

77 徐用賓 145

徐學謨 169

80 徐鉉 145

81 徐鍇 94、230

2846_8 谿
40 谿南唱和集 198

2998_0 秋
31 秋江煙草 234

3

3010_6 宣
16 宣聖配享 345
24 宣德實録 228
30 宣宗諸子傳 312
77 宣尼(孔丘) 260

3011_4 注
10 注王荆公詩 323
22 注山谷詩外集 323
注山谷詩内集 323
注山谷詩别集 323
33 注補後漢志 299
50 注東坡詩 323
75 注陳後山詩 323

淮
30 淮安忠武王廟碑 224
淮安忠武王碑 224
40 淮南天文訓補 53
淮南子 101、256
50 淮忠武王廟碑 224

3011_7 瀛
60 瀛國公紀 318

3012_3 濟
27 濟岷郡 306
76 濟陽乃濟陰之譌 304

3014_7 淳
24 淳化帖 385

渡
28 渡僧橋石刻 419

淳
77 淳熙祕閣前帖、續帖 385

3021_2 宛
20 宛委餘編 154

3021_4 寇
30 寇宗奭 323

3021_7 扈
44 扈蒙 14

3022_7 房
30 房審權 232

窮
29 窮愁志 159

0223_2　永

22 永樂實録　228

永樂大典　218、371

35 永清縣宋石幢　412

40 永憙年號　300

3030_2　適

30 適安藏拙餘稾　234

3030_4　避

60 避暑録話　150

3040_1　宇

00 宇文懋昭　119、322

宰

53 宰輔編年録　125

3040_4　安

30 安亭(陳樹德)　196

3060_6　富

17 富弼　224

3060_8　容

00 容齋五筆　206、240、383

3080_1　定

13 定武蘭亭　249

蹇

80 蹇義　228

3080_6　寶

00 寶慶四明志　135

02 寶刻叢編　323

寶刻類編　47

34 寶祐會天曆　393

賓

37 賓退録　245

3090_1　宗

05 宗諫　290

30 宗室世系表　312

3090_4　宋

00 宋高宗書孟子　287

宋文鑑　235

宋衷　218

10 宋二百家文粹　231

宋元通鑒　362

26 宋白　145

宋伯仁　234、239、395

27 宋名賢五百家播芳文粹　396

28 宋牧仲詩　240

30 宋寶祐四年會天曆　242

34 宋禧　346

37 宋祁(景文)　313

40 宋太宗皇帝實録 207
宋太宗實録 118
44 宋蘭揮(筠) 216
宋孝王 432
50 宋史 114、116、318、319、322、324
宋史新編 115
宋史稿 117
宋史神宗紀 320
宋史地理志 321
宋史藝文志 322
宋書 303、309
51 宋拓顔魯公書多寶塔感應碑 205
宋拓鐘鼎欵識 172
52 宋槧本 416
53 宋咸 216
60 宋景文(祁) 222、313
80 宋慈(惠父) 241、389
88 宋敏求 311
90 宋惟澣 218
99 宋犖 240

3092_7 竊
94 竊憤續録 235
94 竊憤録 235

3111_0 江
10 江雨軒藁 401
10 江雨軒集 167
江西通志 381
22 江繼本 215
27 江叔澐(聲) 220、225
37 江湖小集 234
40 江南鄉試録 348
90 江惇 422
江少虞 215

3111_1 涇
50 涇東小稿 218

3111_4 汪
01 汪龍莊 252
汪龍莊(輝祖) 243
20 汪秀峯(啓淑) 250
23 汪稼門(志伊) 252
37 汪退谷手書瘞鶴銘攷艸藁 191
汪退谷手書户部呈稿 191
40 汪士鋐(退谷) 191
汪克寬 216、223
44 汪世顯傳 341
82 汪劍潭(端光) 74
88 汪竹香 218
97 汪焕曾(輝祖) 43
汪炤(少山) 402

溉
00 溉亭(錢塘) 53

3112_0　河

40 河南鄉試録　20

50 河東先生集　215

3112_7　馮

33 馮補亭　233

60 馮星實(應榴)　62

馮景中　134

67 馮鷺庭(集梧)　240

3114_0　汗

88 汗簡　95

3116_0　酒

22 酒仙詩　249

3116_1　潛

08 潛説友　323

21 潛虚　103、230

潛虚發微論　103、230

3128_6　顧

00 顧亭林(炎武)　148、281

顧廣圻(千里)　231

20 顧千里(廣圻)　230

24 顧俠君(予咸)　159

30 顧寧人(炎武)　247

顧安道　219、222

40 顧古湫(鎮)　25

57 顧抱沖　358

顧抱沖(之逵)　223、231

67 顧野王　422

72 顧氏(炎武)　388

92 顧愷之　227

3130_3　逐

77 逐月養胎方　238

3210_0　測

60 測圓海鏡　231

測圜海鏡細草　392

3212_1　沂

10 沂王禋　313

浙

31 浙江鄉試録　18

浙江通志　381

3213_4　溪

68 溪喻草槀摹本　183

3216_9　潘

24 潘緯　159

26 潘自牧　323

40 潘奎　228

77 潘興嗣　263

3222_1　祈

04 祈請光福銅觀音感雨詩 252

3230_3 巡
48 巡檢司印 251

3300_0 心
21 心經 190
38 心游摘稾 234

3314_2 溥
90 溥光(李溥光) 247

3320_0 祕
50 祕書志 225、370
77 祕閣前帖 385

3322_7 補
22 補後漢書 299

3390_4 梁
17 梁孟寅 291
20 梁維樞 127
44 梁萼 228
67 梁曜北(玉繩) 35
梁昭明太子 227

3400_0 斗
67 斗野稾支卷 234

3411_1 洗
30 洗寃集録 241
洗寃録 389

3411_2 沈
00 沈度 223
13 沈琮 221
20 沈重 422
28 沈作賓 134
沈作喆 397
38 沈肇新 220
40 沈存中(括) 149
41 沈樞 113
77 沈丹彩 57
91 沈炳震 111、214

池
11 池北偶談 389

3412_7 渤
38 渤海藏真帖 190

3413_1 法
44 法華經 190

3413_4 漢
26 漢泉漫藁 165
50 漢書 105、217、222、225、228、244、254、256、290、296

漢書正誤 36
漢書王子侯年表 425
漢書古今人表 106
漢書集解 432
漢書集解音義 295
漢書集注 296
漢書地理志 295、350
漢書景祐本 294
漢書敍例 296

3414_0　汝
40 汝南世澤 186
41 汝帖 385

3414_7　淩
44 淩萬頃 138、323
淩萬頃(叔度) 225

3418_1　洪
00 洪文安(遵) 125
洪文敏(邁) 399
17 洪璵 229
20 洪稚存 39
27 洪伋 383
32 洪适 147
34 洪邁 234、322、383
38 洪遵 263

3426_4　褚
47 褚鶴侶 28
90 褚少孫 254

3430_9　遼
50 遼史 219、314、324、325

3512_7　清
30 清容居士集 164
44 清芬世守 186

3520_0　神
30 神宗謚 320
33 神滅論 415
88 神策軍碑 314

3521_8　禮
00 禮 256
禮音 422
07 禮記 258、262、263
禮記音義 217
禮記釋文 222
禮記注疏 288
禮記纂言 87
40 禮古經 262

3530_8　遺
22 遺山集 164

3611_7　温
12 温飛卿詩 159

60 温國文正司馬公文集 201
温國文正公文集 245

3612_7 渭
40 渭南文集 162

3612_7 湯
03 湯斌 346
98 湯悦 145

3614_1 澤
32 澤州相國(陳廷敬) 190

3621_0 祝
23 祝允明 249
26 祝穆 323
祝穆 323

3630_0 迦
77 迦堅茶寒 340

3630_2 邊
30 邊實 138、323
邊實(宜學) 225

3712_0 湖
40 湖南鄉試録 17

3712_7 鴻
00 鴻慶集 161

潏
12 潏水集 399

湧
40 湧幢小品 387、437

3713_6 漁
32 漁溪詩稾 234
漁溪乙稾 234

3716_4 洛
35 洛神賦 187

3719_4 滌
16 滌硯圖題詠 74

3721_0 祖
00 祖庭廣記 237、367
24 祖德述聞 80
35 祖沖之 261、262

3722_0 祠
07 祠部員外郎裴道安墓誌 175

3722_7 祁
30 祁寬 229

3730_1 逸
77 逸周書 89

3730_2 通
40 通志 236
55 通典 122、263
78 通鑒目録 415
通鑒長編 291
88 通鑑總類 113
通鑑多采善言 415
通鑑綱目大全 216

3730_3 退
80 退谷(汪士鋐) 191

3730_5 運
25 運使復齋郭公言行録 237、370

3730_7 追
44 追樹十八代祖晉司空王公神道碑 176

3750_6 軍
00 軍府帖 251

3780_6 資
33 資治通鑑 112
資治通鑑釋文 113
資治通鑒長編 231

3810_9 滏
12 滏水文集 163
滏水集 163

3814_0 澉
22 澉川志 323
33 澉浦禪悦寺鐘款 250

3815_7 海
76 海隅集 169

3830_6 道
44 道藏 220
道藏闕經目録 142
60 道園學古録 203、207
道園類稿 165
77 道學録 324

3912_0 沙
32 沙溪 215
77 沙門至閑 248

4

4000_0 十
00 十六國春秋 360
10 十二諸侯年表 292
十三代史選 291
十三代史目 290、291
十三經 221、292

十三經注疏 292
十三史 290
十三史駁議 290
40 十九史略 291
十七史 291
十七史贊 291
十七史蒙求 291
50 十史事語 291
十史事類 291
十史類要 291
60 十國宮詞 73
80 十八史 291
十八史略 291

4001_1 左
20 左禹錫(圭) 149
25 左傳 226、256
左傳集解 305
40 左圭(禹錫) 149
72 左氏 261
左氏傳 252、261
左氏傳古注輯存 26

4001_7 九
21 九經字樣 223
47 九朝編年備要 118、119
60 九國志 233

4003_0 大
00 大唐西域記 216
10 大元聖政國朝典章 122
20 大統曆 218
24 大科三場文選 231
43 大戴禮記 88
46 大觀經史證類備急本草 245
大觀帖 252
77 大學 258、263
大學章句 285
80 大金國志 322、118
大金集禮 216、230、124

4003_0 太
00 太玄 198、218
太玄經 230
10 太平御覽 145、244、414(3)
太平寰宇記 375
17 太乙統宗寶鑑 146、226、394
21 太師淮安忠武王贈謚制 224
28 太微經 214
30 太室石闕銘 174
37 太祖紀 333
50 太史公(司馬遷) 424
80 太倉文略 171
太倉州志 380
90 太常丞温佶碑 177

4004_7 友
44 友林詩藁 163
友林乙藁 163

4010_6 查
72 查氏注蘇詩 398
94 查慎行 398

4010_7 直
00 直齋書録解題 404

4021_1 堯
55 堯典 261

4022_7 南
00 南齊書 309
南齊書序録 309
南齊書州郡志 309
南齊書始安王遥光傳 309
30 南渡名相 248
南渡執政 248
南宋事略 433
31 南遷録 235
南遷録 330
44 南蘭陵孫尚書大全集 161
南村輟耕録 153
50 南史 108、310
57 南邨輟耕録 387
70 南陔 262
95 南燼紀聞 235

4022_7 布
86 布智兒 334

4024_7 存
98 存悔齋詩 219

4033_1 赤
43 赤城新志 238
赤城志 238、377

4040_7 李
00 李文仲 145
李文藻(南澗) 67、182
李玄靖碑 204
01 李龏 234
10 李百藥 107
11 李北海(邕) 250
12 李延壽 108、258、424
16 李聖師 238
17 李孟傳 319
21 李仁甫(燾) 114
李衡 232、279
李衡公集 159
24 李佑 312
26 李白 256
李泉 344

李穆 145
28 李復(履中) 399
30 李流芳 139
李安上 291
31 李禋 313
33 李心傳 226
李冶 233
李冶(仁卿) 392
李溥光 347
李粱溪集 220
34 李汝明 227
37 李逸民 242
38 李滋 312(2)
李裕 312(2)
李肇 263
40 李克勤 145
李南澗詩集 67
李存 215
李志常 141
李燾(仁甫) 218、231
50 李書田 178
54 李軌 422
64 李時勉 228
70 李壁 323
李壁注王介甫詩 231
李肪 145
77 李隆基 311
李周翰 227
李熙静 319
80 李全 334(2)、344
李善 227、396
88 李鋭(尚之) 237
90 李尚之(鋭)
224、231、237、233、245
96 李惕 312

4046_5 嘉
20 嘉禾志 136
30 嘉定縣志 139
34 嘉祐校七史 308

4050_6 韋
44 韋蘇州集 397

4060_0 古
00 古文四聲韻 96
古文尚書攷 23
80 古今書刻 230

4060_9 杏
40 杏壇圖説 240

4064_1 壽
77 壽隆年號誤 325

4071_0 七
21 七經孟子攷文 238

4073_2 袁
04 袁謝湖(褧) 187

08 袁説友 134、322
12 袁廷檮(又愷) 191、218
17 袁胥臺(袠) 54、187
袁胥臺父子家書 187
26 袁伯長(桷) 164
27 袁魯望(尊尼) 187
72 袁氏貞節堂卷 191
袁氏先世石刻五種 187
77 袁又愷(廷檮) 78、219、224、225、230
袁月渚 220

4080_6 真
24 真德秀 323

4192_0 柯
20 柯維騏 116

4212_2 彭
10 彭王惕 312

4240_0 荆
32 荆州法曹參軍趙思廉墓誌 176

4241_3 姚
00 姚廣孝 374
30 姚宏(伯聲) 243
80 姚鏞 234
90 姚半塘 76

4282_1 斯
44 斯蘊 251
斯植 234(2)

4304_2 博
27 博物要覽 209

4323_4 獄
50 獄中與鄭端簡手簡 185

4346_0 始
30 始安王遥光傳 309

4385_0 戴
28 戴復古 234
34 戴逵 422
44 戴埴 323
50 戴東原(震) 129

4410_4 董
19 董璘 229
21 董衝 111
25 董仲舒 85
80 董弅 237、245

4411_2 范
00 范文穆(成大、石湖) 133
07 范望 218、230
10 范至能 259
范石湖(成大) 418

13 范武子(寧) 86、261
24 范縝 415
30 范宣 422
范滂傳 180
47 范垌 361
50 范忠宣公除右僕射告 179
64 范曄 106、226、244、254
72 范氏穀梁集解 86
74 范尉宗(曄) 290

地
07 地畝記 251
13 地球圖説 245
16 地理新書 216
地理指掌圖 224

4413_2 菉
88 菉竹堂稿 218
菉竹堂書目 404

4420_7 夢
32 夢溪筆談 149、223
33 夢粱録 387
44 夢華録 234

4421_4 莊
17 莊子 256、259、422

4422_7 蘭
00 蘭亭 252

蕭
20 蕭統 227(2)
21 蕭倬 227
40 蕭士贇(粹可) 219
77 蕭鵬 227

帶
27 帶御器械張埴壙刻 252

藺
28 藺從善 228

4423_2 蒙
92 蒙恬 259

4424_7 蔣
40 蔣友仁 245
50 蔣春皐(廷蘭) 249、250、252
71 蔣驥 228

4439_4 蘇
04 蘇詩合注 62
10 蘇天爵 120、224、369
32 蘇州府儒學誌 419
蘇州府志 214
50 蘇東坡詩 413
53 蘇軾 180

4440_6 草
90 草堂集 213

4440_7 孝
04 孝詩 234、253、259
21 孝經疏 288

4442_7 萬
42 萬斯同 328、357
47 萬奴 333
80 萬首唐人絶句 322
88 萬節 228
90 萬光泰(循初) 122

4443_4 嫫
77 嫫母傳 232

4445_6 韓
14 韓琦 224
21 韓仁銘 203
33 韓浚(邃之) 139
80 韓愈 256

4446_0 姑
23 姑臧集 159
44 姑蘇志 419

4450_4 華
66 華嚴 260
80 華谷集 234

4450_6 革
27 革象新書 239、392

4453_0 英
30 英宗實録 229

4460_0 苗
00 苗衷 228

4460_2 苕
32 苕溪集 241
苕溪漁隱叢話 151

4462_7 荀
04 荀訥 422
17 荀子 99、231
40 荀爽 255

4471_1 老
17 老子 256、422
老子新解 52

4471_2 也
10 也可太傅 340

4471_7 世
24 世緯 54
50 世本 260、262

4472_7 葛

10 葛天民 234
28 葛從周 205

4473_1 芸
72 芸隱橫舟稾 234
芸隱勸游稾 234

4473_1 藝
60 藝圃搜奇 149

4474_1 薛
00 薛方山 362
薛文惠(居正) 255
20 薛季宣 83
60 薛晨 183
90 薛尚功 146

4477_0 廿
10 廿二史攷異 43
廿二史札記 193

甘
10 甘露寺 248
甘石星經 391
80 甘公 144

4477_7 舊
00 舊唐書 221
10 舊五代史 316

4480_6 黄
00 黄文獻公集 166、203、401
22 黄鼎楫 348
黄崑圃(叔琳) 63
黄崑圃先生文集 63
黄山谷 180
黄山谷書范滂傳 180
31 黄溍 221
40 黄大受 234
黄去疾年譜 226
44 黄蕘圃(丕烈) 124、215、216、217、220、221、222、225、226、227、228、229、230、231、232、233、234、236、237、242、243、244、245、353、370、400
47 黄椒升 250
50 黄忠節(淳耀) 189
黄忠節公年譜 196
60 黄星槎 173
77 黄陶庵札 189
90 黄小松(易) 248、249

4490_1 蔡
04 蔡謨 307、422
60 蔡昂(惟中) 419
72 蔡氏 422

4490$_4$　葉
00 葉文莊(盛)　154、404
葉文莊公集　218
10 葉石林(夢得)　150
27 葉紹翁　234
44 葉恭焕　154、404
葉樹廉(石君)　235
葉棻(子實)　241、396
53 葉盛　154
77 葉隆禮　322

4491$_0$　杜
04 杜詩雙聲疊韻譜　59
08 杜旃　234
10 杜元凱(預)　305
11 杜預　261、422
24 杜佑(岐公)　122
杜岐公(佑)　122
30 杜寧　229
40 杜大圭　322
53 杜甫　256
74 杜陵内史(仇珠)　187

4491$_4$　桂
76 桂陽王鑠　309

4499$_0$　林
00 林文　229
10 林至　133
20 林禹　361
77 林同　234
90 林尚仁　234

4593$_2$　隸
24 隸續　147

4621$_0$　觀
00 觀音經　247

4641$_3$　媿
97 媿郯録　242

4643$_4$　娱
06 娱親雅言　56

4692$_7$　楊
00 楊齊賢(子見)　219
楊文節公(萬里)　82
03 楊誠齋(萬里)　82
05 楊譓(履祥)　137
10 楊元孫　251
22 楊循吉(南峯)　419
24 楊岐山禪師乘廣塔銘　248
27 楊龜山先生文集、語録　226
30 楊實　138
31 楊潛　133
33 楊溥　228
37 楊初雄　251

40 楊士奇 228
楊壽夫 229
楊梓 251
44 楊翥 228、229
楊世求(爾京) 240
48 楊敬 228
50 楊泰孫 251
楊忠愍公(繼盛) 185、186
楊忠愍公壽徐少湖先生序稿 186
楊東里 221
51 楊振杰 251
77 楊朵兒只 334
83 楊鐵崖文集 240
90 楊光先 236
99 楊榮 228

4721_2 匏
80 匏翁家藏集 168

4722_7 鶴
22 鶴山大全集 400
鶴山先生大全文集 201
鶴山先生大全集 400
28 鶴谿主人 190

4722_7 郗
47 郗超傳 47

4742_7 朝
28 朝鮮史略 140
44 朝楠 349

4762_0 胡
00 胡方平 218
10 胡五峯(宏) 366
胡元任(仔) 151
12 胡瑗 123
20 胡穜 229
27 胡身之(三省) 112
30 胡淳 379
胡安國 242
胡宏 234
胡宏(五峯) 366
40 胡士虎 343
44 胡林卿 133
48 胡翰 346
72 胡氏(一桂) 84
胡氏春秋傳序 223
81 胡桀(仲方) 135

4762_7 都
26 都穆 243

4772_0 切
06 切韻指掌圖 223、237

4792_0 柳
25 柳仲塗(開) 61

30 柳宗元 159、256
31 柳河東集 159
60 柳冕 248
77 柳開 215
80 柳公權 314

4792_7 橘
31 橘潭詩稾 234

4793_2 根
32 根遯志 242
50 根本遯志 242

4794_7 穀
33 穀梁 261

4816_6 增
06 增韻 226

4841_7 乾
10 乾西北坤西南方位圖 235
38 乾道四明圖經 131

4842_7 翰
44 翰苑羣書 125
翰林珠玉 233

4864_0 敬
00 敬亭(錢肇然) 196

4895_7 梅
00 梅應發 323
44 梅花衲 234
梅花喜神譜 239、395
77 梅屋詩稾 234

4942_0 妙
34 妙法蓮華經 252

4980_2 趙
00 趙府君墓誌 176
10 趙不迹 134
17 趙子昂(孟頫) 249
20 趙秉文(閑閑老人) 163
21 趙師淵 217
22 趙崇鉘 234
趙崇雋壙誌 411
24 趙岐 286
27 趙緣督(友欽) 239、392
34 趙汝愚 231、322
趙汝鐩 234
40 趙希弁 403
44 趙萬年 242
趙世延 334
47 趙格庵(順孫) 89
51 趙耘菘(翼、甌北) 69
77 趙與時 245

5

5000_6 中

00 中庸 263
77 中興編年資治通鑒 322
中興禦侮録 242
中興學士院題名 46、126

5000₆ 史
07 史記 216、219、222、225、243、244、254、256、258、284、290、358、424
史記志疑 35
史記索隱 217
史記舊本 292
史記年表 424
11 史彌寧(安卿) 163
20 史季温 323
21 史能之 136、323
27 史繩祖 300、385
30 史安之 134
史容 323
37 史通 302、315、364
77 史周卿 224
97 史炤 113

5000₇ 事
00 事文類聚 323
30 事實類苑 215

5003₂ 夷
00 夷齋字誤 310
77 夷堅志 231

5013₂ 泰
22 泰山道里記 44

5022₇ 青
10 青雲梯鈔 231
32 青州脱北海郡 305

5023₀ 本
44 本艸衍義 323

5033₃ 惠
48 惠松厓(棟) 56、142、217

5040₄ 婁
40 婁壽碑 249
42 婁機 220
77 婁堅 139

5060₁ 書
22 書後赤壁賦 188
40 書古文訓 83

5060₃ 春
29 春秋 261、262
春秋正義 245、282、421
春秋傳 242
春秋左傳注 227
春秋左氏傳 84
春秋左氏釋文 222
春秋左氏音 422

春秋胡氏傳纂疏　223
春秋體例　27
春秋繁露　85
60 春星草堂詩集　71

5090_0　未
00 未齋　52

5090_3　素
77 素問　256

5090_4　秦
40 秦九韶　144、391
秦九韶(道古)　233
44 秦蕙田　64
53 秦輔之　243

5090_6　東
00 東齋小集　234
東京夢華録　322
10 東平王世家　241、368
東晉疆域志　39
東晉南北朝輿地表　40
30 東家雜記　239、366
44 東坡詩集　160
東坡(蘇軾)　180
東坡書醉翁亭記　180
46 東觀漢記　290
47 東都事略　213、322、433
71 東原集　209

5300_0　戈
30 戈宙襄(小蓮)　234
90 戈小蓮(宙襄)　73

5320_0　戚
00 戚衮　422

5320_0　成
24 成化四明郡志　138
47 成都文類　322
80 成無己　232

5320_0　咸
30 咸淳毘陵志　323
咸淳毗陵志　136
咸淳臨安志　219、323
咸寧字誤　339

5560_0　曲
35 曲禮　259

5560_6　曹
00 曹文貞(伯啓)　165
14 曹耽　422
17 曹鼐　229
曹習菴(仁虎)　67、70
28 曹復亨　165

5602_7　揭
00 揭文安公文粹　221

揭文安公文粹集 202
20 揭奚斯 224

揚
27 揚彝 251
47 揚都賦 414
56 揚揖 227

5608_1 提
77 提舉常平司公據 249

5701_2 抱
53 抱朴子 103

5704_7 輟
55 輟耕録 387

5705_6 揮
00 揮塵後録 151、322
揮塵録 240、322、384
揮塵第三録 322
揮塵餘話 322

5706_2 招
22 招山小集 234

5709_4 探
01 探龍集 217

5743_0 契
77 契丹志 322

5750_2 擊
53 擊蛇笏銘 240

5824_0 敖
17 敖君善(繼公) 87

5844_0 數
77 數學九章 144、233、391

6

6010_0 日
56 日損齋稿 203
日損齋初藁續藁 166
86 日知録 291、388

6010_4 星
21 星經 144、391

6011_3 晁
26 晁伯咎(公邁) 234
80 晁公武 403
晁公邁 365

6012_7 蜀
10 蜀石經毛詩 421
40 蜀志 301

6015_3 國

01 國語 353
22 國山碑攷 248
47 國朝二百家名賢文粹 230

6021_0 四
50 四書 261、263
四書章句集注 263、284
四書纂疏 89、285
67 四明郡志 138
四明續志 323
四明志 135、323
四明圖經 131

6022_7 易
00 易 256
23 易稽覽圖 22
25 易傳 82、262
34 易漢學 220
80 易義海 232

6050_4 畢
29 畢秋帆(沅) 49
31 畢沅 50
77 畢履道 216

6060_0 吕
10 吕夏卿 109、362
12 吕延濟 227
24 吕侍講 264
27 吕向 227
37 吕祖謙 235
72 吕氏春秋 100
78 吕覽 256

回
60 回回曆 224

昌
27 昌黎先生文集 222

6071_1 昆
74 昆陵志 323

6080_0 貝
14 貝琳 224

6090_4 困
77 困學紀聞 152、225

6090_6 景
30 景定建康志 135、323
50 景泰實録 229

6091_4 羅
31 羅濬 135、323
71 羅願 323
77 羅與之 234

6107_1 毗

74 毗陵志 136

6301_2 晼
20 晼香樓詩 74

6333_4 默
90 默堂先生集 223

6355_0 戰
60 戰國策 243

6401_1 曉
22 曉山老人 146

6509_0 味
21 味經窩類稾 64

6603_2 曝
50 曝書亭集 402

6621_4 瞿
50 瞿中溶(鏡濤) 218、235、251、252、253、419

6624_8 嚴
17 嚴子進(觀) 248
27 嚴豹人 27
嚴豹人(蔚) 219、245
嚴久能(元照) 56、231
嚴粲 234
30 嚴進 51
32 嚴州重修圖經 378
嚴州圖經 237、245、378

6682_7 賜
44 賜杜範勅 249

6702_0 明
04 明詩綜 246
22 明山賓傳 310
32 明浄 190
50 明史 346

6706_2 昭
30 昭宗紀 313
77 昭叟 251

6712_2 野
21 野處類稾 234、399
30 野客叢書 322
80 野谷詩稾 234

6716_4 路
51 路振 233

6722_7 鄂
60 鄂國金佗稡編、續編 151

7

7021_4 雅

30 雅宜山人(王寵) 187
38 雅道機要 217
44 雅林小稾 234

7121_1 阮
10 阮元 32、50
26 阮侃 422
37 阮逸 123
60 阮思道 145
77 阮閲 322

歷
23 歷代建元攷 233
歷代紀年 234、314、365
77 歷舉三場文選 231

7122_0 阿
11 阿彌陁像文 175

7132_7 馬
98 馬愉 229

7171_7 甌
11 甌北(趙翼) 193
甌北集 68

7173_2 長
12 長孫無忌 363
50 長春真人西遊記 141

7210_0 劉
00 劉應龍 324
劉應龍傳 324
10 劉一止 241
劉霽(天章) 231
劉耳 221
劉霖(雲章) 231
13 劉球 229
15 劉聘君 264
劉疎雨(桐) 241、242
17 劉翼 234
20 劉禹錫 248
劉禹錫傳 315
21 劉仁初 231
劉須溪(辰翁、會孟) 219
22 劉仙倫 234
24 劉侍讀 264
30 劉永清 228
劉良 227
34 劉逵 430
37 劉過 234
40 劉友益 216
劉才邵 227
劉克莊 322、323
47 劉格非 227
48 劉翰 234
60 劉昌宗 422
64 劉時舉 322
67 劉昫 316
劉昫傳 316

劉昭 226、299
77 劉熙 102
劉熙益 262
80 劉鉉 229
82 劉餗 314
86 劉錫 323
劉知幾 302、364
88 劉敏傳 345
劉敏(有功) 345
劉敏中 224、369

7277_2 岳
11 岳珂 151、232、242

7421_4 陸
00 陸唐老 244
陸廣微 259、418
04 陸謹庭(恭) 252
10 陸元朗(德明) 90、263
17 陸子虛 134
23 陸狀元增節音注精議資治通鑑 244
24 陸德明 91、422
陸德明(元朗) 258
陸續 218
27 陸龜蒙 160
30 陸宣公集 397
陸宣公制誥 397
陸宣公翰苑集 231
陸宣公中書奏議 397
陸宣公奏草 397
陸之裘(象孫) 171
72 陸氏釋文多俗字 289
77 陸鳳藻 198
陸丹扆(鳳藻) 197
80 陸善經 286

7422_7 隋
00 隋唐嘉話 314
50 隋書 431
隋書五行志 431
隋書經籍志 432

7424_7 陵
76 陵陽先生文集 400
陵陽先生集 244

7529_6 陳
00 陳文貞公詩卷 190
陳襄 411
07 陳詢 229
08 陳施乾 422
10 陳平甫(均) 118
陳雲濤 218
11 陳斐(允章) 223
12 陳烈 227
陳廷敬 346
陳廷敬(文貞) 190
16 陳璟(鑒之) 234
17 陳承祚(壽) 107、261

20 陳季立(第) 214
22 陳山 228
陳循 228
陳繼 228
25 陳仲魚(鱣) 75
26 陳和叔(黄中) 117
27 陳叔剛 228、229
32 陳淵 223
陳漸 218
40 陳友仁(君復) 242
44 陳耆卿 238
陳耆卿(壽老) 377
陳蕃傳 297
陳世隆(彦高) 149
陳黄中 117
50 陳中 228
51 陳振孫 233、404
60 陳思 323
陳景元 231
陳景沂 323
67 陳鄂 145
72 陳騤 263
78 陳鑒之(璟) 234
84 陳鎮衡 242

7712_7 邱
86 邱錫 228

7721_0 風
22 風山靈德王碑 250
28 風俗通 260
風俗通義 382

鳳
67 鳳墅續帖 385
鳳墅法帖 181、182
鳳墅帖 248
鳳墅畫帖 385
鳳墅前帖 385
76 鳳陽縣志 45

7721_4 隆
10 隆平集 117、322

7722_0 月
17 月乃合 344

朋
40 朋九萬 322

周
00 周應合 323
周應合(淳叟) 135
12 周弘祖 230
26 周伯琦 356
30 周密(公謹) 386
周官 263
33 周必大 235、263
周述 228
34 周滿塘(錫瓚) 222、

225、227、229、230、244、245、124、232
周遠志 175
35 周禮復古編 242
周禮折衷 236
周禮義疏 242
40 周有香(夢棠) 233
48 周翰 228
周松靄(春) 60
50 周專 231
53 周成 356
周成雜字 356
60 周易讀翼揆方 22
周易注 224
周易啓蒙通釋 217
周易古占法 82
周易本義 219、279
周易本義咸淳本 83
周易義海撮要 232
72 周氏族譜 78
80 周益公集 220、247
81 周敍 228、229
86 周錫瓚(漪塘) 124、222、225、227、229、230、232、244、245

7722_0 陶
00 陶讓舟 27
05 陶靖節詩 412
27 陶叔獻 222
32 陶淵明 412
陶淵明(靖節) 157
陶淵明詩集 157
48 陶松如 246
77 陶學士集 167

7724_7 履
00 履齋示兒編 231、384

7724_7 服
21 服虔 261、296、422

7727_2 屈
30 屈宋古音義 214

7740_0 閔
24 閔峙庭(鶚元) 77

7740_7 學
00 學齋佔畢 300、385
68 學吟 234

7744_0 丹
10 丹元子 216、391
30 丹扆(陸鳳藻) 197

7744_1 開
00 開慶四明續志 135
44 開封紀行稿 218

7744_7 段

10 段玉裁(若膺) 217、243、279

44 段若膺(玉裁) 25

段懋堂(玉裁) 245

60 段昌武 216

7760_1 醫

08 醫譜 57

7771_7 鼠

12 鼠璞 323

7772_0 印

37 印鴻緯(庚實) 252

7772_7 鷗

34 鷗渚微吟 234

7777_2 闗

50 闗東風俗傳 432

闗中金石記 49

7778_2 歐

76 歐陽發 226

歐陽發名 216

歐陽公(修) 315

歐陽文忠公集 223

歐陽修 255、313

歐公(歐陽修) 313

7780_1 與

00 與庭實宣敖 248

40 與壽聖介公 248

44 與萬户親家帖 249

輿

44 輿地碑記目 200

輿地紀勝 238、322、375

7810_7 監

50 監本二十一史 291

7821_6 脱

78 脱脱 114

7876_6 臨

22 臨川集 398、413

30 臨安志 219、323

8

8010_4 全

44 全芳備祖前集、後集 323

8010_7 益

07 益部石經 385

40 益古衍段 233

8010_9 金

10 金石文隨録 235

金石文字記 148、314
金石史 47
23 金佗稡編 151
24 金幼孜 228
44 金華黄先生集 166、401
金華黄先生滑文集 221
50 金史 329(2)
金史哀宗紀 330、435(2)
金史衛紹王紀 329
金史地理志 330(2)
74 金陵新志 241、380
金陵石刻記 51
80 金人南遷録 235、330

8011_4 鐘

22 鐘鼎彝器欵識 146
鐘鼎彝器款識帖 385
鐘鼎款識 250

8011_6 鏡

34 鏡濤(瞿中溶) 249

8012_7 翁

00 翁方綱(覃溪) 217
10 翁覃溪(方綱) 248

8012_7 翦

29 翦綃集 234

8022_1 俞

00 俞庭椿 242
44 俞桂 234

8022_7 分

91 分類補注李太白詩 219
分類補注李青蓮詩 201

8033_1 無

90 無懷小集 234

8034_6 尊

79 尊勝陁羅尼經 177
尊勝陁羅尼幢 251

8040_4 姜

80 姜夔 234

8044_6 弇

32 弇州山人續稿 168、169
弇州四部稿 168

8055_3 義

12 義瑞堂帖 183
27 義烏志 166
38 義海撮要 279
77 義門讀書記 155

8060_1 合

91 合類節用集大全 235

8060_6 曾

12 曾發 223

17 曾鞏 117、322

24 曾先之 291

27 曾魯(得之) 223

30 曾宏父 148、181、182、323、385

38 曾棨 228

47 曾鶴齡 228

80 曾公亮 145、224

曾益 159

會

23 會稽續志 238、323、377

會稽志 134、376

55 會典 263

60 會昌一品集 159

8060_7 倉

41 倉頡篇 257

8073_2 公

80 公羊音 422

公羊傳 261

養

73 養胎論 238

8090_4 余

25 余仲林 226

44 余蕭客(仲林) 418

46 余觀復 234

77 余學夔 228

8111_7 鉅

00 鉅鹿東觀集 214

67 鉅野姚氏族譜 76

8211_4 鍾

00 鍾廣漢 233

20 鍾秀實 379

28 鍾復 229

8315_0 錢

10 錢可則 237

錢可則(正己) 379

14 錢功父(允治) 188

17 錢習禮 228

23 錢允治(功父) 188

26 錢儼 361

27 錢叔寶(穀) 188

40 錢大昕 43

錢大昭(晦之) 216

錢大昭(可廬) 251

錢塘(溉亭) 53

44 錢若水 118

47 錢穀(叔寶) 188

50 錢肅 380

錢本艸 178

68 錢晦之(大昭) 39

88 錢竹汀(大昕) 264
錢竹初(維喬) 71

8711_5 鈕
11 鈕非石 34

8712_0 鈞
12 鈞磯文集 160、217

8742_7 鄭
00 鄭康成(玄) 256、257、261
鄭康成年譜 75
鄭玄 75、256、257、261、422
12 鄭珏 237、323、379
44 鄭世子 216
77 鄭閑孟 139

8762_2 舒
70 舒雅 145

8810_8 笠
36 笠澤叢書 160

8822_0 竹
50 竹書紀年 359
60 竹園壽集圖 184
竹園壽集卷 184
72 竹所吟稾 234

8823_2 篆
88 篆韻 230

8877_7 管
23 管獻民 227

9

9000_0 小
22 小山集 234
44 小塔記 247
77 小學攷 33
86 小知録 197

9003_2 懷
30 懷寶 250
80 懷令李超墓誌 249

9021_0 光
31 光福祈禱道場免役公據 251
光福寺銅觀音記 251

9022_7 尚
50 尚書 256、261
尚書音 422
尚書音義 263

9022_7 常
90 常棠 323

9050_0 半

44 半樹齋文稿 72

9090_4 米

10 米元章(芾) 248

40 米友仁(元暉) 248

41 米帖 248

棠

43 棠樾鮑氏宣忠堂支譜 79

9148_6 類

23 類編運使復齋郭公敏行録 370

9280_0 剡

87 剡録 134、323